·儿科学·
复习指南与试题精选

◎ 朱淑霞　贾秀红　李晓梅　主编

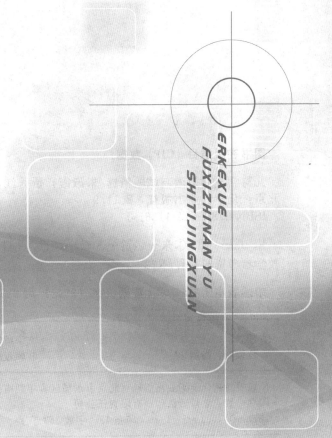

ERKEXUE
FUXIZHINAN YU
SHITIJINGXUAN

化学工业出版社

·北京·

本书内容包括儿科学理论知识和试题两部分，理论知识部分重点突出、提纲挈领，试题部分精选有代表性的题目。本书旨在帮助学生抓住学习重点，以便系统掌握课程的基本知识和基本技能。本书适合于临床医学专业学生见习、实习、考试复习使用，也可作为进修医师和各级医务人员的参考用书。

图书在版编目（CIP）数据

儿科学复习指南与试题精选/朱淑霞，贾秀红，李晓梅主编.
北京：化学工业出版社，2011.9
ISBN 978-7-122-11361-0

Ⅰ. 儿…　Ⅱ. ①朱…②贾…③李…　Ⅲ. 儿科学-医学院校-
教学参考资料　Ⅳ. R72

中国版本图书馆 CIP 数据核字（2011）第 095733 号

责任编辑：赵兰江　　　　　　　　　文字编辑：王新辉　何　芳
责任校对：陶燕华　　　　　　　　　装帧设计：韩　飞

出版发行：化学工业出版社（北京市东城区青年湖南街 13 号　邮政编码 100011）
印　装：北京云浩印刷有限责任公司
787mm×1092mm　1/16　印张 13　字数 353 千字　　2011 年 8 月北京第 1 版第 1 次印刷

购书咨询：010-64518888（传真：010-64519686）　　售后服务：010-64518899
网　　址：http://www.cip.com.cn
凡购买本书，如有缺损质量问题，本社销售中心负责调换。

定　　价：25.00 元　　　　　　　　　　　　　　　　版权所有　违者必究

编写人员名单

主　编	朱淑霞　贾秀红　李晓梅
副主编	李建厂　唐慎华　孙允霄　王　鑫　曲海燕
	刘　红　张雪萍
编　者	朱淑霞　贾秀红　李建厂　唐慎华　孙允霄
	王　鑫　曲海燕　刘　红　张雪萍　李晓梅
	吴福玲　刘秀香　张海鸿　韩瑞敏　赵国英
	王宝宏　马莲美　谢庆芝　田春梅　林新梅

前　言

　　为全面提高教学质量，让考生明确学什么、考什么，提高自学意识和自学能力，提高学习效率和考试成绩，提高医学院校毕业生的执业能力、执业医师考试通过率及考研通过率，我们编写了本书。本书参考权威性本科教材，提炼出知识要点，使重点突出，内容条理化，使考生在短时间内掌握更多的考点、要点，同时将典型习题进行汇编，列于相应的知识点后。本书不但为各医学院校学生服务，同时也可作为职业医师考试、中级职称考试及考研的参考书。

　　本书编写人员均为有多年的丰富教学经验的教师和医师，但由于时间较仓促、编者水平有限，疏漏之处在所难免，恳请同行和广大读者批评指正。

编者

于滨州医学院临床学院

2011 年 4 月

目 录

第一章　绪　论

第一节　儿科学的任务和范围

儿科学是一门研究自胎儿至青春期人体生长发育规律、保健以及疾病防治的医学学科。

（1）儿科学的任务　提高儿童保健和疾病防治的质量，改善小儿体质，降低儿童死亡率，减少发病率，增进身心健康，提高我国人口素质。

（2）范围　一切涉及儿童时期健康卫生和疾病防治的问题都属于儿科学的范围。重点可分为两大类，即儿童保健学与临床儿科学。

年龄范围：0～14周岁作为儿科的就诊范围。

第二节　儿科学特点

儿科学的研究对象是处于不断生长发育动态过程中的儿童。其基本特点有：个体差异、性别差异和年龄差异都非常大；对疾病造成损伤的恢复能力较强；自身防护能力较弱，易受不良因素的影响，应该注重预防。

一、基础医学方面

（1）解剖　随着体格生长发育的进展，身体各部位逐渐长大，不仅表现在外观上，内脏器官的位置亦发生变化。

（2）生理功能　各系统器官功能逐步发育成熟，不同年龄的小儿有不同的生理、生化正常值。

（3）病理　相同致病因素在不同年龄的机体引起不同的病理变化。

（4）免疫　非特异性免疫和特异性免疫发育不成熟，抵抗力低，易患感染性疾病。

（5）心理　儿童时期是心理、行为形成的基础阶段，可塑性强。

二、临床方面

（1）疾病种类

① 与成人不同，婴幼儿易患先天性、遗传性疾病和感染性疾病。

② 不同年龄亦有很大差异。

（2）临床表现　存在年龄差异，年龄越小，对疾病的反应越差，且无明显的定位症状和体征；感染容易扩散甚至发展成败血症，病情发展快，来势凶，变化多端，常伴呼吸、循环衰竭和水电解质紊乱。

（3）诊断　不能主动反映和及时就诊，应详细询问家长，重视年龄、季节、流行病学史等因素，严密观察病情变化，重视体格检查。

（4）治疗　小儿易发生各种并发症，故应该强调综合治疗，包括病因治疗、对症治疗、支持治疗及护理。

（5）预后　如诊治及时，措施恰当，恢复快，预后好，后遗症少。

（6）预防　绝大多数小儿疾病是可以预防的，加强预防措施是使小儿发病率、死亡率下降的重要环节。

第三节　小儿年龄分期

小儿的生长发育是连续不断的动态变化过程，不同年龄阶段的特点有较大差别。实际工作中将小儿时期划分为以下各期。

1. 胎儿期

从受精卵形成到胎儿出生为止，共 40 周（280d）。

2. 新生儿期

自胎儿娩出、脐带结扎至出生后满 28d。包含在婴儿期内。其特点为：①在生长发育和疾病方面具有非常明显的特殊性，且发病率高，死亡率也高；②小儿脱离母体开始独立生存，所处的内外环境发生根本的变化，但其适应能力尚不完善；③分娩过程中的损伤、感染延续存在，先天性畸形也常在此期表现。

围生期（perinatal period）：胎龄满 28 周到出生后 7d，死亡率高，是衡量新生儿科质量的重要指标。

3. 婴儿期

从出生到满 1 周岁之前。此期的特点：①此期是生长发育极其迅速的阶段，一年内体重增长 2 倍，身长增加 0.5 倍，因此对营养的需求量相对较高；②各系统器官的生长发育虽然也在继续进行，但是不够成熟完善，尤其是消化系统常常难以适应对大量食物的消化吸收，容易发生营养和消化紊乱；③婴儿体内来自母体的抗体逐渐减少，自身的免疫功能尚未成熟，抗感染能力较弱，易发生各种感染和传染性疾病。

4. 幼儿期

自 1 岁至满 3 周岁。此期的特点：①体格生长发育速度较前稍减慢；②智能发育迅速，同时活动范围渐广，接触社会事物渐多，语言、思维和社交能力的发育日渐增速；③消化系统功能仍不完善，营养的需求量仍然相对较高，而断乳和其他食物添加须在幼儿早期完成，适宜的喂养仍然是保持正常生长发育的重要环节；④对危险的识别和自我保护能力都有限，意外伤害发生率非常高，应格外注意防护。

5. 学龄前期

3 周岁后至 6～7 周岁入小学前。

6. 学龄期

从 6～7 周岁入学至青春期前。

7. 青春期

从 10～20 岁，女孩的青春期开始年龄和结束年龄都比男孩早 2 年左右。体格生长发育再次加速，出现第二次高峰，同时生殖系统的发育也加速并渐趋成熟。

【试题精选】

一、单项选择题

1. 造成婴幼儿易患呼吸道感染的免疫特点是
A. 血清中 IgA 缺乏
B. 分泌型 IgA 缺乏
C. 血清中 IgG 缺乏
D. 血清中 IgM 缺乏

2. 小儿时期是指
A. 生后到 6 周岁的小儿　　B. 生后到 12 周岁
C. 生后到青春期　　　　　D. 生后到 14 周岁
E. 胎儿到青春期

3. 小儿死亡率最高的时期是
A. 围生期　　　　　　　　B. 新生儿期
C. 婴儿期　　　　　　　　D. 幼儿期
E. 学龄前期

4. 小儿最易发生意外的年龄期是
A. 新生儿期　　　　　　　B. 婴儿期
C. 幼儿期　　　　　　　　D. 学龄前期
E. 学龄期

5. 影响心脏形成的关键时期是胚胎的
A. 前 2 周　　　　　　　　B. 前 2 周～前 8 周
C. 前 12 周　　　　　　　D. 前 6 个月

E. 前 4 个月

6. 胎儿期是指

A. 从受精开始约为 38 周

B. 从受精开始约为 40 周

C. 从受精开始约为 42 周

D. 从末次月经第一日算起为 43 周

E. 从末次月经第一日算起为 44 周

7. 我国采用围生期定义是

A. 胎龄满 20 周～生后足 1 周

B. 胎龄满 24 周～生后足 1 周

C. 胎龄满 24 周～生后足 4 周

D. 胎龄满 28 周～生后足 1 周

E. 胎龄满 28 周～生后足 4 周

8. 新生儿期指的是

A. 从孕期 28 周至生后 28d

B. 从孕期 28 周至生后 1 个月

C. 从出生到生后满 28d

D. 从出生到生后满 30 个月

E. 从出生到生后满 1 个月

9. 婴儿期指的是

A. 从出生到 1 周岁

B. 从生后满 28d 到 1 周岁

C. 从生后 1 个月至满 1 周岁

D. 从 1 周岁到 2 周岁

E. 从 1 周岁到 3 周岁

10. 幼儿期指的是

A. 生后 28d 到 2 周岁

B. 生后 1 个月到 2 周岁

C. 生后 1 周岁到 2 周岁

D. 生后 1 周岁到 3 周岁

E. 生后 2 周岁到 3 周岁

11. 青春期开始的年龄

A. 女 12 岁左右，男 13 岁左右

B. 女 14 岁左右，男 16 岁左右

C. 女 16 岁左右，男 15 岁左右

D. 女 15 岁左右，男 14 岁左右

E. 女 15 岁左右，男 16 岁左右

12. 胚胎期是指孕后

A. 1 个月以内　　　　B. 2 个月以内

C. 3 个月以内　　　　D. 4 个月以内

E. 5 个月以内

13. 胎儿期发生死胎、流产、先天性畸形的胎龄主要是

A. 前 3 个月　　　　B. 4～5 个月

C. 5～6 个月　　　　D. 6～7 个月

E. 7～8 个月

14. 对学龄期小儿查体时下列哪项不属于异常

A. 全身淋巴结肿大

B. 扁桃体Ⅰ～Ⅱ度肿大

C. 肝肋下 1cm

D. 脾肋下可触及

E. 甲状腺肿大

15. 小儿体液免疫的特点下列哪项是对的

A. 新生儿血中的 IgG 主要来自母体

B. 母体来的 IgG 于 4 个月时全部消失

C. IgA 于 6～7 岁达成人水平

D. IgM 于 12 岁时达成人水平

E. IgG 于 2 岁时达成人水平

16. 围生期的定义有以下几种

A. 胎龄满 28 周至出生 7d

B. 胎龄满 28 周至生后 28d

C. 胎龄满 20 周至生后 28d

D. 自胚胎形成至生后 7d

E. 胎龄满 32 周至出生后 1 个月

二、多项选择题

1. 新生儿期的疾病特点是

A. 传染性疾病多　　　　B. 先天畸形多

C. 死亡率高　　　　　　D. 产伤多

E. 溶血性疾病少

2. 婴儿期疾病的特点有

A. 急性传染病多　　　　B. 营养不良多

C. 腹泻多　　　　　　　D. 结缔组织病多

E. 血液病多

3. 学龄前期生长发育特点有

A. 体格发育减慢　　　　B. 生殖器发育不快

C. 智力发育快　　　　　D. 共济运动发育好

E. 可塑性强

4. 青春期主要变化有

A. 可出现甲状腺肿大及精神症状

B. 颈部淋巴组织增生

C. 体格及生殖系统发育增快

D. 智力发育减慢

E. 体格发育加快

5. 不同年龄小儿的血压正常值可用以下哪些公式大致推算

A. 年龄×2＋70＝收缩压（mmHg）

B. 收缩压×2/3＝舒张压

C. 年龄×2＋80＝收缩压(mmHg)

D. 年龄×2＋60＝收缩压(mmHg)

E. 年龄×2＋85＝收缩压(mmHg)

三、填空题

1. 儿科学的宗旨是：_____，_____。

2. _____和_____是儿科学中最具有特色的学科。

3. 儿科学的研究对象是：_____。

4. 由肺炎球菌所致的肺部感染，婴儿常表现

为_____，而成人和年长儿则可以引起_____。

5. 婴幼儿时期 sIgA 和 IgG 水平较低，容易发生_____和_____感染。

6. 我国采用的围生期的定义包括了_____期、_____和_____期。

四、简答题

婴儿期定义及特点是什么？

【参考答案】

一、单项选择题

1. B 2. E 3. A 4. C 5. B 6. B 7. D

8. C 9. A 10. D 11. A 12. B 13. A

14. B 15. A 16. A

二、多项选择题

1. BCD 2. ABC 3. ABCDE 4. ABCE

5. BC

三、填空题

1. 保障儿童健康 提高生命质量

2. 新生儿医学 儿童保健医学

3. 儿童

4. 支气管肺炎 大叶性肺炎

5. 呼吸道 消化道

6. 胎儿晚 分娩过程 新生儿早

四、简答题

自出生到 1 周岁之前为婴儿期。此期是生长发育极其迅速的阶段，因此对营养的需求量相对较高。此时，各系统器官的生长发育虽然也在继续进行，但是不够成熟完善，尤其是消化系统常常难以适应对大量食物的消化吸收，容易发生营养和消化紊乱。同时，婴儿体内来自母体的抗体逐渐减少，自身的免疫功能尚未成熟，抗感染能力较弱，易发生各种感染和传染性疾病。

第二章　生　长　发　育

第一节　生长发育规律与影响生长发育的因素

一、生长发育规律

人的生长发育是指从受精卵到成人的成熟过程。生长和发育是儿童不同于成人的重要特点。生长是指儿童身体各器官、系统的长大，可有相应的测量数值来表示其的数量的变化；发育是指细胞、组织、器官的分化与功能成熟。生长发育遵循一定的规律：

① 生长发育是连续的、有阶段性的过程，一生有两个生长高峰，即 1 周岁以前和青春期；

② 各系统器官生长发育不平衡，神经系统发育领先，生殖系统发育较晚；

③ 生长发育遵循自上到下，由近到远，由粗到细，由低级到高级，由简单到复杂的一般规律；

④ 生长发育存在个体差异。

二、影响生长发育的因素

内在因素和外界环境因素是确定小儿生长发育进程的两个基本因素。两者相互作用决定每个儿童如何生长发育。

① 内在因素：包括遗传、性别、内分泌。

② 环境因素：包括孕母情况、营养、疾病、生活环境。

第二节　体　格　生　长

一、体格生长常用指标

体重、身长（高）、坐高（顶臀长）、头围、胸围、上臂围、皮下脂肪等。

二、体格生长规律

1. 体重

体重是各器官、系统及体液的总量。

① 正常新生儿出生体重平均 3.2（女婴）～3.3kg（男婴）。出生后由于摄入不足、胎粪排出和水分丢失等原因可出现暂时性体重下降（3%～9%），称为生理性体重下降，约在生后 3～4d 达最低点，以后逐渐回升，至生后第 7～10 天应恢复到出生体重。

② 生后 3 个月龄体重约为出生体重的 2 倍（6kg），12 个月龄时体重为出生体重的 3 倍（10kg），2 岁时体重为出生体重的 4 倍（12kg）。2 岁后平均每年增长 2kg。

③ 体重计算公式：1～12 岁体重计算公式为体重(kg)＝年龄×2＋8

2. 身长（高）

身高是指从头顶到足底的全身长度。3 岁以下小儿采用仰卧测量，称身长；3 岁以后立位测量，称身高。立位与仰卧位测量值约相差 1～2cm。

① 正常新生儿出生身长平均 50cm，1 岁时约为 75cm，2 岁时约 87cm。

② 2 岁后平均每年增长 6～7cm。

③ 2～12 岁小儿身长（高）计算公式为：身长(高)(cm)＝年龄×7＋75。

④ 上部量（从头顶至耻骨联合上缘）和下部量（从耻骨联合上缘至足底）：新生儿上部量大于下部量，中点在脐上，2 岁时中点在脐下，6 岁时中点在脐与耻骨联合上缘之间，12 岁时上下部量相等，中点在耻骨联合上缘。

3. 坐高

坐高指头顶到坐骨结节的高度，坐高占身高的百分数即随年龄而下降，由出生时的 0.67 降至 14 岁时的 0.53。

4. 头围

头围指自眉弓上缘经枕后结节绕头一周的长度。

① 正常新生儿头围平均为 34cm，1 岁时 46cm，2 岁时 48cm，5 岁时 50cm，15 岁时 54～58cm，接近成人。

② 意义：头围过小，多见于头小畸形、脑发育不全；头围过大，多见于脑积水、佝偻病后遗症。

5. 胸围

胸围是平乳头下缘绕胸一周的长度。

① 新生儿胸围为 32cm，比头围小 1～2cm；1 岁时胸围与头围大致相等，为 46cm；1 岁后胸围超过头围。

② 1 岁后胸围计算公式：胸围(cm)＝头围(cm)＋(年龄−1)。

6. 腹围

腹围指平脐水平绕腹一周的长度。2 岁前腹围与胸围约相等，2 岁后腹围较胸围小。

7. 上臂围

上臂围指沿肩峰与尺骨鹰嘴连线中点水平绕上臂一周的长度。＞13.5cm 为营养良好；12.5～13.5cm 为营养中等；＜12.5cm 为营养不良。

第三节　与体格生长有关的其他系统的规律

一、骨骼

1. 头颅骨

（1）前囟　为顶骨和额骨边缘形成的菱形间隙，以对边中点连线的长度表示。出生时为 1.5～2.0cm，6 个月后逐渐骨化而变小，闭合时间为 1～1.5 岁。

（2）后囟　为顶骨与枕骨边缘形成的三角形间隙出生时后囟很小或已闭合，最迟约 6～8 周龄时闭合。

（3）颅骨缝　出生时分离，于 3～4 个月闭合。

（4）面骨、鼻骨、下颌骨　发育稍晚。

（5）意义　前囟早闭或过小见于头小畸形；迟闭或过大见于佝偻病、克汀病；前囟饱满常示颅内压增高，前囟凹陷见于极度消瘦、脱水者。

2. 脊柱

3 个生理弯曲：3 个月抬头出现颈椎前凸，6 个月能坐出现胸椎后凸，1 岁左右行走出现腰椎前凸。

3. 长骨

随着年龄增长，长骨干骺端的软骨次级骨化中心按一定顺序有规律出现，骨化中心的出现可反映长骨的生长成熟度。

（1）骨龄（bone age）　通过 X 线检查测定不同年龄儿童长骨骨骺端骨化中心的出现时间、数目、形态的变化，并将其标准化，即为骨龄。一般摄左手 X 线片，了解腕骨、掌骨及指骨，以测定骨骼的发育年龄（也就是指正常小儿出现相应骨化中心数目的年龄）。

（2）骨化中心

① 腕部骨化中心的数目：共 10 个，出生时没有，10 岁出齐，1～9 岁腕部骨化中心的数目约为其年龄加 1。

② 婴儿早期摄膝部 X 线骨片，年长儿摄腕部 X 线骨片。

③ 意义：骨龄在临床上有重要的意义，生长激素缺乏症、甲状腺功能减退症（甲减）时明显落后；中枢性性早熟、先天性肾上腺皮质增生症时则超前。

二、牙齿

（1）人的一生有两副牙齿为乳牙（20 个）和恒牙（28～32 个）。

（2）乳牙

① 出牙时间：4～10 个月，12 个月未出牙为异常。

② 出齐时间：约 2.5 岁。

③ 2 岁以内乳牙的数目：月龄减 4～6，即乳牙（个）＝月龄－（4～6）。

④ 出牙的顺序：先下后上，先中间后两侧（即下中切牙、上中切牙、上下侧切牙、第一乳磨牙、尖牙及第二乳磨牙）。

（3）恒牙 6 岁开始出第一颗恒牙即第一恒磨牙，6～12 岁按乳牙长出的先后顺序逐个被同位恒牙替换，12 岁出现第二恒磨牙，第三恒磨牙约 18 岁以后萌出，有的终身不萌出。

（4）意义 出牙延迟见于营养不良、佝偻病、甲状腺功能减退症及 21-三体综合征（先天愚型）。

三、生殖系统发育

受下丘脑-垂体-性腺轴的调节，从出生到青春期前期小儿性腺轴功能水平很低，生殖系统处于静止期，保持幼稚状态。10 岁左右，下丘脑对性激素负反馈作用的敏感度下降，促性腺激素释放激素分泌增加，进入青春期后，性腺才开始发育，性征才逐渐显现。

第四节 神经心理发育

一、神经系统的发育

1. 脑的发育

在胚胎期神经系统首先形成，新生儿脑重已达成人脑重 25% 左右，出生时大脑已有主要的沟回，神经细胞数目已与成人相同，但树突与轴突少而短。3 岁时神经细胞分化基本完成，8 岁接近成人；4 岁时神经纤维髓鞘化完成。

2. 脊髓的发育

脊髓随年龄而增长。在胎儿期脊髓下端在第二腰椎下缘，4 岁时上移至第一腰椎，在进行腰椎穿刺时应注意。

3. 神经反射（neutral reflex）

① 先天性无条件反射：觅食反射、吸吮反射（生后形成的第一个条件反射）、拥抱反射、握持反射，随年龄增长而消失。

② 病理反射：3～4 个月前的婴儿肌张力较高，Kernig（克氏）征可为阳性；Barbinski（巴氏）征 2 岁以下阳性亦可为生理现象。

③ 生理反射：婴儿期肌腱反射较弱，腹壁反射和提睾反射不易引出，到 1 岁时才稳定。

二、感知的发展

（1）视觉 新生儿已有瞳孔对光反应和短暂的注视，3～4 个月头眼协调较好，18 个月能区别各种形状，5 岁时可区别各种颜色，6 岁时视深度已充分发育。

（2）听觉 刚出生时听力差，3 个月后感受不同方位的声音，4 岁时听觉发育完善。

（3）嗅觉 出生时嗅觉中枢及神经末梢已发育成熟，3～4 个月能区别愉快和不愉快的气味。

（4）味觉 新生儿的味觉发育已完善，4～5 个月对食物味道的微小改变也很敏感。

（5）皮肤感觉 新生儿触觉、温度觉很灵敏，痛觉反应迟钝，第 2 个月起才逐渐改善。

三、运动的发育

运动发育分为大运动（包括平衡）和细运动两大类。

1. 平衡与大运动

（1）抬头 新生儿俯卧位时能抬头 1～2s；3 个月时抬头较稳；4 个月时抬头很稳。

（2）坐 6 个月时双手向前撑住独坐；8 个月时坐稳。

（3）翻身 7 个月时能有意识地从仰卧位翻身至俯卧位或从俯卧位至仰卧位。

（4）爬 8～9 个月可用双上肢向前爬。

（5）站、走、跳 11 个月时可独自站立片刻，15 个月可独自走稳，24 个月时可双足并跳，30 个月时会独足跳。

　　粗动作发育的规律归纳为：二抬四翻六会坐，七滚八爬周会走。

2. 细动作

　　① 3～4 个月时握持反射消失，自行玩手，并企图抓物体。

　　② 6～7 个月时出现换手与捏、敲等探索性动作。

　　③ 9～10 个月可用拇指、食指拾物，喜撕纸。

　　④ 12～15 个月时学会用勺，乱涂画。

　　⑤ 18 个月时能叠 2～3 块积木。

　　⑥ 2 岁会翻书。

四、语言的发展

　　语言的发育要经过发音、理解和表达 3 个阶段。新生儿已会哭叫，以后咿呀发音，6 个月时能听懂自己的名字，12 个月时能说简单的词语，18～24 个月时能说简单的语句，3～4 岁时能讲述简单的故事情节。

【试题精选】

一、单项选择题

1. 影响小儿生长发育的两个基本因素是

A. 性别和年龄　　　　　B. 遗传和外界因素

C. 营养和孕母情况　　　D. 疾病和药物

2. 胎儿时期，发育最早的系统是

A. 神经系统　　　　　　B. 肌肉组织

C. 淋巴系统　　　　　　D. 生殖系统

3. 一个出生体重为 3kg 的 3 个月婴儿，使用激素治疗，2mg/(kg·d)，其全日剂量约为

A. 10mg　　　　　　　　B. 12mg

C. 14mg　　　　　　　　D. 16mg

4. 婴儿在发育过程中，胸椎后凸一般出现的时间是

A. 3 个月　　　　　　　B. 6 个月

C. 8 个月　　　　　　　D. 12 个月

5. 婴儿能用食指和拇指如钳状捏取小珠或葡萄干的时间约为

A. 3～4 个月　　　　　　B. 6～7 个月

C. 9～10 个月　　　　　D. 12～15 个月

6. 小儿生长发育最快的时期是

A. 新生儿期　　　　　　B. 婴儿期

C. 幼儿期　　　　　　　D. 学龄前期

7. 小儿前囟闭合的时间为

A. 4～6 个月　　　　　　B. 6～8 个月

C. 8～10 个月　　　　　D. 10～12 个月

E. 1～1.5 岁

8. 乳牙开始萌出的年龄是

A. 3～9 个月　　　　　　B. 4～10 个月

C. 5～11 个月　　　　　D. 6～12 个月

E. 7～13 个月

9. 2 岁以内小儿乳牙总数可按下列哪个公式推算

A. 月龄－(2～4)　　　　B. 月龄－(2～6)

C. 月龄－(2～8)　　　　D. 月龄－(4～6)

10. 萌出第一颗恒牙的时间一般为

A. 5 岁左右　　　　　　B. 6 岁左右

C. 7 岁左右　　　　　　D. 8 岁左右

E. 9 岁左右

11. 小儿 1 岁时的头围是

A. 34cm　　　　　　　　B. 44cm

C. 46cm　　　　　　　　D. 48cm

E. 50cm

12. 在生长发育过程中，正常小儿应在几岁乳牙出齐

A. 1 岁　　　　　　　　B. 1 岁半

C. 2 岁半　　　　　　　D. 3 岁

E. 3 岁半

13. 判断小儿体格发育的主要指标有

A. 动作能力或运动功能　B. 语言发育程度

C. 智力发育水平　　　　D. 对外界反应能力

E. 体重、身高及头围测量

14. 测量体重的目的是

A. 了解小儿骨骼发育状况

B. 了解小儿体格发育状况

C. 了解小儿营养状况

D. 评估水肿的变化

E. 为计算药量提供依据

15. 某健康小孩，身长 110cm，体重 18kg，其年龄大约应为几岁

A. 3 岁　　　　　　　　B. 4 岁

C. 5 岁　　　　　　　　D. 6 岁

E. 7 岁

16. 体重为 6 岁小儿体重的 1/2 的小儿，其年龄是

A. 4 岁　　　　　　　　B. 3 岁

C. 2 岁　　　　　　　　D. 1 岁

17. 正常小儿头围与胸围大致相等的年龄是

A. 6 个月　　　　　　　B. 12 个月

C. 2 岁　　　　　　　　D. 3 岁

18. 一个婴儿能翻身，能独坐，能发"爸爸"、"妈妈"等复音，但无意识，能握饼干吃，能听懂自己的名字，其最可能的年龄是

A. 7 个月　　　　　　　B. 8 个月

C. 10 个月　　　　　　D. 12 个月

19. 一个小儿开始能走得好，能蹲着玩，能叠一块方木，能说出几个词和自己的名字，会表示同意、不同意，其最可能的年龄是

A. 12 个月　　　　　　B. 15 个月

C. 18 个月　　　　　　D. 24 个月

20. 出生时已存在且以后永不消失的神经反射是

A. 握持反射　　　　　　B. 腹壁反射

C. 膝腱反射　　　　　　D. 咽反射

21. 小儿测上肢血压时，最适宜的袖带宽度为

A. 上臂长度的 1/3　　　B. 上臂长度的 2/3

C. 前臂长度的 2/3　　　D. 前臂长度的 1/3

22. 小儿身长上部量与下部量相等的时间是

A. 出生时　　　　　　　B. 2 岁时

C. 6 岁时　　　　　　　D. 12 岁时

23. 小儿生长发育最快时期为

A. 生后头 3 个月　　　　B. 幼儿期

C. 学龄前期　　　　　　D. 学龄期

24. 健康小儿体重 9.9kg，身长 77cm，头围 46cm，胸围 46cm，前囟已闭，乳牙 8 颗，能叫出物品的名字，能独立行走。其可能的月龄是

A. 6 个月　　　　　　　B. 9 个月

C. 12 个月　　　　　　D. 15 个月

25. 身长的下部量是指

A. 耻骨联合上缘至足底

B. 耻骨联合下缘至足底

C. 坐骨结节到足底　　　D. 脐部至足底

26. 前囟出生时约为 1.5～2cm，这是指

A. 对边中点连线的长度　B. 边长

C. 对角线长度　　　　　D. 最长经线

27. 生理性体重下降约减少原来体重的

A. 3%　　　　　　　　B. 3%～6%

C. 6%～9%　　　　　　D. 3%～9%

28. 一个小儿能爬台阶，能有目的地扔皮球，能指出自己身体各部分，会表示大小便，听懂命令，最可能的年龄是

A. 12 个月　　　　　　B. 18 个月

C. 2 岁　　　　　　　　D. 3 岁

29. 新生儿和婴儿具有的神经反射包括

A. 吸吮反射　　　　　　B. 握持反射

C. 拥抱反射　　　　　　D. 巴氏征阳性

E. 面神经征阳性

30. 小儿脊柱出现生理弯曲的时间是

A. 第一个弯曲生后 3 个月，第二个弯曲生后 6 个月，第三个弯曲生后 12 个月

B. 第一个弯曲生后 4 个月，第二个弯曲生后 6 个月，第三个弯曲生后 12 个月

C. 第一个弯曲生后 3 个月，第二个弯曲生后 8 个月，第三个弯曲生后 12 个月

D. 第一个弯曲生后 3 个月，第二个弯曲生后 6 个月，第三个弯曲生后 10 个月

E. 第一个弯曲生后 4 个月，第二个弯曲生后 8 个月，第三个弯曲生后 12 个月

31. 下部量过长多见于

A. 糖尿病　　　　　　　B. 巨人症

C. 生殖腺功能不全症

D. 21-三体综合征（先天愚型）

E. 肥胖症

32. 下部量特别短的见于

A. 营养不良　　　　　　B. 垂体性侏儒症

C. 生殖腺功能不全

D. 呆小病

E. 佝偻病

33. 小儿第一年内身长的增长主要是

A. 头的增长　　　　　　B. 颈的增长

C. 躯干的增长　　　　　D. 下肢的增长

E. 各部的增长速度一致

34. 新生儿出生时脑重约占体重的

A. 1/8　　　　　　　　B. 1/16

C. 1/4　　　　　　　　D. 1/32

E. 1/40

35. 几岁时脑重量已接近成人

A. 7 岁   B. 4 岁

C. 12 岁   D. 18 岁

E. 1 岁

36. 对于 2 岁小儿以下哪项提示智能发育异常

A. 告诉别人要大便   B. 一页一页地翻书

C. 抓住扶手上楼梯   D. 刚会叫爸、妈

E. 能双脚跳

37. 选出智力发育正常的小儿

A. 10 个月看见母亲会微笑

B. 9 个月伸手取物

C. 18 个月会表示大小便

D. 15 个月能听懂自己的名字

E. 14 个月会招手表示再见

38. 选出动作正常小儿

A. 8 个月俯卧位，勉强短暂抬头

B. 7 个月时会坐，将玩具从一手换到另一手

C. 9 个月时独坐不稳，身躯常前倾

D. 1 岁会扶起

E. 2 岁半会跑和上下楼梯

39. 一健康儿，能大笑，开始能发出"爸爸"、"妈妈"之复音，脊柱出现了第二个弯曲，对"再见"还不懂，其年龄可能是

A. 3～4 个月   B. 5～6 个月

C. 7～8 个月   D. 9～10 个月

E. 11～12 个月

40. 小儿开始能独坐的年龄是

A. 3 个月   B. 4 个月

C. 5 个月   D. 6～7 个月

E. 7～8 个月

41. 正常小儿开始独走是

A. 4～5 个月   B. 6～7 个月

C. 8～9 个月   D. 10～11 个月

E. 12～14 个月

42. 正常小儿开始能伸手取物是

A. 3 个月   B. 4 个月

C. 5 个月   D. 6 个月

E. 7 个月

43. 小儿会翻身的年龄为

A. 4 月   B. 6 月

C. 7 月   D. 8 月

E. 10 月

44. 小儿垂直位时能够抬头的时间是

A. 2～3 个月   B. 3～4 个月

C. 4～5 个月   D. 5～6 个月

E. 1～2 个月

45. 开始能指出自己的手、眼等部位的年龄是

A. 5～6 个月   B. 7～8 个月

C. 9～10 个月   D. 11～12 个月

E. 13～14 个月

46. 正常小儿开始能随物品或声音转动头部是

A. 3 个月   B. 4 个月

C. 5 个月   D. 6 个月

E. 7 个月

47. 正常小儿开始能发出"爸爸"、"妈妈"等复音是

A. 2 个月   B. 4 个月

C. 7 个月   D. 9 个月

E. 12 个月

48. 开始能大声笑是

A. 2 个月   B. 4 个月

C. 7 个月   D. 9 个月

E. 12 个月

49. 开始能听懂自己的名字是

A. 3 个月   B. 4 个月

C. 5 个月   D. 6 个月

E. 7 个月

50. 正常小儿开始会叫物品名称是

A. 2 个月   B. 4 个月

C. 7 个月   D. 9 个月

E. 12 个月

51. 小儿体格生长发育曲线出现迅速增长的二个高峰的时间是

A. 新生儿期与青春期   B. 婴儿期与幼儿期

C. 婴儿期与青春期

D. 学龄前期与青春期

E. 新生儿期与婴儿期

52. 代表营养状况最易取得的重要指标是

A. 上臂围

B. 腹壁皮下脂肪厚度

C. 腹围

D. 体重

E. 胸围

53. 正常 1～10 岁小儿应按以下哪个公式计算其体重（kg）

A. 体重＝初生体重＋年龄×2

B. 体重＝初生体重＋年龄×3

C. 体重＝年龄×2＋8

D. 体重＝年龄×3＋7

E. 体重＝年龄×3＋8

54. 体重离正常值的多少可判定为异常
A. ±5% B. ±8%
C. ±10% D. ±15%
E. ±20%

55. 正常 2～12 岁小儿，可按以下哪个公式计算其身长（cm）
A. 身长＝年龄×2＋80
B. 身长＝年龄×7＋75
C. 身长＝年龄×3＋80
D. 身长＝年龄×7＋60
E. 身长＝年龄×4＋80

56. 8 个月小儿体重 6kg，头围 38cm，身长58cm，能抬头，不会坐，未出牙，前囟已闭，最大可能为
A. 佝偻病 B. 营养不良
C. 呆小病 D. 头小畸形
E. 先天性心脏病

57. 头围与胸围大致相等的年龄是
A. 8 个月 B. 10 个月
C. 1 岁 D. 2 岁
E. 3 岁

58. 正常小儿后囟闭合的时间为
A. 2 个月 B. 3～4 个月
C. 4～5 个月 D. 5～6 个月
E. 6～7 个月

59. 关于头围下述哪一个是正确的
A. 出生头围平均 32cm，前半年增长 6～8cm，后半年增长 1～2cm
B. 出生头围平均 34cm，前半年增长 8～10cm，1 岁时 46cm
C. 2 岁时头围 44cm，5 岁时 46cm，15 岁接近于成人 54cm
D. 出生时头围 30cm，1 年增长 10～14cm，2 岁 48cm
E. 2 岁时头围 44cm，15 岁时近于成人 50cm

60. 10 岁小儿腕部骨化中心应有
A. 8 个 B. 9 个
C. 10 个 D. 11 个
E. 12 个

61. 体重为 12kg，身长 87cm、胸围 49cm、头围 48cm 的小儿年龄是
A. 8 个月 B. 10 个月
C. 1 岁 D. 2 岁
E. 2 岁 10 个月

62. 1 岁小儿是
A. 呼吸：脉搏为 1：3
B. 头围：胸围为 1：1
C. 萌牙 6～8 枚 D. 三者均对
E. 三者均不对

63. 3 岁小儿
A. 生理性克氏征阳性存在
B. 生理性巴氏征阳性存在
C. 拥抱反射存在
D. 三者均存在
E. 三者均不存在

64. 小儿的身长，按公式计算，正确的是
A. 3 岁时 85cm B. 4 岁时 90cm
C. 5 岁时 110cm D. 6 岁时 110cm
E. 7 岁时 115cm

65. 新生儿出生时的身长平均为
A. 45cm B. 50cm
C. 55cm D. 48cm
E. 52cm

66. 婴儿生后前 3 个月身长，平均每个月增长
A. 1cm B. 1.5cm
C. <2.5cm D. >2.5cm
E. 2.5cm

67. 何时起出现第一个条件反射
A. 出生 1 周内 B. 出生 1～2 周
C. 出生 3 周时 D. 出生 4 周时
E. 以上都不是

68. 拥抱反射何时起消失
A. 出生 2～4 周 B. 出生 1～2 个月
C. 出生 3～4 个月 D. 出生 5～6 个月
E. 出生 7～8 个月

69. 何者是小儿第一个条件反射
A. 拥抱反射 B. 吸吮反射
C. 握持反射 D. 觅食反射
E. 以上都不是

70. 何年龄起能形成兴奋性与抑制性条件反射
A. 1～2 个月 B. 3～4 个月
C. 5 个月 D. 6 个月
E. 7 个月

71. 1 岁婴儿，双侧巴宾斯基征阳性，可能是
A. 脑炎体征之一 B. 脑膜炎早期
C. 提示脑部疾病 D. 提示脑发育不全
E. 正常现象

72. 新生儿是

A. 呼吸：脉搏为 1：3

B. 头围：胸围为 1：1

C. 上部量：下部量为 1.4：1

D. 三者均对

E. 三者均不对

73. 1 岁小儿可能存在

A. 生理性克氏征阳性

B. 生理性巴氏征阳性

C. 拥抱反射   D. 握持反射

E. 四者均不存在

74. 3 个月小儿可存在

A. 生理性克氏征阳性存在

B. 拥抱反射存在

C. 握持反射存在   D. 三者均有

E. 三者均无

二、多项选择题

1. 关于小儿身长增长规律以下哪项正确

A. 前 3 个月的增长约等于后 9 个月的增长

B. 2 岁后每年增长 2cm

C. 第一年身长平均增加 25cm

D. 第二年平均增加 10～12cm

E. 2～12 岁平均身高＝年龄×8＋80

2. 下列哪项叙述符合儿童生长发育的规律

A. 生长发育是一个连续过程

B. 生长发育遵循一定规律

C. 各系统器官发育的速度是一致的

D. 有一定的个体差异性

E. 受遗传和环境因素的影响

3. 符合乳牙正常发育规律的是

A. 乳牙共 20 颗

B. 最早于 4 个月开始出牙

C. 最晚于 12 个月开始出牙

D. 乳牙最晚于 2.5 岁出齐

E. 乳牙萌出的个数为月龄－(4～6)

4. 下列哪些是小儿体格生长偏离现象

A. 低体重   B. 消瘦

C. 遗尿症   D. 矮身材

E. 体重过重

5. 1 岁小儿，以下哪项正确

A. 体重 10kg，身长 75cm   B. 上部量＝下部量

C. 出牙 6 枚   D. 头围 46cm

E. 腕部骨化中心 1 个

6. 关于身长的发育，指出以下哪项是正确的

A. 身长是指从头顶至足底的垂直长度

B. 上部量与脊柱的增长有关

C. 身长的中点 2 岁时在脐上

D. 下部量与下肢长骨的发育有关

E. 身长为身体的全长，包括头部、脊柱、下肢的长度

7. 对于 1 岁小儿下列哪项正确

A. 能独坐   B. 会叫物体名

C. 喜憎有区别   D. 能画人像

E. 会弯腰捡东西

8. 小儿体液免疫的特点下列哪项是错误的

A. 新生儿血中的 IgG 主要来自母体

B. 母体来的 IgG 于 4 个月时全部消失

C. IgA 于 6～7 岁达成人水平

D. IgM 于 12 岁时达成人水平

E. IgG 于 2 岁时达成人水平

9. 对于 2 岁小儿下列哪项正确

A. 能双脚跳   B. 会用勺子吃饭

C. 能表达喜、怒、怕、懂   D. 会穿鞋

E. 会说 2～3 个字构成的句子

10. 小儿感觉器官生下后就具有较好功能的有

A. 味觉   B. 痛觉

C. 触觉   D. 嗅觉

E. 视觉

11. 3 个月小儿神经反射何者正常

A. 吸吮反射（＋）   B. 克匿格征（＋）

C. 腹壁反射（－）   D. 提睾反射（－）

E. 巴氏征（＋）

12. 下列关于小儿头围、胸围说法正确的是

A. 出生时胸围比头围小 1～2cm

B. 1 岁后胸围大于头围

C. 1 岁时头、胸围相等

D. 1 岁后至青春期头、胸围差数（cm）约等于年龄减 1

E. 15 岁时头围接近成人

13. 小儿出牙迟、牙质差的疾病有

A. 糖尿病   B. 佝偻病

C. 呆小病   D. 营养不良

E. 21-三体综合征（先天愚型）

14. 小儿前囟发育特点为

A. 出生后前 6 个月大小不变

B. 出生后前 6 个月增大

C. 1 岁至 1 岁半闭合

D. 出生时 1.5～2cm

E. 出生后 6 个月变小

15. 小儿前囟饱满，见于
A. 脑膜炎　　　　　　B. 佝偻病
C. 呆小病　　　　　　D. 脑积水
E. 婴儿腹泻

16. 囟门迟闭见于
A. 脑积水　　　　　　B. 佝偻病
C. 呆小病　　　　　　D. 头小畸形
E. 肾小管酸中毒

17. 1岁小儿应是
A. 克氏征阴性　　　　B. 身长75cm
C. 体重10kg　　　　　D. 牙齿6枚
E. 生理性巴氏征阳性

18. 测量胸围必须是
A. 皮尺经乳头绕胸一周
B. 取一呼一吸平均值
C. 皮尺经乳头下缘绕胸一周
D. 取自然停止呼吸时数值
E. 皮尺经乳头上缘绕胸一周

19. 6个月小儿，哪项神经反射不正常
A. 腹壁反射阳性　　　B. 提睾反射阳性
C. 拥抱反射阳性　　　D. 吸吮反射阳性
E. 克氏征阳性

20. 小儿各系统的发育特点如下
A. 腕骨骨化中心出齐为10个
B. 小儿生殖系统的发育是先慢后快
C. 新生儿肾功能发育未臻完善，1～2岁近成人水平
D. 体格生长发育是先快后慢再加快
E. 淋巴系统的发育是先快后萎缩

21. 正常小儿腕部骨化中心发育程序，哪组组合是正确的
A. 6个月后出现头状骨及钩骨
B. 1岁时已有2～3个骨化中心
C. 6～8岁前其个数约为岁数加1
D. 10岁时全出齐共10个
E. 11岁时全出齐共10个

22. 1岁小儿能够
A. 能有目标地扔皮球
B. 叫出部分物品名字
C. 会表示大小便
D. 独立行走
E. 弯腰拾东西

23. 1岁小儿是
A. 胸围46cm

B. 腕部骨化中心2个
C. 后囟未闭
D. 头围：胸围为1：1
E. 呼吸：脉搏为1：3

24. 下列哪些符合7个月龄婴儿的正常发育
A. 会爬
B. 会发"爸爸"、"妈妈"之复音
C. 能独坐
D. 能听懂自己名字
E. 自己握饼干吃

25. 胸围增长规律，以下哪几项正确
A. 出生时胸围32cm
B. 1岁时头围＝胸围
C. 1岁后头围＜胸围
D. 1岁至青春期前胸围－头围≈小儿年龄－1
E. 肥胖儿胸围可以提前超过头围

26. 5个月正常小儿应是
A. 头围50cm　　　　　B. 后囟已闭
C. 身长75cm　　　　　D. 体重6kg
E. 前囟较出生时增大

27. 头围增长，一般符合以下规律
A. 前半年增加8～10cm　B. 第2年增加2cm
C. 后半年增加2～4cm
D. 5岁时，接近成人头围
E. 15岁接近成人

28. 有关头围大小的数据，以下哪项正确
A. 出生时34cm　　　　B. 1岁时46cm
C. 3个月时40cm　　　 D. 2岁时48cm
E. 5岁时50cm

29. 1岁小儿，头围48cm，可能是
A. 正常范围　　　　　B. 脑发育不全
C. 脑积水　　　　　　D. 佝偻病
E. 呆小病

30. 8个月小儿，头围40cm，有以下几种可能
A. 正常范围　　　　　B. 佝偻病
C. 头小畸形　　　　　D. 脑发育不全
E. 呆小病

31. 体重增长规律，以下哪项正确
A. 2岁时达出生5倍
B. 1岁时达出生时3倍
C. 3月时体重达出生时2倍
D. 2岁时达出生时4倍
E. 3岁时达出生时6倍

32. 测量体重时应注意

A. 晨起空腹时进行测量　B. 减去衣物等重量

C. 晨起排尿后进行

D. 磅秤要校正至零点再测量

E. 应脱剩内衣裤后测量

33. 小儿体重的意义为

A. 是计算体表面积的基础　B. 给药时计算剂量

C. 反映家族发育情况　　　D. 反映营养情况

E. 输液时计算液体量

34. 身长增长的规律应符合以下几点

A. 生后头半年比下半年稍慢

B. 第一年身长平均增长 25cm

C. 2 岁时平均身长 87cm

D. 新生儿平均身长 45cm

E. 第二年身长平均增长 15cm

35. 患儿身材矮小，身体各部比例匀称，有以下几种可能

A. 垂体性侏儒　　　　B. 遗传因素

C. 营养不良　　　　　D. 克汀病

E. 软骨发育不全

36. 一患儿身材矮小，下肢特短，可能有以下疾病

A. 营养不良　　　　　B. 克汀病

C. 成骨不全　　　　　D. 软骨发育不全

E. 垂体性侏儒

37. 小儿动作发育的规律是

A. 由下而上　　　　　B. 由不协调到协调

C. 由远而近　　　　　D. 由粗糙到精细

E. 先有正面动作后会反面动作

38. 何者是先天性反射活动

A. 觅食反射　　　　　B. 拥抱反射

C. 吸吮反射　　　　　D. 吞咽反射

E. 握持反射

39. 5 岁小儿神经发育可达到

A. 能跑　　　　　　　B. 能讲故事

C. 能单腿跳　　　　　D. 开始识字

E. 唱儿歌

40. 对于生后 100d 的婴儿，下列哪项是正确的

A. 会伸手取物　　　　B. 逗之会笑

C. 能翻身　　　　　　D. 抬头稳定

E. 眼睛可注视大的红色玩具

41. 小儿的神经系统发育特点是

A. 大脑皮质细胞的分化 3 岁基本完成，8 岁结束

B. 小儿脊髓下端的位置随年龄增长而逐渐上升

C. 婴儿时期由于神经髓鞘形成不全，故对外来刺激反应慢而易于泛化

D. 新生儿的大脑皮质及皮质下系统如丘脑、苍白球等功能均不成熟

E. 出生时的活动主要由皮质下系统调节

42. 关于小儿胸腺的发育，下列哪项正确

A. 生后 2 个月内增长最快

B. 6~11 岁达 30g 左右，以后逐步萎缩

C. X 线下可见胸腺

D. 是 B 细胞发育场所

E. 是 T 细胞发育场所

三、填空题

1. _____ 是小儿不同于成人的重要特点。

2. 生长和发育两者紧密相关，生长是发育的 _____，生长的量的变化可以用相应的 _____ 来表示，在一定程度上反映了身体器官、系统的 _____。

3. 体格生长一生中出现两个生长高峰，_____ 为第一个生长高峰，_____ 为第二个生长高峰。

4. 生长发育要遵循的一般规律：_____、_____、_____、_____、_____ 的规律。

5. 新生儿出生后 1 周内因奶量摄入不足，加之水分丢失、胎粪排出，可出现暂时性体重下降，又称 _____。约在生后第 3~4 天达最低点，下降范围为 _____，以后逐渐回升，至出生后 _____ 应恢复到出生时的体重。

6. 新生儿出生体重平均为 _____，生后 3 个月时体重约为出生时的 _____，1 岁时体重约为出生体重的 _____，2 岁时体重约为出生体重的 _____。

7. 出生时身长平均为 _____，1 岁时身长为 _____，2 岁时身长为 _____。

8. 出生时头围相对较大，平均 _____，1 岁时头围约为 _____，2 岁时头围约为 _____，5 岁时头围约 _____，15 岁时头围接近成人约为 _____。

9. 上部量等于下部量的年龄为 _____。

10. 判断长骨的生长，婴儿早期应摄 _____

X线骨片,年长儿应摄_____X线骨片。

11. 1～9岁儿童腕部骨化中心的数目约为_____。

12. 乳牙的萌出时间为生后_____个月,_____尚未萌出为异常,最迟_____出齐,2岁以内乳牙数目约为_____。

13. 胎儿时期_____系统发育最早;_____时达成人脑重;_____时细胞分化基本完成,8岁时已于成人无区别;_____神经纤维才完成髓鞘化。

14. 小儿的脊髓相对较成人长,在胎儿时脊髓下端位于_____,4岁时上移至_____。故在为小儿行腰椎穿刺时,应注意上述特点,避免造成损伤。

四、名词解释

bone age

五、简答题

1. 试述小儿生长发育的规律。

2. 生长发育的一般规律是什么?

3. 测量小儿身长时,分别测上部量和下部量各有什么意义?

4. 影响小儿生长发育的因素有哪些?

5. 如何测量小儿皮下脂肪厚度?常用哪些部位?

【参考答案】

一、单项选择题

1. B 2. A 3. B 4. B 5. C 6. B 7. E
8. B 9. D 10. B 11. C 12. C 13. E
14. B 15. C 16. D 17. B 18. A 19. B
20. D 21. B 22. B 23. A 24. C 25. A
26. A 27. D 28. B 29. A 30. A 31. C
32. D 33. C 34. A 35. A 36. D 37. C
38. B 39. C 40. D 41. E 42. C 43. A
44. A 45. D 46. A 47. C 48. B 49. B
50. E 51. C 52. D 53. C 54. C 55. B
56. D 57. C 58. A 59. B 60. C 61. D
62. D 63. E 64. C 65. B 66. D 67. B
68. C 69. B 70. B 71. E 72. A 73. B
74. D

二、多项选择题

1. ACD 2. ABDE 3. ABCDE 4. ABDE
5. ACD 6. ABDE 7. ABCE 8. BCDE
9. ABCE 10. ACD 11. ABCDE 12. ABCDE
13. BCDE 14. BCDE 15. AD 16. ABCE
17. ABCDE 18. BC 19. CDE 20. ABCDE
21. ABCD 22. BCDE 23. ABDE 24. BCDE
25. ABCDE 26. BE 27. ABCE 28. ABCDE
29. CD 30. CD 31. BCD 32. ABCD
33. ABDE 34. BC 35. ABC 36. BCD
37. BDE 38. ABCDE 39. ABCDE 40. BDE
41. ABCE 42. ABCE

三、填空题

1. 生长发育

2. 物质基础 测量值 成熟状况

3. 生后第1年 青春期

4. 由上到下 由近到远 由粗到细 由低级到高级 由简单到复杂

5. 生理性体重下降 3%～9% 第7～10天

6. 3.2～3.3kg 2倍(6kg) 3倍(10kg) 4倍(12kg)

7. 50cm 75cm 87cm

8. 33～34cm 46cm 48cm 50cm 54～58cm

9. 12岁

10. 膝部 腕部

11. 岁数＋1

12. 4～10 12个月 2.5岁 月龄－(4～6)

13. 神经 7岁 3岁 4岁左右

14. 第二腰椎下缘 第一腰椎

四、名词解释

骨龄:随年龄的增加,长骨干骺端的软骨次级骨化中心按一定顺序及骨解剖部位有规律地出现。骨化中心出现可反映长骨的生长成熟程度。用X线检查测定不同年龄儿童长骨干骺端骨化中心的出现的时间、数目、形态的变化，并将其标准化，即为骨龄（bone age）。

五、简答题

1. 小儿生长发育遵循一定的规律。

① 生长发育是一个连续的过程。在整个小儿时期生长发育不断进行，但各年龄生长发育并非等速进行。一般体格生长，年龄越小，增长越快。

② 各系统器官的发育不平衡。各系统的发育快慢不同，各有先后。如神经系统发育较早，生殖系统发育较晚。

③ 一般生长发育遵循由上到下、由近到远、由粗到细、由低级到高级、由简单到复杂的规律。

④ 生长发育的个体差异。小儿生长发育虽按上述一般规律发展，但在一定范围内由于种种因素如遗传、性别、环境、营养等的影响而存在着相当大的个体差异。

2. 生长发育的一般规律是生长发育遵循由上到下、由近到远、由粗到细、由低级到高级、由简单到复杂的规律。如出生后运动发育的规律是：先抬头、后抬胸，再会坐、立、行（从上到下）；从臂到手，从腿到脚的活动（近到远）；从全掌抓握到手指拾取（从粗到细）；先画直线后画圈、图形（简单到复杂）；先会看、听、感觉事物，认识事物，发展到有记忆、思维、分析、判断（低级到高级）。

3. ① 上部量是指从头顶到耻骨联合上缘，下部量指从耻骨联合上缘到足底。

② 出生时上部量大于下部量，中点在脐上，随着下肢骨增长，中点下移 2 岁时在脐下，6 岁时在脐与耻骨联合上缘之间，12 岁上部量位于耻骨联合上缘，上下部量相等。

③ 可鉴别身材短小巨大的病因。如垂体性侏儒、营养不良、佝偻病所致者，各部比例正常；克汀病、软骨发育不良或不全所致者下部量特短。

4. 小儿在生长发育的过程中，受内在因素和外界因素的影响。

（1）内在因素包括：①遗传因素，如父母的种族、身高、特征等因素都可以影响小儿的生长发育。②性别因素，一般情况下女孩的体重比男孩稍轻，身高稍矮。③内分泌的影响，甲状腺功能减退时，骨骼发育阻滞，所以小儿显得矮小，智能发育障碍。垂体功能低下时，出现垂体性侏儒。

（2）外界因素：包括：①母亲的情况。②营养，营养对小儿生长发育起着重要的作用。加强营养的同时结合体育锻炼可以更好地促进小儿的生长和发育。③疾病，长期消耗性疾病可直接影响小儿的生长发育，特别是先天性疾病等。

5. 皮下脂肪厚度（皮褶厚度）用皮褶量具测量，测量者在测量部位用左手拇指及食指将该处皮肤及皮下脂肪捏起，捏时二手指应相距 3cm，右手拿量具，将钳板插入捏起的皮褶两边至底部钳住，测量其厚度，读数记录至 0.5mm。

测量皮下脂肪厚度的常用部位有：

① 上臂二头肌部位，肩峰与鹰嘴连线中点水平腹侧，皮褶方向应与上臂长轴平行；

② 背部，肩胛骨下角下稍偏外侧处，皮褶方向应自下向上中方向与脊柱成 45°；

③ 腹部，锁骨中线上平脐处，皮褶方向与躯干长轴平行。

近年来国际上常采用上臂皮褶厚度，其次为肩胛角下皮褶厚度。

第三章 儿童保健原则

第一节 各年龄期儿童的保健重点

一、胎儿期及围生期保健

① 预防遗传性疾病与先天畸形；

② 保证充足的营养；

③ 给予良好的生活环境；

④ 尽可能避免妊娠期合并症，预防流产、早产、异常产的发生；

⑤ 预防孕期及产时感染，对高危儿予以特殊监护和积极处理。

二、新生儿期保健

① 出生时的护理：室温、清理呼吸道、严格无菌操作及新生儿筛查。

② 新生儿居家保健：包括喂养、皮肤护理、预防感染及预防接种。

三、婴儿期保健

① 提倡母乳喂养；合理添加辅食；指导断奶；

② 定期进行体格检查；

③ 预防疾病，防止意外，促进生长发育；

④ 完成基础计划免疫。

四、幼儿期的保健

① 促进幼儿语言发育与大运动能力的发展；

② 合理安排小儿生活和培养良好生活习惯；

③ 预防疾病和意外；

④ 进行生长发育系统监测。

五、学龄前期儿童保健

① 加强早期教育，培养独立生活能力和良好的学习习惯；

② 加强体格锻炼，增强体质；

③ 防治传染病，防止意外发生。

六、学龄期保健

① 保证充足的营养，加强体格锻炼；

② 培养良好的学习习惯、生活习惯和卫生习惯；

③ 重视品德教育。

七、青春期保健

① 保证充足的营养，加强体格锻炼；

② 加强素质教育，促进德、智、体全面发展；

③ 重视青春期性教育，加强青春期生理和心理卫生教育；

④ 进行法制教育。

第二节 儿童保健的具体措施

计划免疫（预防接种）是根据小儿的免疫特点和传染病发生的情况制定的免疫程序，有计划地使用生物制品进行预防接种，以提高人群的免疫水平，达到控制和消灭传染病的目的。

按照我国卫生部的规定，婴儿必须在1岁

表 3-1　1 岁以内婴儿各种预防接种实施程序表

预防病名	结核病	脊髓灰质炎	麻疹	百日咳、白喉、破伤风	乙型肝炎
免疫原	卡介苗（减毒活结核菌混悬液）	脊髓灰质炎减毒丸活疫苗	麻疹减毒活疫苗	为百日咳菌液白喉类毒素、破伤风类毒素的混合制剂	乙肝疫苗
接种方法	皮内注射	口服	皮下注射	皮下注射	肌内注射
接种部位	左上臂三角肌上端		上臂外侧	上臂外侧	上臂三角肌
初种次数	1	3(间隔 1 个月)	1	3(间隔 4～6 周)	3
每次剂量	0.1ml	每次 1 丸三型混合糖丸疫苗	0.2ml	0.2～0.5ml	5μg
初种年龄	生后 2～3d 到 2 个月内	2 个月以上：第一次 2 个月，第二次 3 个月，第三次 4 个月	8 个月以上易感儿	3 个月以上：第一次 3 个月；第二次 4 个月；第三次 5 个月	第一次出生时，第二次 1 个月，第三次 6 个月
复种	接种后于 7 岁、12 岁进行复查，结核菌素阴性时加种	4 岁时加强口服三型混合糖丸疫苗	7 岁时加强一次	1.5～2 岁、7 岁各加强一次，用吸附白破二联类毒素	周岁时复查免疫成功者：3～5 年加强；免疫失败者：重复基础免疫
反应情况及处理	接种后 4～6 周局部有小溃疡，保护创口不受感染。个别腋下或锁骨上淋巴结肿大或化脓时的处理：肿大用热敷；化脓用干针筒抽出脓液；溃破涂 5% 异烟肼软膏或 20% 对氨水杨酸软膏	一般无特殊反应，有时可有低热或轻泻，可不治自愈	部分小儿接种后9～12d，有发热及卡他症状，一般持续2～3d，也有个别小儿出现散在皮疹或麻疹或麻疹黏膜斑，予对症治疗	一般无反应，个别轻度发热，局部红肿、疼痛、发痒。处理：多饮开水，有硬块时可逐渐吸收	一般无反应，个别局部轻度红、肿、疼痛，很快消退
注意点	2 个月以上小儿接种前应做结核菌素试验(1∶2000)，阴性才能接种	冷开水送服或含服，服后 1h 内禁用热开水	接种前 1 个月及接种后 2 周避免用胎盘球蛋白、丙种球蛋白制剂	掌握间隔期，避免无效注射	

内完成卡介苗、脊髓灰质炎三型混合疫苗、百日咳-白喉-破伤风类毒素混合制剂、麻疹减毒疫苗和乙型肝炎病毒疫苗等 5 种疫苗接种。见表 3-1。

【试题精选】

一、单项选择题

1. 麻疹减毒活疫苗的初种年龄是
A. 2 个月　　　　　　　B. 3 个月
C. 6 个月　　　　　　　D. 8 个月
2. 新生儿可从母体获得的免疫球蛋白是

A. Ig A　　　　　　　B. Ig E
C. Ig G　　　　　　　D. Ig M
3. 下列主动免疫制剂中属于活菌苗的是
A. 预防麻疹的制剂
B. 预防结核病的制剂
C. 预防破伤风的制剂

D. 预防乙型脑炎的制剂

4. 幼儿期小儿游戏的特点是

A. 竞赛性游戏　　　　B. 合作性游戏

C. 平行游戏　　　　　D. 单独游戏

5. 为预防以下几种传染病所使用的免疫制剂中属死菌苗的是

A. 百日咳　　　　　　B. 结核

C. 乙型脑炎　　　　　D. 白喉

6. 竞赛性游戏是哪期儿童多进行的游戏？

A. 幼儿期　　　　　　B. 学龄前期

C. 学龄期　　　　　　D. 青春期女孩

7. 孕期的保健重点最主要的是

A. 胎儿期避免物理性、药物性、创伤性、感染性因素影响及营养不良

B. 提高接生技术，防止分娩意外

C. 妊娠后期增加活动量，促进胎儿发育

D. 做好孕妇预防注射，提高胎儿免疫能力

E. 妊娠初期减少活动，防止流产

8. 对母亲的危险因素最容易造成胎儿畸形的时间是

A. 妊娠 2～8 周　　　　B. 妊娠 12～28 周

C. 妊娠 28～34 周　　　D. 妊娠 34 周至出生

9. 接种卡介苗时以下哪项操作不规范？

A. 左上臂三角肌上端皮下注射

B. 2 个月以上小儿接种前应做结核菌素试验

C. 接种后局部小溃疡应保护创口不受感染

D. 接种后个别小儿局部淋巴结肿大可热敷

10. 新生儿期应给予接种

A. 牛痘　　　　　　　B. 灰质炎疫苗

C. 流脑疫苗　　　　　D. 乙脑疫苗

E. 卡介苗

11. 小儿下列预防接种时间，哪项是错误的？

A. 卡介苗——2 个月以上

B. 灰质炎疫苗——2 个月

C. 百、白、破疫苗——3 个月

D. 麻疹疫苗——8 个月

E. 流脑、乙脑疫苗——1 岁后

12. 下列哪种疫苗是不应在 10 个月以内完成接种的

A. 脊髓灰质炎（三型）　B. 麻疹疫苗

C. 百、白、破三联疫苗　D. 卡介苗

E. 乙脑疫苗

13. 2 个月以上小儿首次接种卡介苗以下哪点最重要

A. 皮内注射

B. 接种前应做结核菌素实验

C. 接种剂量应减半

D. 应注意避免感染

E. 接种浓度应减低（1：1000）

14. 下列何为卡介苗的初种年龄

A. 2 天到 2 个月　　　B. 3 天到 3 个月

C. 生后 8 个月以上　　D. 5 天到 5 个月

E. 6 天到 6 个月

二、多项选择题

1. 9 个月内小儿应进行哪种预防注射

A. 百、白、破三联疫苗

B. 乙脑疫苗

C. 乙肝疫苗

D. 麻疹疫苗

E. 卡介苗

2. 小儿非特异性免疫特点是

A. 新生儿皮肤角质层薄嫩，容易破损，屏障作用差

B. 新生儿及婴儿肠壁通透性高、胃酸少，杀菌力弱

C. 1 岁时补体成分浓度可达成人水平

D. 足月婴儿出生时血清补体约为成人的 90%

E. 婴幼儿期淋巴结功能尚未成熟，屏障作用差

3. 小儿体液免疫的特点是

A. 新生儿血中的 IgG 主要来自母体，于生后 6 个月全部消失

B. IgG 含量于生后 5～7 岁达成人水平

C. IgM 含量于生后 2 岁达成人水平

D. IgA 含量于生后 12 岁达成人水平

E. IgE 含量于生后 7 岁达到成人水平

三、填空题

1. 1 岁内小儿预防接种疫苗的程序是_____、_____、_____、_____、_____。

2. 3 岁前小儿年龄分期依次为_____，_____，_____，_____。

四、简答题

简述小儿预防接种后常见的不良反应及处理方法。

【参考答案】

一、单项选择题

1. D　2. C　3. B　4. B　5. A　6. C　7. A
8. A　9. A　10. E　11. A　12. E　13. B
14. A

二、多项选择题

1. ACDE　2. ABE　3. ABCDE

三、填空题

1. 乙肝疫苗　卡介苗　脊髓灰质炎疫苗　百、
白、破三联疫苗　麻疹疫苗
2. 胎儿期　新生儿期　婴儿期　幼儿期

四、简答题

预防接种制剂对人体来说是一种外源性刺激，会有不同程度的局部或全身性反应。

① 卡介苗接种后2周左右局部可出现红肿浸润，8~12周后结痂。若化脓形成小溃疡，腋下淋巴结肿大，可局部处理以防感染扩散，但不可切开引流。

② 脊髓灰质炎三价混合疫苗接种后会有极少数婴儿发生腹泻，但往往能不治自愈。

③ 百日咳、白喉、破伤风类毒素混合制剂接种后局部可出现红肿、疼痛或低热、疲倦等，偶见过敏性皮疹、血管性水肿。若全身反应严重，应及时到医院诊治。

④ 麻疹疫苗接种后，局部一般无反应，少数人可在6~10日内出现轻微的麻疹，予以对症治疗即可。

⑤ 乙型肝炎病毒疫苗接种后很少有不良反应。个别人可有发热或局部疼痛，不必处理。

第四章　小儿液体平衡的特点和液体疗法

一、小儿液体平衡的特点

体液是人体的重要组成部分，保持其生理平衡是维持生命的重要条件。

（1）体液的总量与分布　见表4-1。

表4-1　不同年龄儿童的体液分布
（占体重的%）

年　龄	总量	细胞外液		细胞内液
		血浆	间质液	
足月新生儿	78	6	37	35
1岁	70	5	25	40
2～14岁	65	5	20	40
成人	55～60	5	10～15	40～45

（2）特点

①"多"：按体重计算，小儿体液量相对较成人多，年龄愈小，体液总量愈多。

②"大"：在体液组成上，间质液随年龄变化大。年龄愈大，间质液愈少。

（3）体液的电解质组成

①细胞内液：K^+、Ca^{2+}、Mg^{2+}和Na^+为主，阴离子以蛋白质、HCO_3^-、HPO_4^{2-}和Cl^-等离子为主。

②细胞外液：Na^+、K^+、Ca^{2+}和Mg^{2+}，阴离子为Cl^-、HCO_3^-和蛋白。

③新生儿出生3～4d内：血钾、氯、磷、乳酸根偏高；血钙、HCO_3^-偏低。

（4）儿童水的代谢特点

①水的生理需要量：见表4-2。

表4-2　小儿每日水的需要量

年　龄	需水量/(ml/kg)
<1岁	120～160
1～3岁	100～140
4～9岁	70～110
10～14岁	50～90

②水的排出：机体主要通过肾（尿）途径排出水分，其次为经皮肤和肺的不显性失水和消化道（粪）排水，另有极少量的水贮存体内供新生组织增长。

③水平衡的调节：肾脏是唯一能通过其调节来控制细胞外液容量与成分的重要器官。

二、水与电解质平衡失调

1. 脱水

脱水是指水分摄入不足或丢失过多所引起的体液总量尤其是细胞外液量的减少，脱水时除丧失水分外，尚有钠、钾和其他电解质的丢失。一般根据前囟、眼窝的凹陷与否、皮肤弹性、循环情况和尿量等临床表现综合分析判断。

常按脱水程度将脱水分为三度，见表4-3。根据水与钠丢失比例，即按性质分为不同3种，见表4-4。

表4-3　轻、中、重度脱水程度的鉴别

观察指标	轻	中	重
精神状态	稍差,不安	烦躁委靡	淡漠,昏睡
前囟	稍凹	明显凹	深凹
皮肤弹性	稍差	较差	极差
口腔黏膜	稍干	干燥苍白	干燥发灰
泪（哭时）	有	少	无
尿量	稍少	明显少	极少或无尿
脉搏	正常	稍弱	细速
血压	正常	稍低	下降
心音	正常	略钝	低钝
四肢皮肤	温暖	稍凉	厥冷
体液丢失	50ml/kg	50～100mg/kg	100～120ml/kg
占体重的百分比	5%	5%～10%	10%以上

表 4-4　等、低、高渗性脱水的鉴别

观察指标	等渗性脱水	低渗性脱水	高渗性脱水
血钠浓度	130～150mmol/L	<130mmol/L	>150mmol/L
钠水丢失	成比例	失钠＞失水	失水＞失钠
体液丢失	细胞外液丢失为主	细胞外液明显减少	细胞内液明显减少
脱水征	一般	严重	较轻
周围循环障碍	重者出现	易出现，且症状严重	不易出现严重者亦出现
神经精神症状	少见	嗜睡、昏迷，抽风	烦躁、谵妄、高热抽搐、昏迷、脑出血
口渴感	一般	不明显	烦渴多饮
常见病	呕吐、腹泻	营养不良伴腹泻	病程短的腹泻伴高热
发生率	40%～80%	20%～50%	<10%

2. 低钾血症

正常血清钾维持在 3.5～5.0mmol/L，血清钾浓度低于 3.5mmol/L 时称为低钾血症。

（1）病因　①钾的摄入量不足；②由消化道丢失过多；③肾脏排出过多；④钾在体内分布异常；⑤各种原因的碱中毒。

（2）临床表现

① 神经-肌肉兴奋性降低　四肢无力，肌腱反射减弱，重者导致弛缓性瘫痪；胃肠平滑肌症状：腹胀，肠鸣音减弱，重者导致低钾性肠麻痹。

② 心肌兴奋性升高：心悸，心律失常，甚至室颤，心肌张力下降，心音低钝；心电图示 ST 段下移，T 波平坦，Q-T 间期延长，出现病理性 U 波。

③ 肾损害：低钾使肾脏浓缩功能下降，出现多尿，重者有碱中毒症状。

（3）低钾血症的治疗　①去除病因；②见尿补钾，6h 内有尿；③补充钾盐量：轻度 3～4mmol/kg，重度 4～6mmol/kg；④浓度 27mmol/L（0.2%）；不超过 40mmol/L（0.3%）；⑤时间应均匀分配全日静滴，不少于 8h，速度应小于每小时 0.3mmol/kg；⑥持续 4～6d。

3. 代谢性酸中毒

正常儿童血 pH 值与成人一样，均为 7.4，但其范围稍宽，即 7.35～7.45。

（1）病因　①细胞外液酸的产生过多；②细胞外液碳酸氢盐的丢失。根据血浆 HCO_3^- 分为三度：轻度 18～13mmol/L；中度 13～9mmol/L；重度小于 9mmol/L。

（2）治疗　代谢性酸中毒的治疗：①积极治疗缺氧、组织低灌注、腹泻等原发疾病；②pH 值<7.30 时用碱性药物。所需补充的碱性溶液 mmol 数＝剩余碱（BE）负值×0.3×体重（kg），因 5%碳酸氢钠 1ml＝0.6mmol，故所需 5%碳酸氢钠（ml）＝（－BE）×0.5×体重（kg）。一般将碳酸氢钠稀释成 1.4% 的溶液输入；先给以计算量的 1/2，复查血气后调整剂量。应注意补钾、补钙。

三、液体疗法时常用补液溶液

常用液体包括非电解质和电解质溶液（表 4-5）。

附　口服补液盐（oral rehydration salts，ORS）

（1）原理　ORS 其理论基础是基于小肠的 Na^+-葡萄糖偶联转运吸收机制。

（2）配方　可用 NaCl 3.5g，$NaHCO_3$ 2.5g，枸橼酸钾 1.5g，葡萄糖 20.0g，加水到 1000ml 配成。其电解质的渗透压为 220mmol/L（2/3 张），此液中葡萄糖浓度为 2%，有利于 Na^+ 和水的吸收。

（3）ORS 一般适用于轻度或中度脱水无严重呕吐者，在用于补充继续损失量和生理需要量时需适当稀释。可用于预防腹泻引起的脱水。

（4）相对禁忌证：①中重度脱水或呕吐剧烈者；②伴有休克、心肾功能不全者；③新生儿。

四、液体疗法

液体疗法包括了补充生理需要量、累积损失量及继续丢失量。

第一个 24h 补液方案：定量（补多少）；定性（补什么）；定速度（补多快）；纠酸；补钾/补钙（表 4-6）。

表 4-5 常用溶液成分

溶 液	每100ml含溶质或液量	Na⁺/(mmol/L)	K⁺/(mmol/L)	Cl⁻/(mmol/L)	HCO₃⁻或乳酸根/(mmol/L)	Na⁺：Cl⁻/(mmol/L)	渗透压或相对于血浆的张力
血浆		142	5	103	24	3：2	300mOsm/L
①0.9%氯化钠	0.9g	154		154		1：1	等张
②5%碳酸氢钠	5g	595			595		3.5张
③1.4%碳酸氢钠	1.4g	167			167		等张
④11.2%乳酸钠	11.2g	1000			1000		6张
⑤1.87%乳酸钠	1.87g	167			167		等张
⑥10%氯化钾	10g		1342	1342			8.9张
1：1含钠液	①50ml②50ml	77		77		1：1	1/2张
1：2含钠液	①35ml②65ml	54		54		1：1	1/3张
1：4含钠液	①20ml②80ml	30		30		1：1	1/5张
2：1含钠液	①65ml④或⑥35ml	158		100	58	3：2	等张
2：3：1含钠液	①33ml②50ml④或⑥17ml	79		51	28	3：2	1/2张
4：3：2含钠液	①45ml②33ml④或⑥22ml	106		69	37	3：2	1/3张

表 4-6 补液的步骤

项目	累积损失（8～12h）	继续丢失（12～16h）	生理需要
定量	轻度脱水 50ml/kg 中度脱水 50～100ml/kg 重度脱水 100～120ml/kg	30ml/(kg·d)	60～80ml/(kg·d)
定性	扩容：生理盐水或2：1等张含钠液 低渗脱水 2/3张 等渗脱水 1/2张 高渗脱水 1/3～1/5张	1/2～1/3张	1/3～1/5张
定速度	扩容：20～40ml/(kg·h) 剩余累积：8～10ml/(kg·h)	5ml/(kg·h)	5ml/(kg·h)

【试题精选】

一、单项选择题

1. 新生儿体液总量占体重的

A. 85%　　　　　　　B. 80%

C. 75%　　　　　　　D. 70%

E. 65%

2. 1岁小儿体液总量占体重的多少

A. 80%　　　　　　　B. 70%

C. 60%　　　　　　　D. 50%

E. 40%

3. 正常血清钠浓度为

A. 250～260mmol/L　　B. 90～110mmol/L

C. 130～150mmol/L　　D. 60～80mmol/L

E. 110～120mmol/L

4. 1岁以内正常小儿每日需水量为

A. 60～80ml/kg　　　　B. 80～100ml/kg

C. 100～120ml/kg　　　D. 120～160ml/kg

E. 150～170ml/kg

5. 小儿血浆容量约占体重的多少

A. 2%　　　　　　　　B. 3%

C. 4％ D. 5％

E. 6％

6. 血管内液中最少的阳离子

A. 钠 B. 钙

C. 钾 D. 磷酸盐

E. 氯

7. 女，1岁。体重9kg。因发热、腹泻2d入院。精神委靡，皮肤弹性差，眼窝明显凹陷，四肢冰凉，尿极少。扩容应输注的液体组成是

A. 0.9％氯化钠60ml，1.4％碳酸氢钠120ml

B. 0.9％氯化钠80ml，1.4％碳酸氢钠100ml

C. 0.9％氯化钠100ml，1.4％碳酸氢钠80ml

D. 0.9％氯化钠120ml，1.4％碳酸氢钠60ml

E. 0.9％氯化钠140ml，1.4％碳酸氢钠40ml

8. 小儿脱水，维持治疗阶段的输液时间

A. 6～8h B. 8～12h

C. 12～16h D. 16～24h

E. 24h

9. pH 7.25，HCO_3^- 18mmol/L，PCO_2 34mmHg，CO_2CP 13mmol/L

A. 是呼吸性酸中毒 B. 是代谢性酸中毒

C. 是呼吸性碱中毒 D. 是代谢性碱大毒

E. 是呼吸性酸中毒合并代谢性碱中毒

10. 临床上出现脱水症状时，主要改变是

A. 体液总量，尤以细胞外液减少

B. 血浆总量减少

C. 细胞内液量减少

D. 间质液的减少

E. 细胞外液减少但不伴血浆的减少

11. 1岁男孩，体重10kg，患腹泻伴中度脱水，该患儿液体丢失量约为

A. 200ml B. 400ml

C. 800ml D. 1200ml

E. 1500ml

12. 中度脱水时液体的累积损失量约是（ml/kg）

A. ＜25 B. 25～50

C. 50～100 D. 100～125

E. 125～150

13. 下列哪种液体是等张

A. 3：2：1液 B. 4：3：2液

C. 4.2％碳酸氢钠液 D. 11.2％乳酸钠液

E. 1/6mol/L乳酸钠液

14. 生理维持液是

A. 4份0.9％氯化钠＋10％葡萄糖＋1.4％碳酸氢钠2份

B. 35％葡萄糖＋0.9％氯化钠3份＋1.4％碳酸氢钠1份

C. 1份生理盐水＋4份10％葡萄糖＋0.15％氯化钾

D. 2份0.9％氯化钠＋1.4％碳酸氢钠1份

E. 2份0.9％氯化钠＋10％葡萄糖1份＋0.3％氯化钾

15. 3：2：1液是

A. 4份0.9％氯化钠＋10％葡萄糖＋1.4％碳酸氢钠2份

B. 3份10％葡萄糖＋0.9％氯化钠2份＋1.4％碳酸氢钠1份

C. 1份生理盐水＋4份5％葡萄糖＋0.15％氯化钾

D. 2份0.9％氯化钠＋1.4％碳酸氢钠1份

E. 2份0.9％氯化钠＋10％葡萄糖1份＋0.3％氯化钾

16. 4：3：2液的渗透压是

A. 等张 B. 2/3张

C. 1/2张 D. 1/3张

E. 1/5张

17. 3：2：1液的渗透压是

A. 等张 B. 2/3张

C. 1/2张 D. 1/3张

E. 1/5张

18. 下列哪种是1/2张液体

A. 2：1液 B. 0.9％生理盐水

C. 3：2：1液 D. 4：3：2液

E. 5％碳酸氢钠

19. 10％葡萄糖100ml＋10％氯化钠4ml＋5％碳酸氢钠6ml是

A. 1/4张 B. 1/2张

C. 1/3张 D. 2/3张

E. 3/4张

20. 口服补液时，液剂中葡萄糖的作用主要是

A. 使液体具有一定的渗透压

B. 利用渗透利尿作用的排泄毒素

C. 增加小肠对钠、水的重吸收

D. 治疗酮中毒

E. 以上都不是

21. WHO推荐使用的口服补液盐的张力为

A. 1/5张 B. 2/5张

C. 3/5张 D. 1/3张

E. 2/5张

22. WHO推荐使用的口服补液盐的氯化钾的

浓度为

A. 0.1%　　　　　　　　B. 0.15%

C. 0.2%　　　　　　　　D. 0.25%

E. 0.3%

23. 可用口服补液方式治疗的是

A. 新生儿腹泻　　　　　　B. 腹胀明显

C. 呕吐频繁

D. 中度脱水无周围循环衰竭

E. 重度脱水

24. 轻度脱水，第一天补液总量

A. 50～90ml/(kg·d)

B. 90～120ml/(kg·d)

C. 120～150ml/(kg·d)

D. 150～180ml/(kg·d)

E. 180～250ml/(kg·d)

25. 低渗性脱水第一日应输

A. 等张含钠液　　　　　　B. 1/2张含钠液

C. 2/3张含钠液　　　　　D. 1/3张含钠液

E. 1/4张含钠液

26. 高渗性脱水的治疗，应先用

A. 生理盐水　　　　　　　B. 10%葡萄糖

C. 0.3%葡萄糖氯化钠溶液

D. 林格液

E. 1.4%碳酸氢钠溶液

27. 高氯性低渗脱水最宜选用

A. 0.9%氯化钠液

B. 1/6mol/L乳酸钠液

C. 1/6mol/L碳酸氢钠液

D. 葡萄糖液　　　　　　　E. 1:1液

28. 静脉补钾浓度，一般不得超过

A. 3%　　　　　　　　　　B. 3‰

C. 1.5%　　　　　　　　　D. 2%

E. 0.3‰

29. 配制2:1等张含钠液120ml需

A. 0.9%NaCl 80ml，1.4%NaHCO₃ 40ml

B. 0.9%NaCl 80ml，5% NaHCO₃ 5ml，10%葡萄糖 35ml

C. 0.9%NaCl 80ml，10%葡萄糖 40ml

D. 0.9%NaCl 40ml，5% NaHCO₃ 38ml

E. 0.9% NaCl 80ml，5% NaHCO₃ 10ml，10%葡萄糖 30ml

30. 4:3:2含钠液的成分是

A. 4份0.9%氯化钠，3份10%葡萄糖，2份5%碳酸氢钠

B. 4份10%葡萄糖，3份0.9%氯化钠，2份11.2%乳酸钠

C. 4份1.4%碳酸氢钠，3份10%葡萄糖，2份0.9%氯化钠

D. 4份5%碳酸氢钠，3份0.9%氯化钠，2份10%葡萄糖

E. 4份0.9%氯化钠，3份10%葡萄糖，2份1.87%乳酸钠

31. 小儿腹泻伴脱水，应首选哪项检查

A. 肝功能检查　　　　　　B. 支原体抗体

C. 血电解质测定　　　　　D. 腹部B超检查

E. 胸部X线检查

32. 小儿补充生理需要，所用液体的张力为：

A. 1/5张　　　　　　　　B. 1/3张

C. 1/2张　　　　　　　　D. 2/3张

E. 等张

33. 小儿每日补充生理需要，所需液量

A. 30～50ml/kg　　　　　B. 40～60ml/kg

C. 60～80ml/kg　　　　　D. 80～100ml/kg

E. 100～120ml/kg

34. 婴儿腹泻的脱水性质不明时，前8h静脉补液可选用

A. 1/4张含钠液　　　　　B. 1/3张含钠液

C. 2/3张含钠液　　　　　D. 1/2张含钠液

E. 4:3:2含钠液

35. 婴儿腹泻有明显周围循环障碍者，扩容时宜选用

A. 等张含钠液40～50ml/kg

B. 高张含钠液20～50ml/kg

C. 2/3张含钠液20～30ml/kg

D. 1/2张含钠液40～50ml/kg

E. 等张含钠液20ml/kg

36. 婴儿腹泻每日补钾总量是

A. 一般3～4mmol/(kg·d)

B. 缺钾明显时6～8mmol/(kg·d)

C. 缺钾明显时8～10mmol/(kg·d)

D. 常规每日给予氯化钾0.5g

E. 以上都不是

37. 婴儿腹泻轻度酸中毒时，早期诊断的可靠依据是

A. 呕吐、腹泻、次数　　　B. 脱水程度

C. 口唇樱红　　　　　　　D. 呼吸有烂苹果味

E. 呼吸系统症状

38. 婴儿腹泻进行补液时兼有扩充血容量及纠

正酸中毒的最合适的溶液是

A. 2∶3∶1 溶液　　　　B. 1.4%碳酸氢钠

C. 5%碳酸氢钠　　　　D. 11.2%乳酸钠

E. 生理盐水

39. 新生儿体液电解质组成除哪项外，均较成人偏高

A. 血钠　　　　　　　B. 血氯

C. 血钾　　　　　　　D. 血磷

E. 乳酸盐

40. 除去下列哪一项，均为低渗性脱水的特点

A. 主要为细胞外液减少

B. 黏膜干焦，口渴剧烈

C. 多发生于长期腹泻或者营养不良患儿

D. 易出现休克表现

E. 易发生脑神经细胞水肿

41. 关于 ORS，以下哪些是错误的

A. 应用这一溶液的原理是葡萄糖在小肠内主动吸收时需与钠一起进行偶联转运。葡萄糖和钠同时被吸收水和氯的被动吸收也随之增加

B. ORS 常用于腹泻合并轻中度脱水的补液治疗

C. ORS 是 2/3 张液

D. 可增加本配方中钠的含量而用于治疗病毒性肠炎合并脱水

E. ORS 总钾浓度为 0.15%

42. 口服补液盐中不含有

A. Na^+　　　　　　　B. Cl^-

C. Ca^{2+}　　　　　　　D. K^+

E. HCO_3^-

43. 下列有关婴儿腹泻静脉补液的原则中，哪一项是错误的

A. 有循环障碍者，先用 2∶1 等张含钠液扩容

B. 输液速度原则是先快后慢

C. 累积损失量应于 8~12h 内补足

D. 按 1/3~1/2 张含钠液补充继续损失

E. 液疗时最初几天热量供给按 110cal❶/kg

44. 关于补钾的要求哪项不合适

A. 一般每日补钾总量按 2~4mmol/kg

B. 静脉补给的浓度不超过 0.3%

C. 一日补钾总量不少于 6~8h 加入

D. 见尿补钾

E. 吐泻好转应及时停止补钾

45. 高血钾的治疗，下列哪项不合适

A. 葡萄糖酸钙　　　　B. 葡萄糖加胰岛素

C. 碳酸氢钠　　　　　D. 呋塞米（速尿）

E. 输血浆或输血

46. 关于纠正代谢性酸中毒，哪项是不正确的

A. 轻度代谢性酸中毒补液后可不必另给碱性药

B. 重度代谢性酸中毒，按提高 CO_2CP 5mmol/L 给予碱性药

C. 伴有脱水的代谢性酸中毒给予等渗碱性药

D. 按体液总量计算公式要给的碱性药应一次给予

E. 积极除去病因

47. 婴儿腹泻伴低钾血症时，下列哪一项是不正确的

A. 腹泻是由于排钾过多导致低血钾

B. 酸中毒易致低血钾

C. 血钾低于 3.5mmol/L 时出现低钾症状

D. 补液后钾从尿中排出导致低钾

E. 补液后血液被稀释、血钾相对较低

48. 关于婴儿腹泻时补钙、补镁的要求，下列哪一项不正确

A. 一般不需要常规服用钙剂

B. 输液过程中出现抽搐，应考虑给钙剂缓慢静注

C. 个别小儿抽搐时用钙剂无效时，应想到低镁血症

D. 静注钙剂有引起心脏骤停的危险

E. 肌注硫酸镁疗效显著

49. 重度脱水伴循环障碍，扩容阶段的治疗哪项不恰当

A. 液体种类为 2∶1 等张含钠液

B. 有重度酸中毒时可用 1.4%碳酸氢钠扩容

C. 液体量 20ml/kg

D. 同时补钾，浓度不超过 0.3%

E. 输液速度为 30~60min 内静脉快速滴注

50. 哪项不是低钾血症的临床表现

A. 腱反射减弱　　　　B. 肠鸣音亢进

C. 心率增快

D. 心电图示 T 波增宽，低平

E. U 波出现

51. 重症腹泻补钾时，哪项是错误的

---

❶ 1kcal＝4.184kJ。

A. 输液后见尿开始补钾

B. 静脉输液中氯化钾的浓度不超过 0.3%

C. 每日补钾静滴时间不短于 8h

D. 治疗低钾血症须持续给钾 4～6d

E. 每日氯化钾的剂量 1～2mmol/kg

52. 口服补液盐配方，哪项不正确

A. 碳酸氢钠 2.5g/L　　　B. 氯化钾 1.5g/L

C. 氯化钠 3.5g/L　　　　D. 葡萄糖 5g/L

E. 水 1000ml

53. 低血钾的原因不包括

A. 呕吐进食少　　　　　B. 腹泻丢失多

C. 尿中排泄

D. 酸中毒 H^+-K^+ 细胞内外交换

E. 久泻和营养不良

二、多项选择题

1. 小儿体液特点，以下哪些是正确的

A. 年龄愈小，体液含量相对愈多

B. 细胞内液百分率与成人相近

C. 年龄愈小，血浆比例越多

D. 年龄越小，细胞间质液比例越低

E. 血浆百分率与成人相似

2. 新生儿在出生后数日内，电解质代谢的特点是

A. 体内液体总量占体重的 80%

B. 碳酸氢根和钙较低

C. 血钠与成人相近或稍低

D. 血钾多偏低

E. 血氯多偏低

3. 小儿水的交换率高，主要因为

A. 神经内分泌调节功能旺盛

B. 基础代谢率高

C. 年龄愈小，体表面积愈较大

D. 肾脏浓缩功能较差

E. 血浆比例较成人高

4. 新生儿体液电解质组成较成人偏低的是

A. 碳酸氢盐　　　　　　B. 乳酸盐

C. 血钙　　　　　　　　D. 血氯

E. 血钾

5. 一般情况下，学龄儿童尿量可按哪项计算

A. 50～80ml/100cal

B. 少于 250ml/($m^2 \cdot d$) 为少尿

C. 1～2ml/(kg·h)

D. 每日尿量少于 50ml 为无尿

E. 每日尿量少于 400ml 为少尿

6. 影响不显性失水的因素有

A. 体温　　　　　　　　B. 抽风

C. 体内含水量　　　　　D. 腹泻

E. 空气湿度

7. 不显性失水，正确的计算方法有

A. 42ml/100cal　　　　B. 62ml/100cal

C. 1ml/(kg·h)

D. 呼吸增强时，不显性失水降低

E. 新生儿光疗时不显性失水降低

8. 影响新生儿不显性失水量的因素有

A. 新生儿成熟程度　　　B. 活动量

C. 呼吸频率　　　　　　D. 环境温度

E. 环境湿度

9. 维持细胞外液中碳酸氢盐的浓度主要是通过哪些项调节的

A. 肺　　　　　　　　　B. 肝

C. 血浆蛋白的浓度　　　D. 肾

E. 脑

10. 以下关于不显性失水，正确的是

A. 小儿不显性失水量按体重计算较成人大

B. 不显性失水包括呼吸丢失水分及皮肤不显性排汗

C. 不显性失水在呼吸快，发热，光疗等增加

D. 不显性失水的补充仅用白开水或葡萄糖溶液即可，无需补充钠盐

E. 活动增加时不显性失水增多

11. 新生儿比成人易发生酸中毒的原因是

A. 肾产生氨能力差

B. 肾排泄氯的能力低

C. 产生乳酸偏高

D. 肾排泄碳酸氢盐功能不足

E. 呼吸较快

12. 关于脱水，以下哪些是正确的

A. 等渗性脱水常见，其次是高渗性脱水，低渗性脱水少见

B. 等渗性脱水常见，第一天补液用 1/2 张含钠溶液

C. 高渗性脱水比低渗性脱水更容易出现休克

D. 严重低渗性脱水可发生细胞水肿

E. 不确定脱水性质时，可先按等渗性脱水补液

13. 新生儿，小婴儿发生酸中毒

A. 呼吸改变可不典型

B. 可有精神委靡，拒食，面色苍白

C. 纠酸后有发生惊厥或手足搐搦的可能

D. 可发生心律失常

E. 最好用 1.4％乳酸纳纠正

14. 高渗性脱水时

A. 平均血细胞体积缩小

B. 血钠＞150mmol/L

C. 细胞外液容量减少

D. 细胞内液明显增多

E. 细胞外液容量增多

15. 关于低渗性脱水

A. 多见于腹泻

B. 主要表现为细胞外液减少

C. 易出现脑神经症状如嗜睡、昏迷或惊厥等

D. 口渴不明显

E. 不易出现循环衰竭

16. 低血钾主要表现为

A. 神经肌肉兴奋性减低   B. 尿潴留

C. 心率增快，心音低纯   D. 腹胀

E. 可出现阿-斯综合征

17. 代谢性酸中毒可见于

A. 通气不足   B. 长期服用氯化钙

C. 小儿腹泻   D. 醛固酮增多症

E. 进食不足

18. 代谢性碱中毒患儿可表现为

A. 精神迟钝、嗜睡甚至昏迷

B. 呼吸浅慢

C. 手足搐搦

D. 血钾高

E. 不易出现发绀

19. 营养不良患儿脱水时多见

A. 低渗性脱水   B. 等渗性脱水

C. 低钾血症   D. 高钾血症

E. 高渗性脱水

20. 判断重度脱水的主要指标是

A. 前囟深陷

B. 心音正常

C. 皮肤弹性极差

D. 表情淡漠，昏睡

E. 尿极少或无尿

21. 重度脱水可出现

A. 失水量为体重 10％以上

B. 皮肤有花纹，哭无泪

C. 精神极度委靡，神志可不清

D. 无尿

E. 血压下降

22. 中度脱水表现为

A. 失水量为体重的 5％～10％

B. 无尿

C. 肢冷、血压低

D. 皮肤弹性差

E. 眼窝前囟明显凹陷

23. 轻度脱水表现为

A. 失水量占体重的 5％   B. 哭时有泪

C. 眼窝凹陷明显   D. 无尿

E. 皮肤弹性差

24. 等渗性脱水时

A. 细胞内液容量无明显变化

B. 细胞外液减少＞细胞内液减少

C. 血钠 136mmol/L

D. 血钠 148mmol/L

E. 细胞内液减少较明显

25. 患儿患低钾血症时可有

A. 肌张力减低

B. 心率增快，心音低钝

C. 心电图见 T 波低平、Q-T 间期延长、ST 段下降

D. 可出现低氯性碱中毒

E. 部分可发生四肢痉挛和手足搐搦

26. 第一天静脉输液各阶段速度应按

A. 第一小时快速扩容时按 20ml/kg

B. 开始的 8～12h 纠正脱水时按 8～10ml/(kg·h)

C. 维持阶段按 5ml/(kg·h)

D. 低钾造成阿-斯综合征时，可以静注氯化钾液

E. 对高钠血症的纠正速度宜快

27. 下列哪些为 1/2 张液

A. 3：2：1 液   B. 1：1 液

C. 4：3.2 液   D. 2：1 液

E. 0.7％碳酸氢钠液

28. 配制 ORS 液 100ml 应加入

A. 氯化钠 0.35g   B. 氯化钾 0.15g

C. 氯化钙 0.2g   D. 葡萄糖 2g

E. 碳酸氢钠 0.25g

29. 目前对 ORS 液的正确认识是

A. 纠正急性腹泻脱水成功率很高

B. 新生儿脱水时效果显著

C. 早期应用可降低脱水程度

D. 主要用于轻中度脱水

E. 其补液效果较静脉补液好

30. 第 1 天静脉补液，哪项是正确的

A. 一般补充累积损失量的 2/3

B. 继续损失的补充按实际丢失补给

C. 生理需要按基础代谢要求补给

D. 婴儿腹泻时应补充以上三项的需要

E. 脱水性质不确定时，可先按等渗脱水处理

31. 婴儿重症腹泻，次日补液应是

A. 腹泻病人的继续损失可用 1/3～1/2 张含钠液补充

B. 累积损失量按 100ml/(kg·d)

C. 继续损失量按丢失多少补多少

D. 生理需要量按 60～80ml/(kg·d)

E. 继续补钾，供给热量

32. ORS 液补充累积损失的用法是

A. 8～12h 内服完

B. 重度脱水 150～180ml/kg

C. 4～6h 内服完

D. 中度脱水 80～100ml/kg

E. 轻度脱水 50～80ml/kg

33. 关于低血钾治疗正确为

A. 伴有严重脱水，肾功能障碍时，应暂缓补钾

B. 低血钾可将氯化钾稀释后缓慢静注

C. 补钾应持续 4～6d

D. 血钾已正常应立即停止补钾

E. 重度缺钾才需补钾

34. 补钾时应注意

A. 浓度不宜大于 0.3%　　B. 速度不宜过快

C. 每日氯化钾总量的静滴时间不宜短于 8h

D. 须持续给钾 4～6d

E. 一般补钾浓度在 0.2%

三、名词解释

1. 中度脱水

2. 口服补液盐

四、问答题

1. 小儿腹泻并发低钾血症时如何诊断？

2. 低钾血症为什么常在脱水，酸中毒纠正后出现？

五、病例分析

患儿 2 岁，因吐泻 3d 来院检查，临床表现符合中度脱水，化验血钠为 135mmol/L，对该患儿的第一天补液应如何进行？

【参考答案】

一、单项选择题

1. B　2. B　3. C　4. D　5. D　6. B　7. D
8. C　9. B　10. A　11. C　12. C　13. E
14. C　15. B　16. B　17. C　18. C　19. D
20. C　21. E　22. B　23. D　24. B　25. C
26. C　27. B　28. B　29. A　30. E　31. C
32. A　33. C　34. D　35. E　36. A　37. E
38. B　39. D　40. B　41. D　42. C　43. E
44. E　45. E　46. D　47. E　48. E　49. D
50. B　51. E　52. D　53. D

二、多项选择题

1. ABE　2. ABC　3. BCD　4. AC　5. ACDE
6. ABE　7. AC　8. ABCDE　9. ADE
10. ABCDE　11. ABC　12. BDE　13. ABCD
14. ABC　15. ABCD　16. ABCDE　17. BCDE
18. ABCE　19. AC　20. ACDE　21. ABCDE
22. ADE　23. AB　24. ABC　25. ABCDE
26. ABCD　27. ABE　28. ABE　29. ACD
30. ABCDE　31. ACDE　32. ADE　33. AC
34. ABCDE

三、名词解释

1. 中度脱水：失水量为体重的 5%～10%（50～100ml/kg）；精神委靡或烦躁不安，皮肤苍白，干燥，弹性较差，眼窝和前囟明显凹陷；哭时泪少，口唇黏膜干燥，四肢稍凉，尿量明显减少。

2. 口服补液盐成分：NaCl 3.5g，NaHCO$_3$ 2.5g，枸橼酸钾 1.5g，葡萄糖 20.0g，加水到 1000ml 配制而成。适应证：用于预防脱水及纠正轻中度脱水而无明显周围循环障碍者。

四、问答题

1.① 患儿出现骨骼肌无力，出现活动障碍，腱反射迟钝或消失；

② 呼吸肌受累则呼吸变浅甚至呼吸肌麻痹；

③ 平滑肌受累出现腹胀，肠鸣音减弱，重症引起肠麻痹；

④ 可出现心律失常，第一心音低钝，心电图示 ST 段降低，T 波压低、平坦、双相、倒置，出现 U 波，P-R 间期、Q-T 间期延长；

⑤ 血钾降低<3.5mmol/L。

2.① 补液时补钾不足，当循环血量增多，引起稀释性低钾；

② 酸中毒，H^+ 进入细胞内，K^+ 向细胞外转移，所以血清 K^+ 不低，酸中毒纠正后，细胞外 K^+ 重新回到细胞内，使血清 K^+ 下降，引起低钾血症。

五、病例分析

患儿为中度等渗性脱水，全天补液量 120～150ml/(kg·d)，3∶2∶1 液。

① 补累积损失量，50～100ml/(kg·d)，用 3∶2∶1 液（1/2 张），8～12h 内输完；

② 补充继续损失量，20～40ml/(kg·d)，用 1/3 张液或 1/2 张液；

③ 补充生理需要量，60～80ml/(kg·d)，用 1/4～1/5 张含钠液，与继续损失量 12～16h 内输完；

④ 注意钾及钙的补充。

第五章 营养与营养障碍疾病

第一节 儿童营养基础

营养素分为：能量；宏量营养素（蛋白质、脂类、糖类）；微量营养素（矿物质包括常量元素和微量元素；维生素）；其他膳食成分（膳食纤维、水）。

1. 能量代谢

能量是维持机体新陈代谢所必需的，主要依靠糖类、脂肪、蛋白质三大营养素供给能量，它们在体内的实际产能为：糖类4kcal/g；蛋白质4kcal/g；脂肪9kcal/g（1kcal＝4.184kJ）。小儿机体对能量的需要分以下五个方面。

（1）基础代谢 为在清醒、安静、空腹状况下，处于18～25℃环境中人体维持基本生理活动所需的最低能量。约占总能量的50%。在婴儿约为55kcal/(kg·d)，7岁时为44kcal/(kg·d)，12岁时为30kcal/(kg·d)，成人为25～30kcal/(kg·d)。

（2）生长发育 为小儿所特有，与小儿的生长速度成正比，随年龄增加而减少。

（3）食物热力作用（thermic effect of food，TEF） 食物的代谢过程中产生的能量，如氨基酸的脱氨基以及转化成高能磷酸键产生的能量消耗。不同食物的热力作用不同，蛋白质相当于产能的30%，脂肪为4%，糖类为6%。婴儿此项能量所需占总能量的7%～8%。

（4）活动 与身体大小、活动类别、强度、持续时间有关，个体差异较大。

（5）排泄 食物不能完全消化吸收，正常情况下未经消化吸收的食物的损失约占总能量的10%。

一般认为基础代谢占能量的50%，排泄消耗占能量的10%，生长和运动所需能量占32%～35%，食物的特殊动力作用占7%～8%。

1岁以内婴儿能量推荐摄入量每日每千克体重约需397.48kJ（95kcal）[或110kcal/(kg·d)，每增加3岁减去10kcal/(kg·d)]。

2. 宏量营养素

（1）糖类 是人体供能的主要来源，婴幼儿12g/(kg·d)，儿童10g/(kg·d)。所供热量占总热量的55%～65%。

（2）脂类 为脂肪、胆固醇、磷脂的总称，是热量的重要来源，人体组织和细胞的重要成分；是体内储能的主要方式。婴幼儿4～6g/(kg·d)，儿童2～3g/(kg·d)。6个月以下婴儿占总能量的45%～50%，6个月～2岁占35%～40%，2～7岁占30%～35%，7岁以上占25%～30%。

（3）蛋白质 是构成机体的主要原料，是酶、激素、抗体不可少的成分。有20种氨基酸组成，1岁以内婴儿蛋白质的推荐摄入量为1.5～3g/(kg·d)，所供热量占总热量的8%～15%。

3. 微量营养素

（1）矿物质 不供给热量，维持机体酸碱平衡和渗透压。

① 常量元素：钠、钾、氯、钙、镁、磷等。

② 微量元素：铁、铜、锌、碘等。

（2）维生素 不供给热量，调节人体的新陈代谢，构成辅酶。

① 脂溶性：维生素A、维生素D、维生

素 E、维生素 K，过量有毒性，不需每日供给。

② 水溶性：维生素 C、B 族维生素，过量无毒性，需每日供给。

4. 其他膳食成分

（1）膳食纤维　不被消化吸收，可吸收大肠水分，软化大便，促进肠蠕动。

（2）水　参与所有的新陈代谢和体温调节活动，水分的需要与年龄、体重、食物量和质、代谢高低、体温及肾浓缩功能有关，年龄越小相对需水量越大，婴儿需水每日 150ml/kg，以后每增加 3 岁减去 25ml/kg。

第二节　婴儿喂养方法

一、母乳喂养

1. 母乳的特点

（1）营养丰富　生物效价高，易被婴儿利用。

① 人乳中酪蛋白与乳清白蛋白的比例为 1∶4，形成的乳凝块小，易被消化吸收。

② 蛋白质、脂肪、糖比例适当（1∶3∶6）。

③ 含不饱和脂肪酸多，有丰富的必需脂肪酸，有利于脑发育，含解脂酶，易消化吸收。

④ 乳糖含量多，以乙型乳糖为主，利于脑发育，促进肠道乳酸杆菌的生长，抑制大肠杆菌生长，减少腹泻发生。

⑤ 钙磷比例适当（2∶1），易吸收利用，铁、锌利用率高。

⑥ 含较多的消化酶，如淀粉酶、乳脂酶，有助于消化。

⑦ 维生素 D 及维生素 K 含量低，应适当补充，防止发生相关疾病。

（2）生物作用

① 母乳缓冲力小，对胃酸中和作用弱，利于酶发挥作用，有助于营养素消化吸收。

② 具有增强免疫力的作用：从母乳中婴儿可获得免疫因子，如分泌型的 IgA、免疫活性细胞、乳铁蛋白、补体及双歧因子等能够增加婴儿自身抵抗力，减少疾病。

③ 含生长调节因子如牛磺酸、激素样蛋白，以及某些酶和干扰素。

（3）其他

① 可增进母婴感情，促进小儿智力发育。

② 母乳温度及吸乳速度比较合适，不易污染，经济方便。

③ 有利于母亲健康和产后恢复；抑制排卵，推迟月经复潮；减少乳腺癌和卵巢癌的发病。

2. 人乳的成分变化

（1）各期人乳成分

① 初乳：产后 4～5d 内分泌的乳汁，质稠，黄色，含蛋白质多，脂肪少，含丰富的微量元素及免疫物质。

② 过渡乳：5～14d 分泌的乳汁，含脂肪最高，蛋白质和无机盐逐渐减少。

③ 成熟乳：14d～9 个月分泌的乳汁。

④ 晚乳：10 个月以后分泌的乳汁，营养成分和量都减少。

（2）哺乳过程中的乳汁成分变化　哺乳过程中乳汁成分随时间而变化，开始阶段蛋白质含量多、脂肪含量少，以后脂肪含量逐渐增多、蛋白质含量逐渐减少，最后脂肪含量最高。

3. 建立良好的母乳喂养

4. 母乳喂养注意事项

① 母亲应有足够的营养摄入，充足的睡眠，心情愉快，生活有规律。

② 不随便服药。

③ 保持乳头清洁，如有乳头裂伤，应暂停哺乳，防止感染。

④ 哺乳禁忌：母亲感染 HIV 或患有严重疾病应停止哺乳，如慢性肾炎、糖尿病、恶性肿瘤、精神病、癫痫、心功能不全等；急性传染病时暂停哺乳；乙型肝炎携带者并非哺乳的禁忌证；感染结核无临床症状时可继续哺乳。

⑤ 断乳：在婴儿满 4～5 个月起逐渐添加辅食，减少哺乳次数，于 10～12 个月可完全断乳，最迟不宜超过 1 岁半。

二、混合喂养

（1）补授法　母乳不足时喂哺母乳的次数不变，于每次喂哺后适当补充其他代乳品。

（2）代授法　用配方乳或兽乳替代一次母乳量。

三、人工喂养

1. 兽乳的特点

（1）牛乳

① 蛋白质含量高，以酪蛋白为主，不易消化；

② 含不饱和脂肪酸少，脂肪球较大，无脂肪酶，不易消化吸收；

③ 乳糖含量低，以甲型乳糖为主，有利于大肠杆菌生长；

④ 矿物质成分高，加重肾溶质负荷；

⑤ 宏量营养素比例不当，钙磷比例不适宜，铁的吸收率低；

⑥ 缺乏免疫因子。

（2）羊乳　营养价值与牛乳大致相同，蛋白质凝块细软，脂肪球小，比牛乳易于消化；含叶酸较少，易患巨幼红细胞性贫血。

2. 牛乳的改造

（1）配方奶粉　调整牛奶中的成分使之接近人乳，按重量1∶8或按容积1∶4加开水冲调即成全奶。

（2）全牛乳的家庭改建　加热、加糖、加水。

3. 奶量摄入的估计

（1）配方奶粉摄入量估计　婴儿每日需能量100kcal/kg，而一般配方奶粉100g供能约500kcal，故需婴儿配方奶粉20g/(kg·d)可满足需要。

（2）全牛奶摄入量估计　100ml全奶供能67kcal，8％糖奶供能约100kcal，故婴儿需要8％糖奶100ml/(kg·d)。两次喂奶之间加水，使奶与水量达150ml/(kg·d)。

四、辅食的添加（婴儿食物转换）

1. 添加辅助食品的目的

补充母乳或牛乳中营养素的不足，为断乳作准备。

2. 添加辅助食品的原则

（1）由少到多　使婴儿有适应过程。

（2）由稀到稠　从米汤开始到稀粥、软饭。

（3）由细到粗　从菜水至菜泥、碎菜。

（4）每次添加一种　习惯一种食物后再添加另外一种。

（5）应在婴儿健康、消化功能正常时添加。

3. 添加辅助食品的顺序

见表5-1。

表 5-1　过渡期食物的引入

月　龄	添加辅食品种
1～3 月龄	鱼肝油、鲜果汁、菜汤
4～6 月龄	米汤、米糊、稀粥、蛋黄、鱼泥
7～9 月龄	粥、烂面、碎菜、蛋、肝、肉末
10～12 月龄	粥、软饭、面条、豆制品、碎菜

【试题精选】

一、单项选择题

1. 体重5kg的婴儿，每天需8％糖牛奶量应为多少，才能满足机体需要

A. 250ml　　　　B. 350ml

C. 450ml　　　　D. 500ml

E. 600ml

2. 按WHO规定，初乳是指

A. 产后 3d 内分泌的乳汁

B. 产后 5d 内分泌的乳汁

C. 产后 6d 内分泌的乳汁

D. 产后 7d 内分泌的乳汁

3. 小儿每日膳食中各种营养素热能的分配为

A. 蛋白质 10％，脂肪 40％，糖类 50％

B. 蛋白质 15％，脂肪 35％，糖类 50％

C. 蛋白质 20％，脂肪 35％，糖类 45％

D. 蛋白质 35%，脂肪 25%，糖类 40%

4. 下列食品中，均含丰富维生素 A 的一组是

A. 蛋黄、肝、胡萝卜　　B. 米糊、肝、炼乳

C. 米糊、炼乳、胡萝卜　D. 蛋黄、肝、炼乳

5. 婴儿 7 个月时添加辅食，合适的是

A. 鱼泥、蛋羹、肝泥、碎菜、粥、果泥

B. 蛋黄、菜汁、果汁、米湖、鱼肝油

C. 软饭、挂面、带馅食物、豆制品

D. 碎肉、馒头、豆腐

6. 正常小儿的肠道菌群特点是

A. 牛乳喂养者以乳酸杆菌最多

B. 母乳喂养者以乳酸杆菌为主

C. 肠道菌群多居于小肠

D. 以上都对

E. 以上都错

7. 小儿特有的热量需要指

A. 食物的热力作用　　B. 生长发育所需

C. 基础代谢　　　　　D. 动作所需

E. 以上都不是

8. 在小儿热量需要量的分配中，哪项比例最高

A. 基础代谢　　　　　B. 生长与贮存

C. 食物特殊动力作用　D. 运动和工作

E. 排泄的损耗

9. 婴幼儿基础代谢占人体总热量的

A. 50%　　　　　　　B. 70%

C. 60%　　　　　　　D. 80%

E. 40%

10. 婴儿对蛋白质需要量比成人相对高的原因

A. 婴儿以乳类食品为主要食品

B. 氨基酸在体内并非全部吸收

C. 由于生长发育需要正氮平衡

D. 婴儿对蛋白质消化吸收功能差

E. 婴儿利用蛋白质的能力差

11. 下列哪个年龄的小儿每千克体重需热量最多

A. 1 岁内　　　　　　B. 1～3 岁

C. 4～6 岁　　　　　D. 7～12 岁

E. 13～14 岁

12. 正常小儿每日每千克体重所需液体量的简单计算法为

A. 1 岁以内 150ml，以后每增加 3 岁减去 25ml

B. 1 岁以内 140ml，以后每增加 2 岁减去 25ml

C. 1 岁以内 120ml，以后每增加 3 岁减去 30ml

D. 1 岁以内 120ml，以后每增加 2 岁减去 15ml

E. 1 岁以内 150ml，以后每增加 4 岁减去 25ml

13. 以下哪项不正确

A. 每克糖产热 4kcal

B. 每克糖产热 8kcal

C. 每克蛋白质产热 4kcal

D. 每克脂肪产热 9kcal

E. 每克脂肪比每克蛋白质产热多

14. 婴儿期每日需液量是每千克体重

A. 100ml　　　　　　B. 110ml

C. 120ml　　　　　　D. 140ml

E. 150ml

15. 1 岁小儿每日每千克体重供给热量标准为

A. 95kcal/(kg·d)　　B. 90kcal/(kg·d)

C. 100kcal/(kg·d)　D. 110kcal/(kg·d)

E. 120kcal/(kg·d)

16. 哪种食物成分是机体供热量的最重要来源

A. 蛋白质　　　　　　B. 脂肪

C. 糖类　　　　　　　D. 维生素

E. 矿物质

17. 微量元素是指占人体重量的

A. 1/100 以下者　　　B. 1/1000 以下者

C. 1/10000 以下者　　D. 1/100000 以下者

E. 1/1000000 以下者

18. 婴儿营养需要量不正确的是

A. 维生素 C 每日需 40～50mg

B. 维生素 D 每日需 400U 左右

C. 蛋白质每日每千克体重需 1.5～3g

D. 水分每日每千克体重需 150ml 左右

E. 热量每日每千克体重需 110kcal 左右

19. 母乳喂养的次数是

A. 每天 6 次　　　　　B. 每天 8 次

C. 每天 12 次　　　　D. 以上都对

E. 以上都不对

20. 全母乳喂养是指

A. 生后 2～3 个月内全部母乳喂养

B. 生后 4～6 个月内全部母乳喂养

C. 生后 7～9 个月内全部母乳喂养

D. 生后 10～12 个月内全部母乳喂养

E. 生后 12～14 个月内全部母乳喂养

21. 每 100ml 全牛奶产热量为

A. 58kcal　　　　　　B. 70kcal

C. 75kcal　　　　　　D. 67kcal

E. 55kcal

22. 孕 8 个月早产儿，冬季出生，现 1 个月，母乳喂养，首先应添加辅食及添加目的为

A. 米汤，以补充热量

B. 菜汤，以补充矿物质

C. 米汤，以补充维生素

D. 鱼肝油，以补充维生素 A

E. 鱼肝油，以补充维生素 D

23. 人乳中钙与磷比例通常是

A. 1：1　　　　　　B. 2：1

C. 3：1　　　　　　D. 1：2

E. 1：3

24. 关于母乳成分哪项是错误的

A. 初乳指产后 5d 以内的乳汁，含球蛋白较多而含脂肪较少

B. 产后 5d 至 2 周内的乳汁为过渡乳，含脂肪最高，蛋白质与矿物质渐少

C. 成熟乳为分娩 14d 以后的乳汁，其铁含量可满足婴儿生长的需要

D. 母乳中维生素 K 含量低，易发生晚发型维生素 K 缺乏，导致颅内出血

E. 每次哺乳最初与最后分泌的乳汁成分不同

25. 母乳的优点，以下哪一项是错误的

A. 酪蛋白多，形成凝块小，易消化吸收

B. 钙磷比例 2：1 易于吸收

C. 母乳缓冲力小利于消化

D. 母乳具有增加婴儿免疫力的作用

E. 乳量随小儿生长而在一定范围内增加

26. 母乳最适合婴儿和营养需要，下列哪一点是不正确的

A. 母乳蛋白质总量较少，但含乳清蛋白多

B. 母乳中尚有独特的抗感染的蛋白质如 IgA、乳铁蛋白及溶菌酶

C. 母乳蛋白质的氨基酸比值合宜，含游离氨基酸较多

D. 母乳乳糖含量多于牛乳，且以乙型乳糖为主

E. 母乳脂肪以饱和必需脂肪酸的为多

27. 母乳中成分较易为婴儿吸收，下列哪一项提法不正确

A. 母乳缓冲力小，对胃酸中和作用弱，有助于营养素消化吸收

B. 母乳脂肪球小，且有乳脂酶，可促进脂肪消化

C. 母乳含酪蛋白少，白蛋白多，胃内凝块细，易消化

D. 母乳中钙、磷比牛奶低，但比例适宜（2：1）利于钙的吸收

E. 母乳含铁量与牛奶相同，但吸收率低，易发生缺铁性贫血

28. 母乳与婴儿免疫力有关的因素哪项是错误的

A. 分泌型 IgA 有抗感染及抗过敏的作用

B. 乳铁蛋白可抑制大肠杆菌和白色念珠菌的生长

C. 双歧因子可促进乳酸杆菌生长

D. 低聚糖可促使细菌粘附于黏膜上

E. 溶菌酶可抗肠道感染

29. 母乳中含大量免疫物质，可增进婴儿抵抗力，下列哪一项可抑制白色念珠菌生长

A. 分泌型 IgA　　　　B. 免疫活性细胞

C. 溶菌酶　　　　　　D. 乳铁蛋白

E. 乙型乳糖

30. 母乳喂养儿肠腔中主要的细菌为

A. 大肠杆菌　　　　　B. 肠链球菌

C. 乳酸杆菌　　　　　D. 副大肠杆菌

E. 变形杆菌

31. 母乳喂养的小儿需要补充的维生素是

A. 维生素 B　　　　　B. 维生素 C

C. 维生素 D　　　　　D. 维生素 E

E. 不需补充维生素

32. 5 个月婴儿合理喂养方式是

A. 单纯母乳喂养

B. 牛（羊）奶＋面糊

C. 母乳＋谷粉、菜泥、蛋黄

D. 母乳＋豆浆、烂面条

E. 牛奶＋鸡蛋、碎菜和粥

33. 母乳喂养的断奶时间一般选择在何时为宜

A. 出生后 4～5 个月

B. 出生后 6～9 个月

C. 出生后 10～12 个月

D. 出生后 13～15 个月

E. 出生后 18 个月

34. 晚断奶者主要是

A. 早产儿奶量不足　　　B. 母乳充足体弱儿

C. 辅食添加及时

D. 奶量不足但体壮儿

E. 双胎儿

35. 母乳喂养中下列哪项喂养方法不正确

A. 先给小儿换尿布，然后清洗母亲双手和乳头

B. 母子平卧位喂奶

C. 可让婴儿先吸吮一侧乳房再吸另一侧乳房

D. 一般喂哺时间不超过 20min

E. 哺乳完毕后，将婴儿直抱并轻拍小儿背部
让吸入空气排出

36. 母乳喂养的新观点是

A. 生后半小时内开奶　　B. 生后 1h 开奶

C. 生后 2h 内开奶　　　D. 生后半天开奶

E. 奶胀后再开奶

37. 有关酸奶，以下哪项是正确的

A. 加乳酸杆菌而成

B. 加乳酸菌或稀盐酸而成

C. 加乳酸钙而成

D. 酸度高、凝块大

E. 易消化，但易引起便秘

38. 小儿人工喂养宜首先选择

A. 米粉　　　　　　　　B. 配方奶

C. 炼乳　　　　　　　　D. 豆浆或豆粉

E. 鲜牛乳、面粉各半

39. 牛奶成分与母乳成分相比较，下列哪项是
正确的

A. 蛋白质含量多，且以乳白蛋白为主

B. 脂肪含量与母乳相似，且脂肪球小

C. 乳糖含量低于母乳

D. 矿物质盐类较多，缓冲力大，能中和胃酸

E. 铁含量比人乳少，且吸收率低

40. 人工喂养时下列哪项是不正确的

A. 人工喂养婴儿应以乳品为主

B. 按婴儿年龄及生理特点调制乳品量和浓度

C. 每天喂哺次数可较母乳喂养多些

D. 喂哺时应抱起婴儿置半坐位，喂毕抱直并
轻轻拍背

E. 特别重视食具消毒及母亲卫生

41. 配方奶粉配成全牛奶按重量之比为

A. 1∶2　　　　　　　　B. 1∶4

C. 1∶6　　　　　　　　D. 1∶8

E. 1∶10

42. 羊乳喂养下列哪项是正确的

A. 羊乳中蛋白质含量较牛乳少

B. 羊乳中脂肪多且脂肪球大

C. 羊乳中叶酸含量较牛乳少

D. 羊乳中矿物质含量比牛奶少

E. 每 100ml 羊乳的热量比牛奶少

43. 一个 3 个月婴儿，体重 5kg，每日给 8%
糖牛乳 500ml 喂哺，如以配方奶粉代替，每日
约需奶粉多少

A. 75g　　　　　　　　B. 100g

C. 125g　　　　　　　　D. 150g

E. 200kg

44. 下面添加辅食的年龄哪项是错误的

A. 鱼肝油 1～3 个月　　B. 蛋 2～3 个月

C. 水果泥 4～6 个月　　D. 菜泥 4～6 个月

E. 肉末 7～9 个月

二、多项选择题

1. 婴儿期不宜过早喂淀粉类食物，其原因为

A. 唾液腺分化不全，唾液分泌量少，淀粉酶
含量不足

B. 胃淀粉酶含量低

C. 胰淀粉酶活性低

D. 肠管相对较低短，对消化淀粉类食物不利

E. 肠管相对较长，对消化淀粉类食物不利

2. 小儿容易溢乳和呕吐的主要原因

A. 胃呈水平位　　　　　B. 喂奶过量

C. 食管形似漏斗状

D. 贲门括约肌弱，幽门括约肌发育好

E. 食管较短

3. 混合喂养是指

A. 母乳＋牛乳混合喂养

B. 羊乳＋牛乳混合喂养

C. 母乳＋羊乳混合喂养

D. 母乳＋5410 代乳粉混合喂养

E. 母乳＋乳儿糕混合喂养

4. 关于混合喂养下列哪项不正确

A. 补授法是每次母乳后加喂一定量牛乳

B. 补授法是每次母乳后加喂一定量羊乳

C. 代授法是每日有数次完全喂牛乳

D. 代授法是白天喂牛乳，夜晚喂母乳

E. 补授法是每次母乳前先喂一定量的牛乳

5. 关于小儿能量代谢以下哪些正确

A. 每日每千克体重需热量随年龄增长而增加

B. 每日每千克体重需热量与年龄无关

C. 每日每千克体重基础需热量与活动无关

D. 每日每千克体重需热量随年龄增长而减少

E. 热能需要标准与性别、生理特点无关

6. 基础代谢是指下列哪些条件下所需的最低能量

A. 维持小儿生长发育

B. 人体清醒、空腹而呈完全安静状态下

C. 人体睡眠状态下

D. 维持人体基础生理活动

E. 维持体温、呼吸、循环和活动

7. 关于小儿基础代谢率下列哪些是对的

A. 1 岁内为 55kcal/（kg·d）

B. 1 岁 50kcal/（kg·d）

C. 7 岁 44kcal/（kg·d）

D. 12 岁 30kcal/（kg·d）

E. 5 岁接近成人

8. 维生素 A 的主要作用有

A. 促进生长发育

B. 维持黏膜上皮细胞完整性

C. 促进骨骼、牙齿的发育和免疫力

D. 形成视网膜内视紫质及视紫蓝质、适应暗视力

E. 促进免疫力

9. 维生素 B_1 主要存在于下列哪些食品中

A. 肝、肉、蛋、鱼、乳品

B. 豆、米、面类的外皮及胚芽

C. 精制白米或白面中

D. 上述食品中加适量碱，可使食品中维生素 B_1 稳定

E. 肠内细菌和酵母可合成一部分

10. 母乳喂养的主要优点是

A. 母乳中各种营养成分齐全，适合婴儿生长需要

B. 酪蛋白较多，容易消化

C. 母乳中含有抗体能增加婴儿抵抗力

D. 增加母子感情、促进智力发育

E. 含铁量较牛乳高，故不易出现缺铁性贫血

11. 关于母乳成分正确的是

A. 钙磷比例为 1：2

B. 脂肪颗粒小，解酯酶少

C. 乳蛋白的多，酪蛋白的少

D. 乳糖含量多，以乙型乳糖为主

E. 蛋白质较牛乳多

12. 母乳中哪些成分有助于增加婴儿的免疫力

A. 含有 SIgA 尤以初乳中多

B. 乳铁蛋白可抑制大肠杆菌和白色念珠菌的生长

C. 双歧因子可促进乳酸杆菌生长

D. 抗葡萄球菌因子、溶酶菌可抗肠道感染

E. SIgA 有抗过敏的作用

13. 母乳有利于婴儿脑发育的是

A. 人乳中的卵磷脂可作为乙酰胆碱前体

B. 乳糖利于合成脑苷脂和糖蛋白

C. 长链非饱和脂肪酸多可促进大脑细胞增殖

D. 鞘磷脂可促进神经髓鞘形成

E. 牛磺酸能促进神经系统发育

14. 母乳含有 sIgA，以初乳为高，其可抵御下列哪些病原体感染

A. 细菌　　　　　　　　B. 过敏原

C. 病毒　　　　　　　　D. 原虫

E. 寄生虫

15. 初乳的特点是

A. 质略稠而带黄色

B. 含微量元素锌较多

C. 含脂肪较少而球蛋白尤其 sIgA 较多

D. 每天分泌量约 500ml

E. 牛磺酸较多

16. 母乳易于消化的原因是

A. 乳白蛋白较多　　　　B. 钙磷比例适宜

C. 蛋白、脂肪、糖比例适宜

D. 缓冲力少

E. 脂肪颗粒小，脂肪酶多

17. 如何估计婴儿哺乳时吸入奶量是否足够

A. 哺乳时如能听到婴儿连续吞咽声

B. 原先膨胀的乳房渐渐松软

C. 哺乳后婴儿安然入睡且睡眠时间较长

D. 哺乳后吐奶

E. 婴儿体重增长满意

18. 断奶原则是

A. 逐渐进行，每日减少一次奶，以辅食代替

B. 最迟 1 岁断奶

C. 可骤然断奶

D. 春秋季节

E. 体弱儿应早断奶

19. 母亲患下列哪些病，应禁忌用母乳喂养小儿

A. 糖尿病　　　　　　　B. 肾脏病

C. 活动性肺结核　　　　D. 乳腺炎

E. 重症心脏病

20. 人工喂养的基本要求是

A. 代乳品成分、性质、热量尽可能接近人乳

B. 无菌

C. 易消化

D. 多加糖

E. 温度适宜

21. 关于乳制品，下列哪项是正确的

A. 配方奶粉稀释时按重量比 1∶8

B. 婴儿调制乳粉，是将全脂乳粉改变成分，如减少酪蛋白，增加乳糖，维生素及矿物质，使之更适宜于婴儿

C. 炼乳含糖量较高不宜用作婴儿主食

D. 蒸发乳，应用时应冲稀到原浓度

E. 酸奶凝块粗，对胃有刺激

22. 以下哪项是正确的

A. 羊乳缺乏叶酸

B. 牛乳钙磷含量多，但比例不适宜，不利于吸收

C. 牛乳蛋白质含量较人乳高，但以酪蛋白为主，不易吸收

D. 羊乳铁含量较人乳和牛乳为多

E. 羊乳易致营养性缺铁性贫血

23. 下列各种奶所含热量，哪个组合是正确的

A. 100ml 8％糖牛奶含热量为 100kcal

B. 100ml 1∶1 牛奶加 5％糖，含热量为 70kcal

C. 100ml 2∶1 牛奶加 5％糖，含热量为 80kcal

D. 100ml 全牛奶含热量为 67kcal

E. 100ml 全牛奶含热量 80kcal

24. 婴儿每日食入之奶量应按

A. 标准体重计算　　　 B. 实际体重计算

C. 胃容量计算　　　　 D. 所需热量计算

E. 按体表面积计算

25. 牛奶有何缺点

A. 含酪蛋白多

B. 含不饱和脂肪酸少

C. 乳糖少

D. 易受细菌污染

E. 铁的吸收率太高

26. 下列哪些食品中蛋白质的生理价值高

A. 乳、蛋类蛋白质

B. 肉、鱼、肝类动物蛋白质

C. 谷类食物蛋白质

D. 豆类蛋白质

E. 乳类

27. 辅食添加的原则中，哪几项是正确的

A. 由少到多　　　　　 B. 由细到粗

C. 由稀到稠　　　　　 D. 常几种一起添加

E. 身体健康时添加

28. 母乳中含有下列哪些因子可促进乳酸杆菌的生长

A. 乙型乳糖　　　　　 B. 双歧因子

C. 铁　　　　　　　　 D. 铜

E. 乳铁蛋白

29. 关于微量元素正确的是

A. 体内含量低，小于体重的 0.01％

B. 包含碘、锌、硒、铜、钼、铬、钴、铁、镁等

C. 酶、维生素必需的活性因子

D. 构成或参与激素的作用

E. 参与核酸代谢

三、填空题

1. 宏量营养素包括 _____、_____ 和 _____，微量营养素包括 _____ 和 _____。

2. 羊乳中 _____ 含量少，长期应用易发生 _____。

四、名词解释

1. 基础代谢

2. thermic effect of food

五、简答题

1. 小儿机体对能量的需要分为哪几个方面？各占总热量的比例如何？

2. 什么情况下不能哺母乳？

3. 添加辅食的原则是什么？

4. 试述母乳喂养的优点。

5. 一个 5kg 正常小儿，牛乳喂养每天给牛乳、糖、水各多少？

【参考答案】

一、单项选择题

1. D　2. B　3. B　4. A　5. A　6. B　7. B

8. A　9. A　10. C　11. A　12. A　13. B

14. E　15. A　16. C　17. C　18. E　19. E

20. B　21. D　22. E　23. B　24. C　25. A

26. E　27. E　28. D　29. D　30. C　31. C
32. C　33. C　34. B　35. B　36. A　37. B
38. B　39. C　40. C　41. D　42. C　43. B
44. B

二、多项选择题

1. AC　2. AD　3. AB　4. AC　5. CD　6. BD
7. ACD　8. ABDE　9. ABDE　10. ABCDE
11. CD　12. ABCDE　13. ABCDE　14. ABC
15. ABCE　16. ABDE　17. ABCE　18. ABD
19. ABCDE　20. ABCE　21. ABCD　22. ABC
23. AD　24. BD　25. ABCD　26. ABDE
27. ABCE　28. AB　29. ABCDE

三、填空题

1. 蛋白质　脂类　糖类　矿物质　维生素
2. 叶酸　巨幼红细胞性贫血

四、名词解释

1. 基础代谢：是指在清醒、安静、空腹状态下，在室温 18～25℃ 环境中，人体各器官为维持生命活动所消耗的最低能量。
2. thermic effect of food：食物的热力作用是指食物中的营养素在摄入和吸收过程中，出现能量消耗额外增加的现象，即是无代谢过程中所产生的热量，此项作为机体产热而消耗掉。

五、简答题

1. 小儿机体对能量的需要分为以下五个方面：基础代谢、食物的热力作用、活动消耗、排泄消耗、生长所需。一般认为基础代谢占能量的 50%，排泄消耗占能量的 10%，生长和运动所需能量占 32%～35%，食物的特殊动力作用占 7%～8%。
2. 母乳是婴儿最好的饮食，但当母亲患传染性疾病如 HIV 感染、肝炎、开放性肺结核等疾病时，应禁止哺乳；患严重心脏病、慢性肾炎、糖尿病、精神病、恶性肿瘤时也不宜哺乳。患急性传染病、乳腺炎、高热时，应暂停哺乳（可将乳汁定时排空），等病情控制后再进行哺乳。
3. 添加辅食的原则
① 由少到多，使婴儿有适应过程；
② 由稀到稠，从米汤开始到稀粥、软饭；
③ 由细到粗，从菜水至菜泥、碎菜；

④ 每次添加一种，习惯一种食物后再添加另外一种；
⑤ 应在婴儿健康、消化功能正常时添加。
4. 母乳喂养的优点
（1）营养丰富易消化吸收，蛋白质、脂肪、糖的比例适当。
① 必需氨基酸比例适宜，酪蛋白与白蛋白之比为 1：4，与牛乳 4：1 有明显差别，易被消化吸收。
② 含不饱和脂肪较多，有利于脑发育。又含较多脂肪酶，脂肪颗粒小，有利于消化吸收。
③ 乙型乳糖含量丰富，利于脑发育，利于乳酸杆菌、双歧杆菌生长，产生 B 族维生素，促进肠蠕动，有利于钙的吸收。
④ 钙磷比例适当，为 2：1，利于钙的吸收，铁含量虽与牛乳相同，但其吸收率却高于牛乳，故母乳喂养者贫血发生率低。但维生素 D 和维生素 K 含量低。
（2）生物作用
① 缓冲力小，对胃酸中和作用弱，有利于消化。
② 母乳具有增强免疫力的作用，含大量 SIgA（初乳）黏附在黏膜上皮细胞表面，封闭病原体，保护消化道黏膜，抗病毒、细菌；免疫活性细胞释放多种细胞因子发挥作用。催乳素也是一种免疫调节作用的活性物质，可以促进新生儿免疫功能成熟；乳铁蛋白是人体中重要的非特异性防御因子抑制细菌的生长；溶菌酶能水解革兰阳性细菌细胞壁，使之破坏，增强抗体的杀菌效能；双歧因子促进乳酸杆菌的生长，抑制大肠杆菌、痢疾杆菌、酵母菌等的生长；低聚糖可以阻止细菌黏附于肠黏膜，促使乳酸杆菌生长。
③ 生长调节因子如牛磺酸、激素样蛋白（上皮生长因子、神经生长因子），以及某些酶和干扰素，对细胞的增殖、发育有重要作用。
（3）母乳喂养经济、方便，温度适宜，可促进母子感情，有利小儿心理健康；可随时观察小儿变化，随时护理。对母亲健康有利，加快产后子宫复原，哺乳可推迟月经复潮，减少再受孕；减少乳腺癌、卵巢癌发生率低。
5. 5kg 需热量 5kg×100kcal/(kg·d)＝500kcal/d
需 8% 糖牛乳 500ml/d
需加糖 500×8%＝40g

每天需液量 $150 \times 5 = 750\text{ml/d}$　　　　另加水 $750 - 500 = 250\text{ml/d}$

第三节　维生素营养障碍

一、营养性维生素 D 缺乏性佝偻病

（一）维生素 D 的活化与调节

1. 维生素 D 的体内活化

① 维生素 D 是一组具有生物活性的脂溶性类固醇衍生物，包括维生素 D_2（麦角骨化醇）和维生素 D_3（胆骨化醇），前者存在于植物中，后者系由人体或动物皮肤中的 7-脱氢胆固醇（7-HDC）经日光中紫外线的光化学作用转变而成。

② 维生素 D 在体内必须经过两次羟化作用后始能发挥生物效应。首先经肝细胞 25-羟化酶作用生成 25-羟维生素 D_3（25-OHD$_3$），循环中的 25-OHD$_3$ 与 α-球蛋白结合被运载到肾脏，在近端肾小管上皮细胞线粒体中的 1-羟化酶的作用下再次羟化，生成有很强生物活性的 1,25-二羟维生素 D_3，即 1,25-$(OH)_2D_3$。

2. 维生素 D 代谢的调节

（1）自身反馈作用：生成的 1,25-$(OH)_2D_3$ 的量达到一定水平时，可抑制 25-OHD$_3$ 在肝内的羟化、1,25-$(OH)_2D_3$ 在肾脏的羟化过程。

（2）血钙、磷浓度与甲状旁腺、降钙素调节

① 当血钙过低时，甲状旁腺（PTH）分泌增加，PTH 刺激肾脏 1,25-$(OH)_2D_3$ 合成增多。

② PTH 与 1,25-$(OH)_2D_3$ 共同作用于骨组织，使破骨细胞活性增加，降低成骨细胞活性，骨重吸收增加，骨钙释放入血，使血钙升高，以维持正常生理功能。

③ 血钙过高时，降钙素（CT）分泌，抑制肾小管羟化生成 1,25-$(OH)_2D_3$。

④ 低血磷可促进肾脏内 25-$(OH)_2D_3$ 羟化生成 1,25-$(OH)_2D_3$，高血磷则抑制其合成。

维生素 D 的体内活化与调节见图 5-1。

3. 维生素 D 的生理功能

① 促进肠道钙、磷吸收。

② 促进肾小管对钙、磷的重吸收，特别

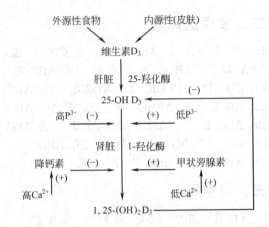

图 5-1　维生素 D 的体内活化与调节

是磷的重吸收。

③ 促进成骨细胞的增殖和破骨细胞分化，直接作用于骨的矿物质代谢（沉积与重吸收）。

（二）维生素 D 的来源

① 母体-胎儿的转运；

② 食物中的维生素 D；

③ 皮肤的光照合成是主要来源，产生的量与日照时间、波长、暴露皮肤的面积有关。

（三）病因

① 围生期维生素 D 不足。

② 日照不足。

③ 生长速度快。

④ 食物中补充维生素 D 不足。

⑤ 疾病影响：胃肠道或肝胆疾病影响维生素 D 吸收；肝、肾严重损害可致维生素 D 羟化障碍。

⑥ 长期服用抗惊厥药物可使体内维生素 D 不足；糖皮质激素有对抗维生素 D 对钙的转运作用。

（四）发病机制

见图 5-2。

（五）临床表现

1. 初期（早期）

① 年龄：多见于 6 个月以内，尤其是 3 个月以内小儿。

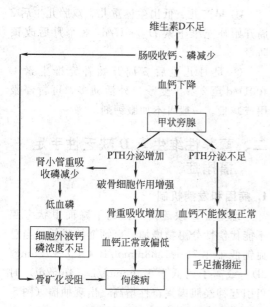

图 5-2　维生素 D 缺乏性佝偻病和手足
搐搦症的发病机理

② 神经兴奋性增高为主：易激惹、烦躁、睡眠不安、夜惊、多汗（与室温、季节无关）、枕秃。

③ 无骨骼病变，X 线正常，或钙化带稍模糊。

④ 血清 25-OHD$_3$ 下降，血钙、磷均降低，NAP 正常或稍高。

2. 活动期（激期）

早期未经治疗，病情继续加重，出现典型骨骼改变。

（1）骨骼改变　生长发育快的部分明显。

① 头部：颅骨软化乒乓头　3～6 个月
方颅　　　　　　　　8～9 个月
出牙延迟或倒序　　（正常 4～6
个月）
前囟迟闭　　　　　（正常 1～
1.5 岁）

② 胸部：肋膈沟或郝氏沟
（Harrison groove）（1 岁以内）
肋缘外翻
鸡胸或漏斗胸
串珠肋（第 7～10 肋）

③ 四肢：手镯征、脚镯征　6 个月以后
膝内翻（"O"型）
或膝外翻（"X"型）1 岁以后

④ 脊柱：久坐—→ 脊柱后凸、侧弯

（2）肌肉松弛

① 关节松弛：坐、站、走延迟。

② 腹肌松弛：蛙腹。

（3）X 线改变　长骨钙化带消失，干骺端呈毛刷样、杯口状改变；骨骺软骨盘增宽；骨质稀疏，骨皮质变薄；可有骨干弯曲畸形或青枝骨折。

（4）血生化　血清钙稍低，血清 25-OHD$_3$ 下降明显，血磷明显降低，NAP 升高。

3. 恢复期

① 临床症状和体征逐渐减弱或消失。

② 血钙、磷逐渐恢复正常，碱性磷酸酶约需 1～2 个月降至正常水平。

③ 治疗 2～3 周后骨骼 X 线改变有所改善，出现不规则的钙化线，以后钙化带致密增厚，骨骺软骨盘 <2mm，逐渐恢复正常。

4. 后遗症期

多见于 2 岁以后的儿童。因婴幼儿期严重佝偻病，残留不同程度的骨骼畸形。无任何临床症状，血生化正常，X 线检查骨骼干骺端病变消失。

（六）诊断

见表 5-2。

表 5-2　佝偻病各期诊断

项目	初期	激　期	恢复期	后遗症
症状与体征	多汗,易惊夜啼,颅骨软化	症状加重,明显骨骼改变	症状减轻或基本消失	症状消失,仅留骨骼畸形
血清钙	正常或稍降低	降低	正常	正常
血清磷	降低	降低	正常	正常
AKP	增高	更高	缓慢恢复正常	正常
X线	无改变或轻度改变	改变明显	逐渐恢复	正常

（七）鉴别诊断

1. 与佝偻病的体征的鉴别

（1）脑积水　生后数月起病者，头围与前囟进行性增大。因颅内压增高，可见前囟饱满紧张，骨缝分离，颅骨叩诊有破壶声，严重时两眼向下呈落日状。头颅 B 超、CT 检查可做出诊断。

（2）其他　软骨营养不良、黏多糖病等。

2. 与佝偻病体征相同而病因不同的鉴别

（1）远端肾小管性酸中毒　为远曲小管泌氢不足，从尿中丢失大量钠、钾、钙，继发甲状旁腺功能亢进，骨质脱钙，出现佝偻病体征。患儿骨骼畸形显著，身材矮小，有代谢性酸中毒，多尿，碱性尿（尿 pH 不低于 6），除低血钙、低血磷之外，血钾亦低，血氨增高，并常有低血钾症状。

（2）其他　肾性佝偻病、肝性佝偻病、低血磷、维生素 D 佝偻病、维生素 D 依赖性佝偻病等。

（八）治疗

① 目的在于控制活动期，防止骨骼畸形。

② 治疗的原则应以口服为主，一般剂量为每日 $50\sim100\mu g$（$2000\sim4000U$），或 1,25-$(OH)_2D_3$ $0.5\sim2.0\mu g$，1 个月后改预防量 400U/d。

③ 大剂量维生素 D 与治疗效果无正比例关系，不缩短疗程，与临床分期无关。

④ 当重症佝偻病有并发症或无法口服者可大剂量肌内注射维生素 D 20 万～30 万 U 一次，3 个月后改预防量。

⑤ 治疗 1 个月后应复查，如临床表现、血生化与骨骼 X 线改变无恢复征象，应与抗维生素 D 佝偻病鉴别。

⑥ 除采用维生素 D 治疗外，应注意加强营养，及时添加其他食物，坚持每日户外活动。如果膳食中钙摄入不足，应补充适当钙剂。

（九）预防

这是一种自限性疾病，确保儿童每日获得维生素 D 400U 是预防和治疗的关键。

（1）围生期　孕母应多户外活动，食用富含钙、磷、维生素 D 以及其他营养素的食物。妊娠后期适量补充维生素 D（800U/d）有益于胎儿贮存充足维生素 D，以满足生后一段时间生长发育的需要。

（2）婴幼儿期　预防的关键在日光浴与适量维生素 D 的补充。

① 早产儿、低出生体重儿、双胎儿生后 2 周开始补充维生素 D 800U/d，3 个月后改预防量。

② 足月儿生后 2 周开始补充维生素 D 400U/d 至 2 岁。夏季户外活动多，可暂停服用或减量。一般可不加服钙剂。

二、营养性维生素 D 缺乏性手足搐搦症

1. 病因和发病机制

维生素 D 缺乏时，血钙下降而甲状旁腺不能代偿性分泌物增加；血钙继续降低，当总血钙低于 $1.75\sim1.88mmol/L$（$<7\sim7.5mg/dl$），或离子钙低于 $1.0mmol/L$（4mg/dl）时可引起神经肌肉兴奋性增高，出现抽搐（图 5-2）。原因尚不清楚。

2. 临床表现

（1）隐匿型　血清钙多在 $1.75\sim1.88mmol/L$，没有典型发作的症状，但可通刺激神经肌肉而引出体征。

① 面神经征（Chvostek sign）：以手指尖或叩诊锤骤击患儿颧弓与口角间的面颊部（第 7 脑神经孔处），引起眼睑和口角抽动为面神经征阳性，新生儿期可呈假阳性；

② 腓反射（Peroneal reflex）：以叩诊锤骤击膝下外侧腓骨小头上腓神经处，引起足向外侧收缩者即为腓反射阳性；

③ 陶瑟征（Trousseau sign）：以血压计袖带包裹上臂，使血压维持在收缩压与舒张压之间，5min 之内该手出现痉挛症状属阳性。

（2）典型发作　血清钙低于 1.75mmol/L 时可出现惊厥、喉痉挛和手足搐搦。以无热惊厥为最常见。

① 惊厥：系无热惊厥；持续时间短，恢复快，可反复发作；间歇期活泼如常；无神经系统阳性体征。

② 手足搐搦：可见于较大婴儿、幼儿。

③ 喉痉挛：婴儿见多，喉部肌肉及声门突发痉挛，呼吸困难，有时可突然发生窒息、严重缺氧甚至死亡。

3. 诊断与鉴别诊断

（1）诊断

① 突发无热惊厥，且反复发作，发作后神志清醒无神经系统体征。

② 同时有佝偻病存在，总血钙低于 1.75～1.88mmol/L，钙离子低于 1.0mmol/L。

(2) 鉴别诊断

① 低血糖症：常发生于清晨空腹时，有进食不足或腹泻史，重症病例惊厥后转入昏迷，一般口服或静脉注射葡萄液后立即恢复，血糖常低于 2.2mmol/L。

② 低镁血症：常见于新生儿或年幼婴儿，常有触觉、听觉过敏，引起肌肉颤动，甚至惊厥、手足搐搦，血镁常低于 0.58mmol/L（1.4mg/dl）。

③ 婴儿痉挛症：起病于 1 岁以内，呈突然发作，点头屈曲状抽搐和意识障碍，发作数秒至数十秒自停，伴智力异常，脑电图有高幅异常节律。

④ 原发性甲状旁腺功能减退症。

⑤ 中枢神经系统感染：急性起病，高热，急性颅内压增高及脑功能障碍等表现，脑脊液改变。

⑥ 急性喉炎：大多伴有上呼吸道感染症状，也可突然发作，声音嘶哑伴犬吠样咳嗽及吸气困难，无低血钙症状，钙剂治疗无效。

4. 治疗

(1) 急救处理

① 吸氧。

② 迅速控制惊厥或喉痉挛：可用 10% 水合氯醛、地西泮或苯巴比妥钠。

(2) 钙剂治疗　口服或缓慢静脉注射。

(3) 维生素 D 治疗　急诊情况控制后，按维生素 D 缺乏性佝偻病补充维生素 D。

【试题精选】

一、单项选择题

1. 维生素 D 缺乏性佝偻病最可靠的早期诊断指标是

A. 日光照射不足及维生素 D 摄入不足的病史

B. 烦躁不安、夜惊、多汗等神经精神症状

C. 血钙、磷、碱性磷酸酶水平异常

D. 长骨 X 线检查异常及骨骼畸形

E. 血 $25\text{-OH } D_3$ 与 $1,25\text{-(OH)}_2D_3$ 水平下降

2. 4 个月女婴，冬季出生，足月顺产，单纯牛奶喂养，未添加辅食。近半个月来较烦躁，夜哭闹不安，多汗。体检：体重 6kg，有颅骨软化。最可能的诊断是

A. 营养不良

B. 亚临床维生素 A 缺乏症

C. 维生素 D 缺乏性佝偻病

D. 婴儿肠痉挛

E. 以上都不是

3. 女婴，10 个月。体重10kg，头围45cm，方颅，前囟 1.5cm，平坦，今晨突然抽搐一次，持续 1～2min 缓解。当时测体温 38.5℃，抽搐后即入睡。醒后活动如常。查血钙 1.75mmol/L（7mg/dl），血磷 45mmol/L（4.5mg/dl）。最可能的惊厥原因

A. 脑积水，脑发育不良

B. 低血糖症发作

C. 癫痫

D. 低钙惊厥

E. 高热惊厥

(4～7 题共用题干)

8 个月男孩，生后一直牛奶喂养，未添加辅食。近一周来患儿每天腹泻 5～6 次，质稀，伴吵闹不安，睡眠差，出汗多。尚不能扶站，未出牙。考虑为维生素 D 缺乏性佝偻病。

4. 体检时最可能存在的体征是

A. 鸡胸　　　　　　　　B. 肌张力正常

C. 颅骨软化　　　　　　D. 方颅及前囟增大

E. "O" 型腿

5. 若化验检查示血钙 2mmol/L（8mg/dl），钙磷乘积为 25，X 线长骨检查示骨骺软骨明显增宽，干骺端临时钙化带消失，呈毛刷状及杯口样改变，则应属维生素 D 缺乏性佝偻病的

A. 初期　　　　　　　　B. 激期

C. 恢复期　　　　　　　D. 后遗症期

E. 以上都不是

6. 若该患儿在住院过程中突然抽搐一次，表现为四肢抽动，肌张力增高，双眼上翻凝视，口吐白沫，持续 1min 后自行缓解。随后神志

清楚，精神正常，但体温（肛温）为 38℃。为明确抽搐原因，应首选查

A. 血常规　　　　　　　B. 血糖

C. 血钙、磷及镁　　　　D. 脑脊液常规

E. 头颅 CT 或 MRI 检查

7. 若该患儿仍反复抽搐，应给予

A. 静滴钙剂　　　　　　B. 静注高渗葡萄糖

C. 肌注维生素 D_3　　　D. 静注甘露醇

E. 肌注硫酸镁

8. 维生素 D 缺乏性佝偻病不正确的预防措施是

A. 适当多晒太阳　　　　B. 提倡母乳喂养

C. 孕母补充维生素 D 及钙剂

D. 及时添加辅食

E. 早产儿 2 个月开始补充维生素 D

9. 维生素 D 缺乏性手足搐搦症的发病机制主要是

A. 甲状腺反应迟钝

B. 甲状旁腺反应迟钝

C. 脑垂体反应迟钝

D. 肾上腺皮质反应迟钝

E. 肾上腺髓质反应迟钝

10. 6 个月龄男婴，近 1 个月烦躁、多汗、夜惊不安。查体：头发稀疏，心、肺检查未见异常，不能独坐。就诊过程中突然发生两眼上窜、面色青紫、四肢抽动。紧急处理首选

A. 维生素 D 30 万 U 肌注

B. 10％葡萄糖酸钙 10ml 稀释 1 倍静脉缓慢推注

C. 苯巴比妥钠 40mg 肌注

D. 10％葡萄糖液 15ml 静脉注射

E. 20％甘露醇 20ml 静脉注射

（11 题～15 题共用题干）

小儿 4 个月，人工喂养。平时易惊，多汗，睡眠少，近 2 日来咳嗽、低热，今晨突然双眼凝视，手足抽动。查体：枕后有乒乓球感。

11. 患儿最可能是

A. 血糖降低　　　　　　B. 血清钙降低

C. 血清镁降低　　　　　D. 血清钠降低

E. 脑脊液细胞数增多

12. 可能的诊断是

A. 热性惊厥　　　　　　B. 低血糖症

C. 颅内感染　　　　　　D. 低钠血症

E. 维生素 D 缺乏性手足搐搦症

13. 止抽后的处理是

A. 静滴钙剂　　　　　　B. 供给氧气

C. 肌注呋塞米（速尿）

D. 肌注维生素 B

E. 静滴葡萄糖液

14. 维生素 D 缺乏性佝偻病时由骨样组织增生所致的骨骼改变为

A. 方颅　　　　　　　　B. 肋膈沟（赫氏沟）

C. 鸡胸或漏斗胸

D. "O" 型腿或 "X" 型腿

E. 脊椎后凸或侧弯

15. 维生素 D 缺乏性佝偻病激期血生化的特点是

A. 血清钙正常，血清磷降低，碱性磷酸酶降低

B. 血清钙降低，血清磷降低，碱性磷酸酶增高

C. 血清钙降低，血清磷正常，碱性磷酸酶增高

D. 血清钙降低，血清磷增高，碱性磷酸酶降低

E. 血清钙正常，血清磷降低，碱性磷酸酶增高

16. 男，6 个月。近 1 个月烦躁、多汗、夜惊。突然两眼上窜、神志不清，四肢抽动。持续约 1min 缓解。血清钙 1.6mmol/L，血糖 4.5mmol/L。考虑诊断为

A. 癫痫　　　　　　　　B. 化脓性脑膜炎

C. 低血糖　　　　　　　D. 低钙惊厥

E. 高热惊厥

17. 患维生素 D 缺乏性佝偻病的 9～10 个月婴儿多见的骨骼改变是

A. 颅骨软化　　　　　　B. 肋骨串珠

C. 方颅　　　　　　　　D. 鸡胸

E. 肋膈沟

18. 女孩，11 个月，多汗，烦躁，睡眠不安，可见肋膈沟，下肢轻度 "O" 型腿，血清钙稍低，血磷降低，碱性磷酸酶增高，其佝偻病应处于

A. 前驱期　　　　　　　B. 初期

C. 激期　　　　　　　　D. 恢复期

E. 后遗症期

19. 维生素 D 缺乏性手足搐搦症发生惊厥是由于血清中

A. 钾离子浓度降低　　　B. 钠离子浓度降低

C. 氯离子浓度降低　　　D. 钙离子浓度降低

E. 磷离子浓度降低

20. 6 岁男孩，自幼营养欠佳，较瘦小，可见方颅、肋膈沟和"O"型腿。查：血钙稍低，血磷降低，X 线示干骺端临时钙化带呈毛刷样，考虑其确切的诊断是

A. 营养不良

B. 维生素 D 缺乏性佝偻病

C. 维生素 D 缺乏性手足搐搦症

D. 抗维生素 D 佝偻病

E. 软骨营养不良

二、多项选择题

1. 维生素 D 代谢受以下因素调节

A. 维生素 D 自身浓度

B. 血钙浓度　　　C. 血磷浓度

D. 甲状旁腺素　　　E. 降钙素

2. 体内维生素 D 的羟化是在何处进行

A. 皮肤　　　　　　B. 肾脏

C. 骨骼　　　　　　D. 肝脏

E. 小肠

3. 当维生素 D 缺乏时可以引起

A. 钙磷的肠吸收减少

B. 甲状旁腺功能亢进

C. 血钙降低

D. 尿磷减少

E. 旧骨脱钙增加

4. 正常情况下血钙浓度相当稳定的原因是

A. 有维生素 D 的调节

B. 有甲状旁腺的调节

C. 有降钙素的调节

D. 血磷参与调节

E. 有甲状腺的调节

5. 1,25-二羟胆骨化醇的生理功能

A. 促进小肠黏膜对钙、磷的吸收

B. 促进旧骨脱钙

C. 促进肾小管对钙、磷的重吸收

D. 甲状旁腺素分泌增加

E. 抑制旧骨吸收

6. 维生素 D 的功能是

A. 促进小肠黏膜对钙、磷的吸收

B. 促进肾近曲小管对钙、磷的重吸收

C. 促进分化成骨细胞导致旧骨吸收，促进形成新骨

D. 促进破骨细胞形成致旧骨吸收，抑制成骨或作用使血钙升高

E. 促进旧骨溶解，增加细胞外液钙、磷的浓度，有利于骨盐沉着

7. 佝偻病发生的常见病因是

A. 接受紫外线照射不足

B. 维生素 D 摄取不足

C. 小儿生长发育迅速

D. 食物中钙、磷含量过低或比例不当

E. 疾病影响

8. 哪些患儿容易发生佝偻病

A. 双胞胎

B. 早产儿和低出生体重儿

C. 慢性腹泻患儿

D. 癫痫患儿长期服用苯妥英钠

E. 人乳喂养儿

9. 何者是佝偻病病人骨样组织增长的表现

A. 肋骨串珠　　　　　B. 膝外翻

C. 方颅　　　　　　　D. 鸡胸

E. 手镯

10. 佝偻病的初期改变有

A. 血钙可正常　　　　B. 碱性磷酸酶增高

C. 钙磷乘积＜30　　　D. 血磷降低

E. 尿磷降低

11. 患儿 9 个月患有佝偻病中度，可能出现哪些临床体征

A. 脊柱后凸　　　　　B. 方颅

C. 鸡胸　　　　　　　D. 乒乓颅

E. 手镯或脚镯

12. 何者是佝偻病的后遗症

A. 颅骨软化　　　　　B. 鸡胸

C. 智力减退　　　　　D. 扁平骨盆

E. "X" 型腿

13. 以下症状与体征中哪些可见于佝偻病初期

A. 鸡胸　　　　　　　B. 多汗

C. 手镯　　　　　　　D. 枕部脱发

E. 颅骨软化

14. 佝偻病活动期临床表现是

A. 有神经精神症状　　　B. 骨骼改变明显

C. 运动功能障碍　　　　D. 血钙明显下降

E. 肌肉松弛

15. 8个月小儿佝偻病可见下例体征

A. 颅骨软化　　　　　　B. 方颅

C. "X"型腿　　　　　　D. 脊柱异常弯曲

E. 郝氏沟

16. 4个月维生素D缺乏性佝偻病患儿，主要临床诊断依据是

A. "O"型腿　　　　　　B. 多汗，枕后发秃

C. 方颅　　　　　　　　D. 颅骨软化

E. 郝氏沟

17. 诊断佝偻病后遗症期的依据是

A. 多见于3岁以后

B. 临床症状消失

C. 血生化及骨骼X线检查正常

D. 有不同程度的骨骼畸形

E. 血钙、血磷及碱性磷酸酶正常

18. 预防维生素D缺乏性佝偻病有哪些措施

A. 孕妇要注意饮食及晒太阳

B. 婴幼儿维生素D预防量400U/d

C. 早产儿维生素D预防量前3个月800U/d

D. 维生素D预防量应用在学龄前

E. 口服吸收不良者可肌注维生素D

19. 典型手足搐搦症可有以下症状

A. 惊厥　　　　　　　　B. 手足搐搦

C. 喉痉挛　　　　　　　D. 面神经征阳性

E. 出现烦躁、睡眠不安、易惊等精神症状

20. 隐性手足搐搦症可有以下体征

A. 面神经征阳性　　　　B. 腓反射阳性

C. 陶瑟征阳性　　　　　D. 巴宾斯基征阳性

E. 膝腱反射阳性

21. 维生素D缺乏性手足搐搦症治疗

A. 止痉　　　　　　　　B. 补钙

C. 补镁　　　　　　　　D. 维生素D肌注

E. 抗感染

22. 6个月女婴，生后母乳加米糊喂养，从未添加辅食，未服鱼肝油钙片，一冬季夜晚突发吸气性喉鸣，呼吸困难，无热，无误服食物史，治疗应选

A. 地西泮（安定）0.1～0.3mg/kg静注

B. 苯巴比妥（鲁米那）5～7mg/kg肌注

C. 10%葡萄糖酸钙＋维生素D

D. 青霉素抗感染

E. 口服鱼肝油、钙片

三、简答题

1. 同是维生素D缺乏，为什么有人发生佝偻病，有人发生手足搐搦，两者在发病机制上关键不同之处是什么？

2. 简述佝偻病患儿不同年龄骨骼畸形变化的特点。

3. 佝偻病的早期预防措施有哪些？

4. 如何合理使用维生素D?

5. 除维生素D缺乏外，其他引起佝偻病的常见病因有哪几种？

6. 维生素D缺乏性佝偻病应与哪些疾病鉴别？

7. 怎样诊断婴儿手足搐搦症？处理要点是什么？

8. 维生素D缺乏性手足搐搦症的病因是什么？

四、病例分析

患儿，男，11个月，于3月21日就诊。主诉为抽搐。其主要表现为突然神志不清，双眼上翻，四肢强直转而抽动，无大小便失禁，抽后意识恢复，疲乏入睡，醒后活泼如常。如是发作，每日3～5次，每次持续数秒至数分钟不等。无发热，无咳嗽，无呕吐，无外伤史。尿便正常。既往史：既往健康，无肝炎、结核接触史。预防接种均按时进行。患儿为第一胎第一产，足月顺产，生后母乳喂养未添加辅食。生长发育史无明显异常。家庭中无抽搐病例。体格检查：体温36.5℃，脉搏120次/min，呼吸36次/min。发育良好，营养中等，自动体位，扶物可站及挪步，神志清楚，查体哭闹。皮肤及浅表淋巴结无异常。头呈方颅，前囟1.5cm×1.5cm，张力不高。双瞳孔等大同圆，直径4mm，光反射灵敏。牙齿萌出4颗。心肺未见异常。腹软，肝脏肋下2cm，质软。四肢活动自如，肌力及肌张力正常。神经系统检查双侧膝腱反射正常，脑膜刺激征阴性，双侧巴宾斯基征阴性。辅助检查：白细胞总数8.5×10⁹个/L，血红蛋白110g/L。尿常规无异常。血清钙检测结果为1.7mmol/L。

【参考答案】

一、单项选择题

1. E 2. C 3. D 4. D 5. B 6. C 7. A
8. E 9. B 10. C 11. B 12. E 13. A
14. A 15. B 16. D 17. C 18. C 19. D
20. B

二、多项选择题

1. ABCDE 2. BD 3. ABCE 4. ABC
5. ABC 6. ABCE 7. ABCDE 8. ABCD
9. ACE 10. ABCD 11. ABCE 12. BDE
13. BD 14. ABCE 15. BDE 16. BD
17. ABCDE 18. ABCE 19. ABC 20. ABC
21. ABD 22. ABC

三、简答题

1. 甲状旁腺反应迟钝。

2. 颅骨软化：多见于 3～6 个月婴儿。

方颅：多见于 5～9 个月以上婴儿。

胸部畸形，如鸡胸、漏斗胸、赫氏沟，多见于 1 岁左右患儿。

四肢畸形，手脚多见于 6 个月以后患儿，"O"型腿、"X"型腿多见于 1 岁以后行走站立小儿。

3. 预防

(1) 围生期　孕母应多户外活动，食用富含钙、磷、维生素 D 以及其他营养素的食物。妊娠后期适量补充维生素 D（800U/d）有益于胎儿贮存充足维生素 D，以满足生后一段时间生长发育的需要。

(2) 婴幼儿期　预防的关键在日光浴与适量维生素 D 的补充。

① 早产儿、低出生体重儿、双胎儿生后 2 周开始补充维生素 D 800U/d，3 个月后改预防量。

② 足月儿生后 2 周开始补充维生素 D 400U/d，至 2 岁。夏季户外活动多，可暂停服用或减量。一般可不加服钙剂。

治疗：一般剂量为每日 50～100μg（2000～4000U），或 1,25-(OH)$_2$D$_3$ 0.5～2.0μg，1 个月后改预防量 400U/d。当重症佝偻病有并发症或无法口服者可大剂量肌内注射维生素 D 20 万～30 万 U 一次，3 个月后改预防量。

4. (1) 早产儿、低出生体重儿、双胎儿生后 2 周开始补充维生素 D 800U/d，3 个月后改预防量。

(2) 足月儿生后 2 周开始补充维生素 D 400U/d，至 2 岁。夏季户外活动多，可暂停服用或减量。一般可不加服钙剂。

治疗：一般剂量为每日 50～100μg（2000～4000U），或 1,25-(OH)$_2$D$_3$ 0.5～2.0μg，1 个月后改预防量 400U/d。当重症佝偻病有并发症或无法口服者可大剂量肌内注射维生素 D20 万～30 万 U 一次，3 个月后改预防量。

5. ① 肾脏 1-羟化酶缺陷或靶器官对 1,25-(OH)$_2$D$_3$ 不发生反应。

② 低血磷性抗维生素 D 佝偻病遗传性疾病，为肾重吸收磷及肠吸收磷发生障碍。

③ 远端肾小管性酸中毒为远端肾小管排泄氢离子障碍。

④ 肾性佝偻病，慢性肾功能障碍而改变磷代谢失常。

⑤ 肝功能障碍影响 D$_3$ 转变为 25-OHD$_3$。

6. 维生素 D 依赖性佝偻病；低血磷性抗维生素 D 佝偻病；远端肾小管酸中毒；肾性佝偻病，肝病性佝偻病；克汀病；软骨营养不良；脑积水等。

7. (1) 诊断

① 大部分患儿有维生素 D 缺乏史，轻度佝偻病的症状与体征。

② 本病的主要体征有惊厥、手足搐搦和喉痉挛，惊厥常为婴儿病例的重要表现，一般发作不频，历时较短，但少数有多次长时间抽搐，抽搐过后精神、食欲良好，有的婴儿来自局部，特别是面部肌肉抽搐，手足搐搦常见于幼儿，较大幼儿可诉手足发麻或不适。喉痉挛少见，主要见于婴儿，表现为突然发作的吸气困难，重者可发生窒息。

③ 体征主要有面神经征、腓反射和陶瑟征。

④ 实验室检查：尿钙定性迅速简便，阴性

表明血钙减低；血清钙低于 7.5mg/dl（1.88mmol/L）。

（2）处理要点

① 迅速控制惊厥或喉痉挛，可用镇静药如苯巴比妥 5～10mg/（kg·次）肌注或 10% 水合氯醛 40～50mg/（kg·次）保留灌肠，地西泮（安定）0.1～0.3mg/（kg·次）肌注或静推，对喉痉挛者应立即将舌头拉出口外，并进行人工呼吸或加压给氧，必要时做气管插管术，以保证呼吸道通畅。

② 钙剂治疗：对惊厥或喉痉挛者，尽快予钙剂，可采用静脉给药，用 10% 葡萄糖酸钙 5～10ml 加 10%～25% 葡萄糖液 10～25ml 缓慢静推（10min 以上），或静脉点滴，惊厥反复发作时，可每日注射 2～3 次，直至惊厥停止后改口服，用 10% 氯化钙或葡萄糖酸钙。

③ 维生素 D 治疗。

8. 婴儿手足搐搦症的基本病因是维生素 D 缺乏，血钙减低，主要因为：

① 维生素 D 缺乏早期钙吸收差，血钙下降而甲状旁腺反应迟钝，致使血磷正常、血钙低，一般血总钙浓度低于 1.75～1.88mmol/L（7～7.5mg/dl）或钙离子低于 1.0mmol/L（4mg/dl）时可引起手足搐搦发作。

② 春夏季阳光充足或开始维生素 D 治疗时骨脱钙减少，肠吸收钙相对不足而骨骼已加速钙化，钙沉积于骨，使血钙降低诱发本症。

③ 有发热、感染、饥饿时，组织细胞分解释放磷，使血磷增加、钙离子下降而发病。

四、病例分析

入院诊断：维生素 D 缺乏性手足搐搦症。

（1）诊断依据

① 11 个月婴儿，母乳喂养，未添加辅食，春季发病，无热抽搐，发作过后如常。

② 前囟未闭，牙齿萌出数少于正常，神经系统无病理反射。

③ 血清钙 1.7mmol/L。

（2）患儿在发作间期神经肌肉兴奋性增高的体征有面神经征阳性、腓反射阳性、陶瑟征阳性。

（3）血清钙离子浓度受以下因素影响

① 血 pH 值：pH 值升高时，结合钙增加，离子钙降低，总钙不低，也可发生手足搐搦症；酸中毒时正相反，尽管总钙可能低，但离子钙不低，不出现抽搐，但是酸中毒纠正后却可出现抽搐。

② 血浆蛋白浓度：蛋白质低时，蛋白结合钙减少，总钙下降，但离子钙不低，所以营养不良时不发生低钙抽搐；输血后血浆蛋白增加，结合钙多而离子钙少可诱发抽搐。

③ 血磷浓度：血磷增加时抑制 $25\text{-}OHD_3$ 转化为 $1,25\text{-}(OH)_2D_3$，钙吸收减少，使血离子钙减少，出现抽搐。

（4）治疗原则

① 迅速控制惊厥，用苯巴比妥钠每次 5～10mg/kg 肌内注射，或 10% 水合氯醛 50ml/kg 保留灌肠或地西泮（安定）每次 0.3mg/kg 静脉注射。

② 尽快给以钙剂，用 10% 葡萄糖酸钙 5～10ml 加等量 10% 葡萄糖注射液缓慢静脉注射或静脉滴注，每日 2～3 次，至抽搐不发作改为口服钙剂。

③ 补充维生素 D 制剂，促进钙吸收。

第四节　蛋白质-能量营养障碍

（一）概述

① 是由于缺乏能量和（或）蛋白质所致的一种营养缺乏症，主要见于 3 岁以下婴幼儿。

② 急性发病者常伴有水、电解质紊乱，慢性者常有多种营养素缺乏。

③ 临床上分三种类型：能量供应不足为主的消瘦型；蛋白质供应不足为主的水肿型；介于两者之间的消瘦-水肿型。

（二）病因

① 摄入不足。

② 消化吸收不良。

③ 需要量增加。

（三）病理生理

1. 新陈代谢异常

（1）蛋白质

① 蛋白质摄入不足或丢失过多导致负平衡。

② 血清总蛋白浓度＜40g/L、白蛋白＜20g/L 导致低蛋白性水肿。

（2）脂肪

① 能量摄入不足时，体内脂肪大量消耗导致血清胆固醇浓度下降。

② 脂肪消耗过多，超过肝脏的代谢能力导致肝脏脂肪浸润变性。

（3）糖类　食入不足和消耗增多致糖原不足和血糖降低。

（4）水、盐代谢

① 脂肪大量消耗导致细胞外液容量增加，导致低蛋白血症，导致水肿；

② ATP 合成下降影响细胞膜上 Na-K-ATP 酶的运转，钠在细胞内潴留导致低渗性脱水、酸中毒、低钾、低钠、低钙和低镁血症。

（5）体温调节能力下降导致体温偏低。

2. 各系统功能低下

① 消化系统：由于消化液和酶的分泌减少、酶活力降低，肠蠕动减弱，肠道菌群失调，致消化功能低下，易发生腹泻。

② 循环系统：心脏收缩力减弱，心搏出量减少，血压偏低，脉细弱。

③ 泌尿系统：肾小管重吸收功能减低，尿量增多而尿比重下降。

④ 神经系统：精神抑郁但时有烦躁不安、表情淡漠、反应迟钝、记忆力减退、条件反射不易建立。

⑤ 免疫功能（非特异性和特异性）明显降低。

（四）临床表现

以体重明显减轻、皮下脂肪减少和皮下水肿为特征，常伴有各器官系统的功能紊乱。急性发病者常伴有水、电解质紊乱，慢性者常有多种营养素缺乏。

① 体重不增是营养不良的早期表现：体重不增造成体重下降，消瘦，使皮下脂肪下降甚至消失。

② 皮下脂肪层消耗的顺序：腹部—躯干—臀部—四肢—面颊。

③ 皮下脂肪层厚度是判断营养不良程度的重要指标之一（表5-3）。

（五）并发症

（1）营养性贫血　以小细胞低色素性贫血最为常见。

（2）多种维生素缺乏　尤以脂溶性维生素A、维生素 D 缺乏常见。

（3）微量元素缺乏　约有 3/4 的患儿伴有锌缺乏。

（4）各种感染　如反复呼吸道感染、鹅口疮、肺炎、结核病、中耳炎、尿路感染等；婴儿腹泻常迁延不愈加重营养不良，形成恶性循环。

（5）自发性低血糖　突然表现为面色灰白、神志不清、脉搏减慢、呼吸暂停、体温不升但无抽搐，若不及时诊治，可致死亡。

（六）实验室检查

① 血清白蛋白浓度降低是最重要的改变，但其半衰期较长故不够灵敏。

② 视黄醇结合蛋白、前白蛋白等代谢周期较短的血浆蛋白质具有早期诊断价值。

③ 胰岛素样生长因子 1（IGF1）不仅反应灵敏且受其他因素影响较小，是诊断蛋白质营养不良的较好指标。

④ 牛磺酸和必需氨基酸浓度降低，而非必需氨基酸变化不大。

（七）治疗

治疗原则：积极处理各种危及生命的合并症、去除病因、调整饮食、促进消化功能。

（1）处理危及生命的并发症。

（2）去除病因。

（3）调整饮食

① 轻度：热量摄入可从每日 250～330kJ/kg（60～80kcal/kg）开始。

② 中重度：热量可从每日 165～230kJ/kg（40～55kcal/kg）开始，逐步少量增加；若消化吸收能力较好，可逐渐加到每日 500～727kJ/kg（120～170kcal/kg），并按实际体重计算热量需要。

（4）促进消化　目的是改善消化功能。

① 药物

a. B 族维生素和胃蛋白酶、胰酶等以助消化。

b. 苯丙酸诺龙能促进蛋白质合成，并能增

表 5-3 婴幼儿营养不良分度诊断标准

项　目	Ⅰ　度	Ⅱ　度	Ⅲ　度
体重低于正常值	15％～25％	25％～40％	＞40％
腹部皮下脂肪厚度	0.4～0.8cm	＜0.4cm	消失
身长	正常	低于正常	明显低于正常
消瘦	不明显	明显	皮包骨样
肌张力	正常	降低	明显降低,肌肉萎缩
精神状态	正常	情绪不稳	委靡、烦躁与抑制交替
皮肤色泽及弹性	正常或苍白	苍白,弹性差	苍白暗灰,多皱纹,弹性消失

加食欲。

c. 胰岛素注射,降低血糖,增加饥饿感以提高食欲。

d. 锌制剂可提高味觉敏感度,有增加食欲的作用。

② 中医治疗:中药参苓白术散;针灸、推拿、抚触、捏脊等也有一定疗效。

(5)其他

① 病情严重、伴明显低蛋白血症或严重贫血者,可考虑成分输血。

② 静脉高营养。

③ 充足的睡眠、适当的户外活动、纠正不良的饮食习惯和良好的护理亦极为重要。

【试题精选】

一、单项选择题

1. 营养不良患儿应用苯丙酸诺龙的主要作用是
A. 促进消化功能　　B. 促进食欲
C. 促进糖原合成　　D. 促进蛋白质合成
E. 增强机体免疫功能

2. 患儿,1岁,因食欲差,母乳少,以米糊、稀饭喂养,未添加其他辅食,诊断为营养不良Ⅰ度。最先出现的症状是
A. 身长低于正常　　B. 体重不增
C. 皮肤干燥　　D. 皮下脂肪减少
E. 肌张力低下

3. 女婴,8个月,诊断为中度营养不良。开始供给热量每日应为
A. 250kJ/kg(60kcal/kg)
B. 300kJ/kg(70kcal/kg)
C. 340kJ/kg(80kcal/kg)
D. 375kJ/kg(90kcal/kg)
E. 420kJ/kg(100kcal/kg)

(4～7题共用题干)

男孩,3岁,自幼人工喂养,食欲缺乏,有时腹泻,身高85cm,体重7500g,皮肤干燥、苍白,腹部皮下脂肪厚度约0.3cm,脉搏缓慢,心音较低钝。

4. 其主要诊断应是
A. 先天性甲状腺功能减退症
B. 营养性贫血　　C. 婴幼儿腹泻
D. 营养不良　　E. 心功能不全

5. 假设此患儿出现哭而少泪,眼球结膜有毕脱斑,则有
A. 维生素A缺乏　　B. 维生素B缺乏
C. 维生素C缺乏　　D. 维生素D缺乏
E. 维生素E缺乏

6. 假设此患儿清晨突然面色苍白、神志不清、体温不升、呼吸暂停,首先应考虑最可能的原因是
A. 急性心力衰竭
B. 低钙血症引起喉痉挛
C. 低钾血症引起呼吸肌麻痹
D. 自发性低血糖
E. 脱水引起休克

7. 上述情况发生，除立即给氧外，首先应采取的措施为

A. 给予呼吸兴奋药

B. 测血糖，静注高渗葡萄糖

C. 测血钙，静脉补充钙剂

D. 给予强心药

E. 输液纠正脱水

8. 营养不良患儿皮下脂肪逐渐减少或消失，最后累及的部位是

A. 面颊部　　　　　　　B. 胸部

C. 腹部　　　　　　　　D. 臀部

E. 四肢

9. 营养不良小儿常并发各种维生素缺乏，其中最常见缺乏是

A. 维生素 A　　　　　　B. 维生素 B_1

C. 维生素 B_{12}　　　　D. 维生素 C

E. 维生素 D

10. 重度营养不良患儿调整饮食，每日开始供给的热量应是

A. 30kcal/kg　　　　　　B. 40kcal/kg

C. 50kcal/kg　　　　　　D. 60kcal/kg

E. 70kcal/kg

11. 4 岁男孩，身高 90cm，体重 11kg，皮肤较松弛，腹部皮下脂肪约 0.3cm，该小儿的营养状况属

A. 正常　　　　　　　　B. 轻度营养不良

C. 中度营养不良　　　　D. 重度营养不良

E. 极重度营养不良

12. 6 岁男孩，自幼营养欠佳，较瘦小，可见方颅、肋膈沟和"O"型腿。实验室检查血钙稍低、血磷降低，X 线示干骺端临时钙化带呈毛刷样，考虑其确切的诊断是

A. 营养不良

B. 维生素 D 缺乏性佝偻病

C. 维生素 D 缺乏性手足搐搦症

D. 抗维生素 D 佝偻病

E. 软骨营养不良

13. 重症营养不良体液改变倾向时

A. 总水分相对减少，细胞外液多呈高渗性

B. 总水分相对增多，细胞外液多呈低渗性

C. 总水分不变，细胞外液多呈等渗性

D. 总水分相对增多，细胞外液多呈等渗性

E. 总水分相对减少，细胞外液多呈低渗性

14. 营养不良皮下脂肪消减顺序是

A. 腹部→躯干→臀部→四肢→面部

B. 腹部→臀部→四肢→躯干→面部

C. 腹部→四肢→躯干→臀部→面部

D. 腹部→四肢→躯干→面部→臀部

E. 腹部→面部→臀部→躯干→四肢

15. Ⅱ度营养不良腹部皮下脂肪减少到

A. 0.5cm　　　　　　　　B. 0.8cm

C. 0.4～0.8cm　　　　　　D. 0.4cm 以下

E. 完全消失

16. 营养不良水肿原因是由于

A. 心功能不全　　　　　　B. 低蛋白血症

C. 低钠性水肿　　　　　　D. 肾功能不全

E. 维生素 B_1 缺乏

17. Ⅱ度营养不良皮下脂肪减少的情况是

A. 仅腹部皮下脂肪减少

B. 腹部，胸背部皮下脂肪减少

C. 腹部皮下脂肪明显减少，四肢皮下脂肪亦减少

D. 腹部皮下脂肪近于消失，四肢，面部均减少

E. 腹部，四肢，面部皮下脂肪消失

18. 营养不良的临床特点应是

A. 体重不增→皮下脂肪少→消瘦→发育停顿

B. 消瘦→皮下脂肪少→体重不增→发育停顿

C. 体重不增→消瘦→皮下脂肪少→发育停顿

D. 消瘦→体重不增→皮下脂肪少→发育停顿

E. 体重不增→发育停滞→消瘦→皮下脂肪少

19. 1 岁男孩，反复腹泻，纳差 3 个月，体重 6kg，臀部皮下脂肪已消失，面色苍白，红细胞 300×10^{12} 个/L，血红蛋白 75g/L，初步考虑为

A. 营养不良Ⅰ°，大细胞性贫血

B. 营养不良Ⅱ°，缺铁性贫血

C. 营养不良Ⅱ°，大细胞性贫血

D. 营养不良Ⅲ°，缺铁性贫血

E. 营养不良Ⅲ°，大细胞性贫血

20. Ⅲ度营养不良时体重下降指标是指下列数字的哪一项

A. <5%　　　　　　　　B. 5%～10%

C. 10%～15%　　　　　　D. 15%～25%

E. >40%

二、多项选择题

1. 轻度营养不良患儿的主要病理改变

A. 皮下脂肪减少　　　　　B. 肌肉轻度萎缩

C. 肠壁变薄，黏膜皱襞消失

D. 肝脂肪浸润

E. 心肌纤维浑浊肿胀

2. 营养不良可导致下列哪项改变

A. 心肌细胞萎缩

B. 肾小管吸收功能低下

C. 智能及学习能力低下

D. 结核菌素皮试转阴

E. 消化功能低下

3. 营养不良的病理改变

A. 肌肉萎缩

B. 肠壁变薄，黏膜皱襞减少

C. 肝脏脂肪浸润

D. 皮下脂肪减少

E. 心肌纤维浑浊肿胀

4. 营养不良患儿胃肠功能紊乱时易出现

A. 低渗性脱水　　　　　B. 低钾血症

C. 低钙血症　　　　　　D. 酸中毒

E. 低镁血症

5. 营养不良严重者易在血液生化检查中见到

A. 血糖偏低　　　　　　B. 血清胆固醇下降

C. 血清白蛋白下降　　　D. 谷丙转氨酶增高

E. 低血钾症

6. Ⅲ度营养不良可出现的免疫改变是

A. 血清免疫球蛋白降低

B. 分泌型 IgA 增高

C. 细胞免疫功能降低

D. 迟发型变态反应正常

E. 补体功能正常

7. 营养不良时消化功能低下表现为

A. 消化液及酶分泌不足活性低

B. 肠道菌群失调　　　C. 食欲不振

D. 胃肠蠕动增加　　　E. 腹泻

8. 营养不良的最主要原因是

A. 喂养不当

B. 组织器官功能低下

C. 疾病影响　　　　　D. 免疫功能低下

E. 先天不足

9. 营养不良的常见原因是

A. 喂养不当　　　　　B. 膳食不合理

C. 慢性疾病　　　　　D. 免疫功能低下

E. 消化道先天畸形

10. 重度营养不良代谢失常，表现有

A. 低血糖　　　　　　B. 脂肪肝

C. 负氮平衡

D. 全身总液量相对增加

E. 血清胆固醇增高

11. 婴幼儿发生营养不良的常见原因

A. 母乳不足又不恰当地补充代乳品

B. 断乳前未按时添加辅助食品

C. 迁延性腹泻

D. 反复上呼吸道感染

E. 人工喂养调配不当

12. 营养不良患儿的血生化改变有

A. 血糖低

B. 胆固醇下降

C. 总蛋白及白蛋白下降

D. 低渗性脱水，血钾低

E. 各种血清酶活性减低

13. Ⅱ度营养不良具有

A. 腹部脂肪在 0.4cm 以上

B. 肌肉明显松弛

C. 精神淡漠

D. 体重低于正常 25%～40%

E. 皮肤弹性差

14. 营养不良患儿常见的并发症有

A. 婴儿腹泻　　　　　B. 上呼吸道感染

C. 支气管肺炎　　　　D. 缺铁性贫血

E. 鹅口疮

15. Ⅱ度营养不良的临床表现

A. 腹部皮褶厚度消失

B. 体重低于正常均值 25%～40%

C. 肌肉萎缩，肌张力低下

D. 肌肉松弛，肌张力减低

E. 呆滞，反应低下

16. 预防营养不良应注意

A. 大力提倡母乳喂养

B. 按时逐渐添加辅食

C. 有充足的睡眠和休息

D. 预防各种传染性和感染性疾病

E. 治疗各种消化道畸形

17. Ⅲ度营养不良表现为

A. 体重低于正常均值 40%以上

B. 腹部皮下脂肪厚度消失

C. 精神呆滞，反应低下

D. 身长明显低于正常

E. 皮肤弹性稍差

18. 9个月女婴，生后炼奶喂养为主，辅以米糊，查体，体重4.5kg，精神委靡，眼窝及前囟凹陷，皮肤弹性差，腹壁脂肪厚0.1cm，推测该患儿可能存在哪些代谢失常

A. 细胞外液呈低渗　　　B. 易出现酸中毒

C. 低血钾

D. 全身总液量相对减少

E. 低血糖

19. Ⅰ度营养不良，分度标准应包括以下哪几项

A. 体重低于正常比率15%～25%

B. 腹部脂肪减少到0.4～0.8cm

C. 全身情况及面色正常或稍差

D. 皮肤弹性差，肌肉明显松弛

E. 出现烦躁，精神委靡

20. 早期发现轻度营养不良可选择的检查项目

A. 定期做生长发育监测

B. 血脂检查　　　C. 血清蛋白检查

D. 血清酶检查　　　E. IGF Ⅰ检查

21. 营养不良的胰岛素疗法是

A. 先服20～30g葡萄糖

B. 然后注射苯丙酸诺龙10～25mg，每周1～2次

C. 其次肌注胰岛素10U/d，1～2周一个疗程

D. 其次肌注胰岛素2～3U/d，1～2周一个疗程

E. 最后肌注维生素B_{12}

22. 治疗营养不良应

A. 补充高热量、高蛋白饮食

B. 给蛋白同化类固醇

C. 消除病因

D. 给抗生素预防感染

E. 给予各种消化酶

三、简答题

1. 如何预防营养不良？

2. 为什么营养不良患儿容易并发各类感染性疾病？

四、病例分析

患儿，男，16个月。因间断咳嗽1周就诊。呕吐1～2次/d，非喷射状，为胃内容物。患儿为第一胎第一产，足月顺产，生后母乳喂养，平时经常患"肺炎"、"气管炎"、"肠炎"等，至今未加辅食。查体：神清，精神委靡，营养差，体重5.9kg，身长75cm，前囟已闭，心肺无异常。腹壁皮肤弹性差，皮下脂肪消失，四肢肌张力低下，活动尚可。

(1) 此患儿可诊断为什么？

(2) 此患儿可能出现什么现象？

(3) 开始应如何治疗？

【参考答案】

一、单项选择题

1. D　2. B　3. A　4. D　5. A　6. D　7. B
8. A　9. A　10. B　11. C　12. B　13. B
14. A　15. D　16. B　17. C　18. A　19. D
20. E

二、多项选择题

1. AB　2. ABCDE　3. ABCDE　4. ABCDE
5. ABCDE　6. AC　7. ABCE　8. AC
9. ABCE　10. ABCD　11. ABCDE
12. ABCDE　13. BDE　14. ABCDE　15. BD
16. ABCDE　17. ABCD　18. ABCE
19. ABC　20. ACE　21. AD　22. ABCE

三、简答题

1. ① 合理喂养：提倡母乳喂养，适时合理添加辅食，平衡膳食。

② 从小养成良好的生活习惯：如作息、饮食、卫生习惯等。

③ 预防各种疾病，尤其传染病及感染性疾病，做好计划免疫、消毒隔离、饮食饮水卫生。

④ 及早纠正先天畸形如唇腭裂等。

⑤ 定期生长发育监测，指导营养。

2. 营养不良时特别是严重者各脏器均萎缩，包括全身淋巴组织、胸腺，致使机体免疫功能低下。非特异性免疫如皮肤黏膜屏障作用。白细胞吞噬及补体功能；特异性免疫功能含体液

免疫，细胞免疫等均低下而导致各种感染性疾病的发生，病程迁延不易痊愈。

四、病例分析

（1）此患儿可诊断为重度营养不良。

（2）此患儿可能出现糖代谢异常，低血糖；伴发维生素 A 缺乏症；特异性免疫功能低下；肾浓缩功能降低。

（3）① 每日供给热量 40kcal/kg、蛋白质 1.3g/kg、脂肪 0.4g/kg，并逐渐增加。

② 口服胃蛋白酶、胰酶以助消化。

③ 必要时可采用鼻饲。

④ 适当时候可采用苯丙酸诺龙促进蛋白同化作用。

第六章 新生儿与新生儿疾病

第一节 概 述

一、常用概念

① 新生儿（neonate）：指从脐带结扎到生后28d内的婴儿。

② 新生儿期：指从脐带结扎到生后28d。

③ 围生儿：指从妊娠28周至生后7d的胎儿和新生儿。

④ 围生期：指从妊娠28周至生后7d。

二、新生儿的分类

1. 根据胎龄分类

胎龄（gestational age，GA）指自末次月经第一天至分娩时的周数。

① 足月儿37周≤GA<42周的新生儿。

② 早产儿GA<37周的新生儿。

③ 过期产儿GA≥42周的新生儿。

2. 根据体重分类

出生体重（birth weight，BW）指出生后1h内的体重。

① 正常体重儿：BW≥2500g并≤4000g的新生儿。

② 低出生体重儿（low birth weight，LBW）：BW<2500g的新生儿。BW<1500g的新生儿又称极低出生体重儿（very low birth weight，VLBW）。BW<1000g的新生儿又称超低出生体重儿（extremely low birth weight，ELBW）。

③ 巨大儿：BW>4000g的新生儿。

3. 根据胎龄与体重的关系分类

① 小于胎龄儿该婴儿BW在同胎龄儿平均BW的第10百分位以下。

② 适于胎龄儿该婴儿BW在同胎龄平均BW的第10~90百分位之间。

③ 大于胎龄儿该婴儿BW在同胎龄平均BW的第90百分位以上。

4. 根据出生后周龄分类

① 早期新生儿：生后1周以内的新生儿。

② 晚期新生儿：生后第2周至第4周末的新生儿。

5. 高危儿

指已发生或可能发生危重疾病而需要监护的新生儿。

第二节 正常足月儿和早产儿的特点及护理

正常足月儿是指GA≥37周并<42周，BW≥2500g并≤4000g，无畸形及疾病的活产婴儿。

一、正常足月新生儿与早产儿外观特点

见表6-1。

二、正常足月儿和早产儿生理特点

1. 呼吸系统

① 呼吸频率约为40~60次/min，呈腹式呼吸。

② 早产儿呼吸中枢尚不成熟，可出现呼吸

表 6-1　正常足月儿和早产儿外观特点比较

项目	早产儿	足月儿
皮肤	鲜红发亮、水肿和毳毛多	红润、皮下脂肪丰满和毳毛少
头发	细、乱而软	分条清楚
耳壳	缺乏软骨和耳舟不清楚	软骨发育好、耳舟成形和直挺
指甲、趾甲	未达到指、趾端	达到或超过指、趾端
跖纹	足底纹理少	足纹遍及整个足底
乳腺	无结节或结节＜4mm	结节＞4mm
外生殖器	男：睾丸未降至阴囊，阴囊皱纹少 女：大阴唇不能遮盖小阴唇	男：睾丸已降至阴囊，阴囊皱纹多 女：大阴唇能遮盖小阴唇

暂停：呼吸停止＞20s，伴心率＜100 次/min、青紫、肌张力减低。

③ 早产儿因肺泡表面活性物质少，易发生呼吸窘迫综合征。

④ 早产儿长时间应用高压力和（或）高浓度氧（如机械通气时）易引起早产儿慢性肺疾病，如支气管肺发育不良（bronchpulmonary dysplasia，BPD）和视网膜病（ROP）。

2. 循环系统

① 生后胎盘-脐血循环终止，肺循环开放，体循环压力上升；卵圆孔、动脉导管关闭。

② 新生儿心率为 90～160 次/min。足月儿血压平均为 70/50mmHg（9.3/6.7kPa）。

③ 早产儿心率更快，血压较低，可伴有动脉导管开放。

3. 消化系统

① 新生儿食管下部括约肌松弛，胃呈水平位，幽门括约肌较发达，易溢乳。

② 肠壁较薄、通透性高，易引起中毒症状。

③ 淀粉酶生后 4 个月达到成人水平，不宜过早喂淀粉类食物。

④ 生后 10～12h 开始排胎便，约 2～3d 排完。

⑤ 肝内尿苷二磷酸葡萄糖醛酸基转移酶的量及活力不足，生后出现生理性黄疸，对药物处理能力低下，易发生中毒。

⑥ 早产儿更易发生溢乳和胃食管反流，易发生坏死性小肠结肠炎。黄疸较重，持续时间较长。常发生低蛋白血症和水肿及低血糖。

4. 泌尿系统

① 生后 24h 内（不超过 48h）开始排尿。

② 足月儿肾滤过、浓缩功能、排磷功能很差。

③ 早产儿的肾功能更差。

5. 血液系统

① 血容量：足月儿为 85ml/kg，早产儿为 85～110ml/kg。

② 出生时血红蛋白 140～200g/L，白细胞分类的第一个交叉在生后 4～6d。

③ 维生素 K 储存量少，易发生新生儿出血症。

6. 神经系统

① 出生时具备四大原始反射：觅食反射、吸吮反射、握持反射、拥抱反射。

② 神经系统发育最早，脊髓相对长，腰穿时应在第 4、5 腰椎间隙进针。

7. 体温

① 中性温度（neutral temperature）：是机体维持体温正常所需的代谢率、耗氧量最低时的最适环境温度（表 6-2）。

② 新生儿寒冷时无寒战反应，主要靠棕色脂肪产热。

③ 早产儿体温调节中枢功能更不完善，棕色脂肪少，易发生寒冷损伤综合征及脱水热。

表 6-2　不同出生体重新生儿的中性温度

出生体重/kg	中性温度			
	35℃	34℃	33℃	32℃
1.0	初生 10d 内	10d 以后	3 周以后	5 周以后
1.5	—	初生 10d 内	10d 以后	4 周以后
2.0	—	初生 2d 内	2d 以后	3 周以后
＞2.5	—	—	初生 2d 内	2d 以后

8. 能量及体液代谢

① 足月儿基础热量消耗为 209kJ/(kg·d)[50kcal/(kg·d)]，总热量为 418～502kJ/(kg·d) 或 100～120kcal/(kg·d)。

② 生理需水量因 BW、GA、日龄等而异，第 1 天为 60～100ml/kg，每日增加 30ml/kg，直至 150～180ml/(kg·d)。

9. 免疫系统

非特异性和特异性免疫功能均不成熟。易发生感染。

10. 几种特殊生理状态

① 生理性黄疸。

②"马牙"和"螳螂嘴"。

③ 乳腺肿大和假月经。

④ 新生儿红斑及粟粒疹。

三、足月儿及早产儿护理

1. 保暖

① 根据体重、胎龄、日龄选择中性环境温度。

② 根据条件选择保暖措施。

③ 注意头部保暖。

2. 喂养

① 母乳喂养好。

② 人工喂养：配方乳。

③ 补充维生素：维生素 K_1、维生素 C、维生素 A、维生素 D。

④ 预防早产儿贫血：4 周后给元素铁。

3. 呼吸管理

① 保持呼吸道通畅。

② 适当吸氧。

③ 呼吸暂停的处理：氨茶碱负荷量 4～6mg/kg，12h 后给维持量 2～4mg/(kg·d)，分 2～4 次给药。

4. 预防感染

① 严格消毒隔离、无菌操作。

② 皮肤黏膜护理：洗澡及臀部皮肤、脐带及口腔护理等，衣服宽大、质软。

5. 预防接种

① 卡介苗：出生后 3d 接种卡介苗。

② 乙肝疫苗：出生 1d、1 个月和 6 个月时应各注射乙肝疫苗 1 次。

6. 新生儿筛查

① 先天性甲状腺功能减退症。

② 苯丙酮尿症。

第三节　新生儿缺氧缺血性脑病

缺氧缺血性脑病（hypoxic-ischemic encephalopathy，HIE）是指各种围生期窒息引起的部分或完全缺氧、脑血流减少或暂停而导致胎儿或新生儿脑损伤。

一、病因

围生期窒息是最主要的病因，其中缺氧是发病的核心。

二、发病机制

① 脑血流改变。

② 脑生化代谢改变。

③ 选择性易损区。

三、病理

脑水肿、选择性神经元死亡及梗死、出血、早产儿脑白质软化及脑室管膜下-脑室出血。

四、临床表现及分度

根据意识、肌张力、原始反射改变、有无惊厥、病程及预后，临床分为轻、中、重三度（表 6-3）。

五、辅助检查

（1）影像学检查

① 头颅 B 超：对脑室及其周围出血有较高的特异性。

② CT：最适检查时间为生后 2～5d。

③ MRI：对 HIE 病变性质与程度评价优于 CT。

（2）脑电图　客观反映脑损害程度判断预后、有助于惊厥的诊断。

（3）血生化　血清肌酸磷酸激酶同工酶

表 6-3　HIE 临床分度

分　度	轻　度	中　度	重　度
意识	过度兴奋	嗜睡、迟钝	昏迷
肌张力	正常	减低	松软或间歇性伸肌张力增加
原始反射　拥抱反射	稍活跃	减弱	消失
吸吮反射	正常	减弱	消失
惊厥	可有肌阵挛	常有	多见、频繁发作
中枢性呼吸衰竭	无	无或轻	常有
瞳孔改变	正常或扩大	常缩小,对光反射迟钝	不对称或扩大,光反射消失
前囟张力	正常	正常或稍饱满	饱满、紧张
病程及预后	兴奋症状在 24h 内最明显,3d 内逐渐消失,预后好	症状在 1 周后消失,10d 后仍不消失者多有后遗症	病死率高,多在 1 周内死亡,症状持续数周存活者多有后遗症

（creatine kinase，CPK-BB）升高；神经元特异性烯醇化酶（neuron-specific enolase，NSE）升高。

六、诊断标准

① 有明确的可导致胎儿宫内窘迫的异常产科病史,以及严重的胎儿宫内窘迫表现（胎心<100 次/min,持续 5 min 以上和（或）羊水Ⅲ度污染）,或者在分娩过程中有明显窒息史；

② 出生时有重度窒息,指 Apgar 评分 1min≤3 分,并延续至 5min 时≤5 分；或者出生时脐动脉血气 pH≤7；

③ 出生后不久出现神经系统症状并持续至 24h 以上；

④ 排除电解质紊乱、颅内出血和产伤等原因引起的抽搐,以及宫内感染、遗传代谢性疾病和其他先天性疾病所引起的脑损伤。

HIE 诊断根据临床表现,同时具备以上 4 条者可确诊,第 4 条暂时不能确定者可作为拟诊病例。

七、治疗

1. 支持疗法

① 维持良好的通气功能是支持疗法的核心；

② 维持脑和全身良好的血液灌注是支持疗法的关键；

③ 维持血糖在正常高值,以提供神经细胞代谢所需能源。

2. 对症治疗

① 控制惊厥,首选苯巴比妥,负荷量 20mg/kg。

② 治疗脑水肿,首选呋塞米（速尿）,控制液体入量。

③ 消除脑干症状。

第四节　新生儿黄疸

新生儿黄疸又称新生儿高胆红素血症（hyperbilirubinemia of newborn）

一、新生儿胆红素代谢的特点

① 胆红素生成增多；

② 血浆白蛋白联合结合胆红素的能力差；

③ 肝细胞处理胆红素能力差,尿苷二磷酸葡萄糖醛酸基转移酶含量少,活性低；

④ 肠肝循环增加。

二、新生儿黄疸的分类

1. 生理性黄疸的特点

① 一般情况良好。

② 足月儿生后 2～3d 出现黄疸,4～5d 达高峰,5～7d 消退,最迟不超过 2 周；早产儿黄疸多于生后 3～5d 出现,5～7d 达高峰,7～9d 消退,最长可延迟到 4 周。

③ 每日血清胆红素升高 < 85μmol/L

（5mg/dl）。

④ 血清胆红素足月儿＜221μmol/L（12.9mg/dl），早产儿＜257μmol/L（15mg/dl）。

2. 病理性黄疸的特点

① 生后24h内出现。

② 血清总胆红素足月儿＞221μmol/L，早产儿＞257μmol/L。

③ 每日血清胆红素升高大于85μmol/L，血清结合胆红素大于34μmol/L。

④ 持续时间足月儿超过2周，早产儿超过4周。

⑤ 黄疸退而复现。

⑥ 血清结合胆红素过高＞34μmol/L。

具备上述任何一项可诊断为病理性黄疸。

第五节 新生儿溶血病

新生儿溶血病（hemolytic disease of the newborn）是指母婴血型不合所引起的同族免疫性溶血。以ABO系统血型不合最为常见，其次是Rh系统血型不合。ABO溶血病中，母亲多为O型，婴儿为A型或B型；Rh溶血病以RhD溶血病最为常见，其次为RhE溶血病，亦可发生其他Rh溶血病。由于母缺乏由父传给胎儿的血型抗原，此抗原可在孕期尤其在分娩时进入母体产生相应抗体，这种IgG血型抗体可经胎盘进入胎儿循环与红细胞上相应抗原结合，使红细胞遭到破坏而发生血管外溶血。当未结合胆红素水平较高时，可通过血脑屏障，引起胆红素脑病。

一、临床表现

Rh溶血病症状较ABO溶血病者严重。

（1）黄疸 Rh溶血病多在24h内出现黄疸，ABO溶血则多于第2天、第3天出现。黄疸均迅速加重，血清胆红素上升很快。

（2）胎儿水肿 见于病情严重者，出生时全身水肿，皮肤苍白，常有胸腹腔积液，肝脾肿大及贫血性心力衰竭，严重者为死胎。

（3）不同程度贫血 易发生贫血性心力衰竭。可有髓外造血致肝脾肿大。

（4）胆红素脑病（核黄疸）

① 警告期：嗜睡，喂养困难，吸吮无力，拥抱反射减弱、消失，肌张力减低。持续12～24h。

② 痉挛期：双眼凝视、肌张力增高、角弓反张、前囟隆起、呕吐、尖叫、惊厥，常有发热。持续12～48h。

③ 恢复期：持续2周。

④ 后遗症期：有不同程度脑损伤表现。核黄疸四联症即手足徐动、眼球运动障碍、听觉障碍、牙釉质发育不良。

二、实验室检查

（1）血型检查 检查母子ABO和Rh血型。

（2）溶血检查 红细胞和血红蛋白减少；网织红细胞增高（第1天＞6％）；血清总胆红素和未结合胆红素明显增加。

（3）致敏红细胞和血型抗体测定

① 改良直接抗人球蛋白试验；

② 抗体释放试验；

③ 游离抗体试验。

三、诊断

1. 产前诊断

血型抗体测定、羊水检查、B超检查。

2. 生后诊断

根据母子血型不合，新生儿早期出现黄疸，改良Coombs试验或抗体释放试验阳性即可确诊。

四、治疗

1. 产前治疗

血浆置换、宫内输血、苯巴比妥、提前分娩。

2. 新生儿治疗

（1）光疗

① 指征：a. 一般患儿血清总胆红素＞

$205\mu mol/L$（$12mg/dl$）；b. 已诊断为新生儿溶血病，若生后血清总胆红素 $>85\mu mol/L$（$5mg/dl$），便可光疗；c. 超低出生体重儿（ELBW）$>85\mu mol/L$（$5mg/dl$），极低出生体重儿（VLBW）的血清胆红素 $>103\mu mol/L$（$6mg/dl$）。

② 原理：光照下转变为水溶性异构体。

③ 设备及方法：光疗箱、光疗毯；持续或间断（每天 $8\sim12h$）照射。

④ 不良反应：发热、腹泻、皮疹、维生素 B_1 减少、低钙等。

（2）药物治疗

① 供给白蛋白：白蛋白或血浆。

② 纠正代谢性酸中毒。

③ 肝酶诱导剂：苯巴比妥。

④ 静脉用免疫球蛋白。

（3）换血疗法

① 作用：换出部分游离抗体和致敏红细胞，减轻溶血；换出大部分胆红素防止胆红素脑病；纠正贫血。

② 指征：a. 产前已明确诊断，出生时脐血总胆红素 $>68\mu mol/L$（$4mg/dl$），$Hb<120g/L$，伴水肿、肝脾大和心力衰竭者；b. 生后 $12h$ 内胆红素每小时上升 $>12\mu mol/L$（$0.7mg/dl$）者；c. 血清胆红素在足月儿 $>342\mu mol/L$（$20mg/dl$）者；d. 已有核黄疸早期表现者；e. 小早产儿、合并缺氧、酸中毒者或上一胎溶血严重者，应适当放宽指征。

③ 方法

a. 血源选择：Rh 溶血病应采用 Rh 血型与其母亲相同、ABO 血型与患儿相同（或抗A、抗B 效价不高的 O 型）的供血者；ABO 溶血病可用 O 型红细胞加 AB 型血浆或用抗A、抗B 效价不高的 O 型血。

b. 换血量：为 $150\sim180ml/kg$（约为患儿全血量的 2 倍）。

c. 常用脐静脉或较大静脉，同步换血。

（4）其他治疗 防止低血糖、低体温，纠正缺氧、贫血、水肿和心力衰竭等。

第六节 新生儿寒冷损伤综合征

一、定义

新生儿寒冷损伤综合征（neonatal cold injury syndrome）简称新生儿冷伤，亦称新生儿硬肿病。是由于寒冷和（或）多种疾病所致，主要表现为低体温和皮肤硬肿，重症可发生多器官功能损害。早产儿多见。

二、病因与发病机制

（1）内因 体温调节中枢发育不成熟；体表面积相对较大，散热多；能量储备少；饱和脂肪酸含量较高，熔点高。

（2）外因 寒冷；摄入不足；疾病。

三、临床表现

（1）一般情况 反应低下、拒乳、不哭、不动。

（2）低体温 体温 $<35℃$。

（3）皮肤硬肿

① 特点：硬、肿、凉、亮、紫。

② 顺序：小腿→大腿→臀部→面部→上肢→全身。

③ 面积计算：头颈 20%、双上肢 18%、前胸＋腹部 14%、后背＋腰骶部 14%、臀部 8%、双下肢 26%。

（4）多器官功能衰竭 休克、DIC、急性肾衰和肺出血等。

（5）分度 见表 6-4。

表 6-4 新生儿寒冷损伤综合征的病情分度

分度	体温/℃		硬肿范围/%	器官功能改变
	肛温	腋温与肛温差		
轻	≥35	负值	<20	无明显改变
中	<35	0 或正值	25~50	不吃、不哭、反应差、心率慢等
重	<35 或<30	负值	>50	休克、DIC、肺出血及急性肾衰竭等

四、治疗

（1）复温

① 快速复温：肛温＞30℃患儿，置于中性温度暖箱中，6～12h复温。

② 缓慢复温：肛温＜30℃患儿，置于箱温高于肛温1～2℃暖箱中，每小时升高0.5～1℃，12～24h复温。

（2）补充热量、液体

由50kcal/kg开始，逐步增加至100～120kcal/kg，按1ml/kcal［0.24ml/kJ，50ml/（kg·d）］供给液体量。

（3）纠正器官紊乱，控制感染。

【试题精选】

一、单项选择题

1. 下列哪项描述不符合早产儿的特点

A. 睾丸已下降至阴囊

B. 乳腺无结节

C. 皮肤薄嫩

D. 足底纹理少

E. 指（趾）甲未达到指（趾）端

2. 新生儿呼吸窘迫综合征多见于

A. 过期产儿　　　　　B. 早产儿

C. 足月儿　　　　　　D. 巨大儿

E. 大于胎龄儿

3. 下列哪项不是新生儿溶血病主要的临床表现

A. 贫血　　　　　　　B. 黄疸

C. 肝脾肿大　　　　　D. 心力衰竭

E. 胎儿水肿

4. 下列哪项不是光疗的不良反应

A. 发热　　　　　　　B. 脱水

C. 便秘　　　　　　　D. 光敏性皮炎

E. 青铜症

5. 新生儿硬肿病正确的复温方法是

A. 使其体温于8h内恢复正常

B. 逐渐复温，使体温在12～24h内恢复正常

C. 使体温在24～48h内恢复正常

D. 使体温在48h内恢复正常

E. 使体温在72h内恢复正常

6. 为决定是否需要复苏，生后应立即评价

A. Apgar评分

B. 肤色、心率、咽反射

C. 心率、呼吸、肌张力

D. 心率、呼吸、肤色

E. 心率、呼吸、咽反射

7. 下列哪项是确诊败血症的金标准

A. 血常规异常　　　　B. 血培养阳性

C. 分泌物培养阳性　　D. 反应蛋白升高

E. 脑脊液培养阳性

8. 下列哪项不是新生儿常见的生理状态

A. 生理性黄疸　　　　B. 马牙

C. 乳腺肿大　　　　　D. 红臀

E. 假月经

9. 足月儿，脐带绕颈2周，阿氏评分1min 2分，5min 6分，生后10h出现激惹，肌张力高，拥抱反射增强，首先考虑

A. 低钙血症　　　　　B. 低血糖症

C. 新生儿缺氧缺血性脑病

D. 颅内出血　　　　　E. 化脓性脑膜炎

10. 足月婴儿产钳助产出生，生后第二天突然抽搐、尖叫。查体：前囟饱满，肌张力低，唇微绀，心率132次/min，肺未闻及啰音。化验：白细胞10.0×10^9个/L，中性粒细胞55%，血钙2.30mmol/L（8mg/dl），最可能的诊断是

A. 低钙血症　　　　　B. 颅内出血

C. 败血症　　　　　　D. 化脓性脑膜炎

E. 肺炎

11. 对于新生儿生后24h内出现的黄疸，最恰当的处理是

A. 停母乳

B. 做细菌培养及药敏试验

C. 肝功血清学检查

D. 检测母子血型　　　E. 肝胆B超

12. 晚发型新生儿出血症主要临床表现为

A. 呕血　　　　　　　B. 肺出血

C. 颅内出血　　　　　D. 黑便

E. 血尿

13. 新生儿颅内出血的临床特征是

A. 不吃、不哭、不动、体温不升

B. 嗜睡、拒食

C. 呼吸困难、青紫

D. 惊厥及抑制状态相继出现

E. 心率慢、体温不升

14. 胎龄为 41 周的新生儿，羊水被胎粪污染，生后 2h 出现呼吸困难，呼气性呻吟，吸气性三四征，查体示全身皮肤粪染，最可能的诊断是

A. 新生儿呼吸窘迫综合征

B. 新生儿颅内出血

C. 新生儿败血症

D. 新生儿感染性肺炎

E. 新生儿胎粪吸入综合征

15. 持续至生后 2 周以上，逐渐加重的黄疸，伴肝大，大便白陶土样，最可能的病因是

A. 溶血病　　　　　B. 生理性黄疸

C. 新生儿肝炎　　　D. 新生儿败血症

E. 胆道闭锁

16. 早产儿缺氧缺血性脑病最常见的病理学改变是

A. 脑干坏死　　　　B. 白质病变

C. 皮质梗死　　　　D. 脑室周围出血

E. 脑室内出血

17. 新生儿缺氧缺血性脑病最主要的原因是

A. 围生期窒息　　　B. 肺部病变

C. 心脏病变　　　　D. 严重失血

E. 贫血

18. 对于阿氏评分，错误的描述是

A. 0~3 分为重度窒息，4~7 分为轻度窒息，8~10 分为正常

B. Apgar 是指评价患儿的肤色、心率、对刺激的反应、肌张力和呼吸

C. 阿氏评分可准确反映新生儿窒息程度

D. 阿氏评分量化和总结了新生儿对宫外环境和复苏的反应

E. 1min 阿氏评分提示窒息程度，5min 阿氏评分判断复苏效果，10min 阿氏评分有助于判断预后

19. 34 周早产儿，羊水为草绿色，有胎便，出生时不哭，青紫，经拍打足底后能哭，面色转红，生后 24h 出现烦躁不安，有时尖叫，吐奶，面部肌肉小抽动。体检：前囟饱满，血象正常，血钙 2.1mmol/L，血糖 2.7mmol/L，最可能的诊断为

A. 新生儿低钙血症

B. 新生儿化脓性脑膜炎

C. 新生儿低血糖

D. 新生儿颅内出血

E. 新生儿败血症

20. 以下哪项不是新生儿缺氧缺血性脑病的治疗方法

A. 供氧

B. 苯巴比妥控制惊厥

C. 青霉素抗感染

D. 脱水剂

E. 康复干预

21. 下列说法中不正确的是

A. 胎龄满 37 周到不满 42 周出生者称足月新生儿

B. 足月新生儿头大、躯干短、四肢长

C. 胎龄小于 37 周的新生儿称为早产儿

D. 42 周或以上出生者不论体重多少都称为过期产儿

E. 出生体重在同胎龄儿平均体重的第 10 百分位以下的婴儿称小于胎龄儿

22. 男孩出生 8d，因吃奶差 2d，皮肤黄染伴发热 1d 入院。查体：反应差，脐轮红，有脓性分泌物，血象白细胞 24.8×10⁹/L，中性粒细胞 75%，血红蛋白 133g/L，总胆红素 405μmol/L，直接胆红素 33μmol/L。最可能的诊断是

A. 新生儿窒息、脐炎、病理性黄疸

B. 新生儿肝炎、脐炎、病理性黄疸

C. 新生儿肺炎、溶血病、脐炎

D. 新生儿脐炎、败血症、高胆红素血症

E. 新生儿颅内出血、败血症、脐炎

23. 生后喂奶立即出现呕吐，胃管不能插入或插入后出现折返，最可能为

A. 胃食管反流　　　B. 幽门痉挛

C. 喂养不当　　　　D. 食管闭锁

E. 贲门痉挛

24. 3d 足月儿，母乳喂养，因皮肤黄染 2~3d 入院。辅助检查示：总胆红素 305μmol/L，A 型血，Rh 阳性。直接抗人球蛋白试验弱阳性，母 O 型血，Rh 阳性，进一步应做哪项检查

A. 释放抗体试验

B. 血涂片注意红细胞形态

C. 血培养　　　　　D. 肝功能

E. TORCH 抗体

25. 下列哪项符合足月儿外观特点

A. 头发乱如绒线头

B. 软骨软，耳舟不清楚

C. 足纹遍及整个足底

D. 乳腺无结节

E. 指（趾）甲未达指（趾）尖

26. 出现下列哪项表现，应警惕新生儿持续肺动脉高压

A. 吸入高浓度氧，发绀不缓解

B. 胸廓饱满，肋间隙增宽

C. 肺部广泛湿啰音

D. 惊厥

E. 双侧呼吸音不对称

27. 5d足月新生儿，生后3d开始面部黄染，渐波及躯干，吃奶及精神好，红细胞 $5.0×10^{12}$ 个/L，血红蛋白150g/L（15g/dl），网织红细胞 0.005（0.5%），总胆红素 171μmol/L（10mg/dl），谷丙转氨酶30U。诊断首先考虑为

A. 新生儿溶血症 　　B. 新生儿败血症

C. 新生儿肝炎 　　D. 先天性胆道闭锁

E. 生理性黄疸

28. 新生儿特点下述哪项不符合

A. 新生儿心率波动较大，为 90～160 次/min

B. 早产儿呼吸不规则，甚至有呼吸暂停

C. 肾脏浓缩功能差，易造成水肿或脱水症状

D. 腹壁反射、提睾反射不易引出

E. 第一次排便多在生后24h后

29. 严重新生儿溶血的患儿生后第一天处理哪些是不正确的

A. 光照疗法

B. 立即用压缩红细胞换血，以改善胎儿水肿

C. 多输白蛋白，以预防胆红素脑病

D. 换血疗法

E. 防止低血糖，低体温

30. 新生儿溶血病中ABO血型不合的溶血症最确切的诊断依据为

A. 黄疸出现在生后24h内

B. 血型抗体（游离、释放试验）阳性

C. 母亲的血型为O型，小儿血型为B型

D. 新生儿血清胆红素明显增高，血红蛋白明显下降

E. 贫血、肝脾肿大、网织红细胞增高

31. ABO血型不合的新生儿溶血症，需要换血时最适合的血液为

A. O型全血

B. O型血细胞和AB型血浆

C. O型血浆和AB型血细胞

D. 与新生儿相同的ABO血型

E. 与新生儿相同的血细胞，与母亲血型相同的血浆

32. 新生儿败血症的病原菌种类随不同的地区和年代而异，我国一直最常见的是

A. 葡萄球菌 　　B. 大肠杆菌

C. B群链球菌（GBS）

D. 表皮葡萄球菌

E. 铜绿假单胞菌（绿脓杆菌）

33. 足月儿，有宫内窘迫史，羊水Ⅱ度污染，经产钳助产娩出。生后1min四肢青紫，心率每分钟95次，刺激时皱眉，呼吸浅弱，肌张力低，下列哪项措施不正确

A. 干毛巾擦干，保暖

B. 保持呼吸道通畅

C. 给氧

D. 注射洛贝林兴奋呼吸

E. 若心率每分钟<60次，进行胸外心脏按压

34. 新生儿生后1min检查，皮肤苍白，无呼吸和心跳，肌张力松弛，弹足底无反应，其Apgar评分为

A. 0分 　　B. 1分

C. 2分 　　D. 3分

E. 4分

35. 足月儿出生7d后出现黄疸，下列哪项诊断是不可能的

A. 败血症

B. ABO或Rh溶血病

C. 生理性黄疸 　　D. 胆道闭锁

E. 母乳性黄疸

36. 3d足月顺产儿，生后2d出现黄疸，迅速加重，一般状态尚好。血清胆红素298μmol/L，母血O型，子血A型，抗体释放试验阳性。下列治疗措施哪一项应先考虑

A. 光照疗法 　　B. 换血疗法

C. 输血浆 　　D. 纠正酸中毒

E. 苯巴比妥

37. 男婴，胎龄41周，出生体重3850g，其体重位于同胎龄标准体重的第80百分位，下列诊断哪个是正确而全面的

A. 过期产儿，巨大儿

B. 过期产儿，大于适龄儿

C. 足月儿，适于胎龄儿

D. 足月儿，大于胎龄儿

E. 足月儿，巨大儿

38. 男婴，胎龄 36 周，自然分娩，Apgar 评分 1min 和 5min 为 10 分，体检时，下列哪项反射阴性是正常的

A. 拥抱反射　　　　　B. 吸吮反射

C. 握持反射　　　　　D. 觅食反射

E. 腹壁反射

39. 胎龄 38 周男婴，生后第 2 天，家长见他每隔 15～20s 后有 5～8s "不呼吸"，但无皮肤颜色及心率改变。应做何处理

A. 给氨茶碱　　　　　B. 供氧

C. 给咖啡因　　　　　D. 向家长解释

E. 持续气道正压

40. 患儿出生 1d，足月顺产，24h 内出现黄疸，嗜睡，吸吮无力，肝脾肿大较轻。此患儿最大可能诊断是

A. 生理性黄疸　　　　B. 新生儿溶血病

C. 母乳性黄疸　　　　D. 新生儿肝炎

E. 胆道闭锁

41. 早产儿的外观特点之一是

A. 呼吸常不规则，甚至呼吸暂停

B. 皮肤色红润，皮下脂肪丰满，毳毛少

C. 肝葡萄糖醛酸基转移酶活性低

D. 皮肤发亮，水肿，毳毛多

E. 男女足月新生儿生后 3～5d 出现乳腺肿大

42. 低体温是指

A. <34℃　　　　　　B. ≤35℃

C. <35℃　　　　　　D. ≤36℃

E. <36℃

43. 新生儿生理性黄疸的主要原因是

A. 营养不够　　　　　B. 感染

C. 肝葡萄糖醛酸基转移酶活性低

D. 低血糖　　　　　　E. 窒息

44. 早产儿指

A. 胎龄＞20 周至 37 足周的新生儿

B. 胎龄＞20 周至第 37 周的新生儿

C. 胎龄＞28 周至第 37 周的新生儿

D. 胎龄＞28 周至＜37 足周的新生儿

E. 胎龄＞30 周至＜37 足周的新生儿

45. 新生儿是指从出生到生后

A. 21d 内的婴儿　　　B. 28d 内的婴儿

C. 30d 内的婴儿　　　D. 32d 内的婴儿

E. 60d 内的婴儿

46. 足月儿是指

A. 胎龄≥37 周至＜40 周的新生儿

B. 胎龄≥37 周至＜41 周的新生儿

C. 胎龄≥37 周至＜42 足周的新生儿

D. 胎龄＞20 周至第 37 周的新生儿

E. 胎龄＞30 周至＜37 足周的新生儿

47. 正常足月新生儿指

A. 出生体重 2000～3999g

B. 出生体重 2500～3999g

C. 出生体重 2500～4000g

D. 出生体重 3000～4000g

E. 出生体重＞4000g

48. 新生儿呼吸窘迫综合征的原因主要是

A. 羊水吸入

B. 出生前或出生时感染

C. 窒息

D. 肺泡表面活性物质分泌不足

E. 胎粪吸入

49. 新生儿生后

A. 6h 内排出胎便

B. 12h 内排出胎便

C. 24h 内排出胎便

D. 48h 内排出胎便

E. 72h 内排出胎便

50. 新生儿血液中免疫球蛋白从母体通过胎盘获得的是

A. IgA　　　　　　　B. IgD

C. IgG　　　　　　　D. IgE

E. IgM

51. 新生儿消化系统特点中，下列哪项是错误的

A. 贲门括约肌发达

B. 幽门括约肌较发达

C. 下食管括约肌压力低

D. 胃底发育差，呈水平位

E. 肠管壁较薄，通透性高

52. 新生儿每日共需热量约为

A. 334.4～376.2kJ/kg（80～90kcal/kg）

B. 376.2～418kJ/kg（90～100kcal/kg）

C. 418～459.8kJ/kg（100～110kcal/kg）

D. 418～502kJ/kg（100～120kcal/kg）

E. 418～534kJ/kg（100～130kcal/kg）

53. 正常足月儿生后可抱至母亲处给予吸吮的时间是

A. 生后 0.5h 左右　　B. 生后 1h 左右

C. 生后 2h 左右　　　D. 生后 4h 左右

E. 生后 6h 左右

54. 新生儿接种卡介苗的时间是

A. 生后 1d　　　　　B. 生后 2d

C. 生后 3d　　　　　D. 生后 4d

E. 生后 5d

55. 下列新生儿胎便的特点哪项是错误的

A. 新生儿 12h 内排出胎便

B. 由肠黏膜脱落的上皮细胞，羊水及消化液组成

C. 墨绿色　　　　　D. 3～4d 排完

E. 早产儿胎便排出常延迟

56. 新生儿窒息复苏时最根本的是

A. 喉镜下经口气管插管

B. 拍打足底　　　　C. 复苏器加压给氧

D. 胸外按压心脏

E. 尽量吸尽呼吸道黏液，保持呼吸道通畅

57. 可使新生儿黄疸加重的因素下列哪项不正确

A. 低热　　　　　　B. 缺氧

C. 便秘　　　　　　D. 失水

E. 饥饿

58. 判定新生儿轻度窒息是指生后 1min 的 Apgar 评分为

A. 0～1 分　　　　　B. 2～3 分

C. 4～7 分　　　　　D. 5～8 分

E. 8～10 分

59. 约 60% 足月儿和 80% 以上的早产儿可于生后

A. 生后 1～2d 出现黄疸

B. 生后 2～3d 出现黄疸

C. 生后 2～4d 出现黄疸

D. 生后 2～5d 出现黄疸

E. 生后 2～6d 出现黄疸

60. 新生儿生理性黄疸，下列哪项是错误的

A. 生后 2～5d 出现黄疸

B. 一般情况良好

C. 足月儿 14d 内消退

D. 早产儿 4 周内消退

E. 血清胆红素 $>257\mu mol/L$（15mg/dl）

61. 母乳性黄疸出现黄疸的时间为

A. 多于生后 1d

B. 多于生后 2～3d

C. 多于生后 4～7d

D. 多于生后 8～9d

E. 多于生后 10d

62. 新生儿 ABO 血型不合是指

A. 母亲为 O 型，婴儿是 A 或 B 型

B. 母亲为 B 型，婴儿是 O 型

C. 母亲为 AB 型，婴儿是 O 型

D. 母亲为 A 型，婴儿是 O 型

E. 母亲为 O 型，婴儿是 AB 型

63. 孕 36 周新生儿，出生体重 2000g，生后 1d，吸吮欠佳，睾丸未降，皮肤毳毛多，该患儿拟补给液体，其需要量为

A. 第一天补液量 50～70ml/kg

B. 第一天补液量 60～80ml/kg

C. 第一天补液量 70～90ml/kg

D. 第一天补液量 80～100ml/kg

E. 第一天补液量 90～110ml/kg

64. 男，孕 36 周出生。出生体重 2000g，生后 1d，吸吮欠佳，睾丸未降，皮肤毳毛多，该患儿如出现黄疸，可持续多久消退

A. 5～7d 消退　　　　B. 1～2 周消退

C. 2～3 周消退　　　　D. 3～4 周消退

E. 1～2 个月消退

65. 足月男婴，出生时 Apgar 评分 4 分，生后 2d，嗜睡，肌张力减退，瞳孔缩小，时而出现惊厥，头颅 CT 扫描，可见右叶有低密度影。该患儿临床诊断最大可能为

A. 新生儿化脓性脑膜炎

B. 核黄疸

C. 新生儿蛛网膜下腔出血

D. 新生儿硬膜下出血

E. 新生儿缺氧缺血性脑病

66. 患儿，男，出生时 Apgar 评分 4 分，生后 2d，嗜睡，肌张力减退，瞳孔缩小，时而出现惊厥，头颅 CT 扫描，可见右叶有低密度影。该患儿的支持疗法应采取哪些措施，除了

A. 供氧　　　　　　B. 纠正酸中毒

C. 静点地塞米松　　D. 纠正低血糖

E. 补液

67. 下列哪项不会出现新生儿硬肿病

A. 早产　　　　　　B. 母乳性黄疸

C. 败血症

D. 寒冷环境下保温不当

E. 红细胞增多症

68. 新生儿硬肿病首先的治疗措施为

A. 抗生素　　　　　　　B. 复温

C. 补充热量和液体　　　D. 纠正低血糖

E. 以上都不是

（69～73 题共用备选答案）

A. 胎龄＜37 周的新生儿

B. 指已发生或可能发生危重疾病儿需要监护的新生儿

C. 体重在同胎龄平均体重的第 10 百分位以下的婴儿

D. 出生 1h 内的体重＞4000g 的新生儿

E. 生后 1 周以内的新生儿

69. 巨大儿是

70. 小于胎龄儿是

71. 早产儿是

72. 早期新生儿是

73. 高危儿是

（74～78 题共用备选答案）

A. 巨大儿　　　　　　　B. 早产儿

C. 过期产儿　　　　　　D. 剖宫产儿

E. 血型为 A 型或 B 型新生儿

74. 新生儿呼吸窘迫综合征多见于

75. 胎粪吸入综合征多见于

76. ABO 溶血病多见于

77. 新生儿湿肺多见于

78. 糖尿病母亲婴儿多为

二、多项选择题

1. 下列哪些符合足月新生儿特点

A. 生后 4～7d 有乳腺肿大

B. 血压平均为 9.3/6.7kPa

C. 生后 24h 后排出胎便

D. 具备拥抱反射

E. 足底纹理少

2. 下列哪些情况属于新生儿病理性黄疸

A. 生后 24h 内出现黄疸

B. 足月儿血清胆红素＞221μmol/L（12.9mg/dl）

C. 足月儿黄疸持续＞2 周，早产儿黄疸持续＞4 周

D. 黄疸退而复现

E. 血清结合胆红素＞17.1μmol/L（1mg/dl）

3. 下列哪些情况符合母乳性黄疸的特点

A. 多于生后 4～7d 出现黄疸

B. 血清胆红素可＞342μmol/L（20mg/dl）但尚无核黄疸报告

C. 胆红素在停止哺乳 24～72h 后即下降

D. 胃纳差，体重不增

E. 继续哺乳 1～4 个月胆红素亦降至正常

4. 早产儿呼吸系统发育不完善，易发生下列哪些现象

A. 肺透明膜病　　　　　B. 支气管肺炎

C. 呼吸暂停　　　　　　D. 胎粪吸入性肺炎

E. 湿肺

5. 按我国目前足月新生儿生理性黄疸的标准，下列叙述正确的有

A. 生后 2～5d 出现黄疸

B. 一般情况良好

C. 以间接胆红素升高为主

D. 不会并发胆红素脑病

E. 血清胆红素＜221μmol/L

6. HIE 的支持疗法是指

A. 维持体温正常

B. 维持循环稳定，血压正常

C. 维持通气良好，血气正常

D. 维持血糖正常

E. 维持体重稳定

7. 呼吸暂停是指

A. 呼吸停止 25s 以上

B. 呼吸停止 20s 以上

C. 心率＜100 次/min 伴发绀

D. 心率＜100 次/min，无发绀

E. 心率＞100 次/min，无发绀

8. 新生儿非特异性免疫功能表现为

A. 白细胞吞噬功能差

B. 皮肤黏膜薄

C. 血清补体含量低

D. 缺乏分泌型 IgA

E. 血脑屏障发育完善

9. 中性温度是指

A. 维持体温正常的最适环境温度

B. 与体重、出生日龄有关

C. 维持机体基础代谢的环境温度

D. 机体正常活动的环境温度

E. 机体能量消耗最低的环境温度

10. 正常新生儿原始反射有

A. 觅食反射　　　　　　B. 吸吮反射

C. 握持反射　　　　　　D. 拥抱反射

E. 腹壁反射

11. 新生儿生理性黄疸的原因是

A. 胆红素生成过多　　B. 肠肝循环增加
C. 肝功能不成熟　　　D. 感染
E. 缺氧，低血糖

12. 新生儿窒息复苏后需要监护哪些指标
A. 呼吸　　　　　　　B. 心率
C. 血压　　　　　　　D. 尿量
E. 肤色

13. 新生儿特殊生理状态有
A. 生理性黄疸　　　　B. 乳腺肿大
C. 假月经
D. 新生儿红斑及粟粒疹
E. "马牙"

14. 提示新生儿窒息预后不良的因素有
A. 窒息复苏不及时　　B. 慢性宫内缺氧
C. 生后20min Apgar评分仍低
D. 血清CPK-BB持续异常者预后差
E. 脑电图持续异常者

15. 关于新生儿败血症，错误的是
A. 缺乏特征性表现
B. 黄疸加重或退而复现
C. 可有肝脾肿大　　　D. 均有发热
E. 血培养阳性才能诊断

16. 新生儿生理需要量
A. 每日需水量75ml/kg左右
B. 足月儿钠需要量1～2mmol/(kg·d)
C. 生后10d内不必补钾
D. 出生1周的新生儿每日需热量418kJ/kg
（100cal/kg）左右
E. 新生儿体内含水量占体重的50%～60%

17. 新生儿有呼吸但发绀，最初步骤是
A. 放在辐射暖台上　　B. 清理呼吸道
C. 擦干并刺激　　　　D. 拿开湿毛巾
E. 常压给氧

18. 关于母乳性黄疸，下列观点正确的有
A. 几乎不会发生核黄疸
B. 多于生后2～3d出现
C. 可能与母乳中某种酶含量过高有关
D. 停喂母乳3d，胆红素水平下降
E. 患儿除皮肤黄染外，一般情况良好

19. 关于HIE的描述，下列哪些是正确的
A. 由各种围生期窒息引起
B. 维持良好的通气功能是支持治疗的中心
C. 脑电图持续异常者预后差
D. 血清CPK-BB持续增高者预后不良

E. 预后与窒息程度及抢救措施有关

20. 早产儿易发生硬肿症的原因有
A. 体温调节中枢不成熟
B. 皮下脂肪少　　　　C. 体内储备热量少
D. 饱和脂肪酸多　　　E. 棕色脂肪少

三、病例串联最佳选择题（A3～A4型题）

（1～5题共用题干）胎龄38周新生儿，胎头吸引娩出，出生后全身苍白，心率约60次/min，弹足底无反应，四肢肌张力松弛，呼吸呈抽泣样，顶枕部有一血肿，前囟2.5cm×2.5cm，颅缝开约0.7cm。

1. 该患儿Apgar评分是
A. 2分　　　　　　　B. 3分
C. 4分　　　　　　　D. 5分
E. 6分

2. 出生时复苏最根本的措施是
A. 维持正常血压　　　B. 维持血糖
C. 清理呼吸道　　　　D. 给予刺激
E. 评估

3. 该患儿最可能的诊断是
A. 新生儿缺氧缺血性脑病
B. 新生儿败血症
C. 新生儿化脓性脑炎
D. 新生儿先天性脑积水
E. 新生儿低血糖

4. 首选哪种检查确诊意义最大
A. 血培养　　　　　　B. 血糖
C. 头颅CT　　　　　　D. 血电解质
E. 脑脊液

5. 若治疗中患儿出现抽搐，首选哪种镇静药
A. 水合氯醛　　　　　B. 苯巴比妥
C. 地西泮（安定）
D. 异丙嗪（非那根）
E. 氯丙嗪（冬眠灵）

（6～8题共用题干）27d新生儿，出生体重3500g。生后第7天黄疸加重。无发热及抽搐，进乳后有时呕吐，大便浅黄，尿色深黄，肝于肋下可触及3.0cm，3周后黄疸仅略有减轻。

6. 若了解患儿母亲病史，最应注意的线索是
A. 母孕的胎次与产次
B. 既往妊娠的流产史或活产儿的黄疸史
C. 孕期感染史

D. 妊娠晚期高血压和水肿情况

E. 孕期营养情况

7. 该患儿的临床诊断首先应考虑

A. 母乳性黄疸　　　　B. 新生儿溶血症

C. 生理性黄疸　　　　D. 新生儿肝炎

E. 胆道闭锁

8. 首先考虑要作哪项实验室检查确诊

A. 血常规, 网织红细胞计数

B. 腹部B超　　　　C. 血培养

D. 母、女血型鉴定

E. 血清转氨酶测定

(9～10题共用题干) 30周早产儿, 出生体重1800g, 出生时Apgar评分1min 8分, 生后5h出现进行性呼吸困难及发绀, 呻吟, 两肺呼吸音低, 深吸气末少量湿性啰音。

9. 该患儿发生呼吸困难的原因最可能的是

A. 胎粪阻塞支气管　　B. 大量羊水吸入

C. 肺泡表面活性物质缺乏

D. 肺液潴留过多　　　E. 肺部细菌感染

10. 最可能的诊断是

A. 羊水吸入综合征　　B. 肺透明膜病

C. 感染性肺炎　　　　D. 新生儿湿肺

E. 持续发生肺动脉高压

四、填空题

1. 新生儿生理性黄疸于生后＿＿＿＿出现, ＿＿＿＿达高峰, 足月儿在＿＿＿＿消退, 早产儿可延迟至＿＿＿＿。

2. 新生儿按胎龄与出生体重的关系可分为＿＿＿＿、＿＿＿＿、＿＿＿＿。

3. 新生儿寒冷损伤综合征硬肿发生的顺序为＿＿＿→＿＿＿→＿＿＿→＿＿＿→＿＿＿。

4. 新生儿根据胎龄分类, 可分为＿＿＿＿、＿＿＿＿、＿＿＿＿。

五、名词解释

1. 适于胎龄儿

2. 中性温度

3. 早产儿原发性呼吸暂停

4. 围生期

5. 正常足月新生儿

六、简答题

1. 简述新生儿的分类方法。

2. 简述新生儿缺氧缺血性脑病治疗的"三个三"。

3. 新生儿生理性黄疸与病理性黄疸的鉴别要点有哪些?

4. 简答新生儿高未结合胆红素血症的治疗方法。

5. 新生儿寒冷损伤综合征的临床表现及分度。

七、病例分析

1. 一新生儿, 系第1胎第1产, 胎龄40周, 脐带绕颈两周, 胎儿宫内窘迫, 经阴分娩, 生后Apgar评分1min、5min、10min分别为2分、3分、6分, 生后8h出现易激惹, 呕吐, 阵发性口周发绀, 出生12h入院。查体: 前囟隆起, 四肢肌张力高。

(1) 最可能的诊断是什么?

(2) 鉴别诊断?

(3) 诊疗计划?

2. 男, 足月新生儿, 第1胎, 第1产, 顺产, 无窒息, 母乳喂养, 生后16h出现黄疸并逐渐加重, 生后第3天入院。查: 皮肤, 巩膜中重度黄染, 心肺未闻及异常, 肝肋下2.5cm, 脾不大, 血红蛋白115g/L, 白细胞$11×10^9$个/L, 中性粒细胞0.7, 血清总胆红素305 μmol/L, 直接胆红素8 μmol/L。

(1) 诊断首先考虑什么?

(2) 怎样进一步检查, 以明确诊断?

(3) 首选治疗措施?

【参考答案】

一、单项选择题

1. A　2. B　3. D　4. C　5. B　6. A　7. B

8. D　9. C　10. B　11. D　12. C　13. D

14. E　15. C　16. D　17. A　18. C　19. D

20. C　21. B　22. D　23. D　24. A　25. C

26. A　27. C　28. E　29. C　30. B　31. B

32. A　33. D　34. A　35. B　36. A　37. C

38. E　39. D　40. B　41. D　42. C　43. C
44. D　45. B　46. C　47. B　48. D　49. C
50. C　51. A　52. D　53. A　54. C　55. A
56. E　57. A　58. C　59. D　60. E　61. C
62. A　63. B　64. D　65. E　66. C　67. B
68. B　69. D　70. C　71. A　72. E　73. B
74. B　75. C　76. E　77. D　78. A

二、多项选择题

1. ABD　2. ABCD　3. ABCE　4. AC
5. ABCDE　6. BCD　7. BC　8. ABCD
9. AB　10. ABCD　11. ABC　12. ABCDE
13. ABCDE　14. ABCDE　15. DE　16. BCD
17. ABCDE　18. ACDE　19. ABCDE
20. ABCDE

三、病例串联最佳选择题

1. A　2. C　3. A　4. C　5. B　6. C　7. D
8. E　9. C　10. B

四、填空题

1. 2～3d　4～5d　2周　4周
2. 适于胎龄儿　小于胎龄儿　大于胎龄儿
3. 下肢　臀部　面颊　上肢　全身
4. 足月儿　早产儿　过期产儿

五、名词解释

1. 适于胎龄儿：BW在同胎龄儿平均体重的第10至90百分位之间的新生儿。

2. 中性温度又称适中温度，是指一种适宜的环境温度，能保持新生儿正常体温，而耗氧量最少。

3. 指早产儿由于呼吸中枢发育不成熟而出现呼吸停止＞20s，伴心率减慢＜100次/min，并出现青紫、肌张力低下。

4. 自妊娠28周（此时胎儿体重约1000g）至生后7d的婴儿称围生儿。

5. 正常足月儿是指胎龄≥37周和＜42周，出生体重≥2500g和≤4000g，无畸形或疾病的活产婴儿。

六、简答题

1. （1）根据胎龄分类
足月儿：37周≤GA＜42周的新生儿。早产儿：GA＜37周的新生儿。过期产儿：GA≥42周的新生儿。

（2）根据体重分类
正常体重儿：BW≥2500g≤4000g的新生儿。低出生体重儿：BW＜2500g的新生儿。极低出生体重儿：BW＜1500g的新生儿。超低出生体重儿：BW＜1000g的新生儿。巨大儿：BW＞4000g的新生儿。

（3）根据胎龄与体重的关系分类
小于胎龄儿：该婴儿BW在同胎龄儿平均BW的第10百分位以下。适于胎龄儿：该婴儿BW在同胎龄平均BW的第10至90百分位之间。大于胎龄儿：该婴儿BW在同胎龄平均BW的第90百分位以上。

（4）根据出生后周龄分类
早期新生儿：生后1周以内的新生儿。晚期新生儿：生后第2周至第4周末的新生儿。

（5）高危儿：指已发生或可能发生危重疾病而需要监护的新生儿。

2. （1）三个支持即支持疗法
① 维持组织最佳通气是支持疗法的核心：吸氧浓度40%～60%，使$PaO_2 > 7.98 \sim 10.64kPa$（60～80mmHg），$PaCO_2$和pH值在正常范围。

② 维持脑和全身组织良好的血液灌注是支持疗法的关键：多巴胺1mg/(kg·3h)，使动脉压＞50mmHg。

③ 维持血糖在正常水平高限以提供神经细胞代谢所需能源：静点葡萄糖浓度不超过12.5%［60～90mg/(kg·min)］，血糖4.16～5.55mmol/L（75～100mg/dl）。

（2）对症治疗"三个对症"
① 控制惊厥：首选苯巴比妥，负荷量20mg/kg，维持量3～5mg/kg。无效加地西泮（安定）或水合氯醛。

② 降低颅内压，治疗脑水肿：首选呋塞米（速尿）0.5～1mg/(kg·次)，24h后用20%甘露醇0.25～0.5g/kg；控制液体入量60～80ml/(kg·d)。

③ 消除脑干症状：中枢性呼吸衰竭、意识障碍、自主神经功能紊乱。

（3）分三阶段治疗
① 第一阶段：早期治疗3d内，主要是支持、对症治疗及监护。

② 第二阶段：恢复期治疗 4~10d。药物用营养神经药物、丹参、能量合剂；早期干预、康复治疗如抚触、高压氧；

③ 第三阶段：后遗症期，继续康复治疗。

3. 新生儿生理性黄疸与病理性黄疸的鉴别主要根据二者的临床特点：

（1）生理性黄疸的特点

① 一般情况良好；

② 足月儿生后 2~3d 出现黄疸，4~5d 达高峰，5~7d 消退，最迟不超过 2 周；早产儿黄疸多于生后 3~5d 出现，5~7d 达高峰，7~9d 消退，最长可延迟到 4 周；

③ 每日血清胆红素升高 <85μmol/L（5mg/dl）；

④ 血清胆红素足月儿 <221μmol/L（12.9mg/dl），早产儿 <257μmol/L（15mg/dl）。

（2）病理性黄疸的特点：具备下述任何一项可诊断为病理性黄疸。

① 出现过早：生后 24h 内出现。

② 程度过重：血清胆红素足月儿 >221μmol/L，早产儿 >257μmol/L。

③ 上升过快：每日血清胆红素升高大于 85μmol/L，血清结合胆红素大于 34μmol/L。

④ 持续时间过长：足月儿黄疸时间超过 2 周，早产儿超过 4 周。

⑤ 退而复现。

⑥ 直接（结合）胆红素过高 >34μmol/L。

4.（1）光疗

① 指征：一般患儿血清总胆红素 >205mol/L（12mg/dl），ELBW>85μmol/L（5mg/dl），VLBW>103μmol/L（6mg/dl）；新生儿溶血病生后血清总胆红素 >85μmol/L（5mg/dl）。

② 设备及方法：光疗箱、光疗毯；持续或间断（每天 8~12h）照射。

③ 不良反应：发热、腹泻、皮疹、核黄素减少、青铜症、低钙等。

（2）药物治疗

① 白蛋白或血浆：每次白蛋白 1g/kg，血浆

10~20ml/kg。

② 纠正代谢性酸中毒，应用 5‰碳酸氢钠 1~2ml/kg。

③ 肝酶诱导剂：常用苯巴比妥每日 5mg/kg，分 2~3 次口服，共 4~5d。

④ 静脉用免疫球蛋白：用法为 1g/kg。

（3）换血疗法　一般采用二倍同步换血法。

（4）其他治疗　防止低血糖、低体温，纠正缺氧、贫血、水肿和心力衰竭等。

5. 新生儿寒冷损伤综合征的临床表现：

（1）一般情况　四不现象：反应低下、拒乳、不哭、不动。

（2）低体温　体温 <35℃。

（3）皮肤硬肿　特点：硬、肿、凉、亮、紫。顺序：小腿→大腿→臀部→面部→上肢→全身。面积计算：头颈 20%、双上肢 18%、前胸＋腹部 14%、后背＋腰骶部 14%、臀部 8%、双下肢 26%。

（4）多器官功能衰竭。

分度：

① 轻度：体温 30~35℃、硬肿面积 <50%。

② 重度：体温 <30℃、硬肿面积 >50%。

七、病例分析

1.（1）诊断　新生儿缺氧缺血性脑病。

（2）鉴别诊断　颅内出血、宫内感染及遗传代谢病引起的中枢神经系统疾病。

（3）诊疗计划　①支持疗法：吸氧维持良好的通气；应用多巴胺、多巴酚丁胺维持血压；维持血糖在正常高值。②对症处理：应用苯巴比妥镇静止惊、呋塞米（速尿）或 20%甘露醇降低颅内压。③脑 CT 或 B 超检查。

2.（1）诊断　新生儿溶血病。

（2）进一步检查　新生儿及父母的血型、血型抗体的测定；网织红细胞计数。

（3）首选治疗　光照疗法、丙种球蛋白、激素治疗及药物退黄。

第七章 遗传性疾病

第一节 21-三体综合征

21-三体综合征（21 trisomy syndrome）又称先天愚型或唐氏综合征，是最常见的常染色体病。

1. 遗传学基础

细胞遗传学特征是第 21 号染色体呈三体征。

2. 临床表现

① 智能落后。

② 生长发育迟缓：出生的身长和体重均较低，生后体格发育、动作发育均迟缓，身材矮小，骨龄落后，出牙迟且顺序异常。四肢短，韧带松弛，关节可过度弯曲，肌张力低下。腹膨隆，可伴有脐疝。手指粗短，小指尤短，中间指骨短宽，且向内弯曲。

③ 特殊面容：表情呆滞，眼裂小，眼距宽，双眼外眦上斜，可有内眦赘皮；鼻梁低平，外耳小；硬腭窄小，常张口伸舌，流涎多；头小而圆，前囟大且关闭延迟；颈短而宽。

④ 皮纹特点：通贯手和特殊皮纹；atd 角增大，第五指只有一条指褶纹。

⑤ 伴发畸形：约 50% 伴有先天性心脏病，其次是消化道畸形。免疫功能低下，易患感染性疾病。

3. 实验室检查

（1）细胞遗传学检查 根据核型分析可分为三型。

① 标准型：约占 95% 左右，其核型为 47，XY（或 XX），+21。父母核型大都正常。

② 易位型：约占 2.5%～5%，称罗伯逊易位，亦称着丝粒融合。最常见，其核型为 46，XY（或 XX），−14，+t（14q21q）。亲代核型为 45，XX（或 XY），−14，−21，+t（14q21q）。

③ 嵌合体型：核型为 46，XY（或 XX）/ 47，XY（或 XX），+21。

（2）分子细胞遗传学检查 在本病病人的细胞中呈现三个 21 号染色体的荧光信号。

4. 诊断与鉴别诊断

① 典型病例根据特殊面容、智能与发育落后、皮纹特点等可作出临床诊断，应做染色体核型分析以确诊。

② 应与先天性甲状腺功能减退症鉴别：有颜面黏液性水肿、头发干燥、皮肤粗糙、喂养困难、便秘腹胀等症状，测血清 TSH、T_4 可鉴别。

5. 治疗

目前尚无有效的治疗方法，应注重对患儿的训练与教育，以促进智能发育和体能改善。

【试题精选】

一、单项选择题

1. 关于先天愚型哪些描述是错误的

A. 通贯掌   B. 特殊面容

C. 智能低下   D. 尿有鼠尿臭味

2. 先天愚型标准型的染色体核型为

A. 47XX(XY)，+21

B. 46XY(XX)，−14，+t(14q, 21q)

C. 46XX(XY)/47, XY(XX) +21

D. 46XX(XY), −21, +t(21q, 21q)

3. 下列哪项不是先天愚型皮纹特点

A. 通贯掌　　　　　　　B. atd 角增大

C. 第四、五指桡箕增多

D. 第五指只有一条指褶

4. 患儿染色体核型为 46, XY/47XX, +21, 此患儿诊断为

A. 21-三体综合征标准型

B. 21-三体综合征易位型

C. 21-三体综合征经典型

D. 21-三体综合征嵌合型

5. 先天愚型的确诊依据

A. 染色体检查　　　　　B. 骨骼 X 线检查

C. 血清 T_3、T_4、TSH 检查

D. 尿三氯化铁试验

6. 患儿女性，1 岁，因发育差入院，现患儿仍坐不稳。查体：智力低下，眼距宽，眼裂小，眼外侧上斜，鼻梁低平，舌常伸出口外，通贯掌，手指粗短，该患儿最可能的诊断为

A. 先天性甲状腺功能减退症

B. 先天愚型　　　　　　C. 苯丙酮尿症

D. 佝偻病

7. 2 岁男孩，不会独立行走，不会叫爸爸、妈妈，眼距宽，眼裂小，眼外上斜，鼻梁低平，舌常伸出口外，通贯掌，其最可能的诊断为

A. 软骨发育不良　　　　B. 苯丙酮尿症

C. 呆小病　　　　　　　D. 先天愚型

8. 3 岁女孩，运动、智能发育落后，查体：眼距宽，眼裂小，眼外侧上斜，鼻梁低平，舌常伸出口外，通贯掌，临床拟诊先天愚型，下列哪项检查具有确诊价值

A. 手皮纹特点　　　　　B. 染色体核型分析

C. 特殊面容　　　　　　D. 智能低下

9. 先天愚型易位型，其最常见的染色体核型为

A. 46XY(或 XX), −14, +t(14q21q)

B. 46XY(或 XX), −17, +t(17q21q)

C. 46XY(或 XX), −21, +t(21q22q)

D. 46XY(或 XX), −20, +t(20q21q)

10. 患儿染色体核型为 46, XX, −14, +t(14q 21q)，此患儿诊断为

A. 21-三体综合征标准型

B. 21-三体综合征易位型

C. 21-三体综合征经典型

D. 21-三体综合征嵌合型

二、多项选择题

1. 关于先天愚型哪些描述是正确的

A. 通贯掌

B. 眼裂小，眼距宽，双眼外眦上斜

C. 智能低下　　　　　　D. 尿有鼠尿臭味

2. 下列哪项是先天愚型皮纹特点

A. 通贯掌　　　　　　　B. atd 角增大

C. atd 角减小

D. 第五指只有一条指褶纹

3. 先天愚型根据染色体核型分析可分为哪几型

A. 标准型　　　　　　　B. 易位型

C. 嵌合体型　　　　　　D. 混合型

三、填空题

1. 21-三体综合征主要特征为_____、_____和_____，并可伴有多种畸形。

2. 21-三体综合征根据染色体核型分析分为_____、_____、_____。

3. 21-三体综合征可作_____以确诊。

4. 21-三体综合征的标准型核型为_____。

四、简答题

21-三体综合征的临床表现。

五、病例分析

患儿女性，1 岁，因发育差入院，现患儿仍坐不稳，不会说话。家族无类似病史。入院查体：精神可，呼吸平稳，智力低下，眼距宽，眼裂小，眼外侧上斜，鼻梁低平，舌常伸出口外，双肺未闻及啰音，心律齐，心音有力，腹软，肝肋下约 1.5cm，质软，四肢肌张力尚可，通贯掌，手指粗短。血 T_4 122.2nmol/L（正常值 65.5～170.3nmol/L），TSH 3.5mU/L（正常值<10mU/L）。染色体分型：47XX +21。

1. 该患儿临床诊断及诊断依据是什么？

2. 根据染色体核型可分为哪几型？

【参考答案】

一、单项选择题

1. D 2. A 3. C 4. D 5. A 6. B 7. D
8. B 9. A 10. B

二、多项选择题

1. ABC 2. ABD 3. ABC

三、填空题

1. 智能落后 特殊面容 生长发育迟缓
2. 标准型 易位型 嵌合体型
3. 染色体核型分析
4. 47，XY（或 XX），+21

四、简答题

① 智能落后。

② 生长发育迟缓：出生的身长和体重均较低，生后体格发育、动作发育均迟缓，身材矮小，骨龄落后，出牙迟且顺序异常。四肢短，韧带松弛，关节可过度弯曲，肌张力低下。腹膨隆，可伴有脐疝。手指粗短，小指尤短，中间指骨短宽，且向内弯曲。

③ 特殊面容：表情呆滞，眼裂小，眼距宽，双眼外眦上斜，可有内眦赘皮；鼻梁低平，外耳小；硬腭窄小，常张口伸舌，流涎多；头小而圆，前囟大且关闭延迟；颈短而宽。

④ 皮纹特点：通贯手和特殊皮纹。

⑤ 伴发畸形：约 50% 伴有先天性心脏病，其次是消化道畸形。免疫功能低下，易患感染性疾病。

五、病例分析

1. 临床诊断为 21-三体综合征。

诊断依据：

① 患儿女性，1 岁，现患儿仍坐不稳，不会说话。

② 入院查体：智力低下，眼距宽，眼裂小，眼外侧上斜，鼻梁低平，舌常伸出口外，通贯掌，手指粗短。

③ 染色体分型：47XX，+21。

2. ① 标准型。

② 易位型。

③ 嵌合体型。

第二节 苯丙酮尿症

苯丙酮尿症（phenylketonuria，PKU）是常染色体隐性遗传疾病，是由于苯丙氨酸代谢途径中的酶缺陷，使得苯丙氨酸不能转变成为酪氨酸，导致苯丙氨酸及其酮酸蓄积并从尿中大量排出。

1. 发病机制

见图 7-1。

本病分为两类：①典型 PKU：苯丙氨酸羟化酶缺乏。②BH$_4$ 缺乏型。

2. 临床表现

出生时患儿正常，一般在 3~6 个月时出现症状，1 岁时症状明显。

① 神经系统：智能发育落后最为突出，智商常低于正常。有行为异常，如兴奋不安、忧郁、多动、孤僻等；可有癫痫小发作，少数呈现肌张力增高、腱反射亢进。

② 皮肤：生后数月毛发由黑变黄，皮肤白皙。皮肤湿疹较常见。

③ 其他：尿和汗液可有明显鼠尿臭味。

3. 实验室检查

① 新生儿疾病筛查：新生儿哺乳 3d 后，针刺足跟采集外周血，进行苯丙氨酸浓度测定。如 Phe 浓度大于切割值，进一步检查和确诊。

② 苯丙氨酸浓度测定。

③ 尿三氯化铁及 2,4-二硝基苯肼试验 用于较大儿童的筛查。

④ 尿蝶呤图谱分析，主要用于 PKU 的鉴别诊断。

⑤ DNA 分析。

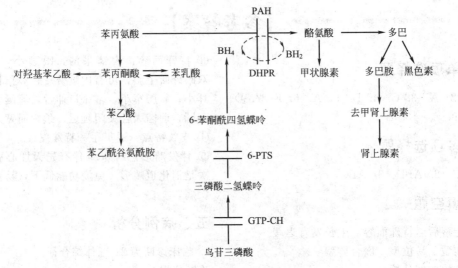

图 7-1 苯丙氨酸主要代谢图

PAH—苯丙氨酸羟化酶；BH$_4$—四氢生物蝶呤；BH$_2$—二氢生物蝶呤；GTP-CH—鸟苷三磷酸环化水合酶；

6-PTS—6-苯酮酰四氢蝶呤合成酶；DHPR—二氢生物蝶呤还原酶

4. 诊断与鉴别诊断

(1) 力求早期诊断、治疗。

(2) 需与以下疾病鉴别

① 暂时性高苯丙氨酸血症：见于新生儿或早产儿，生后数月苯丙氨酸可逐渐恢复正常。

② 四氢生物蝶呤缺乏症：又称非经典性PKU，患儿除了有典型 PKU 表现外，神经系统表现较为突出，如肌张力异常、不自主运动、震颤、阵发性角弓反张、惊厥发作等。

5. 治疗

应尽早给予积极治疗，主要是饮食疗法。

① 疾病一旦确诊，应立即治疗。开始治疗的年龄越小，预后越好。

② 低苯丙氨酸饮食：饮食控制至少需持续到青春期以后，终生治疗对病人更有益。

③ 成年女性病人在怀孕前应重新开始饮食控制，血苯丙氨酸应该在 300μmol/L 以下，直至分娩。

④ 对有本病家族史的夫妇及先证者可进行 DNA 分析。

⑤ 对 BH$_4$ 缺乏病人，需补充四氢生蝶呤（BH$_4$）、5-羟色胺和左旋多巴（L-DOPA），一般不需饮食治疗。

【试题精选】

一、单项选择题

1. 苯丙酮尿症的遗传方式

A. 常染色体显性遗传

B. 常染色体隐性遗传

C. X 连锁显性遗传

D. X 连锁隐性遗传

2. 苯丙酮尿症临床表现错误的是

A. 抽搐发作　　　　B. 皮肤白皙

C. 智力低下　　　　D. 虹膜色泽变深

3. 典型苯丙酮尿症是由于肝细胞缺乏何种酶

A. 苯丙氨酸羟化酶

B. 尿苷三磷酸环化水合酶

C. 6-丙酮酰四氢蝶呤合成酶

D. 二氢生物蝶呤还原酶

4. 患儿男性，1 岁，因反复抽搐入院，查体：智力低下，表情呆滞，皮肤白皙，头发发黄，尿有鼠尿臭味，为明确诊断，应首先选择以下哪项检查

A. 血清 T$_3$、T$_4$、TSH

B. 染色体检查

C. 尿三氯化铁试验

D. 头颅 CT

5. 患儿男性，1岁，因反复抽搐入院，查体：智力低下，表情呆滞，皮肤白皙，头发发黄，尿有鼠尿臭味，尿三氯化铁试验阳性，可能的诊断为

A. 先天性甲状腺功能减退症

B. 21-三体综合征

C. 苯丙酮尿症　　　　D. 糖原累积病

6. 患儿女性，9月，因反复抽搐入院，查体：智力低下，表情呆滞，皮肤白皙，头发发黄，尿有鼠尿臭味，以下哪种检查方法对确诊无用

A. Guthrie 试验（细菌抑制法）

B. 尿黏多糖试验

C. 尿三氯化铁试验

D. 血清苯丙氨酸浓度测定

7. 苯丙酮尿症智力低下常出现于

A. 新生儿期

B. 出生后 3～6 个月

C. 出生后 2 岁

D. 学龄前

二、多项选择题

1. 苯丙酮尿症的临床表现哪些是正确的

A. 抽搐发作　　　　　B. 皮肤白皙

C. 智力低下　　　　　D. 尿有鼠尿臭味

2. 关于苯丙酮尿症的治疗正确的是

A. 尽早治疗　　　　　B. 低苯丙氨酸饮食

C. 补充 BH_4、5-羟色胺　D. 终身饮食控制

3. 关于苯丙酮尿症的治疗正确的是

A. 一经确诊，立即开始饮食控制

B. 饮食控制越早，效果越好

C. 饮食控制至少持续至青春期以后

D. 最理想的饮食为低苯丙氨酸饮食

三、填空题

1. 苯丙酮尿症属＿＿＿＿＿＿＿＿＿遗传。

2. 苯丙酮尿症典型型是由于肝细胞缺乏＿＿＿＿＿＿＿＿＿＿。

3. ＿＿＿＿＿＿＿＿＿试验阳性可诊断苯丙酮尿症。

4. 苯丙酮尿症的饮食疗法主要以＿＿＿＿＿＿饮食为主。

5. 苯丙酮尿症饮食控制至少需持续到＿＿＿＿＿＿＿＿以后。

四、简答题

苯丙酮尿症的临床表现。

五、病例分析

患儿女性，9 个月，因反复抽搐 3d 入院。于 3d 前无明显诱因出现抽搐，表现为：双眼凝视、口周发青、口吐泡沫、四肢抖动，每次持续约 1min，缓解后患儿进入睡眠。无发热，无呕吐及腹泻，无咳嗽及气喘。无外伤史。查体：反应差，精神差，智力低下，表情呆滞，皮肤白皙，头颅无畸形，头发发黄，双肺未闻及啰音，心率约 118 次/min，律齐，心音有力，腹软，四肢肌张力尚可，双侧巴氏征阴性，尿有鼠尿臭。辅助检查：头颅 CT 未见异常。尿三氯化铁试验阳性。

1. 该患儿临床诊断及诊断依据？

2. 简述该病的治疗？

━━━━━━━━━【**参考答案**】━━━━━━━━━

一、单项选择题

1. B　2. D　3. A　4. C　5. C　6. B　7. B

二、多项选择题

1. ABCD　2. ABC　3. ABCD

三、填空题

1. 常染色体隐性

2. 苯丙氨酸羟化酶

3. 尿三氯化铁试验

4. 低苯丙氨酸饮食

5. 青春期

四、简答题

出生时患儿正常，一般在 3～6 个月时出现症状，1 岁时症状明显。

① 神经系统：智能发育落后最为突出，智商常低于正常。有行为异常，如兴奋不安、忧郁、多动、孤僻等；可有癫痫小发作，少数呈

现肌张力增高、腱反射亢进。

② 皮肤：生后数月毛发由黑变黄，皮肤白皙。皮肤湿疹较常见。

③ 其他：尿和汗液可有明显鼠尿臭味。

五、病例分析

1. 诊断：苯丙酮尿症。

诊断依据：

① 患儿女性，9个月，因反复抽搐3d入院。

② 查体：反应差，精神差，智力低下，表情呆滞，皮肤白皙，头发发黄，尿有鼠尿臭。

③ 辅助检查：尿三氯化铁试验阳性。

2. 应尽早给予积极治疗，主要是饮食疗法。

① 疾病一旦确诊，应立即治疗。开始治疗的年龄越小，预后越好。

② 低苯丙氨酸饮食：饮食控制至少需持续到青春期以后，终生治疗对病人更有益。

③ 成年女性病人在怀孕前应重新开始饮食控制，血苯丙氨酸应该在 $300\mu mol/L$ 以下，直至分娩。

④ 对有本病家族史的夫妇及先证者可进行DNA分析。

⑤ 对 BH_4 缺乏病人，需补充 BH_4、5-羟色胺和 L-DOPA，一般不需饮食治疗。

第八章 免疫性疾病

第一节 风 湿 热

风湿热是 A 组乙型溶血性链球菌所致上呼吸道感染后引起的一种反复发作的急慢性全身结缔组织炎症性疾病，以心脏和关节受累最明显，心脏炎是最严重的表现，反复发作可致永久性心瓣膜病。

一、病因

风湿热是 A 组乙型溶血性链球菌咽峡炎后的晚期并发症，在咽峡炎 1～4 周后发生，皮肤及其他部位的感染不会引起风湿热。

二、临床表现

1. 主要表现

（1）心脏炎　是风湿热唯一的持续性器官损害。初次发作以心肌炎和心内膜炎最多见，同时累及心肌、心内膜和心包膜者，称为全心炎。

心肌炎轻者症状不明显，重者发生充血性心力衰竭。体征：①心动过速，与体温升高不成比例，睡眠和休息心率不减慢；②心尖搏动弥散；③心脏扩大；④第一心音低钝，可出现奔马律、早搏；⑤心尖部新出现收缩期吹风样杂音和舒张期杂音；⑥心电图改变，常见一度房室传导阻滞，T 波低平和 ST 段异常。

心内膜炎主要侵犯二尖瓣，主动脉瓣次之。心尖部闻及吹风样全收缩期杂音和舒张中期杂音，此为急性炎症所致，可以消失。若在主动脉瓣听诊区听到舒张期杂音，有重要病理意义，一般很少消失。形成二尖瓣狭窄约需 2 年时间。

有心包炎表现者提示心脏炎严重，易发生心力衰竭。表现心前区疼痛，心底部听到心包摩擦音。积液量多时可有心脏压塞表现。

（2）关节炎　呈游走性，以膝、踝、肘、腕等大关节为主，局部红、肿、热、痛，活动受限。持续数日后自行消退，不留畸形。

（3）舞蹈病　表现为全身或部分肌肉无目的、不协调、不自主快速运动，兴奋或注意力集中时加剧，入睡后消失。常伴肌无力和情绪不稳定，多在其他症状出现后数周至数月出现，可不伴其他症状，亦可为首发症状。学龄期女孩多见。

（4）环形红斑　出现于躯干和四肢近端，呈一过性，或时隐时现呈迁延性。

（5）皮下小结　常伴有严重心脏炎，出现在肘、膝、腕、踝等关节伸面等，为坚硬无痛结节，与皮肤不粘连。

2. 一般表现

① 有链球菌感染史，扁桃体炎或咽炎。
② 发热、精神不振、疲倦、关节痛及面色苍白等。

三、辅助检查

（1）链球菌感染证据　咽拭培养可发现 A 组乙型溶血性链球菌；链球菌感染 1 周后 ASO 滴度开始上升，2 个月后逐渐下降。

（2）风湿热活动指标　白细胞计数和中性粒细胞增高、血沉增快、C 反应蛋白阳性、α_2 球蛋白和黏蛋白增高等。

四、诊断和鉴别诊断

1. Jones 诊断标准

① 主要指标；②次要指标；③链球菌感

染证据。在确定链球菌感染证据的前提下，有两项主要表现或一项主要表现伴两项次要表现可作出诊断（表 8-1）。

表 8-1 风湿热的诊断标准

主要表现	次要表现	链球菌感染证据
心脏炎	发热	咽拭培养阳性
多关节炎	关节痛	快速链球菌抗原试验阳性
舞蹈病	血沉增高	抗链球菌抗体滴度升高
环形红斑	反应蛋白阳性	
皮下小结	P-R 间期延长	

2. 鉴别诊断

（1）幼年特发性关节炎 多于 3 岁以下起病，侵犯指趾小关节，关节炎无游走性特点，反复发作后遗留关节畸形。X 线骨关节片可见关节面破坏、关节间隙变窄和邻近骨骼骨质疏松。

（2）感染性心内膜炎 贫血、脾大、皮肤瘀斑或其他栓塞症状有助诊断，血培养可获阳性结果，超声心动图有心瓣膜或心内膜有赘生物。

五、治疗

（1）休息 急性期无心脏炎患儿卧床休息

2 周，之后逐渐活动，2 周后达正常活动水平；心脏炎无心力衰竭者卧床休息 4 周，随后于 4 周内逐渐恢复活动；心脏炎伴充血性心力衰竭者卧床休息至少 8 周，在以后 2～3 个月内逐渐增加活动量。

（2）清除链球菌 青霉素 80 万 U 肌注，每日 2 次，持续 2 周。

（3）抗风湿热治疗 心脏炎时宜早期使用糖皮质激素，总疗程 8～12 周。无心脏炎的患儿可用阿司匹林，每日 100mg/kg，疗程 4～8 周。

（4）其他治疗 充血性心力衰竭时给予大剂量糖皮质激素，慎用或不用洋地黄制剂。舞蹈病时可用镇静药。

六、预防

① 确诊链球菌咽峡炎后，及早给予青霉素肌注 10d。

② 确诊风湿热后，每月肌注长效青霉素 120 万 U，至少 5 年，最好持续至 25 岁，有风湿性心脏病者宜终生药物预防。

第二节 幼年特发性关节炎

幼年特发性关节炎又称幼年型类风湿关节炎（juvenile rheumatoid arthritis），是儿童时期以慢性关节滑膜炎为特征的、全身性自身免疫性疾病。主要表现为长期不规则发热、皮疹、关节炎及肝、脾、淋巴结肿大等。年幼儿全身症状较关节症状显著，年长儿则较多局限于关节症状。

一、病因

尚不清楚，可能与多种因素如感染、免疫及遗传有关。寒冷、潮湿等常为本病的诱发因素。

二、临床表现及分型

（1）全身型 以幼年者为多，弛张高热是此型特征，发热时呈重病容，热退后玩耍如常。另一典型表现皮疹，高热时出现，热退后消失，不留痕迹。肝、脾及淋巴结肿大。此型关节炎症状轻。

（2）多关节炎型，类风湿因子阴性 受累关节≥5 个，对称性多发性关节炎，大小关节均可受累，关节症状较轻，较少发生关节强直变形。

（3）多关节炎型，类风湿因子阳性 关节症状较重，半数以上出现关节强直变形。

（4）少关节炎型 受累关节≤4 个，以大关节为主，部分患儿发生虹膜睫状体炎造成视力障碍、失明。

（5）与附着点炎症相关的关节炎 男孩多见，8 岁以上发病，四肢关节炎常为首发症状，尤其下肢大关节受累。

（6）银屑病性关节炎 1 个或更多的关节炎合并银屑病。

三、辅助检查

（1）炎症反应证据 血沉加快，少关节型者血沉多数正常。多关节型和全身型者C反应蛋白增高。

（2）自身抗体 类风湿因子和抗核抗体可阳性。

（3）X线检查 早期（病程1年左右）X线显示软组织肿胀，关节周围骨质疏松，关节附近呈现骨膜炎。晚期关节面骨破坏，腕关节多见。

四、诊断和鉴别诊断

诊断主要依靠临床表现，凡关节炎或典型的全身症状持续6周以上，排除其他疾病后方能作出诊断。

需与风湿热鉴别，该病以游走性大关节受累为主，X线无骨质损害，心肌炎发病率高，血沉及抗"O"滴度增高。

五、治疗

（1）功能锻炼 急性炎症期卧床休息，之后开始关节功能锻炼，可防止关节强直和软组织挛缩。

（2）药物治疗 有消炎止痛药、病情缓解药、糖皮质激素及植物制剂4类。首选非甾体类抗炎药，如阿司匹林，剂量为每天60～90mg/kg，分次口服。糖皮质激素用于非甾体抗炎药物或其他治疗无效的全身型、多关节型、虹膜睫状体炎局部治疗失败者，不能单独应用。

第三节 过敏性紫癜

过敏性紫癜是以小血管炎为主要病变的系统性血管炎。临床特点为皮肤紫癜，伴关节肿痛、腹痛、便血、血尿和蛋白尿。

一、病因

多种致敏因素可诱发本病，如食物、药物、微生物等，使具有过敏素质者产生变态反应而引发本病。

二、临床表现

（1）皮肤紫癜 反复出现皮肤紫癜为本病特征，多见于四肢及臀部，对称分布，伸侧较多，分批出现，消退后不留痕迹。部分可伴有荨麻疹和血管神经性水肿。

（2）胃肠道症状 阵发性剧烈腹痛，可有黑便或血便，偶并发肠套叠、肠梗阻。

（3）关节症状 膝、踝、肘等大关节肿痛，活动受限，数日内消失，不留后遗症。

（4）肾脏症状 血尿，蛋白尿和管型，伴血压增高及水肿，称为紫癜性肾炎；少数呈肾病综合征表现。

三、辅助检查

① 血小板计数正常甚至升高，出血和凝血时间正常。

② 血块退缩试验正常。

③ 毛细血管脆性试验部分患儿阳性。

④ 粪便潜血试验阳性。

⑤ 尿常规见红细胞、蛋白、管型。

四、诊断和鉴别诊断

根据特征性皮肤紫癜等临床表现，即可作出诊断。

需与特发性血小板减少性紫癜鉴别，该病血小板数量减少，皮疹为细小出血点，全身性分布，少有血管神经性水肿。

五、治疗

（1）一般治疗

① 急性期卧床休息，避免与可疑的药物或食物性过敏源接触，积极治疗感染。

② 无动物蛋白、少渣半流质饮食。消化道出血者应禁食，静脉滴注西咪替丁。

③ 有荨麻疹或血管神经性水肿时，应用抗组胺药物和钙剂。腹痛时应用解痉剂。

（2）糖皮质激素 急性期可缓解腹痛和关节痛，不能预防肾脏损害的发生。

（3）免疫抑制药 对重症者可加用免疫抑制药如环磷酰胺、硫唑嘌呤等。

（4）抗凝治疗 阻止血小板聚集和血栓形成，常用双嘧达莫（潘生丁）。

第四节 川 崎 病

川崎病又称皮肤黏膜淋巴结综合征，是一种全身血管炎为主要病理改变的急性发热性出疹性疾病。临床特点为发热、皮肤黏膜损害及淋巴肿大，常累及心脏，主要合并症是形成冠状动脉瘤，主要死因是心肌梗死。

一、病因

可能和感染或免疫反应有关，现多认为是一定易患宿主对多种感染病原触发的一种免疫介导的全身性血管炎。

二、临床表现

① 发热：体温 $39\sim40℃$，时间持续超过 $5d$，呈稽留热型或弛张热型，抗生素治疗无效。

② 球结合膜充血：起病 $3\sim4d$ 出现，无脓性分泌物，热退后消散。

③ 口腔黏膜表现：唇充血皲裂，口腔黏膜弥漫充血，舌乳头呈草莓舌。

④ 手足症状：急性期手足硬性水肿和掌跖红斑，恢复期指、趾端甲下和皮肤交界处出现膜状脱皮。

⑤ 皮肤表现：多形性红斑和猩红热样皮疹，肛周皮肤发红、脱皮。

⑥ 颈淋巴结肿大：坚硬、触痛，表面不红，无化脓，直径多超过 $1.5cm$。

⑦ 心脏表现 可有心包炎、心肌炎、心内膜炎、心律失常。少数有心肌梗死，冠状动脉瘤多发生于病程 $2\sim4$ 周。心肌梗死和冠状动脉瘤破裂可致心源性休克甚至猝死。

三、辅助检查

① 血液检查：周围血白细胞增高，以中性粒细胞为主，伴核左移。轻度贫血，血小板增多。血沉增快，C反应蛋白增高。

② 免疫学检查：血清 IgG、IgM、IgA、IgE升高。

③ 超声心动图：冠状动脉扩张直径＞$3mm$，$\leqslant4mm$ 为轻度，$4\sim7mm$ 为中度，冠状动脉瘤 $\geqslant8mm$。

四、诊断和鉴别诊断

1. 诊断标准

见表8-2。

表8-2 川崎病的诊断标准

发热 5d 以上，伴下列 5 项表现中 4 项者，排除其他疾病后，即可诊断为川崎病
①四肢变化：急性期掌跖红斑，手足硬性水肿；恢复期指趾端膜状脱皮
②多形性红斑
③眼结合膜充血，非化脓性
④唇充血皲裂，口腔黏膜弥漫充血，舌乳头呈草莓舌
⑤颈部淋巴结非化脓性肿大

注：如 5 项临床表现中不足 4 项，但超声心动图有冠状动脉损害，亦可确诊为川崎病。

2. 鉴别诊断

（1）猩红热 多见于 $2\sim10$ 岁小儿，有流行病史，皮疹为分布均匀的红色丘疹，青霉素治疗有效。

（2）幼年类风湿关节炎全身型 可发生于任何年龄，高热、关节肿胀或疼痛，肝、脾及淋巴结肿大，激素治疗有效。

五、治疗

（1）阿司匹林 每日 $30\sim50mg/kg$，热退后 3d 逐渐减量，维持 $6\sim8$ 周。冠状动脉有病变时，延长用药时间，直至冠状动脉恢复正常。

（2）静脉注射丙种球蛋白（IVIG） 宜于发病早期（10d 以内）应用，可迅速退热、降低冠状动脉瘤的发生率。剂量为 $1\sim2g/kg$，$8\sim12h$ 缓慢输入。

（3）糖皮质激素 可促进血栓形成，易发生冠状动脉瘤和影响冠脉病变修复，不宜单独应用。用于 IVIG 治疗无效者，约 $2\sim4$ 周。

（4）抗血小板聚集 双嘧达莫（潘生丁）。

【试题精选】

一、单项选择题

1. 鉴别小儿风湿热与幼年特发性关节炎最有意义的是
A. 发热
B. 关节炎
C. 心脏炎
D. 血沉增快
E. X线示关节面破坏

2. 风湿性心脏炎最常见的心电图改变为
A. 室性早搏
B. ST 段下降
C. T 波平坦或倒置
D. 一度房室传导阻滞
E. 窦性心动过速

3. 下列哪项为风湿活动指标
A. 扁桃体炎
B. 血白细胞总数增高
C. 心电图 ST 段变化
D. ASO 升高
E. 舞蹈病

4. 下列是风湿热活动指标,除了
A. 血沉增快
B. C 反应蛋白阳性
C. 血清黏蛋白增高
D. 血白细胞总数增高
E. ASO 滴度增高

5. 急性风湿热的首次发作年龄多为
A. 2～3 岁
B. 3～5 岁
C. 5～15 岁
D. 15～20 岁
E. 20 岁以上

6. 急性风湿热最严重的表现为
A. 心脏炎
B. 皮下结节
C. 游走性关节炎
D. 舞蹈病
E. 环形红斑

7. 下列哪项不是诊断风湿热的主要表现
A. 心脏炎
B. 多发性关节炎
C. 舞蹈病
D. 血沉增快
E. 环形红斑

8. 风湿热急性期于心尖区听到吹风样收缩期杂音和舒张期杂音,可能为
A. 二尖瓣狭窄
B. 心脏炎
C. 发热所致
D. 二尖瓣关闭不全
E. 无临床意义

9. 下列哪项不是急性风湿热的次要表现
A. 发热
B. 关节痛
C. 血沉增快
D. 心电图示窦性心动过速
E. C 反应蛋白阳性

10. 风湿性舞蹈病主要的治疗措施为
A. 足量水杨酸盐
B. 使用肾上腺皮质激素
C. 应用苯妥英钠
D. 应用布洛芬
E. 以上均不是

11. 严重风湿性心脏炎药物预防链球菌感染维持到
A. 5 年
B. 6 年
C. 8 年
D. 12 年
E. 终生

12. 关于风湿热的药物治疗,下列哪项是错误的
A. 为清除链球菌感染灶,应用青霉素一般不少于 2 周
B. 肾上腺皮质激素用于心脏炎的病人
C. 伴心力衰竭时需及时应用偏大剂量的地高辛
D. 水杨酸制剂适用于以关节炎或发热为主的病人
E. 舞蹈病可应用苯巴比妥等镇静药

13. 预防风湿热复发的首选药物为
A. 泼尼松
B. 阿司匹林
C. 红霉素
D. 长效青霉素
E. 甲氨蝶呤

14. 风湿性心内膜炎最常受累的瓣膜为
A. 二尖瓣
B. 三尖瓣
C. 肺动脉瓣
D. 主动脉瓣
E. 右心房内膜

15. 风湿性二尖瓣狭窄的形成时间为
A. 半年
B. 1 年
C. 1 年半
D. 2 年
E. 2 年半

16. 下列哪项不符合风湿性关节炎的特点
A. 常侵犯膝、踝等大关节
B. 急性期红肿热痛,活动障碍
C. 愈后不留痕迹
D. 游走性、对称性

E. X线检查可有关节面破坏

17. 抗风湿治疗，阿司匹林治疗剂量为

A. 100mg/(kg·d)

B. 50～80mg/(kg·d)

C. 30～50mg/(kg·d)

D. 3～5mg/(kg·d)

E. 1～2mg/(kg·d)

18. 下列风湿性心肌炎的临床特点哪项错误

A. 心率增快

B. 心前区第一心音减弱

C. 严重时可出现奔马律

D. 心尖部闻及喷射性收缩期杂音

E. 心脏扩大，心尖搏动弥散

19. 风湿热最常见的皮肤损害为

A. 结节性红斑　　　　B. 环形红斑

C. 多形性红斑　　　　D. 蝶状红斑

E. 以上都是

20. 下列哪项不是幼年特发性关节炎的临床特点

A. 发热、乏力

B. 类风湿因子及抗核抗体阳性

C. 肝、脾、淋巴结肿大

D. 早期X线表现以关节面骨破坏为主

E. 关节酸痛以小关节为主

21. 幼年特发性关节炎眼部病变中哪项具有诊断意义

A. 虹膜睫状体炎　　　B. 虹膜炎

C. 角膜结膜炎　　　　D. 角膜软化

E. 色素层炎

22. 下列哪项不是幼年特发性关节炎全身型的临床特点

A. 全身症状严重，呈弛张热

B. 心包或胸膜炎

C. 短暂的非固定性红斑样皮疹

D. 肝、脾及淋巴结肿大

E. 小关节畸形

23. 以下是幼年特发性关节炎的特点，除了

A. 发热、皮疹　　　　B. 白细胞增多

C. ASO增高　　　　　D. 关节肿痛

E. 血沉增快

24. 幼年特发性关节炎全身型药物治疗首选

A. 泼尼松　　　　　　B. 环磷酰胺

C. 阿司匹林　　　　　D. 青霉胺

E. 雷公藤多苷

25. 幼年特发性关节炎一般病例应用阿司匹林的剂量为

A. 100～150mg/(kg·d)

B. 60～90mg/(kg·d)

C. 30～50mg/(kg·d)

D. 10～20mg/(kg·d)

E. 1～2mg/(kg·d)

26. 下列哪项不是过敏性紫癜的临床特点

A. 粪隐血试验可呈阳性

B. 毛细血管脆性试验阳性

C. 血清IgA及补体C_3降低

D. 血小板计数、出凝血时间及血块退缩时间正常

E. 尿液检查可有血尿、蛋白尿及管型

27. 过敏性紫癜表现中，哪项最具有特征性

A. 突发性腹痛、呕吐或便血

B. 起病前1～4周常有上呼吸道感染史

C. 病程中反复出现皮肤紫癜

D. 多累及膝、踝、腕及肘关节等部位

E. 多数病人出现血尿、蛋白尿等

28. 下列哪项不是川崎病的诊断标准

A. 眼结合膜充血，口唇充血皲裂、草莓样舌

B. 心电图表现广泛ST-T改变

C. 手足硬肿，掌跖红斑，指趾端膜状脱皮

D. 持续高热5d以上

E. 颈部淋巴结肿大

29. 川崎病最早出现的症状多为

A. 发热　　　　　　　B. 指趾端膜状脱皮

C. 淋巴结肿大　　　　D. 眼结合膜充血

E. 冠状动脉瘤

30. 川崎病的治疗不主张用

A. 阿司匹林　　　　　B. 丙种球蛋白

C. 维生素E　　　　　D. 双嘧达莫

E. 糖皮质激素

31. 治疗川崎病的首选药物为

A. 青霉素　　　　　　B. 泼尼松

C. 丙种球蛋白　　　　D. 阿司匹林

E. 以上都不是

32. 川崎病合并冠状动脉损害时，服用阿司匹林的时间为

A. 血沉正常后

B. 至冠状动脉恢复正常

C. 体温降至正常　　　D. 血小板降至正常

E. 白细胞降至正常

33. 川崎病急性期应用阿司匹林的剂量为

A. 80～100mg/(kg·d)

B. 50～100mg/(kg·d)

C. 30～50mg/(kg·d)

D. 20～30mg/(kg·d)

E. 10～20mg/(kg·d)

34. 下列哪项不是应用激素的指征

A. 过敏性紫癜有腹痛

B. 风湿性心脏炎

C. 幼年特发性关节炎伴有虹膜睫状体炎

D. 川崎病合并冠状动脉瘤

E. 以上都不是

35. 8个月男孩，确诊川崎病，出院2个月后猝死于家中，死前无明显诱因，其死因可能为

A. 脑出血　　　　　　B. 心肌炎

C. 脑栓塞　　　　　　D. 冠状动脉瘤破裂

E. 心包炎

36. 男孩，7岁，两下肢及臀部出血性皮疹，高起皮面，伴腹痛及便血1次，诊断最可能为

A. 过敏性紫癜

B. 血小板减少性紫癜

C. 消化性溃疡

D. 流行性脑脊髓膜炎

E. 以上都不是

37. 女孩，8岁，因膝、肘关节肿痛，伴低热、乏力，诊断为幼年特发性关节炎。眼科检查发现虹膜睫状体炎，该病例属于哪种类型

A. 多关节型，类风湿因子阳性

B. 多关节型，类风湿因子阴性

C. 少关节型　　　　　D. 全身型

E. 银屑病关节炎

38. 患儿，女，5岁，不规则发热1个月，伴游走性关节疼痛、局部红肿。查体可见四肢屈侧有环形红斑。以下哪项指标对诊断没有意义

A. ASO　　　　　　　B. 血沉

C. 肝功　　　　　　　D. 血常规

E. C反应蛋白

（39～40题共用题干）

女孩，12岁，发热15d，体温38～39℃，双手指指关节和掌指关节肿痛伴活动受限，两侧膝关节肿胀，以右侧明显，被动活动受限。无皮疹，肝、脾及浅表淋巴结无肿大。血沉和C反应蛋白升高，血白细胞13×10⁹个/L。

39. 诊断首先考虑

A. 风湿热　　　　　　B. 过敏性紫癜

C. 幼年特发性关节炎

D. 关节结核　　　　　E. 化脓性关节炎

40. 为排除风湿热应做下列哪项检查

A. X线胸片　　　　　B. 肺功能

C. 心电图

D. 心脏超声和血ASO检查

E. 头颅CT

（41～43题共用题干）

患儿，男，7岁，发热2周，易疲倦。查体：心率136次/min，心尖部第一心音减弱，闻及收缩期吹风样杂音。心电图检查：P-R间期延长，ST段异常。实验室检查：C反应蛋白增高。

41. 该患儿的临床诊断最可能为

A. 结核性心包炎　　　B. 风湿性心肌炎

C. 病毒性心肌炎

D. 幼年特发性关节炎伴心包炎

E. 扩张型心肌病

42. 下列哪项检查可协助确诊

A. 血常规　　　　　　B. 血沉

C. 心脏X线检查　　　D. 心肌酶谱

E. 抗链球菌溶血素"O"

43. 诊断明确后，该患儿首选药物为

A. 水杨酸制剂　　　　B. 糖皮质激素

C. 洋地黄类药物　　　D. 抗生素

E. 血管扩张药

（44～45题共用题干）

患儿，女，8岁，不规则发热20余天，近1周出现挤眉弄眼、耸肩，不自主运动。实验室检查：白细胞13×10⁹个/L，中性粒细胞0.85，淋巴细胞0.12，血沉56mm/h，C反应蛋白阳性，ASO 1200U。

44. 该患儿最可能的诊断为

A. 癫痫　　　　　　　B. 病毒性脑炎

C. 结核性脑膜炎　　　D. 化脓性脑膜炎

E. 舞蹈病

45. 该患儿目前治疗

A. 大剂量联合应用抗生素

B. 抗结核治疗　　　　C. 抗病毒治疗

D. 抗癫痫治疗

E. 抗风湿及镇静治疗

（46～49题共用备选答案）

A. 阿司匹林　　　　　B. 苯巴比妥

C. 泼尼松   D. 红霉素

E. 长效青霉素

46. 风湿性舞蹈病首选药物

47. 风湿热以关节炎为主首选药物

48. 风湿热预防复发首选药物

49. 风湿性心脏炎首选药物

（50～52 题共用备选答案）

A. 对称性小关节炎症

B. 发热、多发性关节炎、ASO 增高

C. 关节肿痛、反复出现皮肤紫癜

D. 发热、手足硬肿、草莓舌、颈部淋巴结肿大

E. 单一大关节红肿热痛，活动障碍

50. 幼年特发性关节炎

51. 风湿热

52. 川崎病

（53～56 题共用备选答案）

A. 冠状动脉瘤   B. 关节畸形

C. 肾损害   D. 二尖瓣狭窄

E. 虹膜睫状体炎

53. 川崎病易并发

54. 风湿热易并发

55. 过敏性紫癜易并发

56. 幼年特发性关节炎并发

（57～60 题共用备选答案）

A. ASO 800U

B. 血沉增快，C 反应蛋白阳性

C. 心电图示低电压、ST 段下移

D. 环形红斑

E. 疲倦、面色苍白、腹痛

57. 链球菌感染证据

58. 风湿热主要指标

59. 风湿热次要指标

60. 风湿热活动指标

二、多项选择题

1. 风湿热的皮肤损害为

A. 皮下小结   B. 结节性红斑

C. 环形红斑   D. 多形性红斑

E. 蝶形红斑

2. 风湿热的主要表现为

A. 多发性游走性关节炎

B. 舞蹈病   C. 蝶形红斑

D. 心脏炎   E. 肾脏损害

3. 风湿热的活动指标为

A. 心电图检查 P-R 间期延长

B. 血沉增快

C. C 反应蛋白阳性

D. ASO 滴度增高

E. 白细胞计数和中性粒细胞增高

4. 风湿热急性期恢复至接近正常活动量的时间，哪项正确

A. 无心脏受累者 2 周

B. 心脏炎无心力衰竭者 4 周

C. 无心脏受累者 4 周

D. 心脏炎无心力衰竭者 8 周

E. 心脏炎伴充血性心力衰竭者 6 个月

5. 幼年特发性关节炎全身型的临床特点为

A. 长期间歇发热   B. 关节炎

C. 淋巴结、肝脾肿大

D. 一过性多形性皮疹

E. 虹膜睫状体炎

6. 川崎病心血管的合并症有

A. 心包炎   B. 心肌炎

C. 心内膜炎   D. 心律失常

E. 冠状动脉瘤

7. 下列哪项对诊断川崎病有意义

A. 手足硬肿，掌跖红斑，指趾端膜状脱皮

B. 多形性皮斑和猩红热样皮疹

C. 指趾端和甲床交界处呈膜样或片状脱皮

D. 发热呈稽留热或弛张热

E. 球结合膜充血、唇干裂、草莓舌

8. 过敏性紫癜的临床表现包括

A. 皮肤紫癜

B. 手足硬肿，掌跖红斑，指趾端膜状脱皮

C. 腹痛，黑便或血便

D. 膝、踝、肘等关节肿痛

E. 肾脏损害

9. 过敏性紫癜的预后与下列哪项无关

A. 肾脏损害   B. 皮肤紫癜

C. 关节肿痛   D. 便血

E. 鼻出血、牙龈出血

10. 舞蹈病的治疗是

A. 采用支持和对症治疗

B. 可用镇静药如苯巴比妥

C. 伴有其他风湿症状时，抗风湿治疗

D. 氟哌丁醇

E. 以上都对

11. 下列哪项不是抗风湿治疗应用糖皮质激素的指征
A. 心脏炎　　　　　　B. 多发性关节炎
C. 舞蹈病　　　　　　D. 皮下小结
E. 环形红斑
12. 风湿热的预后取决于
A. 发热时间的长短
B. 心脏炎的严重程度
C. 是否得到正确的治疗
D. 关节炎的严重程度
E. ASO 的滴度
13. 下列哪项能鉴别风湿热与幼年特发性关节炎
A. ASO 增高　　　　　B. 皮下小结
C. 二尖瓣狭窄　　　　D. X 线无骨质损害
E. 关节酸痛
14. 关于环形红斑的描述下列哪项错误
A. 多见于面部及四肢末端
B. 呈环形或半环形，中心苍白
C. 呈一过性　　　　　D. 出现缓慢
E. 消退后不留痕迹
15. 有关皮下小结的描述下列哪项错误
A. 多见于肘、膝等关节的屈侧
B. 坚硬、有触痛
C. 与皮肤不粘连　　　D. 常伴严重心脏炎
E. 数周后消失
16. 风湿热实验室检查结果哪项正确
A. ASO 增高说明近期有链球菌感染
B. 部分患儿 ASO 不增高
C. 舞蹈病患儿 ASO 一定增高
D. 血沉增快是风湿活动的标志
E. C 反应蛋白阳性提示风湿活动
17. 风湿性舞蹈病的临床特征哪项正确
A. 多见于女性病人
B. 全身或部分肌肉无目的、不自主快速运动
C. 兴奋或注意力集中时消失
D. 入睡后加剧　　　　E. 可能为首发症状
18. 幼年特发性关节炎糖皮质激素的应用指征
A. 发热　　　　　　　B. 心肌受累
C. 关节肿痛　　　　　D. 伴眼部病变
E. 全身型其他药物治疗无效
19. 过敏性紫癜应用糖皮质激素可缓解的症状为
A. 关节肿痛　　　　　B. 腹痛

C. 皮肤紫癜　　　　　D. 蛋白尿
E. 血尿
20. 川崎病的皮肤黏膜表现特点哪项正确
A. 多形性红斑、猩红热样皮疹
B. 急性期手足硬性水肿
C. 恢复期指趾端膜状脱皮
D. 球结合膜充血，有脓性分泌物
E. 唇充血皲裂、草莓舌

三、填空题

1. 风湿热是一种累及多系统的炎症性疾病，初发与再发多与_____感染密切。在感染后约_____时间 ASO 增高，持续_____后逐渐下降。为清除其感染，用_____治疗，疗程为_____。
2. 风湿热病变累及全身结缔组织，其特征性病理变化为_____。
3. 风湿热的心脏炎可累及_____、_____和_____。有心脏炎者用_____治疗，无心脏炎者应用_____治疗。
4. 舞蹈病多见于女性病人，是一种可以累及_____的风湿性神经系统疾病。
5. 应用_____预防风湿热的复发，至少_____，最好持续至_____，有风湿性心脏病者，宜_____药物预防。
6. 川崎病是一种_____为主要病理改变的急性发热性出疹性疾病，主要死因是_____，心血管的主要并发症是_____，最可靠的无创伤性诊断方法为_____。
7. 川崎病静脉注射丙种球蛋白时宜在病程_____内用，剂量为_____。
8. _____反复发作可致关节畸形，_____反复发作可致心脏瓣膜损害。
9. 过敏性紫癜是以_____为主要病变的系统性血管炎，主要临床表现为_____、_____。
10. 幼年特发性关节炎是儿童时期常见的风湿性疾病，以_____为主要特征。药物治疗首选_____，糖皮质激素用于_____型和_____型，特别是_____和_____受累者。

四、名词解释

1. 幼年特发性关节炎

2. 舞蹈病

五、简答题

1. 风湿热诊断标准的主要表现。
2. 风湿活动的实验室检查指标。
3. 川崎病的诊断标准。
4. 幼年特发性关节炎的分类。

六、问答题

1. 风湿热的 Jones 诊断标准。
2. 风湿热与幼年特发性关节炎的主要区别。

七、病例分析题

1. 患儿女性，6 岁，近 2 个月以来出现发热伴关节肿痛，先出现右膝关节痛，后又出现双肘、腕关节红肿、疼痛，应用抗生素治疗效果不佳。近 1 个月自诉心慌、胸闷。查体：体温 38.5℃，心率 138 次/min，第一心音减弱，心尖区可闻及吹风样收缩期杂音。右膝、双肘腕关节红肿、触痛。实验室检查：血常规白细胞 15×10^9 个/L，中性粒细胞 0.85；血沉 60mm/h；ASO 800U；心电图示一度房室传导阻滞，ST 段下移，T 波平坦。

(1) 该患儿初步诊断是什么？
(2) 诊断依据是什么？
(3) 目前治疗首选哪种药物，为什么？
(4) 该患儿需要休息多长时间？

2. 患儿男性，3 岁，持续高热 3 周，食欲差、乏力，热退后精神好转。有时两膝及踝关节肿痛，发热时加剧，约 2～3d 后可自行消退。近 10 余天发热时出现红色斑丘疹。查体：体温 39℃，脉搏 136 次/min，精神欠佳，面色苍白，呼吸稍促，皮肤未见皮疹，颈部表浅淋巴结轻度肿大。双肺听诊正常。心律规整，心音有力，未闻及杂音。腹软，肝肋下 2.5cm，质韧。脾肋下 1.5cm，质韧，四肢未见异常。

(1) 该病例有何特点？
(2) 初步应做哪些检查明确诊断？
(3) 实验室检查：血常规白细胞 20×10^9 个/L，中性粒细胞 0.80，血红蛋白 95g/L；血沉 80mm/h；ASO 300U；RF 阴性，抗核抗体阴性，血培养阴性。目前诊断什么？
(4) 该病能否应用肾上腺皮质激素治疗？

3. 患儿女性，16 个月，因发热 8d 伴皮疹 4d 入院。查体：体温 39.5℃，脉搏 144 次/min，精神不振，呼吸稍快，躯干部皮肤可见浅红色斑丘疹，压之褪色，颈部扪及 3 个肿大淋巴结，活动，无压痛。双眼球结膜充血，口唇干燥、皲裂，咽部充血明显，舌乳头突起充血，双肺呼吸音粗，未闻及啰音。心音有力，律齐，心前区闻及 2/6 级收缩期杂音。腹软，肝肋下 1cm，质软。脾肋下未及肿大。双手掌肿胀，部分指趾膜状脱皮。实验室检查：血常规白细胞 18×10^9 个/L，中性粒细胞 0.75；血沉 78mm/h；ASO 250U。

(1) 该患儿初步诊断是什么？
(2) 本病的诊断标准是什么？
(3) 该患儿目前主要的治疗方法有哪些？
(4) 若患儿心脏超声心动图检查发现右冠状动脉近入口处内径约 4cm，左冠状动脉内径 3cm，对治疗有何影响？

【参考答案】

一、单项选择题

1. E　2. D　3. B　4. E　5. C　6. A　7. D
8. B　9. D　10. E　11. E　12. C　13. D
14. A　15. D　16. E　17. A　18. D　19. B
20. D　21. A　22. E　23. C　24. C　25. B
26. C　27. C　28. E　29. A　30. E　31. D
32. B　33. C　34. D　35. D　36. A　37. C
38. C　39. C　40. D　41. B　42. E　43. B
44. E　45. E　46. B　47. A　48. E　49. C
50. A　51. B　52. D　53. A　54. D　55. C
56. E　57. A　58. D　59. B　60. B

二、多项选择题

1. AC　2. ABD　3. BCE　4. CDE
5. ABCD　6. ABCDE　7. ABCDE
8. ACDE　9. BCDE　10. ABC　11. BCDE
12. BC　13. ABCD　14. AD　15. AB
16. ABDE　17. ABE　18. BDE　19. AB
20. ABCE

三、填空题

1. A组乙型溶血性链球菌　1周　2个月　青霉素　2周
2. 风湿小体
3. 心肌　心内膜　心包　糖皮质激素　阿司匹林
4. 锥体外系
5. 长效青霉素　5年　25岁　终身
6. 全身血管炎　心肌梗死　冠状动脉瘤　超声心动图
7. 10d　1～2g/kg
8. 幼年特发性关节炎　风湿热
9. 小血管炎　皮肤紫癜　肾脏损害　关节肿痛　消化道症状
10. 慢性关节滑膜炎　非甾体抗炎药　全身多关节　心脏　眼

四、名词解释

1. 幼年特发性关节炎：是儿童时期常见的风湿性疾病，以慢性关节滑膜炎为主要特征，伴全身多脏器功能损害。
2. 舞蹈病：为累及锥体外系的风湿性神经系统疾病，其特征为四肢和面部不自主、无目的的快速运动，在兴奋或注意力集中时加剧，入睡后消失。

五、简答题

1. 风湿热诊断标准的主要表现：心脏炎、多关节炎、舞蹈病、环形红斑、皮下小结
2. 风湿活动的实验室检查指标有白细胞计数和中性粒细胞增高、血沉增快、C反应蛋白阳性、α_2球蛋白和黏蛋白增高。
3. 川崎病的诊断标准：发热5d以上，伴①急性期掌跖红斑、手足硬性水肿、恢复期指趾端膜状脱皮；②多形性红斑；③眼结合膜充血；④唇充血皲裂、口腔黏膜弥漫充血，舌乳头突起充血如草莓舌；⑤颈部淋巴结肿大5项临床表现中的4项即可诊断。
4. 幼年特发性关节炎的分类：全身型关节炎、多关节型，类风湿因子阴性、多关节型，类风湿因子阳性、少关节型，与附着点炎症相关的关节炎、银屑病性关节炎。

六、问答题

1. 风湿热的Jones诊断标准：在确定链球菌感染证据的前提下，有两项主要表现或一项主要表现伴两项次要表现可诊断。
① 主要指标：心脏炎、多关节炎、舞蹈病、环形红斑、皮下小结。
② 次要指标：发热、关节痛、血沉增高、反应蛋白阳性、P-R间期延长。
③ 链球菌感染证据：咽拭培养阳性或快速链球菌抗原试验阳性、抗链球菌抗体滴度升高。
2. 风湿热与幼年特发性关节炎的主要区别：风湿热是A组乙型溶血性链球菌咽峡炎后的晚期并发症，好发年龄为5～15岁。以游走性大关节受累为主，X线无骨质损害，心肌炎发病率高，抗"O"滴度增高。幼年特发性关节炎以慢性关节滑膜炎为主要特征，伴全身多脏器功能损害，多于3岁以下起病，侵犯指趾小关节，关节炎无游走性特点，反复发作后遗留关节畸形。X线骨关节片可见关节面破坏、关节间隙变窄和邻近骨骼骨质疏松。

七、病例分析题

1. （1）诊断：风湿热。
（2）诊断依据：该病在确定链球菌感染证据的前提下，有两项主要表现或一项主要表现伴两项次要表现可诊断。
① 主要指标：心脏炎、多关节炎、舞蹈病、环形红斑、皮下小结。
② 次要指标：发热、关节痛、血沉增高、C反应蛋白阳性、P-R间期延长。
③ 链球菌感染证据：咽拭培养阳性或快速链球菌抗原试验阳性、抗链球菌抗体滴度升高。
该患儿ASO增高，有一项主要指标心脏炎及5项次要指标（发热、关节痛、血沉增高、C反应蛋白阳性、P-R间期延长）。
（3）首选肾上腺皮质激素，如泼尼松，该患儿已累及心脏。
（4）该患儿已有心脏炎，无心力衰竭，需卧床休息4周，随后4周内逐渐恢复活动。
2. （1）特点：①长期发热，热退后精神好转；②膝关节、踝关节肿痛；③皮疹，发热时出现；④肝、脾、淋巴结肿大。
（2）血常规、血沉、ASO、类风湿因子

（RF）、抗核抗体及血培养。

（3）诊断：幼年特发性关节炎全身型。

（4）不作首选或单独使用的药物，用于多关节型非甾体类抗炎药和缓解病情抗风湿药未能控制的严重患儿、全身型其他治疗无效及虹膜睫状体炎者。

3.（1）诊断：川崎病。

（2）诊断标准：发热 5d 以上，伴①掌跖红斑、手足硬性水肿、指趾端膜状脱皮；②多形性红斑；③眼结合膜充血；④唇充血皲裂、口腔黏膜弥漫充血，舌乳头突起充血如草莓舌；⑤颈部淋巴结肿大 5 项临床表现中的 4 项即可诊断。

（3）阿司匹林，每天 30～50mg/kg，热退后逐渐减量至 3～5mg/kg，维持 6～8 周；

静脉注射丙种球蛋白，剂量 1～2g/kg，病程早期 10d 内应用，8～12h 缓慢输入。

（4）应延长阿司匹林用药时间，至冠状动脉恢复正常。

第九章 结 核 病

第一节 概 述

结核病（tuberculosis）是由结核杆菌引起的慢性感染性疾病。全身各个脏器均可受累，但以肺结核最常见。

（一）病因

结核菌属于分枝杆菌属，具抗酸性，为需氧菌，革兰染色阳性，抗酸染色呈红色。结核杆菌可分为4型：人型、牛型、鸟型和鼠型，对人类致病的主要为人型和牛型，其中人型是人类结核病的主要病原体。

（二）流行病学

（1）传染源 开放性肺结核病人是主要传染源。

（2）传播途径 呼吸道为主要传播途径，少数经消化道传染者，经皮肤或胎盘传染者少见。

（3）易感人群 儿童发病与否主要取决于：①结核菌的毒力及数量；②机体抵抗力的强弱；③遗传因素。

（三）发病机制

为致敏T细胞介导的，是同一细胞免疫过程的两种不同表现。

① 细胞介导的免疫反应。

② 迟发型变态反应。

（四）诊断

1. 病史

（1）中毒症状 有无长期低热、轻咳、盗汗、乏力、食欲缺乏、消瘦等。

（2）结核病接触史 应特别注意家庭病史，肯定的开放性结核病接触史对诊断有重要意义，年龄越小，意义越大。

（3）卡介苗接种史。

（4）有无急性传染病史。

（5）有无结核过敏表现 如结节性红斑、疱疹性结膜炎等。

2. 结核菌素试验

（1）试验方法 常用的结核菌素皮内试验为皮内注射0.1ml含5个结核菌素单位的纯蛋白衍化物（protein purified derivative，PPD）。一般注入左前臂掌侧面中下1/3交界处皮内，使之形成直径为6～10mm的皮丘，48～72h后观测反应结果，测定局部硬结的直径，取纵、横两者的平均直径来判断其反应强度。硬结平均直径不足5mm为"－"；5～9mm为"＋"；10～20mm为"＋＋"；≥20mm为"＋＋＋"；局部除硬结外，还有水肿、破溃、淋巴管炎及双圈反应等为"＋＋＋＋"。若患儿结核变态反应强烈如患疱疹性结膜炎，结节性红斑或一过性多发性结核过敏性关节炎等，宜用1个结核菌素单位的PPD试验。

（2）临床意义

① 阳性反应见于：a. 接种卡介苗后；b. 年长儿无明显临床症状仅呈一般阳性反应，表示曾感染过结核杆菌；c. 婴幼儿尤其是未接种卡介苗者，阳性反应多表示体内有新的结核病灶。年龄愈小，活动性结核可能性愈大；d. 强阳性反应者，示体内有活动性结核病；e. 由阴性反应转为阳性反应，或反应强度由原来小于10mm增至大于10mm，且增幅超过6mm时，示新近有感染（表9-1）。

② 阴性反应见于：a. 未感染过结核；b. 结核迟发性变态反应前期（初次感染后4～

表 9-1　接种卡介苗与自然感染阳性反应的主要区别

项目	接种卡介苗后	自然感染
硬结直径	多为 5～9mm	多为 10～15mm
硬结颜色	浅红	深红
硬结质地	较软、边缘不整	较硬、边缘清楚
阳性反应持续时间	较短，2～3d 即消失	较长，可达 7～10d 以上
阳性反应的变化	有较明显的逐年减弱倾向一般于 3～5 年内逐渐消失	短时间内反应无减弱倾向，可持续若干年，甚至终生

8 周内）；c. 假阴性反应，由于机体免疫功能低下或受抑制所致，如部分危重结核病；急性传染病如麻疹、水痘、风疹、百日咳等；体质极度衰弱者如重度营养不良、重度脱水、重度水肿等，应用糖皮质激素或其他免疫抑制药治疗时；原发或继发免疫缺陷病；d. 技术误差或结核菌素失效。

3. 实验室检查

（1）结核杆菌检查　从痰、胃液（婴幼儿可抽取空腹胃液）、脑脊液、浆膜腔液中找到结核杆菌是重要的确诊手段。

（2）免疫学诊断及分子生物学诊断

① 酶联免疫吸附试验（ELISA）。

② 分子生物学方法检测。

③ 血沉多增快，反映结核病的活动性。

4. 结核病影像学诊断

① X 线检查。

② 计算机断层扫描。

5. 其他辅助检查

① 纤维支气管镜检查。

② 周围淋巴结穿刺液涂片检查。

③ 肺穿刺活体组织检查或胸腔镜取肺活体组织检查。

（五）治疗

1. 一般治疗

营养、休息，居住环境应阳光充足、空气流通。

2. 抗结核药物

治疗目的：①杀灭病灶中的结核菌；②防止血行播散。

治疗原则：①早期治疗；②适宜剂量；③联合用药；④规律用药；⑤坚持全程；⑥分段治疗。

（1）目前常用的抗结核药物

① 杀菌药物

a. 全杀菌药：异烟肼（INH）、利福平（RFP）。

b. 半杀菌药：链霉素（SM）、吡嗪酰胺（PZA）。

② 抑菌药物：乙胺丁醇（ELB）、乙硫异烟胺（ETH）。

（2）针对耐药菌株的几种新型抗结核药

① 老药的复合剂型。

② 老药的衍生物。

③ 新的化学制剂。

（3）抗结核药的使用　见表 9-2。

表 9-2　小儿抗结核药物

药物	剂量/[mg/(kg·d)]	给药途径	主要副作用
异烟肼(INH 或 H)	10(≤300mg/d)	口服、肌注、静点	肝毒性，末梢神经炎，过敏，皮疹和发热
利福平(RFP 或 R)	10(≤450mg/d)	口服	肝毒性，恶心、呕吐和流感样症状
链霉素(SM 或 S)	20～30(≤0.75g/d)	肌注	Ⅷ脑神经损害，肾毒性，过敏，皮疹和发热
吡嗪酰胺(PZA 或 Z)	20～30(≤0.75g/d)	口服	肝毒性，高尿酸血症，关节痛，过敏和发热
乙胺丁醇(EMB 或 E)	15～25	口服	皮疹，视神经炎
乙硫异烟胺(ETH)	10～15	口服	胃肠道反应，肝毒性，末梢神经炎，过敏
丙硫异烟胺			皮疹，发热
卡那霉素	15～20	肌注	Ⅷ脑神经损害，肾毒性
对氨水杨酸	150～200	口服	胃肠道反应，肝毒性，过敏，皮疹和发热

（4）抗结核治疗方案

① 标准疗法：一般用于无明显自觉症状的原发型肺结核。每日服用 INH、RFP 和（或）EMB，疗程 9～12 个月。

② 两阶段疗法：用于活动性原发型肺结核、急性粟粒性结核病及结核性脑膜炎。

a. 强化治疗阶段：联用 3～4 种杀菌药物。目的在于迅速杀灭敏感菌及生长繁殖活跃的细菌与代谢低下的细菌，防止或减少耐药菌株的产生，为化疗的关键阶段。在长程化疗时，此阶段一般需 3～4 个月。短程疗法时一般为 2 个月。

b. 巩固治疗阶段：联用 2 种抗结核药物，目的在于杀灭持续存在的细菌以巩固疗效，防止复发，在长程疗法时，此阶段可长达 12～18 个月；短程疗法时，一般为 4 个月。

③ 短程疗法：短程化疗的作用机制是快速杀灭机体内处于不同繁殖速度的细胞内、外结核菌，使痰菌早期转阴并持久阴性，且病变吸收消散快，远期复发少。可选用以下几种 6 个月短程化疗方案：a. 2HRZ/4HR（数字为月数，以下同）；b. 2SHRZ/4HR；c. 2EHRZ/4HR。若无 PZA 则将疗程延长至 9 个月。

（六）预防

（1）控制传染源

（2）普及卡介菌接种　下列情况禁止接种卡介苗：①先天性胸腺发育不全症或严重联合免疫缺陷病病人；②急性传染病恢复期；③注射局部有湿疹或患全身性皮肤病；④结核菌素试验阳性。

（3）预防性抗结核治疗

① 目的：a. 预防儿童活动性肺结核；b. 预防肺外结核病发生；c. 预防青春期结核病复燃。

② 适应证：a. 密切接触家庭内开放性肺结核；b. 3 岁以下未按种卡介苗而结核菌素试验阳性者；c. 结核菌素试验新近由阴性转为阳性者；d. 结核菌素试验阳性伴结核中毒症状者；e. 结核菌素试验阳性，新患麻疹或百日咳小儿；f. 结核菌素试验阳性小儿需长期使用糖皮质激素或其他免疫抑制剂者。

③ 方法：INH 10mg/kg 每日总量不超过 0.3g，疗程 6～9 个月；或 INH 和 RFP 联合应用 3 个月。

第二节　结核性脑膜炎

结核性脑膜炎简称结脑，是小儿结核病中最严重的一型。常在结核原发感染后 1 年以内发生，尤其在初染结核 3～6 个月最易发生结脑。多见于 3 岁内婴幼儿，约占 60%。

1. 发病机制

常为全身性粟粒性结核病的一部分，通过血行播散而来；可由脑实质或脑膜的结核灶溃破，结核菌进入蛛网膜下隙及脑脊液中所致；偶见脊椎、颅骨或中耳与乳突的结核灶直接蔓延侵犯脑膜。

2. 病理

可有脑膜病变、脑神经损害、脑部血管病变、脑实质病变、脑积水及室管膜炎、脊髓病变等。

3. 临床表现

典型结脑病程大致可分为以下几期。

（1）早期（前驱期）　约 1～2 周，主要症状为小儿性格改变。如少言、懒动、易倦、烦躁、易怒等。可有发热、纳差、盗汗、消瘦、呕吐、便秘（婴儿可为腹泻）等。年长儿可自诉头痛，多轻微或非持续性，婴儿则表现为蹙眉皱额，或凝视、嗜睡，或发育迟滞等。

（2）中期（脑膜刺激期）　约 1～2 周，因颅内压增高致剧烈头痛、喷射性呕吐、嗜睡或烦躁不安、惊厥等。出现明显脑膜刺激征，颈项强直，克氏征、布氏征阳性。幼婴则表现为前囟膨隆、颅缝裂开。此期可出现脑神经障碍，最常见者为面神经瘫痪，其次为动眼神经和外展神经瘫痪。部分患儿出现脑炎体征，如定向障碍、运动障碍或语言障碍。眼底检查可见视盘水肿、视神经炎或脉络膜粟粒状结核结节。

（3）晚期（昏迷期）　约 1～3 周，以上症状逐渐加重，由意识蒙眬、半昏迷继而昏迷。

阵挛性或强直性惊厥频繁发作。患儿极度消瘦，呈舟状腹。常出现水、电解质代谢紊乱。最终因颅内压急剧增高导致脑疝致使呼吸及心血管运动中枢麻痹而死亡。

不典型结脑表现为：①婴幼儿起病急，进展较快，有时仅以惊厥为主诉；②早期出现脑实质损害者，可表现为舞蹈症或精神障碍；③早期出现脑血管损害者，可表现为肢体瘫痪；④合并脑结核瘤者可似颅内肿瘤表现；⑤当颅外结核病变极端严重时，可将脑膜炎表现掩盖而不易识别；⑥在抗结核治疗过程中发生脑膜炎时，常表现为顿挫型。

4. 诊断

（1）病史　①结核接触史：大多数结脑患儿有结核接触史，特别是家庭内开放性肺结核病人接触史，对小婴儿的诊断尤有意义。②卡介苗接种史：绝大多数患儿未接种过卡介苗。③既往结核病史：尤其是 1 年内发现结核病又未经治疗者，对诊断颇有帮助。④近期急性传染病史：如麻疹、百日咳等常为结核病恶化的诱因。

（2）临床表现　性格改变、颅内压增高证、脑膜刺激证、意识障碍、惊厥及结核中毒症状。

（3）脑脊液检查　常规检查见脑脊液压力增高，外观无色透明或呈毛玻璃样，静置 $12\sim24h$ 后有薄膜形成，涂片抗酸染色结核菌检出率较高。白细胞多在 $(50\sim500)\times10^{6}$ 个/L，分类以淋巴细胞为主，糖量和氯化物均降低为结脑的典型改变，蛋白质含量增多，一般多在 $1.0\sim3.0g/L$。

（4）其他检查　结核菌抗原检测、抗结核抗体测定、腺苷脱氨酶、结核菌素试验、脑脊液结核菌培养、聚合酶链反应。

（5）X 线、CT 扫描或磁共振（MRI）。

5. 鉴别诊断

应与化脓性脑膜炎、病毒性脑膜炎、隐球菌脑膜炎、脑肿瘤进行鉴别。

6. 并发症及后遗症

① 最常见的并发症：脑积水、脑实质损害、脑出血、脑神经障碍。

② 严重后遗症：脑积水、肢体瘫痪、智能低下、失明、失语、癫痫、尿崩症等。

7. 治疗

（1）一般疗法。

（2）抗结核治疗

① 强化治疗阶段：联合使用 INH、RFP、PZA 及 SM。此阶段为 $3\sim4$ 个月，其中 INH 每日 $15\sim25mg/kg$。开始治疗 $1\sim2$ 周内 INH 全日量的一半加入 10％葡萄糖中静滴，余量口服，待病情好转后改为全日量口服。

② 巩固治疗阶段：继用 INH、RFP 或 EMB。RFP 或 EMB 用 $9\sim12$ 月。抗结核药总疗程不少于 12 个月，或脑脊液正常后继续治疗 6 个月。

（3）降低颅高压

① 脱水药：20％甘露醇。

② 利尿药：乙酰唑胺。

③ 侧脑室穿刺引流：一般每日 $50\sim200ml$，持续引流时间为 $1\sim3$ 周。

④ 腰椎穿刺减压及鞘内注药。

⑤ 分流手术

（4）糖皮质激素　泼尼松 $1\sim2mg/d$（$<45mg/d$）。

（5）对症治疗

① 惊厥的处理

② 水、电解质紊乱的处理：a. 稀释性低钠血症；b. 脑性失盐综合征；c. 低钾血症。

（6）随访观察

8. 预后

与下列因素有关：①治疗早晚；②年龄；③病期和病型；④结核杆菌耐药性；⑤治疗方法。

【试题精选】

一、单项选择题

1. 全身粟粒性结核病常常是肺结核经哪种途径播散的结果

A. 淋巴道　　　　　　　　B. 血行播散

C. 支气管

D. 潜伏的病菌重新繁殖

E. 沿组织间隙蔓延

2. 适宜卡介苗（BCG）接种的主要对象是

A. 结核性脑膜炎病人

B. 结核菌素试验阳性者

C. 严重的结核病病人

D. 新生儿以及结核菌素试验阴性的儿童

E. 细胞免疫功能低下者

3. 下列哪项不是原发性肺结核的特征

A. 纵隔淋巴结多受累

B. 病变性质以渗出为主

C. 愈合方式为消散，纤维化或钙化

D. 病变多位于肺上叶底部或肺下叶上部

E. 肺部和淋巴结病灶常同时存在

4. 机体自感染结核到出现变态反应，其间隔为

A. 1～2 周　　　　　　B. 2～4 周

C. 4～8 周　　　　　　D. 8～12 周

E. 12～16 周

5. 早期发现肺结核的最主要方法是

A. 询问病史　　　　　B. X 线检查

C. 痰菌检查　　　　　D. 血沉检查

E. 结核变态反应

6. 关于原发型肺结核哪项是错误的

A. 初起时可有低热、轻咳或食欲减退等

B. 肺部原发病灶大，不易吸收

C. 肺部体征不明显

D. 某些病儿可出现结节性红斑

E. 稍重者结核中毒症状明显

7. 下列哪点不是小儿结核病的进展期特点

A. 新发现的活动性病灶

B. 病变较前恶化

C. 新出现空洞或空洞增大

D. 痰液结核菌阳性

E. 结核菌素试验阳性

8. 原发综合征肺部 X 线可见到

A. 肺野浸润性病灶

B. 肺门淋巴结呈团块状阴影

C. 肺中下野渗出性病灶，肺门淋巴结呈团块状阴影及两者之间有条索状阴影

D. 肺尖部浸润性病灶，肺门团块状阴影及两者间索条状阴影

E. 肺中下野渗出性病灶，肺门钙化点及两者间索条状阴影

9. 复种卡介苗，维持身体对结核病有一定的免疫力，主要通过

A. 增强细胞免疫　　　　B. 增强体液免疫

C. 促进白细胞的吞噬能力

D. 促进干扰素的形成

E. T 淋巴细胞致敏

10. 下列哪点不是药物预防小儿结核病指征

A. 未接种卡介苗，而出现 OT 试验强阳性

B. 接触开放性肺结核家庭成员的小儿

C. 新近结核菌素转阳

D. OT 试验阳性，且有结核中毒症状，肺部 X 线片阴性

E. OT 试验阴性，血沉增快

11. 在我国，对人有致病作用的结核杆菌最主要的型是

A. 人型　　　　　　　　B. 鸟型

C. 牛型　　　　　　　　D. 鼠型

E. 变异性

12. 下列哪项不是结核菌素假阴性反应的原因

A. 初次感染 4～8 周内

B. 粟粒性肺结核

C. 接种 BCG 8 周后

D. 长时间应用免疫抑制药

E. 身体极度衰弱或细胞免疫缺陷

13. 1 岁以内小孩未接种过卡介苗者，结核菌素试验呈阳性反应伴中毒症状多表示

A. 近 3 周内初次感染结核

B. 对结核有免疫力

C. 体内有陈旧性结核病灶

D. 结核感染

E. 不会再感染结核

14. 下列哪点，不是结核自然感染反应特点

A. 反应较强，硬结直径在 10mm 以上

B. 每次反应硬结持续时间，大都在 7～10d 消退

C. 反应时间较长达 10～20 年之久，甚至终生

D. 硬结反应质地硬、色红、边缘清楚

E. 硬结肿块之前常有水疱、坏死

15. 结核菌素试验反应强度的判断标准（注射后 48～72h，以硬结直径毫米数表示强度），哪一组是正确的

	阴性	可疑	阳性	强阳性
A.	无反应	<5	5～10	>11

B. <5　　　　5～9　10～20　>20 伴局部水
疱和（或）坏死

C. 无反应　　≤10　11～20　21～30 伴局部
水疱和（或）坏死

D. <10　　　11～20　21～30　31～40 伴局
部水疱和（或）坏死

E. 无反应　　　<5　　5～15　　>16

16. 结核病患儿，出现结节性红斑或疱疹性结
膜炎及一过性多发性关节炎常表示有

A. 原发性结核　　　　B. 继发性结核

C. 皮肤结核　　　　　D. 血行播散性结核

E. 结核已愈

17. 注射结核菌素皮内试验，判定阳性反应的
时间为

A. 24h 内　　　　　　B. 24～36h

C. 36～48h　　　　　D. 48～72h

E. 72h 以后

18. 关于 OT 试验，下列哪项不正确

A. 一般用 1：2000 稀释液 0.1ml

B. 皮丘必须大于 0.6mm

C. 硬结直径大于或等于 20mm 判为强阳性

D. 用 1：2000 浓度试验阴性时，表示无结核
感染

E. 记录 OT 结果，应记硬结直径，而不以符
号表示

19. 下列哪种药物是全效杀结核菌药物

A. 异烟肼　　　　　　B. 链霉素

C. 乙胺丁酮　　　　　D. 吡嗪酰胺

E. 乙酰异烟肼

20. 下列哪种化疗药物是全程首选药物？

A. 异烟肼（INH）　　B. 利福平（RFP）

C. 乙胺丁醇（EMB）　D. 吡嗪酰胺（PZA）

E. 乙酰异烟肼（ETH）

21. 活动性原发性肺结核的抗结核治疗，下列
哪项不正确

A. 宜选用 3～4 种杀菌药

B. 宜采用直接督导下短程化疗

C. INH 疗程 9～12 个月

D. 常用方案 2HRZ/4HR

E. RFP 用药期用每 1～3 个月查一次血清转
氨酶

22. 预防性化疗哪项是错误的

A. 婴幼儿期未接种卡介苗，结素试验阳性

B. 与开放性肺结核病人密切接触者

C. 结素试验呈强阳性反应者

D. 有结核病史，需长期服用免疫抑制剂者

E. 主要药物为利福平

23. 小儿时期的结核病，哪一类型最多见

A. 原发综合征　　　　B. 干酪性肺炎

C. 粟粒性肺结核　　　D. 支气管内膜结核

E. 结核性胸膜炎

24. 小儿结核性脑膜炎早期症状特征是

A. 低热　　　　　　　B. 消瘦

C. 性情改变　　　　　D. 食欲减退

E. 反复呕吐

25. 结核性脑膜炎患儿脑脊液检查的典型改变
之一为

A. 脑脊液压力增高

B. 糖和氯化物质同时降低

C. 白细胞计数增高

D. 蛋白质定量增加

E. 白细胞分类淋巴细胞高

26. 结核性脑膜炎最可靠的诊断根据是

A. 脑脊液外观呈毛玻璃状

B. 脑脊液中的细胞数增多，淋巴细胞占大
多数

C. 脑脊液有典型结核性脑膜炎改变，糖和氯
化物，同时降低

D. 脑脊液中查到抗酸杆菌

E. 脑脊液静置 24h 有薄膜形成

27. 关于结核性脑膜炎的治疗，下列哪项不
正确

A. 多主张鞘内用药

B. 早期应用肾上腺皮质激素

C. 强化治疗阶段为 3 个月

D. 巩固治疗，INH 总疗程 12～24 个月

E. 链霉素不宜用于鞘内注射

28. 结核性脑膜炎治疗，下列哪项不正确

A. 异烟肼＋利福平＋PAS＋链霉素＋激素

B. INH＋RFP＋EMB＋SM＋激素

C. 椎管内有阻塞时，应用 INH＋地塞米松鞘
内注射

D. 为了减轻粘连，早期鞘内注射异烟肼和地
塞米松

E. 疗程 12～18 个月

29. 确定肺结核是否为传染源的最主要依据是

A. 血沉检查　　　　　B. X 线检查

C. 痰结核菌检查　　　D. 结核菌素试验

E. 血结核抗体检查

30. 异烟肼的毒性反应

A. 肝脏损害 　　　　　B. 球后视神经炎

C. 胃肠道反应 　　　　D. 耳蜗神经损害

E. 粒细胞减少

31. 链霉素的毒性反应

A. 肝脏损害 　　　　　B. 球后视神经炎

C. 胃肠道反应 　　　　D. 耳蜗神经损害

E. 粒细胞减少

32. 利福平的毒性反应

A. 肝脏损害 　　　　　B. 球后视神经炎

C. 胃肠道反应 　　　　D. 肾脏损害

E. 粒细胞减少

33. 抗结核药物种全杀菌药是

A. 异烟肼 　　　　　　B. 乙胺丁醇

C. 氯硫脲 　　　　　　D. 链霉素

E. 乙酰异烟肼

34. 抗结核药物中半杀菌药

A. 异烟肼 　　　　　　B. 乙胺丁醇

C. 氯硫脲 　　　　　　D. 链霉素

E. 乙酰异烟肼

35. 原发性肺结核的病变特点有

A. 病变多在肺尖

B. 病变以增生性为主

C. 支气管淋巴多不受侵犯

D. 不易引起血行播散

E. 常伴有结核中毒症状

36. 结核性脑膜炎治愈的标准不包括

A. 临床症状消失 　　　B. 脑脊液正常

C. 疗程结束后 2 年无复发

D. 血沉正常，结核菌素试验转阴

37. 结核性脑膜炎的预后与下列哪项因素无关

A. 抗结核治疗的早晚

B. 治疗是否正确、彻底

C. 年龄大小

D. 是否合并有结核原发病灶

38. 从体液找结核杆菌确诊结核病，对于幼儿下列哪些项目不正确？

A. 痰液收集困难

B. 30%～40%病例胃吸出物质中可获细菌

C. 采用原片法或荧光染色法查结核杆菌

D. 应在中午进行抽吸由呼吸道分泌入胃内的液体作标本

E. PCR 检测用于脑脊液检查

39. 区别接种过卡介菌反应与自然感染的反应阳性，下列哪项不正确

A. 自然感染者，硬结直径一般在 10mm 以上

B. 自然感染反应硬结大多在 7d 后消退

C. 接种过卡介苗的反应一般在 3～5 年内消失

D. 自然感染反应的持续时间短，接种的反应时间长

40. 小儿结核性脑膜炎有关糖皮质激素治疗错误的是

A. 降低颅内压 　　　　B. 减轻中毒症状

C. 减少粘连

D. 每日 1～2mg/kg

E. 疗程不应超过 7d

二、多项选择题

1. 小儿原发性肺结核时，出现渗出性胸膜炎，是因为

A. 原发病灶靠近胸膜

B. 患儿抵抗力低

C. 患儿对结核菌高度过敏

D. 有淋巴血行播散

2. 原发性肺结核包括

A. 浸润型肺结核 　　　B. 原发综合征

C. 粟粒性结核

D. 支气管淋巴结结核

E. 结合性胸膜炎

3. 结核杆菌的生物学特性

A. 抗酸染色阳性

B. 采用热解气相色谱法鉴别较好

C. 属分枝杆菌

D. 固体培养基上 37℃培养 1 周可观察结果

E. 紫外线照射较易杀灭

4. 结核中毒症状包括

A. 长期低热，轻咳 　　B. 食欲不振

C. 体重减轻 　　　　　D. 易疲乏及盗汗

E. 抽搐

5. 婴幼儿支气管淋巴结核易发生

A. 类似百日咳的痉挛性咳嗽

B. 压迫喉返神经出现声音嘶哑

C. 压迫气管出现喘鸣，呼吸困难

D. 支气管扩张

6. 原发性肺结核进展，恶化的后果包括

A. 原发性空洞 　　　　B. 干酪性肺炎

C. 全身粟粒性结核 　　D. 结核性脑膜炎

7. 小儿原发性肺结核的临床表现为

A. 起病多缓慢

B. 症状不多，体征不明显

C. 有一定程度的结核中毒症状

D. 常有高热，体温 38～40℃

8. 下列哪些是活动性肺结核的有力诊断依据

A. 痰或胃液中找到结核菌

B. 血沉加快

C. 肺部 X 线检查阳性病灶

D. 白细胞计数增高

E. 有贫血存在

9. 卡介苗接种后结核菌素反应的特点

A. 硬结直径＞15mm

B. 每次反应时间短，3～4d

C. 硬结质硬，色深，边缘清晰

D. 持续时间短，3～4 年转阴

10. 自然感染后结核菌素反应的特点包括

A. 硬结直径＞10～15mm

B. 反应持续 7～10d

C. 硬结反应质硬，色深，边缘清

D. 反应时间短 10～20d

11. 结核菌素试验在下列哪些情况可出现假阴性？

A. 急性传染病 　　　B. 严重结核病

C. 应用免疫抑制药 　D. 并发皮肤病时

E. 结核感染 3 周以内

12. 小儿结核病抗结核治疗的成功关键主要为

A. 初治的时机 　　　B. 多种联合治疗

C. 合理用药 　　　　D. 疗程要长

E. 营养支持治疗强有力

13. 6 个月婴儿有密切结核接触史，预防措施是

A. 隔离病人 　　　　B. 立即接种卡介苗

C. 口服异烟肼 　　　D. 肌注链霉素

E. 做 OT 试验

14. 预防小儿结核病的主要措施是

A. 隔离和治疗结核病人，保护小儿不受感染

B. 用异烟肼预防性服药，剂量为每日 10mg/kg

C. 接种卡介苗，提高机体特殊免疫力

D. 注射链霉素 　　　E. 加强营养

15. 结核菌素试验阴性可见于

A. BCG 接种失败 　　B. 接种 BCG 3 周

C. 未感染结核 　　　D. 急性粟粒性结核

E. 免疫低下者

16. 接种卡介苗后，结核菌素试验阳性反应特点

A. 硬结在 10mm 以下，多为 5～9mm

B. 持续阳性时间较短

C. 反应有逐年减弱的倾向

D. 每次反应持续时间较长

E. 未种卡介苗者，OT 一般都不会阳性

17. OT 试验阴性表示

A. 接种卡介苗失败

B. 已感染结核而未产生变态反应

C. 未感染结核者

D. 长时间应用免疫抑制剂

18. 与接种卡介苗后结核菌素阳性反应的区别，自然感染结核者具有的特点为

A. 反应较强一般在 10mm 直径以上

B. 持续时间长，可达 10～20 年

C. 每次结核菌素反应持续数天

D. 局部淋巴结多肿大

E. 免疫低下者，亦会出现阳性反应

19. 小儿结核菌试验阳性者中，下列哪些情况提示活动性结核病

A. 接触过活动性结核病病人

B. 呈强阳性者

C. 2 年之内由阴转阳者

D. 2 年之内反应强度由＜10mm 增加到＞10mm，增幅为 6mm 以上

20. 关于结核病化疗，哪些是正确的？

A. 强化阶段，长程化疗一般用药 6 个月

B. 强化阶段，短程化疗一般用药 2～3 个月

C. 巩固阶段，长程化疗一般用药 12～18 个月

D. 巩固阶段，短程化疗一般用药 6 个月

E. 长疗程比短疗程效果好

21. 接种卡介苗的禁忌证包括

A. 结核菌素反应阳性

B. 注射局部有湿疹或全身性皮肤病

C. 急性传染病恢复期

D. 先天性胸腺发育不全或严重联合免疫缺陷病病人

E. 曾接种过卡介苗

22. 结核性脑膜炎晚期常见的水及电解质紊乱

A. 低钠血症 　　　　　　B. 代谢性酸中毒

C. 低钾血症 　　　　　　D. 低镁血症

E. 低钙血症

23. 结核性脑膜炎的发生可由以下途径播散

A. 血行播散

B. 脊柱、中耳的结核灶直接侵犯脑膜

C. 致病前期菌血症形成的隐匿干酪灶破溃

D. 乳突结核灶蔓延侵犯脑膜

24. 小儿结核性脑膜炎的发生主要由于

A. 原发性肺结核的播散

B. 全身性粟粒性结核的一部分

C. 急性粟粒性肺结核的一部分

D. 颅内结核瘤破溃

E. 干酪性肺炎发展而成

25. 小儿结核性脑膜炎晚期的临床特点

A. 意识障碍逐渐加重

B. 反复惊厥发作

C. 去大脑强直或角弓反张

D. 常有水、盐代谢紊乱

E. 四肢腱反射亢进

26. 婴幼儿结核性脑膜炎中期主要临床表现有

A. 发热，头痛，呕吐，前囟饱满或膨隆，腹壁反射消失

B. 性情的改变，精神淡漠，易怒，好哭

C. 颈项强直，克氏征、布氏征阳性

D. 昏迷，反复惊厥

E. 面神经麻痹

27. 小儿结核性脑膜炎中期的临床特点

A. 颅内压增高，头痛，呕吐

B. 嗜睡，意识模糊   C. 明显脑膜刺激征

D. 昏迷   E. 反复惊厥

28. 婴幼儿结核性脑膜炎早期临床特点

A. 发病急，骤起高热

B. 可出现脑膜刺激征

C. 惊厥   D. 意识障碍

E. 肢体活动障碍

29. 婴儿结脑的特点有下列哪几项

A. 发病急

B. 开始即表现为中期症状

C. 脑膜刺激征不典型

D. 脑膜刺激征明显   E. 进展较快

30. 结核性脑膜炎，晚期可表现为

A. 意识障碍   B. 水、盐代谢紊乱

C. 惊厥   D. 呼吸衰竭

E. 喷射状呕吐

31. 结核性脑膜炎脑膜刺激期的临床表现可有

A. 头痛、呕吐加重   B. 血管舒缩失调

C. 面瘫   D. 肢瘫或偏瘫

E. 昏迷

32. 下列哪种结核病常合用激素治疗

A. 原发性肺结核   B. 粟粒性肺结核

C. 结核感染   D. 结核性脑膜炎

E. 结核性腹膜炎

33. 小儿结核性脑膜炎头 3 个月较为理想的治疗方案为

A. 异烟肼＋利福平＋吡嗪酰胺＋链霉素＋激素

B. 异烟肼＋利福平＋PAS＋激素

C. 异烟肼＋利福平＋乙胺丁醇＋链霉素＋激素

D. 异烟肼＋利福平＋PAS＋链霉素＋激素

E. 利福平＋链霉素＋激素

34. 治疗结核性脑膜炎，同时用肾上腺皮质激素可以

A. 减轻中毒症状及脑膜刺激症状

B. 减轻脑水肿，降低颅内压

C. 减少粘连，防止脑积水

D. 缩短病程

E. 减少化疗药物不良反应

三、填空题

1. 小儿结核传染途径主要有 ＿＿＿＿ 和 ＿＿＿＿。

2. 结核病患儿的病史应详细询问有无 ＿＿＿ 症状，＿＿＿史，＿＿＿史。

3. 旧结核菌素试验于注射后 ＿＿＿ 小时看结果，硬结直径 ＿＿＿ 判为 "＋＋"，＿＿＿ 判为 "＋＋＋＋"。

4. 结核菌素试验抗原包括 ＿＿＿ 和 ＿＿＿。

5. 激素抗结核的作用在于 ＿＿＿，＿＿＿，＿＿＿ 和 ＿＿＿。

6. 结核病的治疗原则：＿＿＿，＿＿＿，＿＿＿，＿＿＿。

7. 目前常用的抗结核药物有下列 6 种 ＿＿＿，＿＿＿，＿＿＿，＿＿＿，＿＿＿，＿＿＿。抗结核治疗时，强化阶段，长程化疗一般 ＿＿＿ 月、短程化疗一般 ＿＿＿ 月，巩固阶段长程化疗一般 ＿＿＿ 月、短程化疗 ＿＿＿ 月。

8. 我国计划免疫要求在全国城乡普及 ＿＿＿ 卡介苗接种，＿＿＿岁、＿＿＿岁各复种一次，常用接种方法为 ＿＿＿。

9. 接种卡介苗的禁忌证包括：＿＿＿，＿＿＿ 和 ＿＿＿。

10. 结核性脑膜炎神经系统症状包括 ＿＿＿，＿＿＿，＿＿＿，＿＿＿。

11. 结核性脑膜炎中期，典型的_____多见于年长儿，婴幼儿则以_____为特征。

12. 结核性脑膜炎，根据临床表现，分为_____期、_____期、_____期。

四、问答题

1. 简述结核菌素试验阳性的意义。

2. 抗结核药物治疗原则是什么？

3. 简述预防性化疗的对象及药物用法。

4. 简述结核性脑膜炎的病理分型及临床分期。

5. 试述婴儿结核性脑膜炎的临床特点。

6. 结核自然感染与卡介苗接种后结核菌素反应有何区别？

7. 治疗结核病使用肾上腺皮质激素的指征有哪些？

8. 简述结核性脑膜炎的鉴别诊断要点。

五、病例分析

患儿，男性，7岁，1周来头痛，为弥漫性胀痛，阵发性发作，初起可忍受。近2d加重，伴呕吐，呈喷射状。今日上午抽搐1次，意识丧失，角弓反张状，持续约5min缓解。因意识不清，口角歪斜来诊。半月来持续低热，少言，懒动，食欲减低，体重减轻明显。既往史：既往平素健康，活泼好动。预防接种史不能说清，无药物过敏史。第二胎第二产，出生史及生长发育史正常。无不良嗜好。父母均健康，奶奶有"肺病"已10多年。体格检查：体温38.5℃，脉搏102次/min，呼吸28次/min，血压90/60mmHg。发育可，体质消瘦，颜面潮红，神志不清，压眶反射存在。皮肤无出血点，无黄染，无水肿，腹部皮肤划痕征阳性。腋窝淋巴结可触及数个，约为花生米大小。右侧面部不能蹙额、皱眉、闭眼，鼻唇沟变浅，口角向对侧偏斜。双瞳孔等大等圆，直径4mm，对光反射略迟钝，眼球运动尚好。口腔无异常气味，伸舌无偏斜，喉发音正常。气管居中。双侧肺部无异常。心率102次/min，心音钝，心律规则。腹略胀，无肌紧张、压痛和反跳痛。肝脏于肋下2.0cm，脾脏未触及。四肢活动尚好，肌力及肌张力大致正常。双侧膝腱反射亢进，颈反射强阳性，布氏征阳性，克氏征阳性，巴宾斯基征双侧阳性。辅助检查：白细胞 15.0×10^9 个/L，中性粒细胞39%，淋巴细胞61%；胸部X线片显示双肺肺纹理增粗，右肺中下肺野近心缘旁可见边缘模糊不清的絮状密度增高阴影，肺门有团块状阴影，界限不清。

1. 该患儿入院诊断是什么？

2. 该病的脑脊液改变如何？

3. 结核菌素试验方法有哪些？

【参考答案】

一、单项选择题

1. B　2. D　3. C　4. C　5. B　6. B　7. E　8. D　9. A　10. E　11. A　12. C　13. D　14. E　15. B　16. A　17. D　18. D　19. A　20. A　21. C　22. E　23. A　24. C　25. B　26. D　27. A　28. C　29. C　30. A　31. D　32. A　33. A　34. D　35. E　36. D　37. D　38. D　39. D　40. E

二、多项选择题

1. AC　2. BD　3. ABCE　4. ABCD　5. ABC　6. ABCD　7. ABCD　8. ABC　9. BD　10. AC　11. ABCE　12. AC　13. ABC　14. AC　15. ABCDE　16. ABC　17. ABCD　18. ABC　19. BCD　20. ABCD　21. ABCD　22. ABC　23. ABCD　24. BD　25. ABCDE　26. ACE　27. ABC　28. ABC　29. ABCE　30. ABCD　31. ABCD　32. BD　33. AC　34. ABC

三、填空题

1. 消化道　呼吸道

2. 结核中毒　卡介苗接种　结核病病人接触

3. 48～72　10～20mm　除硬结外，还可见水疱和局部坏死

4. 旧结核菌素　结核菌纯蛋白衍化物（PPD）

5. 抑制炎症渗出从而降低颅内压　减轻中毒

症状及脑膜刺膜症状　有利于脑脊液循环　减少粘连从而减轻或防止脑积水的发生

6. 早期　规律　联用　适量　全程

7. 异烟肼（INH）利福平（RFP）吡嗪酰胺（PZA）链霉素（SM）乙胺丁醇（EMB）氨硫脲（TB1）或乙酰异烟肼（ETH）　3～4个月　2～3个月　12～18个月　6个月

8. 新生儿　7　12　皮内注射法

9. 结素反应阳性　注射局部有湿疹或全身性皮肤病　急性传染病恢复期　先天性胸腺发育不全或严重联合免疫缺疫缺陷病病人

10. 脑膜症状　脑神经损害症状　脑实质刺激性或破坏性症状　颅压增高症状　脊髓障碍症状

11. 脑膜刺激征　前囟膨隆

12. 前驱期（早期）　脑膜刺激期（中期）昏迷期（晚期）

四、问答题

1.① 曾接种过卡介苗，人工免疫所致

② 儿童无临床症状而仅呈一般阳性反应，表示受过结核菌感染，但不一定有活动病灶

③ 3 岁以下，尤其是 1 岁以下小儿，阳性反应多表示体内有新的结核活动性结核病。

④ 在 2 年之内由阴性反应转为阳性反应，或反应强度从原来＜10mm 增加到＞1mm 以上且增加的幅度为 6mm 以上时，表示新近有感染，有活动性病灶存在的可能。

⑤ 接种过卡介苗的小儿反应阳性与自然感染的反应难于区别。一般认为可按以下几点进行鉴别：

a. 自然感染反应较强，硬结直径一般多在 10mm 或 10～15mm 以上（指对 5U OT 或 PPD）；而接种后反应较弱，多为 5～9mm，少有≥15mm 者。接种过卡介苗的小儿对 5U OT 或 PPD 硬结直径≥15mm 者，须考虑有结核菌的感染。

b. 自然感染时，每次结核菌素反应持续时间较长，硬结大都在 7d 后消退，亦可长达 10d 以上，硬结消退后，遗留色素沉着，甚至有脱皮现象；接种卡介苗后的反应时间短，如继续观察 2～3d，可见反应消失较快。

c. 自然感染者硬结反应质地较硬，颜色深红，边缘清楚；接种卡介苗者质地较软，浅红色，

边缘不整。

d. 自然感染反应持续时间较长，达 10～20 年之久，其至终生，短时间内反应无减弱倾向；接种卡介苗后的反应有较明显地逐年减弱倾向，一般于 3～5 年内逐渐消失。

2. 治疗原则是早期、联用、适量、规律、分阶段治疗和坚持全程。

3. 加强儿童保健组织；发现病例及早防治；进行宣教，重视隔离；普及卡介苗接种；适应证：①密切接触家庭内开放性肺结核；②3 岁以下未按种卡介苗而结核菌素试验阳性者；③结核菌素试验新近由阴性转为阳性者；④结核菌素试验阳性伴结核中毒症状者；⑤结核菌素试验阳性，新患麻疹或百日咳小儿；⑥结核菌素试验阳性小儿需长期使用糖皮质激素或其他免疫抑制药者。

方法：INH 10mg/kg 每日总量不超过 0.3g，疗程 6～9 个月；或 INH 和 RFP 联合应用 3 个月。

4. 病理分型：①浆液型；②脑底脑膜炎型；③脑膜脑炎型；④脊髓型。

临床分期：①前驱期（早期）　②脑膜刺激期（中期）　③晚期（昏迷期）

5.① 发病急，可表现为急起高热，开始即可有脑膜刺激征或以惊厥为首发症状。

② 脑膜刺激征不典型，主要为前囟饱满或膨隆，腹壁反射消失，腱反射亢进。颅内高压，症状不明显，与囟门，颅缝尚未闭合有关。

6.

项目	接种卡介苗后	自然感染
硬结直径	多为 5～9mm	多为 10～15mm
硬结颜色	浅红	深红
硬结质地	较软、边缘不整	较硬、边缘清楚
阳性反应持续时间	较短，2～3d 即消失	较长，可达 7～10d 以上
阳性反应的变化	有较明显的逐年减弱倾向，一般于 3～5 年内逐渐消失	短时间内反应无减弱倾向，可持续若干年，甚至终生

7. 激素本身并不是抗结核药物，一般不应使用。但在某些情况下它可以起到辅助治疗作用。使用小剂量的激素。可以降低抗体对结核菌的过敏性状态，消除结核中毒症状。促使病

人热度下降，炎症吸收，增进食欲。结核病人使用激素必须严格掌握以下用药原则：①严格遵守使用激素的适应证和禁忌证；②使用激素时必须有化疗法做保护，至少要用两种以上的抗结核药物治疗，以防止结核病灶的恶化进展；③激素用量和疗期要适当。一般采用小剂量，短疗期和逐步减量的用法。一般用于有严重中毒症状及呼吸困难的急性肺结核及早期结核脑膜炎患儿。

8.

项目	压力/kPa	常规分析		生化分析				其他
		外观	Pandy试验	白细胞/(×10⁶ 个/L)	蛋白/(g/L)	糖/(mmol/L)	氯化物/(mmol/L)	
正常	0.69～1.96 新生儿：0.29～0.78	清亮透明	—	0～10 婴儿：0～20	0.2～0.4 新生儿：0.2～1.2	2.8～4.5 婴儿：3.9～5.0	117～127 婴儿：110～122	
化脓性脑膜炎	不同程度增高	米汤样浑浊	+～+++	数百至数千，多核为主	增高或明显增高	明显降低	多数降低	涂片 Gram 染色和培养可发现致病菌
结核性脑膜炎	不同程度增高	微浑浊，毛玻璃样	+～+++	数十至数百，淋巴为主	增高或明显增高	明显降低	多数降低	薄膜涂片抗酸染色及培养可发现抗酸杆菌
病毒性脑膜炎	不同程度增高	清亮，个别微浑浊	-～+	正常至数百，淋巴为主	正常或轻度增高	正常	正常	特异性抗体阳性，病毒培养可能阳性
隐球菌性脑膜炎	高或很高	微浑浊，毛玻璃样	+～+++	数十至数百，淋巴为主	增高或明显增高	明显降低	多数降低	涂片墨汁染色和培养可发现致病菌

五、病例分析

1. 入院诊断：结核性脑膜炎；原发性肺结核。

2. 该病的脑脊液改变：压力增高，外观清或毛玻璃状。细胞总数（50～500）×10⁶ 个/L，以淋巴细胞为主。蛋白定性为阳性，定量在0.5～2.0g/L，糖含量减少，氯化物含量降低。脑脊液静置12～24h后，有蜘蛛网状薄膜形成，取之涂片检查，结核杆菌检出率较高。

较敏感的细菌检测方法为聚合酶链反应（PCR），能查出脑脊液中极微量的结核菌。

3. 结核菌素试验方法：常用的试剂有两种，旧结核菌素（OT）和结核菌纯蛋白衍化物（PPD）。PPD结果恒定，不产生非特异反应。方法是用0.1ml PPD（含5个结素单位）注射于人左前臂掌侧面中下1/3交界处皮内，形成直径6～10mm的皮丘。48～72h后观察结果。

第十章　消化系统疾病

第一节　小儿消化系统解剖生理特点

（1）口腔　易致受损和细菌感染。

（2）食管　常发生胃食管反流。

（3）胃　易发生溢乳和呕吐。

胃容量：新生儿：30～60ml；1～3个月：90～150ml；1岁：250～300ml；5岁：700～850ml；成人约2000ml。

胃排空：水1.5～2h；母乳2～3h；牛乳：3～4h。

（4）肠　易发生肠套叠、肠扭转

（5）肝　在感染、缺氧、中毒等情况时易发生肝充血肿大和变性。

（6）胰腺　婴儿出生时胰液分泌量少，3～4个月时增多；6个月内小儿的胰淀粉酶活性低，1岁后接近成人，因此3～4个月以前不宜过早喂淀粉类食物。

（7）肠道细菌　一般情况下，胃内几乎无菌，结肠和直肠内最多。单纯母乳喂养儿：以双歧杆菌为主；人工喂养儿：以大肠杆菌为主，与嗜酸杆菌、双歧杆菌及肠球菌比例相等。

（8）健康小儿粪便　胎粪：墨绿色、黏稠、持续2～3d；人乳喂养儿：金黄色、糊状、有酸味，每日2～4次；牛乳喂养儿：淡黄色、多成形、量多、有臭味，每日1～2次；混合喂养儿：与牛乳喂养相似，较软、黄。

第二节　小儿腹泻

小儿腹泻（infantile diarrhea），或称腹泻病，是多病原、多因素引起的以腹泻为主的一组疾病，根据病因分为感染性和非感染性两类，以前者更为多见。临床上发病年龄以2岁以下为主，1岁以下占多数；夏秋季节发病率最高。婴儿腹泻临床上以呕吐、腹泻为特征，易引起水、电解质、酸碱平衡紊乱。

一、病因

1. 易感因素

①消化系统特点：发育不成熟、胃酸和消化酶分泌少。

②生长发育快，对营养物质需要较多，消化道负担重。

③机体防御功能较差。

④肠道菌群失调。

⑤人工喂养。

2. 非感染因素

①食饵性腹泻。

②症状性腹泻。

③过敏性腹泻。

④其他原因。如天气突然变凉、腹部受凉、双糖酶缺乏等。

3. 感染因素

（1）病毒感染　寒冷季节的婴幼儿腹泻80%是由病毒感染引起的，轮状病毒多见，其次有星状病毒、诺沃克病毒等。

（2）细菌

①致腹泻大肠杆菌，包括致病性、产毒性、侵袭性、出血性、黏附-集聚性。

② 空肠弯曲菌、耶尔森菌等。

③ 真菌、寄生虫等。

（3）肠道外感染　发热、病原体毒素作用等。

二、发病机制

1. 感染性腹泻

（1）病毒性肠炎

① 病毒侵入肠道后，在小肠绒毛顶端的柱状上皮细胞上复制→小肠绒毛细胞受累、脱落→导致小肠黏膜回吸收水、电解质的能力下降→肠液在肠腔内大量积聚、引起腹泻。

② 发生病变的肠黏膜细胞分泌双糖酶不足→糖类消化不完全，被肠道内细菌分解→肠腔内的渗透压增高，引起腹泻。

（2）细菌性肠炎

① 肠毒素性肠炎：细菌侵入肠道后→在肠腔内繁殖、释放肠毒素→抑制肠上皮细胞吸收水和钠、氯，同时促进分泌→超过结肠吸收的限度，产生分泌性腹泻。

② 侵袭性肠炎：侵袭性细菌直接侵入小肠或结肠，引起肠黏膜充血、水肿、炎症细胞浸润，导致渗出性腹泻。

2. 非感染性腹泻

主要由饮食不当引起。

① 食物的量和质突然改变，超过消化道的承受能力；

② 食物不能被充分消化；

③ 降低了肠腔内的酸度，有利于肠道内的细菌上移和繁殖→使食物发酵和腐败、造成内源性感染；

④ 细菌分解产生的有机酸使肠腔内渗透压增高，协同腐败性产物刺激肠壁使肠蠕动增强，引起腹泻。

三、临床表现

临床上根据病程分为急性腹泻（<2 周）、迁延性腹泻（2 周～2 个月）、慢性腹泻（>2 个月）。

1. 腹泻的共同临床表现

临床上根据病情分为轻型、重型。

（1）轻型腹泻：

① 多为饮食因素或肠道外感染引起；

② 胃肠道症状为主：大便次数和性状改变、呕吐、食欲缺乏；

③ 无脱水、全身中毒症状。

（2）重型腹泻

① 多为肠道内感染引起；

② 胃肠道症状重；

③ 水、电解质、酸碱平衡紊乱：脱水、低钠或高钠血症、酸中毒、低钾血症；

④ 全身中毒症状：发热、精神委靡、烦躁等。

2. 几种常见急性感染性肠炎的临床特点

（1）轮状病毒肠炎

① 多见于 6～24 个月的婴幼儿；

② 潜伏期为 1～3d，起病急，常伴发热、上呼吸道感染症状，一般无明显全身感染中毒症状；

③ 病初即发生呕吐、常先于腹泻；

④ 大便次数多，每日在 10 次以内，量多，黄色或淡黄色，水样便或蛋花汤样，无腥臭味；

⑤ 常出现脱水、酸中毒及电解质紊乱症状；

⑥ 本病为自限性疾病，数日后呕吐渐停，腹泻减轻，不喂乳类的患儿恢复更快；

⑦ 病程 3～8d；

⑧ 大便镜检偶有少量白细胞；

⑨ 可侵犯多个脏器。

（2）侵袭性细菌引起的肠炎

① 起病急、高热、腹泻频繁，大便黏液冻样、含脓血；

② 常伴恶心、呕吐、腹痛、里急后重，可有严重的全身中毒症状；

③ 大便镜检有大量白细胞与数量不等的红细胞；

④ 粪便细菌培养可找到相应的致病菌。

（3）抗生素诱发的肠炎

① 金黄色葡萄球菌肠炎：多继发于使用大量抗生素后。轻症每日腹泻数次，停药后即逐渐恢复；重者腹泻频繁，有腥臭味，呈黄色或暗绿色，水样、黏液多；伴有腹痛和中毒症状：发热、乏力甚至休克。

② 真菌性肠炎：常为白色念珠菌所致，

伴有鹅口疮；大便稀黄、泡沫较多、带黏液，有时可见豆腐渣样细块，偶见血便；大便镜检有真菌孢子、假菌丝。

③ 假膜性小肠结肠炎：由难辨梭状芽孢杆菌引起。大便为黄绿色，可有伪膜排出。

（4）迁延性腹泻和慢性腹泻 常见于：①急性腹泻未及时控制；②长期喂养不当，如人工喂养儿、营养不良儿多见；③长期应用抗生素致肠道菌群失调；④体内双糖酶缺乏，不能耐受含双糖的物质；⑤对某些食物过敏，如牛奶中的蛋白质。

本病表现：①腹泻迁延不愈、病情反复；②大便次数和性质不稳定；③严重时出现脱水、电解质紊乱；④消瘦、体重减轻、贫血。

四、诊断和鉴别诊断

1. 大便无或偶见少量白细胞应与以下疾病鉴别

（1）生理性腹泻 表现：①多见于6个月婴儿、虚胖；②生后不久即出现腹泻，除大便次数增多外，无其他症状；③食欲好、体重增加，不影响生长发育；④添加辅食后大便逐渐转为正常。

（2）导致小肠消化吸收功能障碍的各种疾病。

2. 大便有较多的白细胞者需与下列疾病鉴别

（1）细菌性痢疾 常有痢疾接触史，大便细菌培养可以鉴别。

（2）坏死性肠炎 中毒症状严重，病初大便为黄色稀便或蛋花汤样，隐血试验强阳性。逐渐出现暗红色糊状或赤豆汤样血水便。腹部X射线片呈小肠局限性充气扩张，肠间隙增宽，肠壁积气等。

五、辅助检查

① 血常规。

② 大便常规：镜检可见脂肪球、白细胞、红细胞。

③ 大便细菌培养。

④ 血生化检查：血钠、血钾、血钙、血镁、二氧化碳结合力。

⑤ 轮状病毒抗原检测。

六、治疗

治疗要点：调整饮食、预防与纠正脱水、合理用药、控制感染、加强护理、预防并发症。

1. 调整饮食、控制腹泻

母乳喂养儿：继续哺乳，停止添加辅食；人工喂养儿：继续常用奶制品，避免突然变换食物种类；病毒性肠炎：暂停乳类喂养、限制糖类，改为豆制品；严重呕吐者暂禁食4～6h，不禁水；腹泻停止后逐渐添加辅食，每日加餐1次。

2. 纠正水、电解质紊乱与酸碱失衡

（1）口服补液或静脉补液，能口服尽量口服。

（2）静脉补液 用于中度以上的脱水、吐泻严重或腹胀的患儿。

补液原则：三定（定量、定性、定速度）、先快后慢、先浓后淡、见尿补钾、抽搐补钙、宁少勿多。

① 第一天补液

a. 总量（定量）：包括累积丢失量、继续丢失量、生理需要。轻度：90～120ml/kg；中度：120～150ml/kg；重度：150～180ml/kg。

b. 溶液种类（定性）。累积丢失：等渗性脱水，1/2张含钠液；低渗性脱水，2/3张含钠液；高渗性脱水，1/3张含钠液。继续丢失：1/3～1/2张含钠液。生理需要：1/5～1/3张含钠液。

c. 输液速度（定时）：取决于脱水程度。扩容：2∶1液，20ml/kg，30～60min内静脉推注；补充累积丢失量：8～12h，一般每小时8～10ml/kg；补充继续丢失与生理需要：12～16h，一般每小时5ml/kg。

d. 纠正酸中毒。

e. 补钾。

f. 补充钙、镁。对合并营养不良或佝偻病患儿应早期补充，如10%葡萄糖酸钙和25%硫酸镁。

② 第二天及以后的补液。继续丢失量：丢多少补多少，1/2～1/3张含钠液；生理需

要量：60～80ml/kg，1/3～1/5 张含钠液，将这两部分相加于 12～24h 内均匀静点。仍要补充钾、钙。

3. 药物治疗

（1）控制感染　抗生素使用原则如下。

① 病毒性肠炎：以饮食疗法、支持疗法为主。

② 非侵袭性细菌：支持疗法，但新生儿、幼婴、衰弱儿除外。

③ 侵袭性细菌：须用抗生素。选择：大肠杆菌，头孢噻肟钠、氨苄西林；金黄色葡萄球菌，万古霉素；真菌，制霉菌素；空肠弯曲菌，红霉素、庆大霉素。

（2）改善肠道微生态　促进正常肠道菌群的恢复，如丽珠肠乐含双歧杆菌、复方乳酸菌（妈咪爱）含乳酸杆菌等。

（3）避免用止泻药。

（4）肠黏膜保护剂。

（5）补锌治疗。

【试题精选】

一、肯定型单项选择题

1. 小儿腹泻病是指
A. 病毒性肠炎
B. 喂养不当引起的腹泻
C. 细菌性痢疾
D. 多病原、多因素引起的以腹泻为主的综合征
E. 肠道外感染引起的腹泻

2. 低渗性脱水主要指
A. 血钾低　　　　B. 血钙低
C. 血镁低　　　　D. 血钠低
E. 血磷低

3. 患儿，男，7 个月。因腹泻 1d，发热 39℃，于 9 月 13 日入院。查体：精神可，无明显脱水征，咽红，大便呈蛋花汤样，脂肪球（＋）。其引起腹泻的最可能病因是
A. 细菌性痢疾
B. 进食过量或喂养不当
C. 病毒性肠炎
D. 生理性腹泻　　　E. 致病性大肠杆菌肠炎

4. 8 个月婴儿，发热、呕吐、腹泻 3d，大便稀水样，7～8 次/d，于 11 月 25 日入院。体检：体温 38.5℃，轻度脱水貌，咽充血，心肺未见异常，肠鸣音稍亢进，大便镜检脂肪球（＋＋），最可能的诊断为
A. 上呼吸道感染　　　B. 生理性腹泻
C. 病毒性肠炎
D. 耶尔森菌小肠结肠炎
E. 侵袭性大肠杆菌肠炎

5. 7 个月女婴，腹泻水样便 2d，大便 10 次/d，高热 1d，汗多，进食少，尿少，口渴。查体：烦躁不安，四肢暖，皮肤弹性差，心、肺（一），膝反射亢进，最可能的诊断是
A. 轻度等渗性脱水　　B. 轻度低渗性脱水
C. 中度等渗性脱水　　D. 中度低渗性脱水
E. 中度高渗性脱水

6. 8 个月婴儿体重 8kg，腹泻 3d，水样便，10余次/d，伴呕吐 4～5 次/d，尿量明显减少，眼窝凹陷，皮肤弹性差，四肢尚暖，血清钠 128mmol/L，首先应用哪种液体静脉输液
A. 2∶1 等张含钠液 160ml，30min 内输入
B. 1/2 张含钠溶液 800ml，8～12h 输入
C. 2/3 张含钠溶液 550ml，8～12h 输入
D. 1/3 张含钠溶液 550ml，8～12h 输入
E. 1/5 张含钠溶液 550ml，8～12h 输入

7. 小儿腹泻发病率高的年龄组是
A. ＜3 个月　　　　B. 3～5 个月
C. 6 个月～2 岁　　D. 3～4 岁
E. 5～6 岁

8. 婴儿腹泻重度脱水的主要诊断依据是
A. 皮肤弹性差　　　B. 哭无泪，尿量少
C. 眼窝及前囟凹陷　D. 外周循环衰竭
E. 精神委靡

9. 小儿符合中度等渗性脱水的是
A. 失水量占体重的 6%，血清钠 155mmol/L
B. 失水量占体重的 3%，血清钠 135mmol//L
C. 失水量占体重的 7%，血清钠 120mmol/L
D. 失水量占体重的 8%，血清钠 140mmol/L
E. 失水量占体重的 11%，血清钠 140mmol/L

10. 治疗等渗性脱水理想的液体是

A. 5％碳酸氢钠　　　　　B. 等渗盐水

C. 平衡盐溶液　　　　　　D. 5％葡萄糖

E. 右旋糖酐 40（低分子右旋糖酐）

11. 配制 2：1 等张含钠液 120ml 需

A. 0.9％ NaCl 80ml，5％ NaHCO₃ 40ml

B. 0.9％ NaCl 80ml，5％ NaHCO₃ 5ml，10％ GS 35ml

C. 0.9％ NaCl 80ml，10％ GS 40ml

D. 0.9％ NaCl 40ml，5％ NaHCO₃ 80ml

E. 0.9％ NaCl 80ml，5％ NaHCO₃ 10ml，10％ GS 30ml

12. 治疗高渗性脱水的理想液体是

A. 5％碳酸氢钠（SB）　　B. 5％葡萄糖液

C. 0.9％生理盐水　　　　　D. 0.45％生理盐水

E. 平衡盐溶液

13. 小儿腹泻，血压 120/80mmHg，皮肤干燥，眼球凹陷，Na 135mmol/L，是

A. 中度高渗性脱水　　　　B. 重度高渗性脱水

C. 轻度等渗性脱水　　　　D. 中度等渗性脱水

E. 重度等渗性脱水

14. 小儿重度脱水有明显周围循环障碍，扩容液输注时间为

A. 10～20min　　　　　　B. 30～60min

C. 70～90min　　　　　　D. 100～120min

E. 130～150min

15. 母乳喂养儿粪便中主要的细菌是

A. 大肠杆菌　　　　　　　B. 肠链球菌

C. 副大肠杆菌　　　　　　D. 变形杆菌

E. 乳酸杆菌

16. 秋季患儿腹泻病最常见的病原体是

A. 腺病毒　　　　　　　　B. 柯萨奇病毒

C. 轮状病毒　　　　　　　D. 致病性大肠杆菌

E. 金黄色葡萄球菌

17. 轮状病毒在电镜下观察独特的形态为

A. 球状　　　　　　　　　B. 杆状

C. 车轮状　　　　　　　　D. 颗粒状

E. 逗点状

18. 腹泻病的常见病原菌是

A. 变形杆菌　　　　　　　B. 副大肠杆菌

C. 金黄色葡萄球菌　　　　D. 白色念珠菌

E. 以上都不是

19. 腹泻病致代谢性酸中毒的最主要原因是

A. 腹泻丢失碱性物质

B. 饥饿性酮症　　　　　　C. 肾脏排酸障碍

D. 产生酸性代谢产生增加

E. 以上都不是

20. 患儿腹泻重度脱水，酸中毒治疗后突然出现抽搐，双眼上翻应考虑伴发

A. 低糖血症　　　　　　　B. 低钾血症

C. 低镁血症　　　　　　　D. 低钙血症

E. 水中毒

21. 腹泻病重症与轻症的主要区别是

A. 蛋花汤样大便

B. 每日大便次数可达十余次

C. 大便腥臭，有黏液

D. 有重度脱水或明显中毒症状

E. 大便镜检有大量脂肪滴

22. 重度脱水与中度脱水主要区别为

A. 皮肤弹性差　　　　　　B. 眼窝凹陷

C. 尿少或无尿　　　　　　D. 代谢性酸中毒

E. 周围循环衰竭

23. 腹泻病患儿有低钾血症时其心电图主要表现是

A. S-T 段降低，T 波平坦或倒置，出现 U 波

B. T 波高尖，呈帐篷状

C. Q-T 间期延长　　　　　D. P-R 间期缩短

E. S-T 段上升

24. 等渗性脱水血清钠浓度是

A. 80～100mmol/L（mEq/L）

B. 100～130mmol/L（mEq/L）

C. 130～150mmol/L（mEq/L）

D. 150～180mmol/L（mEq/L）

E. 180～200mmol/L（mEq/L）

25. 诊断重度脱水的主要依据是：

A. 眼窝及前囟门明显的凹陷

B. 皮肤干燥，弹性差

C. 精神委靡，烦躁不安

D. 哭时泪少，尿量明显减少

E. 有两个以上上述症状或体征

26. 患儿 8 个月，男，呕吐腹泻 1 周，伴有口渴，尿量减少，嗜睡。皮肤弹性极差，前囟门及眼窝明显凹陷，皮肤花纹，脉细数，四肢冰凉，血清钠 125mmol/L。考虑为

A. 中度低渗性脱水

B. 中度等渗性脱水

C. 中度高渗性脱水

D. 重度低渗性脱水

E. 重度等渗性脱水

27. 患儿 4 个月，腹泻伴重度脱水，经补液后脱水征消失，但突然出现呼吸变浅，反应差，腹胀。体检：体温 36.8℃，呼吸 28 次/min，神委，面色苍白，前囟平，心音较低，腹胀，肠鸣音减弱，皮肤弹性可。膝反射消失，血清 Na 145mmol/L，K 2.5mmol/L，Cl 100mmol/L。EKG。窦性心动过速，T 波低平，TV3～5 倒置，最可能的诊断是

A. 败血症　　　　　　　B. 重症肌无力
C. 中毒性心肌炎　　　　D. 低钾血症
E. 中毒性肠麻痹

28. 当脱水量占体重的 15％时，可能出现

A. 烦躁不安　　　　　　B. 精神委靡
C. 轻度脱水　　　　　　D. 中度脱水
E. 重度脱水

29. 患儿 6 个月，男，呕吐腹泻 6～7d，精神较差，口渴不明显，尿量略减少，尿比重低，前囟门及眼窝凹陷，皮肤弹性差，四肢稍凉，考虑为

A. 中度等渗性脱水　　　B. 重度等渗性脱水
C. 中度低渗性脱水　　　D. 重度低渗性脱水
E. 中度高渗性脱水

30. 患儿 8 个月，11 月中旬入院，一天前突然发热，咳嗽，随后呕吐 3 次，大便稀黄色水样 10 余次，黏液少，无腥臭。体检：体温 39℃，神委，前囟及眼窝凹陷，哭泪少，咽稍充血，心肺（一），腹软，皮肤弹性略差，大便检查（一），最可能的诊断是

A. 致病性大肠杆菌肠炎
B. 细菌性痢疾　　　　C. 轮状病毒性肠炎
D. 真菌性肠炎　　　　E. 金葡菌肠炎

31. 腹泻病治疗原则是

A. 纠正脱水
B. 预防脱水，继续饮食
C. 合理用药　　　　　　D. 口服补液
E. 以上均不全面

32. 腹泻病患儿有重度脱水，血清钠 125mmol/L，静脉补液用以下哪项

A. 等张含钠液 150ml/kg
B. 1/3 张含钠液 120ml/kg
C. 1/2 张含钠液 120ml/kg
D. 2/3 张含钠液 150ml/kg
E. 高张含钠液 150ml/kg

33. 腹泻病患儿经补液 4h 后的处理应是

A. 母亲带患儿离开医院
B. 口服液，恢复正常饮食
C. 重新估计患儿的脱水状况选择适当方案
D. 帮助母亲给患儿服用 ORS 液
E. 额外补给 100～200ml 的白开水

34. 治疗重度脱水患儿静脉输液第一阶段宜用

A. 4％碳酸氢钠　　　　B. 2：1 液
C. 1.87％乳酸钠　　　　D. 3：2：1 溶液
E. 1.4％碳酸氢钠

35. 迁延性腹泻的治疗中，下列哪项是正确的

A. 应长期使用抗生素进行病原治疗
B. 禁食时间要长，有利于消化功能的恢复
C. 应长期应用脱脂奶
D. 寻找并解除引起病程迁延的原因，积极治疗并发症
E. 可试用抗病毒药物

36. 下列哪种液体是等张的

A. 4：3：2 液　　　　　B. 3：2：1 液
C. 5％碳酸氢钠液　　　D. 11.2％乳酸钠液
E. 1.4％碳酸氢钠液

37. 腹泻病有重度低钾症状者，应用下列溶液纠正

A. 高张含钠液
B. 0.15％～0.3％氯化钾液
C. 10％氯化钾液　　　　D. 2：1 液
E. 4：3：2 液

38. 4：3：2 溶液的组成成分是

A. 10％葡萄糖 3 份，生理盐水 4 份，1.4％ NaHCO 2 份
B. 10％葡萄糖 4 份，生理盐水 2 份，1.4％ NaHCO₃ 3 份
C. 10％葡萄糖 2 份，生理盐水 4 份，1.4％ NaHCO₃ 3 份
D. 10％葡萄糖 4 份，生理盐水 3 份，1.4％ NaHCO 2 份
E. 10％葡萄糖 2 份，生理盐水 3 份，1.4％ NaHCO 4 份

39. 口服补液适合于

A. 新生儿肠炎　　　　　B. 心肾功能不全者
C. 腹胀明显的腹泻患儿
D. 腹泻时脱水的预防
E. 腹泻重度脱水

40. 脱水时补液的速度取决于

A. 液体张力　　　　　　B. 液体的种类

C. 脱水程度和大便量

D. 大便性质　　　　　　E. 尿少者速度应慢

41. 患儿 8 个月，腹泻 4d，尿很少，精神委靡，呼吸深长，皮肤发花，弹性差，前囟及眼窝明显凹陷，肢冷脉弱，心率 160 次/min，心音低钝，考虑何诊断

A. 重度脱水＋酸中毒

B. 中度脱水＋酸中毒＋心力衰竭

C. 重度脱水＋低钾血症

D. 中度脱水＋低钾血症

E. 重度脱水＋低钾血症＋心力衰竭

42. 患儿 2 岁，女，腹泻 1 周，伴轻咳，精神差，口渴与尿量减少不明显，眼窝与前囟明显凹陷，皮肤弹性较差，四肢偏凉。诊断考虑为

A. 中度等渗性脱水　　　B. 中度低渗性脱水

C. 重度高渗性脱水　　　D. 重度低渗性脱水

E. 轻度低渗性脱水

43. 婴儿腹泻，重度脱水，重度酸中毒，静脉补液宜先给

A. 1/2 张含钠溶液　　　B. 2/3 张含钠溶液

C. 5％碳酸氢钠溶液 20ml/kg

D. 1.4％碳酸氢钠溶液 20ml/kg

E. 1.87％乳酸钠溶液 20ml/kg

44. 婴儿 4 个月，生后不久即出现腹泻，大便为黄色稀糊状，每日 4～5 次，无特殊臭味，食欲好，无呕吐，母乳喂养，未加辅食。查体：体重 6kg，一般状态好，面部有湿疹，无特殊发现，大便常规阴性，培养无病毒生长，以下哪种情况可能性最大

A. 生理性腹泻　　　　　B. 慢性痢疾

C. 鼠伤寒沙门菌小肠结肠炎

D. 真菌性肠炎　　　　　E. 病毒性肠炎

45. 女婴 10 个月，7 月发病就诊，腹泻 1 周，大便初为黄绿色稀便，近 2d 便深绿色伴有脓血及黏液，镜检多见红、白细胞，并伴发热，精神差，该患儿腹泻主要机制是

A. 各种消化酶分泌少、活性低

B. 肠绒毛被破坏，肠道水电解质吸收减少

C. CAMP、CGMP 生成增多，肠道分泌增加

D. 双糖酶活性减低，导致高渗性腹泻

E. 细菌侵袭肠黏膜

46. 侵袭性细菌性肠炎共同临床表现中最具特点的是

A. 呕吐　　　　　　　　B. 发热

C. 腹痛　　　　　　　　D. 恶心

E. 排黏液脓血便

47. 轮状病毒肠炎常出现

A. 明显中毒症状　　　　B. 休克

C. 脱水酸中毒　　　　　D. 黏液脓血便

E. 肠穿孔

48. 假膜性小肠结肠炎的病原菌是

A. 金黄色葡萄球菌

B. 难辨梭状芽孢杆菌

C. 白色念珠菌　　　　　D. 鼠伤寒沙门菌

E. 大肠杆菌

49. 轻型腹泻小儿应停止进行

A. 蛋白质　　　　　　　B. 水

C. 维生素　　　　　　　D. 脂肪

E. 微量元素

50. 引起腹泻病常见的病毒包括

A. 肠道病毒如埃可病毒及柯萨奇病毒

B. 呼吸道病毒如腺病毒及轮状病毒

C. 冠状病毒　　　　　　D. 副黏液病毒

51. 小儿补充生理需要，所用液体的张力为

A. 1/5 张　　　　　　　B. 1/3 张

C. 1/2 张　　　　　　　D. 2/3 张

E. 等张

52. 小儿每日补充生理需要，所需液量

A. 30～50ml/kg　　　　B. 40～60ml/kg

C. 60～80ml/kg　　　　D. 80～100ml/kg

E. 100～120ml/kg

53. 小儿补充继续丢失量，所选液体的张力为

A. 1/5～1/4 张　　　　B. 1/3～2/5 张

C. 1/3～2/3 张　　　　D. 1/3～1/2 张

E. 2/3～等张

54. 小儿脱水，维持治疗阶段的输液时间

A. 6～8h　　　　　　　B. 8～12h

C. 12～16h　　　　　　D. 16～24h

E. 24h

55. 重度脱水小儿，首批液体选择

A. 2∶2∶1 液 20ml/kg

B. 4∶3∶2 液 80ml/kg

C. 2∶1 等张含钠液 20ml/kg

D. 5％碳酸氢钠 40ml/kg

E. 0.9％氯化钠 20ml/kg

56. 小儿腹泻伴脱水，应首选哪项检查

A. 肝功能检查　　　　　B. 支原体抗体

C. 血电解质测定　　　　　D. 腹部 B 超检查

E. 胸部 X 射线检查

57. 0.9％氯化钠 80ml，10％葡萄糖 80ml，张力为

A. 等张　　　　　　　　　B. 1/2 张

C. 1/3 张　　　　　　　　D. 1/5 张

E. 2/3 张

58. 2∶1 等张含钠液是指

A. 2 份 5％葡萄糖，1 份 1.4％碳酸氢钠

B. 2 份 1.4％碳酸氢钠，1 份生理盐水

C. 2 份生理盐水，1 份 1.4％碳酸氢钠

D. 2 份生理盐水，1 份 5％碳酸氢钠

E. 2 份 5％葡萄糖，1 份生理盐水

59. 纠正中度脱水，补充累积丢失的量应为

A. 30～50ml/kg　　　　　B. 50～80ml/kg

C. 80～100ml/kg　　　　　D. 50～100ml/kg

E. 100～120ml/kg

60. 低渗性脱水时，补液所用液体张力为

A. 1/3 张　　　　　　　　B. 1/2 张

C. 2/3 张　　　　　　　　D. 等张

E. 2 倍张力

61. 补充累积损失阶段所需时间

A. 2～4h　　　　　　　　B. 4～8h

C. 8～12h　　　　　　　　D. 12～16h

E. 24h 内

62. 低渗性脱水较高渗性脱水更易发生

A. 休克　　　　　　　　　B. 烦渴

C. 高热　　　　　　　　　D. 脑血管破裂

E. 神经细胞脱水

63. 中度酸中毒的标准为

A. ＜5mmol/L　　　　　　B. 5～9mmol/L

C. 9～13mmol/L　　　　　D. 13～17mmol/L

E. 17～20mmol/L

64. 欲提高血中 HCO_3^- 5mmol/L，应选择

A. 1.4％碳酸氢钠 1ml/kg

B. 1.4％碳酸氢钠 5ml/kg

C. 5％碳酸氢钠 1ml/kg

D. 5％碳酸氢钠 5ml/kg

E. 1.87％乳酸钠 3ml/kg

65. 哪项符合生理性腹泻的特点

A. 是由辅食添加所致

B. 生长发育受到一定的影响

C. 外观虚胖，常有湿疹

D. 多见于 1 岁左右小儿

E. 新生儿期食欲好，无腹泻

66. 可用口服补液方式治疗的是

A. 新生儿腹泻　　　　　　B. 腹胀明显

C. 呕吐频繁

D. 中度脱水无周围循环衰竭

E. 重度脱水

67. 小儿腹泻，常见的电解质紊乱是

A. 代谢性酸中毒　　　　　B. 呼吸性酸中毒

C. 代谢性碱中毒　　　　　D. 呼吸性碱中毒

E. 混合性酸中毒

68. 哪项符合轮状病毒肠炎的特点

A. 夏季多见　　　　　　　B. ＞2 岁常见

C. 大便呈蛋花汤样，有腥臭味

D. 感染中毒症状重　　　　E. 常伴有发热

69. 口服补液盐中加入葡萄糖的主要作用是

A. 提供能量　　　　　　　B. 预防酮症酸中毒

C. 增加小肠对水、钠重吸收

D. 使口服补液盐具有一定的渗透压

E. 降低血清钾浓度

70. 婴儿腹泻，重度等渗性脱水，酸中毒，循环障碍明显，按计划完成第 1 天补液后，第 2 天呕吐仍然明显，应按下列哪种方案补液

A. 2∶1 等张含钠液扩容

B. 2∶2∶1 液补充累积损失量

C. 5％碳酸氢钠纠酸

D. 10％葡萄糖维持

E. 继续丢失与生理需要

71. 9 个月男婴，腹泻 3d，大便 10 次/d，量多，呈蛋花汤样，精神委靡，眼泪少、尿少，血清钠 133mmol/L，皮肤弹性差，唇红，呼吸深快，应诊断为

A. 轻度等渗性脱水，酸中毒

B. 重度低渗性脱水，酸中毒

C. 中度低渗性脱水，酸中毒

D. 中度等渗性脱水，酸中毒

E. 重度等渗性脱水，酸中毒

72. 男孩，6 个月，患支气管肺炎，用多种抗生素治疗 20d，体温下降，病情好转。近 2d 再次发热，呕吐，腹泻，大便 4～5 次/d，呈暗绿色水样便，有黏液，味腥臭，镜检见大量白细胞，脓细胞及革兰阳性球菌，最可能的诊断是

A. 真菌性肠炎　　　　　　B. 病毒性肠炎

C. 金黄色葡萄球菌性肠炎

D. 侵袭性大肠杆菌性肠炎

E. 细菌性痢疾

E. 细菌性痢疾

73. 1 岁男孩，体重 10kg，腹泻伴中度脱水，该患儿液体丢失量约为
A. 200m
B. 400ml
C. 800ml
D. 1200ml
E. 1500ml

74. 腹泻患儿，补液后排尿，此时输液瓶中尚有不含钾的液体 200ml，此液体中最多可加 10％氯化钾
A. 2ml
B. 4ml
C. 6ml
D. 8ml
E. 10ml

75. 女孩，1 岁，腹泻 3d，每日约 20 次，大便呈蛋花汤样，无脓血。查体：前囟、眼窝凹陷，皮肤弹性极差，四肢凉，脉搏细速。化验：血清钠 130mmol/L，$CO_2 CP$ 10mmol/L，首先应给的液体是
A. 维持液 120～150ml/kg
B. 2：1 等张含钠液 20ml/kg 扩容
C. 2：2：1 液 20ml/kg 扩容
D. 5％葡萄糖 120～150ml/kg
E. 10％氯化钾 10ml/kg

二、否定型单项选择题

1. 哪项不是导致小儿腹泻病的内在因素
A. 消化系统发育不成熟
B. 消化道负担过重
C. 肠道内感染
D. 血中免疫球蛋白及胃肠道分泌型 IgA 低
E. 胃内酸度低

2. 补钾速度一般每小时不宜超过
A. 10mmol
B. 20mmol
C. 30mmol
D. 40mmol
E. 50mmol

3. 低钾血症少见于
A. 长期进食不足
B. 持续胃肠减压
C. 碱中毒
D. 急性肾衰竭
E. 大量输入葡萄糖和胰岛素

4. 不符合轮状病毒肠炎的特点是
A. 夏季多见
B. 多见于 6～24 个月大的患儿
C. 大便呈蛋花汤样
D. 常出现脱水
E. 常伴有发热

5. 小儿感染性腹泻病的病因，下列哪一项是不正确的

A. 肠道内感染（细菌，病毒等）
B. 喂养不当
C. 消化系统发育不成熟
D. 血液中 IgG 偏低
E. 肠道外感染

6. 婴儿腹泻伴低血钾症时，下列哪一项是不正确的
A. 腹泻时由于排钾过多以致缺钾
B. 酸中毒时易致低血钾
C. 血钾低于 3.5mmol/L，临床出现缺钾症状
D. 补液后钾由尿中排出引起低钾
E. 补液后血液被稀释，血钾相对减少

7. 除去下列哪一项以外，均为高渗性脱水的特点
A. 多见于新生儿，以及高热、供水不足及出汗多的小儿
B. 失水＞失钠，细胞内液减少明显
C. 皮肤和黏膜干燥烦渴
D. 无尿
E. 可有烦躁不安、肌张力高、惊厥

8. 除去下列哪一项以外，均为低渗性脱水的特点
A. 失钠＞失水
B. 主要为细胞外液减少
C. 黏膜干燥，口渴剧烈
D. 易出现休克表现
E. 多发生于长期腹泻或营养不良患儿

9. 在以下几种溶液中哪种溶液不是等张的
A. 2：1 等张含钠液（2 份生理盐水，1 份 1.87％乳酸钠）
B. 1.4％碳酸氢钠
C. 0.9％氯化钠
D. 2：3：1 溶液
E. 1/6M 乳酸钠溶液

10. 静脉补钾，哪项不正确
A. 宜快宜早
B. 治疗前 6h 排过尿可以静脉补钾
C. 输液后有尿可以静脉补钾
D. 酸中毒纠正后可使血钾下降，应注意补充
E. 氯化钾静滴的浓度不宜超过 0.3％

11. 第 2d 及以后的补液目的不包括
A. 补充生理需要量
B. 补充继续丢失量
C. 继续补钾
D. 供给热量
E. 补充累积丢失

12. 腹泻患儿脱水纠正后出现明显腹胀，以下治疗哪项不正确

A. 补充钾盐　　　　　　B. 肛管排气

C. 新斯的明肌注　　　　D. 阿托品肌注

E. 针灸

13. 关于非感染性腹泻的发病以下哪项错误

A. 饮食不洁引起

B. 过早过量喂食淀粉或脂肪

C. 气候突变

D. 对某些食物成分过敏或不耐受

E. 进食过量或食物成分、温度不恰当是主要原因

14. 引起侵袭性肠炎的细菌不包括

A. 志贺菌属　　　　　　B. 沙门菌属

C. 小肠结肠炎耶尔森菌

D. 霍乱弧菌　　　　　　E. 金黄色葡萄球菌

15. 关于抗生素诱发的肠炎哪项不正确

A. 与长期应用抗生素有关

B. 肠道菌群失调

C. 肠道内耐药菌及真菌大量繁殖引起

D. 免疫功能低下者更易发病

E. 应加大原抗生素剂量以控制感染

16. 小儿腹泻饮食疗法，哪项不正确

A. 脱水患儿需禁食 2d

B. 严重呕吐者暂禁食

C. 母乳喂养者暂停辅食

D. 人工喂养者暂禁食 4～6h

E. 病毒性肠炎改豆制代乳品，可减轻腹泻

17. 哪一项不是低渗性脱水的特点

A. 失钠＞失水

B. 主要为细胞外液减少

C. 易出现休克

D. 黏膜干燥，口渴重

E. 多见于营养不良小儿

18. 重度脱水伴循环障碍，扩容阶段的治疗哪项不恰当

A. 液体种类为 2∶1 等张含钠液

B. 有重度酸中毒时可用 1.4%碳酸氢钠扩容

C. 液体量 20ml/kg

D. 同时补钾，浓度不超过 0.3%

E. 输液速度为 30～60min 内静脉快速滴注

19. 哪项不是低钾血症的临床表现

A. 腱反射减弱　　　　　B. 肠鸣音亢进

C. 心率增快

D. 心电图示 T 波增宽、低平

E. 心电图示 U 波出现

20. 代谢性酸中毒，不易出现

A. 呼吸增快　　　　　　B. 口唇呈樱桃红

C. 易发生手足搐搦

D. 精神委靡、烦躁或嗜睡

E. 细胞内液钾降低、细胞外液钾增高

21. 哪一项不符合轻型腹泻的特点

A. 胃肠道症状为主

B. 可由肠道内病毒引起

C. 无明显的全身症状

D. 有脱水症状

E. 可由饮食因素引起

22. 哪项不符合致病性大肠杆菌肠炎的特点

A. 为蛋花汤样大便　　　B. 大便有腥臭味

C. 有脱水、酸中毒　　　D. 常有脓血便

E. 夏季高发

23. 口服补液盐配方，哪项不正确

A. 碳酸氢钠 2.5g/L　　　B. 氯化钾 1.5g/L

C. 氯化钠 3.5g/L　　　　D. 葡萄糖 5g/L

E. 水 1000ml

24. 低血钾的原因不包括

A. 呕吐进食少　　　　　B. 腹泻丢失多

C. 尿中排泄

D. 酸中毒 H^+/K^+ 细胞内外交换

E. 久泻和营养不良

25. 11 月下旬，一名 8 个月婴儿来门诊就诊，呕吐腹泻 2d 伴发热流涕，大便 10 次/d，水样便，呕吐 4～6 次/d，查体：皮肤干燥，弹性差，口唇樱红，腹泻，腱反射弱。大便镜检：白细胞 0～1/HP，下列何种治疗措施不恰当

A. 暂停乳类食品，代之以豆类

B. 及时足量、足疗程给予抗肠道杆菌之抗生素

C. 根据脱水程度进行补液

D. 补液的同时纠正酸中毒

E. 有尿后，静脉补钾浓度为 0.2%

三、病例串联题及最佳配伍题

（1～3 题共用题干）

患儿，女，6 个月。腹泻 4d，每日 10 余次，稀水样，少许黏液，尿少，精神委靡。查体：呼吸深长，皮肤花纹，弹性差。前囟、眼窝明显凹陷，肢冷，脉弱，心率 160 次/min，心音低钝。

1. 其可能诊断为

A. 重度脱水＋酸中毒

B. 中度脱水＋酸中毒＋心力衰竭

C. 轻度脱水＋低钾血症

D. 中度脱水＋低钾血症

E. 重度脱水＋高钾血症＋心力衰竭

2. 根据其脱水程度，其失水量为体重的

A. 1%～5%　　　　　B. 6%～9%

C. 10%～15%　　　　D. 16%～20%

E. >20%

3. 为了纠正循环衰竭和改善肾血流，扩容阶段用 2∶1 等张含钠液的正确方法是

A. 20ml/kg，于 30～60min 内静脉推注

B. 20ml/kg，速度为每小时 8～10ml/kg，静脉滴注

C. 20ml/kg，速度为每小时 3～5ml/kg，静脉滴注

D. 20ml/kg，8～12h 静滴完

E. 立即皮下注射，20ml/kg

（4～5 题共用备选答案）

A. 致病性大肠杆菌肠炎

B. 轮状病毒性肠炎　　　C. 生理性腹泻

D. 细菌性痢疾

E. 金黄色葡萄球菌肠炎

4. 多继发于长期使用广谱抗生素

5. 多发生在秋、冬季

（6～8 题共用题干）

男婴，8 个月。腹泻 3d，大便 10 余次/d，蛋花汤样伴少量黏液，呕吐，4～5 次/d。嗜睡，口干，尿量少。体检：精神委靡，皮肤干燥、弹性较差，眼窝及前囟明显凹陷，哭时泪少。血钠 132mmol/L，血钾 4mmol/L。

6. 该患儿诊断为婴儿腹泻合并

A. 轻度等渗脱水　　　B. 中度等渗脱水

C. 重度等渗脱水　　　D. 中度高渗脱水

E. 重度等渗脱水

7. 该患儿第 1 天选择的液体种类是

A. 1∶4 含钠液　　　B. 2∶3∶1 含钠液

C. ORS 含钠液　　　D. 1.4% 碳酸氢钠

E. 2∶6∶1 含钠液

8. 第 2 天如需静脉补充生理需要量，液体应选择

A. 10% 葡萄糖　　　B. 0.9% 氯化钠

C. ORS 含钠液　　　D. 1∶4 含钠液

E. 1∶1 含钠液

（9～10 题共用题干）

女，1 岁，体重 9kg，因发热、腹泻 2d 入院。精神委靡，皮肤弹性差，眼窝明显凹陷，四肢冰凉，尿极少。

9. 扩容应输注的液体组成是

A. 0.9% 氯化钠 60ml，1.4% 碳酸氢钠 120ml

B. 0.9% 氯化钠 80ml，1.4% 碳酸氢钠 100ml

C. 0.9% 氯化钠 100ml，1.4% 碳酸氢钠 80ml

D. 0.9% 氯化钠 120ml，1.4% 碳酸氢钠 60ml

E. 0.9% 氯化钠 140ml，1.4% 碳酸氢钠 40ml

10. 扩容后补充累积损失量的输液速度，一般为每小时每千克体重

A. 5～7ml　　　　　B. 8～10ml

C. 11～13ml　　　　D. 14～16ml

E. 17～19ml

（11～13 题共用题干）

女，9 个月，8kg，发热、呕吐、腹泻 3d，大便蛋花汤样，无腥臭味，尿量明显少。精神委靡，皮肤弹性差，眼窝凹陷，唇樱红，四肢凉，诊断为婴儿腹泻，血钠 132mmol/L。

11. 水电解质紊乱的类型是

A. 轻度脱水　　　　B. 中度脱水

C. 重度脱水

D. 中度脱水伴酸中毒

E. 重度脱水伴酸中毒

12. 第 1 天补液种类应选择

A. 2∶1 液　　　　　B. 2∶3∶1 液

C. 维持液　　　　　D. 1.4% 碳酸氢钠

E. 10% 葡萄糖液

13. 第 1 天补液总量和张力应为

A. 720ml，1/2 张　　　B. 1040ml，1/2 张

C. 1100ml，2/3 张　　　D. 1200ml，1/2 张

E. 1400ml，2/3 张

（14～16 题共用题干）

女婴 7 个月，因呕吐、腹泻 4d 于 11 月 20 日入院，患儿大便稀水样，无腥臭味，10 余次/d，量中等。查体：呼吸 46 次/min，脉搏 140 次/min，精神委靡，皮肤弹性差，四肢温，前囟及眼窝凹陷，心音低钝，腹胀，肠鸣音减弱，四肢无力，腱反射弱。大便镜检：白细胞 0～1/HP，血钠 125mmol/L。

14. 患儿病原学诊断最可能是

A. 致病性大肠杆菌肠炎

B. 耶尔森菌小肠结肠炎

C. 轮状病毒性肠炎

D. 侵袭性大肠杆菌肠炎

E. 空肠弯曲菌肠炎

15. 除以上诊断外，还应考虑

A. 低钙血症   B. 低钾血症

C. 低镁血症   D. 低磷血症

E. 低血糖

16. 下列处理中哪项正确

A. 立即用5%碳酸氢钠扩容

B. 累积损失量宜用维持液补充

C. 需补钾4~6d

D. 补钾量应至少每天8mmol/kg

E. 选择敏感抗生素治疗

（17~18题共用备选答案）

A. 失水占体重的5%以下

B. 失水占体重的3%~10%

C. 失水占体重的10%~15%

D. 失水占体重的15%~20%

E. 失水占体重的10%~以上

17. 轻、中度脱水

18. 重度脱水

（19~23题共用备选答案）

A. 中度低渗性脱水 B. 重度低渗性脱水

C. 重度等渗性脱水 D. 中度等渗性脱水

E. 高渗性脱水

19. 烦躁、烦渴，高热，尿少，尿比重高，为

20. 眼窝凹陷，皮肤弹性差，口渴与尿量减少不明显，尿比重低，为

21. 尿量减少，口渴，皮肤花纹状血钠125mmol/L，为

22. 尿量少，口渴明显，皮肤花纹，血钠135mmol/L，为

23. 尿量明显减少，口渴明显，肢稍凉，心音强，血钠135mmol/L，为

（24~26题共用备选答案）

A. 高张含钠溶液 B. 等张含钠溶液

C. 2/3张含钠溶液 D. 1/2张含钠溶液

E. 1/5~1/3张含钠溶液

24. 等渗性脱水补

25. 低渗性脱水补

26. 高渗性脱水补

（27~31题共用备选答案）

A. 生理盐水2份，加1.4%NaHCO₃1份，加5%GS3份

B. 生理盐水2份，加1.4%NaHCO₃1份

C. 生理盐水4份，加1.4%NaHCO₃3份，加5%GS2份

D. 生理盐水4份，加1.4%NaHCO₃2份，加5%GS3份

E. 生理盐水1份，加5%GS 4份

27. 1/2张液

28. 2:1等张含钠溶液

29. 2/3张液

30. 1/5张生理维持液

31. 4:3:2溶液

（32~33题共用备选答案）

A. 代谢性酸中毒 B. 呼吸性酸中毒

C. 两者均有   D. 两者均无

32. pH降低

33. 二氧化碳结合力升高

（34~35题共用备选答案）

A. 产毒性大肠杆菌肠炎

B. 侵袭性大肠杆菌肠炎

C. 两者均有   D. 两者均无

34. 蛋花汤样或水样便

35. 痢疾样大便

（36~37题共用备选答案）

A. 致病性大肠杆菌肠炎

B. 轮状病毒性肠炎 C. 两者均有

D. 两者均无

36. 蛋花汤样大便

37. 大便腥臭

（38~39题共用备选答案）

A. 空肠弯曲菌肠炎 B. 急性坏死性肠炎

C. 两者均有   D. 两者均无

38. 脓血便

39. 中毒性休克

（40~45题共用题干）

婴儿6个月，吐、泻3d，大便10~15次/d，呈蛋花汤样，有腥臭味，尿量极少，皮肤弹性差，可见花纹，前囟、眼窝明显凹陷，四肢厥冷，大便镜检白细胞偶见，血清钠135mmol/L。

40. 患儿病原学诊断最可能是

A. 金黄色葡萄球菌肠炎

B. 难辨梭状芽孢杆菌肠炎

C. 空肠弯曲菌肠炎

D. 产毒性大肠杆菌肠炎

E. 白色念珠菌肠炎

41. 患儿脱水的程度及性质为

A. 中度等渗性脱水　　B. 中度低渗性脱水

C. 重度低渗性脱水　　D. 重度等渗性脱水

E. 重度高渗性脱水

42. 对患儿进行液体治疗，首批静脉输液应给予

A. 2：1等张含钠液20ml/kg

B. 2：1等张含钠液100～120ml/kg

C. 1/2张含钠液100～120ml/kg

D. 2/3张含钠液50～100ml/kg

E. 1/2张含钠液50～100ml/kg

43. 该患儿除上述治疗外，哪项处理正确

A. 暂禁食4～6h　　B. 立即给予止泻药

C. 给予大剂量青霉素

D. 立即口服ORS

E. 立即给予足量的营养，防止发生营养不良

44. 如果患儿在输液后出现乏力，腹胀，肠鸣音减弱，双膝腱反射消失，心音低钝，则首先应该考虑的诊断是

A. 低钾血症　　　　B. 低氯血症

C. 低钙血症　　　　D. 低磷血症

E. 低镁血症

45. 如果患儿在输液后出现惊厥，则首先应做的检查是

A. 测血糖　　　　　B. 测血气分析

C. 测血钙、镁　　　D. 脑电图

E. 脑脊液

(46～48题共用备选答案)

A. 精神可，眼窝无凹陷，皮肤弹性可，尿量无明显减少

B. 烦躁不安，眼窝明显凹陷，皮肤弹性较差，尿少

C. 烦躁不安，眼窝明显凹陷，皮肤弹性可，哭泪少，尿量可

D. 精神委靡，昏睡，眼窝深陷，皮肤弹性极差，无尿

E. 精神稍差，眼窝稍凹陷，皮肤弹性可，尿稍少

46. 轻度脱水

47. 中度脱水

48. 重度脱水

(49～51题共用备选答案)

A. 病程<2周　　　　B. 病程2周～2个月

C. 病程2周～6个月　　D. 病程>2个月

E. 病程>6个月

49. 急性腹泻

50. 迁延性腹泻

51. 慢性腹泻

(52～54题共用备选答案)

A. 大便呈暗绿色，有腥臭，粪常规有大量脓细胞

B. 大便为黏液脓血便，有腥臭，粪常规有大量红细胞、白细胞

C. 大便稀黄，泡沫较多，有时呈豆腐渣样，粪常规可见多量白细胞

D. 夏季起病，大便呈蛋花汤样，有腥臭，粪常规偶见白细胞

E. 秋季起病，大便呈蛋花汤样，无腥臭，粪常规偶见白细胞

52. 产毒大肠杆菌肠炎

53. 金黄色葡萄球菌肠炎

54. 轮状病毒肠炎

(55～57题共用备选答案)

A. 代谢性酸中毒　　　B. 代谢性碱中毒

C. 低渗性脱水　　　　D. 等渗性脱水

E. 高渗性脱水

55. 烦渴、高热、尿少、尿比重高

56. 血清钾2.9mmol/L，CO_2CP 32mmol/L

57. 皮肤弹性差，尿少，血清钠125mmol/L

(58～60题共用备选答案)

A. 低渗性脱水　　　　B. 高渗性脱水

C. 等渗性脱水　　　　D. 低钾血症

E. 低钙血症

58. 平素健康的小儿患腹泻，病程短，脱水多为

59. Ⅱ度营养不良小儿，腹泻迁延，脱水多为

60. 腹泻小儿在脱水和酸中毒纠正后出现

(61～63题共用题干)

冬季，1岁男孩，发热、呕吐、腹泻3d，体温38℃，每日呕吐3～4次，为胃内容物，每日腹泻10次左右，呈蛋花汤样，无腥臭，一天来尿少，10h无尿。查体：眼窝、前囟深陷，皮肤干燥，弹性极差，肢端凉。大便镜检偶见白细胞，血钠132mmol/L。

61. 最可能的诊断

A. 婴儿腹泻，轻度等渗性脱水

B. 婴儿腹泻，中度低渗性脱水

C. 婴儿腹泻, 中度等渗性脱水

D. 婴儿腹泻, 重度低渗性脱水

E. 婴儿腹泻, 重度等渗性脱水

62. 最可能的病原为

A. 产毒大肠杆菌　　　　B. 轮状病毒

C. 侵袭性大肠杆菌　　　D. 鼠伤寒沙门菌

E. 金黄色葡萄球菌

63. 可能出现的酸碱平衡紊乱是

A. 代谢性酸中毒　　　　B. 代谢性碱中毒

C. 呼吸性酸中毒　　　　D. 呼吸性碱中毒

E. 混合性酸中毒

(64～66 题共用题干)

女孩, 6 个月, 1998 年 7 月, 因吐泻 3d 入院。大便 10～15 次/d, 呈蛋花汤样, 有腥臭味, 尿量极少, 前囟、眼窝凹陷, 皮肤弹性极差, 脉细弱, 四肢厥冷, 大便偶见白细胞, 血清钠 125mmol/L

64. 最可能的诊断是

A. 中度低渗性脱水　　　B. 重度等渗性脱水

C. 中度等渗性脱水　　　D. 重度低渗性脱水

E. 重度高渗性脱水

65. 最可能的病原菌是

A. 金黄色葡萄球菌　　　B. 产毒大肠杆菌

C. 白色念珠菌　　　　　D. 耶尔森菌

E. 轮状病毒

66. 哪项处理是正确的

A. 因吐泻明显, 禁食 2d

B. 立即给予止泻剂

C. 肌注抑制肠蠕动剂

D. 静脉滴注青霉素

E. 静脉补液纠正脱水

(67～68 题共用题干)

4 个月小儿因支气管肺炎住院, 住院后用三代头孢菌素治疗 2 周余, 病情好转, 体检正常。但近 2d 体温不升, 有呕吐、腹泻, 大便为暗绿色水样, 黏液较多, 有腥臭味, 镜检下有大量的脓细胞及革兰阳性球菌。

67. 最可能的诊断是

A. 真菌性肠炎

B. 假膜性小肠结肠炎

C. 细菌性痢疾

D. 金黄色葡萄球菌肠炎

E. 致病性大肠杆菌肠炎

68. 目前首先应采取的措施有

A. 停用原有抗生素改用甲硝唑

B. 加用万古霉素

C. 停用原有抗生素改用万古霉素

D. 加用氨苄青霉素　　　E. 应用抗真菌药物

四、多项选择题

1. 腹泻病的病因可有

A. 感染　　　　　　　　B. 饮食因素

C. 气候因素　　　　　　D. 地区因素

E. 抗体防御功能较差

2. 腹泻病时产生代谢性酸中毒的原因为

A. 腹泻丢失大量碱性物质

B. 体内脂肪氧化增加, 酮体生成增多 (酮血症)

C. 血容量减少, 血液浓缩, 组织缺氧, 乳酸堆积

D. 尿量减少, 使酸性代谢产物堆积体内

E. 醛固酮减少

3. 腹泻病出现低钙血症的原因是

A. 腹泻患儿进食少, 吸收不良, 大便丢失钙

B. 腹泻较久或有活动性佝偻病患儿血钙较低

C. 输液后血钙被稀释, 酸中毒纠正后, 离子钙缺少

D. 腹泻时出现一过性甲状腺功能低下

E. 腹泻时血钾降低

4. 诊断重型腹泻病的主要临床表现是

A. 严重的胃肠道症状

B. 明显的水和电解质紊乱

C. 大便腥臭有黏液　　　D. 尿量减少

E. 大便腥臭有黏液

5. 金黄色葡萄球菌肠炎临床特点是

A. 起病较急

B. 大便有腥臭味, 暗绿似海水色, 有伪膜

C. 中毒症状重

D. 大便镜检有大量脓细胞和成簇的革兰阳性球菌

E. 大便培养有金黄色葡萄球菌生长

6. 代谢性酸中毒可表现为

A. 呼吸深快

B. 二氧化碳结合力减低

C. 抽搐

D. 烦躁, 嗜睡, 甚至昏迷

E. 心率增快

7. 腹泻病重度脱水可有以下表现

A. 失水量约占体重的 10% 以上

B. 二氧化碳结合为 $20mmol/L(20mEq/L)$

C. 精神极度委靡，昏睡，甚至昏迷

D. 心功能比周围循环差

E. 可出现休克症状，如血压下降

8. 婴儿腹泻中度脱水的主要表现为

A. 眼窝及前囟凹陷　　　B. 皮肤弹性较差

C. 尿量稍减少　　　D. 烦躁不安

E. 四肢厥冷，无尿

9. 低渗性脱水的临床表现主要是

A. 容易出现休克现象

B. 口渴不明显

C. 可因发生脑细胞水肿而易出现嗜睡，昏迷

D. 血清钠应 $<130mmol/L$

E. 可发生脑血栓

10. 低钾血症的临床表现为

A. 心音低钝，ST 段压低，出现 U 波

B. 肠麻痹使肠鸣音消失

C. 心率加快，早搏多见

D. 呼吸肌麻痹使呼吸深浅不一

E. 四肢肌张力增高

11. 生理性腹泻临床特点是

A. 生长发育不受影响

B. 常有湿疹而无其他症状

C. 与气候因素有关　　　D. 仅大便次数增多

E. 多见于 5 个月以上婴儿

12. 治疗方案 ORS 液的用法哪项错误

A. 2 岁以下的患儿每 $1\sim2min$ 喂 5ml

B. 年龄稍大患儿可用杯子喝

C. 每次腹泻后按年龄再加服 $50\sim200ml$

D. 患儿如果有呕吐，应立即停止口服补液

E. 如呕吐、腹泻、脱水加重，应继续口服补液

13. 治疗水样便的感染性腹泻应按以下原则

A. 一般不用抗生素

B. 只要做好液体疗法，多数可自愈

C. 如伴有中毒症状，应选用抗生素治疗

D. 禁用微生态疗法

E. 调整和早期进食

14. 重度脱水时，第一阶段 1h 内静脉输入液体的要求为

A. 等张溶液　　　B. 20ml/kg

C. 任何年龄均为同一标准

D. 须立即实施

E. 高渗性脱水应用 1/3 张含钠液

15. 腹泻病无脱水患儿经过 3d 治疗，病情不见好转的表现为

A. 腹泻次数和量增加

B. 不能正常饮食　　　C. 频繁呕吐

D. 明显口渴　　　E. 尿量增加

16. 腹泻病的治疗原则中包括

A. 预防脱水　　　B. 治疗脱水

C. 早期进食　　　D. 积极用药

E. 加强护理

17. ORS 口服液治疗腹泻病，下列哪项是正确的

A. 适用于轻度脱水

B. 吐泻明显或腹胀者不适用

C. 为 1/2 张含钠液

D. 2% 左右的葡萄糖溶液可增加小肠对水、盐的吸收

E. 不适用于新生儿

18. 重症腹泻病静脉补钾盐时应注意

A. 治疗前 6h 内排过尿或输液后有尿

B. 点滴浓度不宜超过 $0.15\%\sim0.3\%$

C. 静脉滴注时间不宜少于 8h（指全天总量）

D. 总量每天每公斤体重氯化钾 0.6g

E. 一般持续 $4\sim6d$

19. 应如何预防婴儿腹泻病

A. 合理喂养，鼓励母乳喂养，避免夏季断奶，添加辅食，要采取逐渐过渡的方式

B. 注意食物，要采取逐渐过渡的方式

C. 感染性腹泻流行期间，幼托机构及医院更应注意消毒隔离

D. 避免长期滥用广谱抗生素

E. 注意气候变化时的护理，避免过热或受凉

20. 引起腹泻的主要大肠杆菌有

A. 致病性大肠杆菌　　　B. 产毒性大肠杆菌

C. 侵袭性大肠杆菌　　　D. 副大肠杆菌

E. 出血性大肠杆菌

21. 以下哪些正确

A. 缺钾时体内钾总量减少

B. 低钾血症时血清钾浓度降低

C. 血清钾低于 3.5mmol/L 时，即有不同程度的缺钾症状

D. 缺钾且伴有脱水，酸中毒时，血清钾可以不降低

E. 酸中毒纠正后，可使细胞内的钾转移到细胞外，有利于纠正低钾血症

22. 关于感染性腹泻的发病正确的是

A. 多由饮食不洁引起

B. 与宿主防御功能的强弱无关

C. 与感染剂量的大小有关

D. 与微生物的毒力大小有关

E. 无黏附能力的微生物致病性更强

23. 产生肠毒素的细菌包括

A. 霍乱弧菌   B. 沙门菌

C. 金黄色葡萄球菌   D. 侵袭性大肠杆菌

E. 小肠结肠炎耶尔森菌

五、填空题

1. 小儿腹泻,病毒感染多见为_____,细菌感染以_____为多见。

2. 非感性腹泻病包括_____、_____、_____、_____。

3. 引起腹泻的主要腹泻源性大肠杆菌有_____、_____、_____及_____。

4. 近年确认引起腹泻病的病毒有_____、_____、_____、_____。

5. 腹泻病患儿,发病机制为_____,_____。

6. 脱水依程度分为_____、_____、_____,依性质分为_____、_____、_____。

7. 腹泻病临床根据_____,分为_____、_____、_____。

六、名词解释

1. 重型腹泻

2. 生理性腹泻

七、问答题

1. 在适当的输液方案治疗中予纠正脱水,酸中毒的过程中,为什么有时会出现抽搐?

2. 人类轮状病毒肠炎的特点是什么?

3. 简述腹泻病的诊断程序。

4. 静脉滴注补充钾盐应注意什么?

5. 简述急性腹泻病的治疗方案。

八、病例分析

1. 患儿1岁2个月,腹泻8d,每天10余次,黄色稀水便。体检:体重10kg,精神委靡,皮肤弹性极差,前囟及眼窝明显凹陷,血压偏低,四肢冰冷,可见皮肤花纹。血清钠125mmol/L,血清钾2.8mmol/L,请作出诊断并制定第一天的补液方案。

2. 患儿,女性,1岁。主因呕吐、腹泻3d入院。3d前先有发热,体温最高达39℃,服退热药后发热可消退。随之出现呕吐,呕吐物为胃内容物,每日3~5次。大便变稀,量多,淡黄色,渐转为水样,蛋花汤样,无特殊臭味,每日10余次。无咳嗽,无喘促,每日排尿1次。口渴多饮,不进食物。服"消炎药"未见好转。体格检查:体温36.5℃,神志清楚,精神委靡。皮肤弹性较差,干燥。浅表淋巴结无肿大。前囟已闭。眼窝明显凹陷,哭时少泪。口唇干燥。心音有力,节律规则,心率136次/min。双肺呼吸音无异常。腹平软,未触及包块,无压痛及反跳痛,肝脏于肋下2.0cm,脾脏未触及,肠鸣音活跃。四肢活动自如,双手指较凉。神经系统无阳性体征。辅助检查:血常规:白细胞总数8.5×10^9/L,中性粒细胞45%,淋巴细胞55%。粪常规:为水样便,白细胞0~3个/HP。血HCO_3^-为18mmol/L。写出该病的诊断。

【参考答案】

一、肯定型单项选择题

1. D   2. D   3. C   4. C   5. E   6. C   7. C

8. D   9. D   10. C   11. E   12. D   13. D

14. B   15. E   16. C   17. C   18. E   19. A

20. D   21. D   22. E   23. A   24. C   25. E

26. D   27. D   28. E   29. C   30. C   31. E

32. D   33. C   34. B   35. D   36. E   37. B

38. A   39. D   40. C   41. A   42. B   43. D

44. A   45. E   46. E   47. C   48. E   49. D

50. A   51. A   52. C   53. C   54. C   55. C

56. C   57. C   58. C   59. D   60. C   61. C

62. A   63. C   64. C   65. C   66. D   67. A

68. C   69. C   70. E   71. D   72. C   73. C

74. C 75. B

二、否定型单项选择题

1. C 2. C 3. D 4. A 5. D 6. B 7. D
8. C 9. D 10. A 11. E 12. D 13. A
14. D 15. E 16. A 17. D 18. D 19. B
20. A 21. D 22. A 23. D 24. D 25. B

三、病例串联题及最佳配伍题

1. A 2. C 3. A 4. E 5. B 6. D 7. D
8. D 9. D 10. B 11. E 12. D 13. D
14 C 15 B 16. C 17. B 18. E 19. E
20. A 21. B 22. C 23. D 24. D 25. C
26. E 27. A 28. B 29. D 30. E 31. D
32. C 33. B 34. C 35. B 36. C 37. A
38. A 39. B 40. D 41. D 42. A 43. A
44. A 45. D 46. A 47. D 48. D 49. A
50. B 51. D 52. D 53. A 54. E 55. E
56. B 57. C 58. C 59. A 60. E 61. E
62. B 63. A 64. D 65. E 66. A 67. D
68. C

四、多项选择题

1. ABCE 2. ABCD 3. ABC 4. ABD
5. ABCDE 6. ABDE 7. ABCE 8. ABD
9. ABCD 10. ABCD 11. ABD 12. DE
13. ABCE 14. ABCD 15. ABCD 16. ABCDE
17. ABDE 18. ABCE 19. ABCDE 20. ABCE
21. ABCD 22. ACD 23. ABCE

五、填空题

1. 轮状病毒 大肠杆菌
2. 食饵性腹泻 症状性腹泻 过敏性腹泻
其他原因
3. 产毒性大肠杆菌 侵袭性大肠杆菌 致病
性大肠杆菌 肠出血性大肠杆菌
4. 人类轮状病毒 诺沃克病毒 埃可病毒
5. 消化道功能紊乱 细菌毒素作用 病原菌
侵袭 病毒感染
6. 轻度脱水 中度脱水 重度脱水 等渗性
脱水 低渗性脱水 高渗性脱水
7. 有无脱水 轻型腹泻 重型腹泻

六、名词解释

1. 多因肠道感染而急性发病,或由轻型或中

型腹泻转化,除胃肠道症状外并有全身中毒症
状及水,电解质紊乱症状。
2. 常见于 6 个月以下小儿,生后不久即有大
便次数多,常有湿疹而无其他症状,生长发育
不受影响。

七、问答题

1. 脱水酸中毒的患儿,尤其伴有营养不良者,
在输液治疗过程中,有时会发生手足抽搐、全
身惊厥等症状。这些症状发生的原因,大多认
为是由于细胞外液缺钙所致。血液的酸碱度影
响钙的离解作用。由于酸中毒增加了钙的离解
作用,可使蛋白结合钙转变为游离钙,因此游
离钙往往并不减少,临床上不显示低钙症状。
但当酸中毒纠正后,一般游离钙转变为蛋白结
合钙,一部分进入骨骼回吸收,加上血容量的
补充使钙浓度稀释,总钙与游离钙都降低,于
是便可能出现抽搐。
2. 该病毒是引起婴幼儿腹泻的主要原因。病
毒由病人粪便排出,经粪口途径传播,80%以
上患儿大便中可检出轮状病毒。其特点为:
①多见于6~24 个月的婴幼儿;②潜伏期为
1~3d,起病急,常伴发热、上呼吸道感染症
状,一般无明显感染中毒症状;③病初即发生
呕吐,常先于腹泻;④大便次数多,每日在
10 次以内,量多,黄色或淡黄色,水样便或
蛋花汤样,无腥臭味;⑤常出现脱水、酸中毒
及电解质紊乱症状;⑥本病为自限性疾病,数
日后呕吐渐停,腹泻减轻,不喂乳类的患儿恢
复更快;⑦病程3~8d;⑧大便镜检偶有少量
白细胞;⑨可侵犯多个脏器。
3. 凡大便性状有改变如稀便、水样便、黏液
便或脓血便及大便次数增多,即可诊断为腹泻
病。还应判断脱水程序和性质、有无电解质和
酸碱平衡紊乱,应尽量寻找病因。
  (1) 大便无或偶见少量白细胞 表明无侵
袭性细菌性肠炎。而是由于受肠毒素或其他因
子作用使分泌增加,产生腹泻,如非侵袭性细
菌病毒或寄生虫等肠内感染,肠道外感染,以
及非感染因素所引起肠炎。需与下列疾病鉴
别:①生理性腹泻;②吸收不良综合征。
  (2) 大便中有较多的白细胞 表明结肠和
或回肠末端有侵袭性炎性病变,由各种侵袭性
细菌感染所致,应尽量寻找病原,病原明确后

应按病原进行诊断。如细菌性痢疾、致病性大肠杆菌肠炎、轮状病毒肠炎。如感染病因不能明确，则诊断为急性肠炎。

4. ①去除病因；②见尿补钾；③补充钾盐量：轻度腹泻 3～4mmol/kg，重度腹泻 4～6mmol/kg；④浓度 27mmol/L（0.2%），不超过 40mmol/L（0.3%）；⑤时间应均匀分配全日静滴，不少于 8h，速度应小于每小时 0.3mmol/kg；⑥持续 4～6d。口服较为安全，能口服者尽量口服，氯化钾口服对胃肠道刺激较强，因此多采用 10% 水溶液，饭后服可减少刺激性。

5. 治疗要点：调整饮食、预防与纠正脱水、合理用药、控制感染、加强护理、预防并发症。

(1) 调整饮食、控制腹泻　母乳喂养儿：继续哺乳，停止添加辅食；人工喂养儿：继续常用奶制品，避免突然变换食物种类；病毒性肠炎：暂停乳类喂养、限制糖类，改为豆制品；严重呕吐者暂禁食 4～6h，不禁水；腹泻停止后逐渐添加辅食，每日加餐 1 次。

(2) 纠正水、电解质紊乱与酸碱失衡

① 口服补液或静脉补液，能口服尽量口服。

② 静脉补液：用于中度以上的脱水、吐泻严重或腹胀的患儿。

③ 补液原则：三定、先快后慢、先浓后淡、见尿补钾。

a. 第 1 天补液

Ⅰ. 总量（定量）。包括累积丢失量、继续丢失量、生理需要量。轻度腹泻：90～120ml/kg；中度腹泻：120～150ml/kg；重度腹泻：150～180ml/kg。

Ⅱ. 溶液种类（定性）。累积丢失：等渗性脱水，1/2 张含钠液；低渗性脱水，2/3 张含钠液；高渗性脱水，1/3 张含钠液。继续丢失：1/3～1/2 张含钠液；生理需要：1/5～1/4 张含钠液。

Ⅲ. 输液速度（定时）。取决于脱水程度。扩容：2∶1 液，20ml/kg，30～60min 内静脉推注；补充累积丢失量：8～12h，一般 8～10ml/(kg·h)；维持补液：12～16h，一般 5ml/(kg·h)；补充生理需要量：24h 内。

Ⅳ. 纠正酸中毒，补钾，补充钙，镁。

b. 第 2 天及以后的补液。继续丢失量：丢多少补多少，1/2～1/3 张含钠液；生理需要量：70～90ml/kg，1/5 张含钠液；补充钾、钙等。

(3) 药物治疗　①控制感染；②改善肠道微生态；③避免用止泻剂；④肠黏膜保护剂；⑤补锌治疗。

八、病例分析

1. (1) 入院诊断：小儿腹泻病；低渗性脱水（重度），低钾血症

(2) 补液方案

补液总量：180×10＝1800ml

首批扩容：用 2∶1 等张含钠液 15～20ml/kg，约 10×20＝200ml，30～60min 进入；继续补液：用 4∶3∶2 液，速度前 8～12h 入 700ml，后 12～16h 入 900ml；见尿补钾。

2. 入院诊断：小儿腹泻病；重度脱水

(1) 诊断依据

① 呕吐，随之腹泻，水样及蛋花汤样便，无异味，尿量明显减少；

② 精神委靡，眼窝明显凹陷，少泪，口唇干燥，双手指凉；

③ 粪常规：白细胞数 0～3 个/HP，血 HCO_3^- 基本正常。

(2) 脱水的性质可以通过检测血清钠含量来区别。血清钠在 130～150mmol/L 为等渗性脱水；血清钠＜130mmol/L 为低渗性脱水；血清钠＞150mmol/L 为高渗性脱水。

第十一章　呼吸系统疾病

第一节　急性上呼吸道感染

急性上呼吸道感染（acute upper respiratory infection，AURI）简称"上感"，俗称"感冒"，是小儿最常见的疾病，主要侵犯鼻、鼻咽和咽部。

一、病因

各种病毒和细菌均可引起上呼吸道感染，但以病毒为多见，约占90%以上，主要有鼻病毒、呼吸道合胞病毒、流感病毒、副流感病毒、腺病毒等。婴幼儿时期由于上呼吸道的解剖和免疫特点而易患本病。

二、临床表现

1. 一般类型上呼吸道感染

（1）症状　婴幼儿局部症状轻而全身症状重，可骤然起病，高热、咳嗽、食欲差，可伴有呕吐、腹痛、烦躁，甚至高热惊厥。年长患儿全身症状较轻，局部症状为主，表现为鼻塞、喷嚏、流涕、干咳、咽痛、发热等；有些在发病早期可有阵发性脐周疼痛，与发热所致肠痉挛或肠系膜淋巴结炎有关。

（2）体检　咽部充血，扁桃体肿大；颌下淋巴结肿大、触痛等；肺部呼吸音正常；肠病毒感染者可见不同形态的皮疹。

2. 两种特殊类型上呼吸道感染

（1）疱疹性咽峡炎

① 病原体：柯萨奇A组病毒。

② 好发季节：夏秋季。

③ 临床表现：急起高热、咽痛、流涎、厌食、呕吐等。查体：咽充血，腭咽弓、腭垂（悬雍垂）、软腭等处有2～4mm大小的疱疹，周围红晕，破溃后形成小溃疡。

④ 病程：1周左右。

（2）咽结合膜热

① 病原体：腺病毒3、7型。

② 好发季节：春夏季。

③ 临床表现：以发热、咽炎、眼结合膜炎为特征的急性传染病，可在集体儿童机构中流行。高热、咽痛、眼部刺痛。查体：咽部充血，一侧或两侧滤泡性眼结合膜炎。颈部、耳后淋巴结肿大，有时有胃肠道症状。

④ 病程：1～2周。

三、并发症

1. 婴幼儿

多见中耳炎、鼻窦炎、咽后壁脓肿、扁桃体周围脓肿、颈淋巴结炎、喉炎、气管炎、支气管炎、肺炎等。

2. 年长儿

少见急性肾炎、风湿热等。

四、辅助检查

1. 病毒感染

白细胞数正常或偏低，中性粒细胞减少，淋巴细胞相对增高；病毒分离和血清学反应可明确病原，近年免疫荧光和酶联免疫等方法有利于病毒早期诊断。

2. 细菌感染

白细胞数增高，中性粒细胞增高，咽拭子培养可发现病原菌。链球菌引起者血中ASO滴度可增高。

五、鉴别诊断

1. 流行性感冒

由流感病毒、副流感病毒引起。有明显流行病史，局部症状轻而全身症状重，如发热、头痛、咽痛、肌肉酸痛等，病程较长。

2. 急性传染病早期

常为各种传染病的前驱症状，如麻疹、流行性脑脊髓膜炎、百日咳、猩红热、脊髓灰质炎等，应结合流行病史、临床表现及实验室资料等综合分析，并观察病情演变加以鉴别。

3. 急性阑尾炎

上感伴腹痛者应与本病鉴别。本病腹痛常先于发热，腹痛部位以右下腹为主，呈持续性，有腹肌紧张、固定压痛点及反跳痛；白细胞及中性粒细胞增高。

六、治疗

1. 一般治疗

休息、多饮水、补充大量维生素 C，防止交叉感染及并发症。

2. 抗感染治疗

抗病毒治疗 3～5d，若病情重、继发细菌感染或有并发症可选用抗生素；如证实为溶血性链球菌感染，或有风湿热、肾炎病史者，应用青霉素治疗 10～14d。

3. 对症治疗

高热可物理降温或口服退热药；高热惊厥可予镇静、止惊治疗。

第二节 急性支气管炎

急性支气管炎（acute bronchitis）是儿童期常见呼吸道疾病，常继发于上呼吸道感染或为急性传染病的一种表现，婴幼儿多见。

一、病因

病原为各种病毒或细菌，或为混合感染。免疫功能失调、营养障碍、佝偻病、特异性体质、鼻炎、鼻窦炎等是本病的危险因素。

二、临床表现

1. 一般类型支气管炎

（1）症状 多先有上呼吸道感染症状，咳嗽为主要症状，开始为干咳，以后有痰；婴幼儿症状较重，常有发热、伴随咳嗽后的呕吐（呕吐物中常含有黏液）及腹泻等。

（2）体检 双肺呼吸音粗，可有不固定的、散在的干啰音和粗、中湿啰音，一般无气促、发绀。

2. 特殊类型支气管炎（哮喘性支气管炎）

（1）多发生于婴幼儿。

（2）具有一般类型支气管炎临床表现。

（3）自身特点

① 多见于 3 岁以下，有湿疹或其他过敏史；

② 有类似哮喘的症状，如呼气性呼吸困难，肺部叩诊呈鼓音，听诊两肺满布哮鸣音及少量粗湿啰音；

③ 有反复发作倾向；

④ 近期预后多较好。

三、辅助检查

胸片显示正常，或肺纹理增粗，肺门阴影增浓。

四、治疗

1. 一般治疗

多饮水、变换体位，使呼吸道分泌物易咳出。

2. 抗感染治疗

多为病毒感染，一般不用抗生素，如考虑有细菌感染可选用抗生素。

3. 对症治疗

化痰、止咳、平喘、抗过敏，喘重时可加用泼尼松。

第三节　肺　炎

一、定义

肺炎（pneumonia）是指不同病原体或其他因素（如吸入羊水、油类或过敏反应）等所引起的肺部炎症。主要临床表现为发热、咳嗽、气促、呼吸困难和肺部固定性中、细湿啰音。重症患儿可累及循环、神经及消化系统而出现相应的临床症状，如中毒性脑病及中毒性肠麻痹等。

二、肺炎的分类

1. 病理分类

可分为大叶性肺炎、支气管肺炎、间质性肺炎。

2. 病因分类

可分为病毒性肺炎、细菌性肺炎、支原体肺炎、衣原体肺炎、原虫性肺炎、真菌性肺炎、非感染病因引起的肺炎等。

3. 病程分类

分为急性肺炎：病程<1个月；迁延性肺炎：病程1～3个月；慢性肺炎：病程>3个月。

4. 病情分类

① 轻症肺炎：除呼吸系统外，其他系统只轻微受累，无全身中毒症状。

② 重症肺炎：除呼吸系统外，亦出现其他系统表现，全身中毒症状明显，甚至危及生命。

5. 临床表现是否典型分类

① 典型性肺炎：如细菌性肺炎。

② 非典型性肺炎：如肺炎支原体、衣原体、军团菌、病毒性肺炎等。

6. 发生肺炎的地区进行分类

① 社区获得性肺炎：无明显免疫抑制的患儿在院外或住院48h内发生的肺炎。

② 院内获得性肺炎：住院48h后发生的肺炎。

第四节　支气管肺炎

支气管肺炎（bronchopneumonia）是小儿时期最常见的肺炎，2岁以内儿童多发。一年四季均可发病。

一、病因

本病病因，常为病毒、细菌，发达国家以病毒为主，发展中国家则以细菌为主。肺炎链球菌感染多见，近年来肺炎支原体和流感嗜血杆菌有增多趋势。病原体常由呼吸道入侵，少数经血行入肺。

二、病理生理

本病主要变化是由于支气管、肺泡炎症引起通气和换气障碍，导致缺氧和二氧化碳潴留，从而造成一系列病理生理改变（见图11-1）。

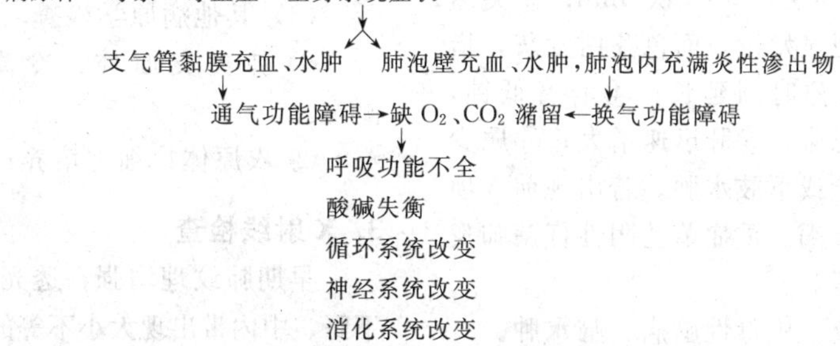

病原体→毒素→毒血症→全身系统症状

支气管黏膜充血、水肿　　肺泡壁充血、水肿，肺泡内充满炎性渗出物

通气功能障碍→缺O_2、CO_2潴留←换气功能障碍

呼吸功能不全

酸碱失衡

循环系统改变

神经系统改变

消化系统改变

图 11-1　支气管肺炎的病理生理

1. 呼吸功能不全

患儿呼吸和心率加快以代偿缺氧，出现鼻扇和三凹征以增加肺通气。

2. 水、电解质和酸碱平衡失调

重症肺炎可出现混合性酸中毒。

3. 循环系统

常见心肌炎、心力衰竭及微循环障碍。

4. 中枢神经系统

脑细胞内钠、水潴留，形成脑水肿，颅内压增高。

5. 胃肠功能紊乱

厌食、呕吐、腹泻，严重者可引起中毒性肠麻痹和消化道出血。

三、临床表现

2 岁以下婴幼儿多见，主要临床表现为发热、咳嗽、气促，肺部固定的中、细湿啰音。

1. 主要症状

发热、咳嗽、气促及全身症状（精神不振、食欲减退、烦躁不安、轻度腹泻或呕吐）。

2. 体征

① 呼吸增快，40～80 次/min，鼻翼扇动，三凹征阳性。

② 发绀。

③ 肺部较固定的中、细湿啰音。

3. 重症肺炎的表现

（1）循环系统　心肌炎及心力衰竭常见，前者表现为面色苍白、心动过速、心音低钝、心律不齐，心电图示 ST 段下移和 T 波低平、倒置。心力衰竭时有：①心率突然＞180 次/min；②呼吸突然加快，＞60 次/min；③突然极度烦躁不安，明显发绀，面色苍白发灰，指（趾）甲微血管充盈时间延长；④心音低钝，奔马律，颈静脉怒张；⑤肝迅速增大；⑥尿少或无尿，颜面眼睑或下肢水肿。若出现前 5 项即可诊断为心力衰竭。重症革兰阴性杆菌肺炎尚可发生微循环障。

（2）神经系统　中毒性脑病、脑水肿。

（3）消化系统　中毒性肠麻痹、消化道出血。

（4）弥散性血管内凝血（DIC）　血压下降，四肢凉，脉速而弱，皮肤、黏膜及胃肠道出血。

（5）抗利尿激素异常分泌综合征　全身凹陷性水肿，血钠≤130mmol/L，血渗透压＜270mOsm/L，尿钠≥20mmol/L，血清抗利尿激素分泌增加。

四、并发症

其并发症有脓胸、脓气胸、肺大泡。

其并发症有此三种并发症多见于金黄色葡萄球菌肺炎和某些革兰阴性杆菌肺炎。

五、辅助检查

1. 外周血检查

（1）白细胞检查　细菌性肺炎的白细胞总数和中性粒细胞多增高，可见核左移，胞浆中可见中毒颗粒，病毒性肺炎白细胞总数正常或降低，可见异型淋巴细胞。

（2）四唑氮蓝实验（NBT）　细菌性肺炎时中性粒细胞吞噬活力增加，用四唑氮蓝染色时 NBT 阳性细胞增多。正常值＜10％；＞10％提示细菌感染；病毒感染时则不增加。

（3）C 反应蛋白（CRP）　细菌感染时，血清 CRP 浓度上升；而非细菌感染时，则上升不明显。

2. 病原学检查

（1）细菌学检查　细菌培养和涂片；对流免疫电泳；试管凝集试验。

（2）病毒学检查　病毒分离和血清学试验；快速诊断，如检测抗原、检测抗体、核酸分子杂交技术及 PCR 技术。

（3）其他病原学检查

① 肺炎支原体：冷凝集试验；抗 MP 测定。

② 衣原体：细胞培养；分泌物涂片。

3. X 射线检查

早期肺纹理增强，透光度减低，以后两肺下野、中内带出现大小不等的点状或小片絮状影或融合成片状阴影。有肺气肿、肺不张。伴有脓胸、脓气胸或肺大泡者则有相应的 X 射线改变。

六、诊断

（1）典型支气管肺炎的症状、体征及肺炎的 X 射线改变。

（2）确诊后，作相应的病原学检查。

（3）辨别病情轻重，有无并发症。

七、鉴别诊断

1. 急性支气管炎

一般不发热或低热，全身状况好，以咳嗽为主要症状，肺部啰音不固定。

2. 支气管异物

有异物吸入史，突然呛咳。X 射线片、纤支镜检查可明确。

3. 支气管哮喘

具有过敏体质，肺功能激发和舒张试验有助于鉴别。

4. 肺结核

结核接触史，结核中毒症状，结核菌素试验阳性，X 射线片检查。

八、治疗

采用综合治疗，原则为控制炎症，改善通气功能，对症治疗，防治并发症。

1. 一般治疗

保持室内空气流通，加强营养，注意隔离，防止交叉感染。

2. 抗感染治疗

（1）抗生素治疗

① 原则：依病原菌选用敏感药物；选用在肺组织中浓度较高的药物；重症病人宜静脉给药。

② 根据不同病原选择抗生素

a. 肺炎链球菌：首选青霉素，过敏者选用红霉素。

b. 金黄色葡萄球菌：首选苯唑西林钠或氯唑西林钠，耐药者选用万古霉素或联用利福平。

c. 流感嗜血杆菌：首选阿莫西林加克拉维酸（或加舒巴坦）。

d. 大肠杆菌和肺炎杆菌：首选头孢曲松或头孢噻肟。

e. 支原体和衣原体：首选大环内酯类抗生素，如红霉素、罗红霉素及阿奇霉素。

③ 用药时间：一般应持续至体温正常后 5~7d，症状、体征消失后 3d 停药。支原体肺炎至少用药 2~3 周。葡萄球菌肺炎在体温正常后 2~3 周内可停药，一般总疗程≥6 周。

（2）抗病毒治疗　①利巴韦林（病毒唑）；②α-干扰素。

（3）对症治疗

① 氧疗。

② 气道管理：保持呼吸道通畅。

③ 心力衰竭的治疗：除镇静、给氧外，要增强心肌的收缩力，减慢心率，增加心搏出量；减轻体内水钠滞留，以减轻心脏负荷。

④ 腹胀的治疗：补充钾盐；禁食和胃肠减压，应用酚妥拉明。

⑤ 其他：高温可降温，烦躁可镇静等。

（4）糖皮质激素

① 严重喘憋或呼吸衰竭。

② 全身中毒症状明显。

③ 合并感染中毒性休克。

④ 脑水肿。

（5）并发症及并存症的治疗

① 发生感染中毒性休克、脑水肿、心肌炎者，应及时处理。

② 对并发脓胸、脓气胸者应及时进行抽脓、抽气处理。

③ 对并存佝偻病、贫血、营养不良者，应给予相应治疗。

（6）生物制剂　①转移因子或胸腺肽；②静脉用丙种球蛋白（IVIG）。

第五节　几种不同病原体所致肺炎的特点

一、病毒性肺炎

1. 呼吸道合胞病毒（RSV）肺炎

① RSV 对肺直接侵害导致间质性损伤。

② 多见于婴幼儿，1 岁以下小儿为主。

③ 发病急，发热，喘憋明显，呼气性呼吸困难。肺部可闻及中、细湿啰音。X 射线点片状阴影，可有肺气肿。白细胞数正常。

2. 腺病毒（ADV）肺炎

① ADV 感染，以 3、7 型多见。

② 6 个月～2 岁最易发病。

③ 临床特点：起病急，发热，呈稽留热或不规则高热，轻症 7～10d 退热，重者持续 2～3 周。全身中毒症状重。肺部体征出现晚，常在起病后 3～7d 才出现。X 射线改变较肺部体征出现早。易合并心肌炎和多器官衰竭。

二、细菌性肺炎

常见金黄色葡萄球菌肺炎。

① 金黄色葡萄球菌感染，由呼吸道或血行入肺。

② 病理改变特点：肺组织广泛出血性坏死及多发小脓肿。

③ 临床特点：发病急骤，病情进展快。有明显的中毒症状，呈弛张型或稽留型高热。肺部体征出现早。皮肤出现多种类型皮疹。病情发展可出现肺脓肿、肺大泡、胸腔积液、气胸、脓气胸。

④ 血白细胞总数及中性粒细胞增高，伴核左移，中毒颗粒。

三、其他微生物所致肺炎

主要为肺炎支原体肺炎。

① 支原体感染常见于 5 岁以上儿童。

② 飞沫传播，传染源为病人及恢复期带菌者。

③ 发热，热型不定，全身中毒症状不重。

④ 临床特点：咳嗽重，干咳或持续阵发性剧咳、百日咳样咳，1～4 周。体征不明显。常并发肺外多系统疾病。

⑤ X 射线改变：包括肺门阴影增浓；支气管肺炎改变；间质性肺炎；大叶性肺炎改变。

四、常见几种肺炎的鉴别（见表 11-1）

表 11-1　常见几种肺炎的鉴别

项目	合胞病毒肺炎	腺病毒肺炎	金黄色葡萄球菌肺炎	支原体肺炎
好发年龄	多见于婴幼儿，1 岁内最多见	6 个月～2 岁	各年龄组	任何年龄
热型	不高，<38℃	稽留热	弛张高热	热型不定
发病	急，流行性	急，流行性	急，散发	散发或流行
临床特点	呼气性呼吸困难，肺部哮鸣音明显，易心衰、呼衰	中毒症状重，肺部体征早期不明显，常有中毒性心肌炎、心衰、脑病等	中毒症状，肺部体征出现早，变化多，易出现脓胸等并发症	咳嗽（干咳、刺激性）似百日咳
病理	梗阻性肺气肿，肺泡周围炎	支气管和肺泡间质炎，严重者病灶融合，支气管腔堵塞	肺组织广泛出血坏死，多发性小脓肿	—
化验	白细胞及中性粒细胞低/正常；碱性磷酸酶（AKP）<60；四唑氮蓝（NBT）阳细胞<10%	白细胞及中性粒细胞低/正常；AKP<60；NBT 阳细胞<10%	白细胞及中性粒细胞皆升高；AKP>200；NBT 阳细胞>10%	白细胞正常
X 射线	小点片状影	大小不等的片状阴影或病灶周围性肺气肿，比体征出现早	小片浸润影，肺脓肿，肺大泡，脓胸，脓气胸，纵隔气肿等	云雾状浸润影，可大片或游走性阴影
病原检查	免疫荧光，病毒分离，双份血清，ELISA 酶联免疫吸附，特异性 IgM 测定，PCR 技术	免疫荧光，免疫酶法，鼻咽、气管分泌物病毒分离，双份血清，特异性 IgM 测定，PCR 技术	咽拭子痰培养，血培养，脓胸时脓液培养，涂片染色镜检，对流免疫电泳	冷凝集反应，抗MP 测定，补体结合抗体检测，PCR 技术

【试题精选】

一、单项选择题

A1 型题

1. 婴幼儿呼吸类型是

A. 胸式呼吸 　　　　B. 腹式呼吸

C. 腹膈式呼吸 　　　D. 胸腹式呼吸

E. 主动呼吸

2. 关于上呼吸道感染的病因，以下说法错误的是

A. 各种病毒和细菌均可引起

B. 可继发细菌感染，最常见为溶血性链球菌、肺炎链球菌等

C. 以病毒为多见，占 50%

D. 肺炎支原体、肺炎衣原体也可引起

E. 佝偻病、营养不良的小儿易患本病

3. 下列哪项不是上呼吸道感染引起的并发症

A. 支气管炎、肺炎

B. 喉炎、中耳炎、副鼻窦炎

C. 颈淋巴结炎 　　　D. 百日咳

E. 咽后壁脓肿

4. 小儿下呼吸道感染的病原体为

A. 病毒 　　　　　　B. 细菌

C. 霉菌 　　　　　　D. 支原体或衣原体

E. 以上各项均可

5. 流行性感冒的病原体为

A. 轮状病毒

B. 流感病毒、副流感病毒

C. 腺病毒 　　　　　D. 呼吸道合胞病毒

E. 冠状病毒

6. 小儿上呼吸道感染的临床表现，以下各项错误的是

A. 婴幼儿起病慢，全身症状轻而局部症状重

B. 婴儿主要表现为发热、咳嗽、食欲差、呕吐、腹泻等

C. 年长儿主要表现为鼻塞、流涕、咳嗽、咽痛及发热等

D. 咽部充血，有的可有扁桃体肿大

E. 并发症在婴幼儿多见

7. 预防急性上呼吸道感染，以下各项错误的是

A. 应用抗生素预防

B. 锻炼身体，增强机体抵抗力

C. 鼓励母乳喂养

D. 防治佝偻病及营养不良

E. 避免去人多拥挤的公共场所

8. 疱疹性咽峡炎的病原体是

A. 柯萨奇病毒 　　　B. 轮状病毒

C. 腺病毒 　　　　　D. 呼吸道合胞病毒

E. 流感病毒

9. 疱疹性咽峡炎的临床表现

A. 发热，声嘶，犬吠样咳嗽，呼吸困难

B. 发热，咽痛，咽充血，腭咽弓、软腭、腭垂可见疱疹

C. 发热，咽痛，咽充血，眼结合膜充血，耳后淋巴结肿大

D. 发热，咽痛，口唇黏膜有疱疹

E. 发热，咽痛，双侧颊黏膜上可见白色斑点，眼结合膜充血

10. 咽结合膜热的病原体是

A. A 组链球菌 　　　B. 柯萨奇病毒

C. 腺病毒 　　　　　D. 流感病毒

E. 冠状病毒

11. 咽结合膜热的临床表现为

A. 发热，声嘶，犬吠样咳嗽，呼吸困难

B. 发热，咽痛，咽充血，腭咽弓、软腭、腭垂可见疱疹

C. 发热，咽痛，咽充血，眼结合膜充血，颈、耳后淋巴结肿大

D. 发热，咽痛，双侧颊黏膜上可见白色斑点，眼结合膜充血

E. 发热，咽痛，咽充血，口唇黏膜有疱疹

12. 急性感染性喉炎的临床表现为

A. 发热，声嘶，犬吠样咳嗽，呼吸困难

B. 发热，咽痛，咽充血，腭咽弓、软腭、腭垂可见疱疹

C. 发热，咽痛，咽充血，眼结合膜充血，颈、耳后淋巴结肿大

D. 发热，咽痛，咽充血，口唇黏膜有疱疹

E. 发热，咽痛，双侧颊黏膜上可见白色斑点，眼结合膜充血

13. 急性感染性喉炎的治疗，除控制感染外，还应同时应用下列何种药物减轻症状

A. 呋塞米（速尿）　　　B. 肾上腺皮质激素

C. 止咳药　　　　　　　D. 甘露醇

E. 镇静药

14. 急性支气管炎临床确诊的条件是

A. 发热，咳嗽　　　　　B. 气急，发绀

C. 不固定的散在粗、中湿啰音及干啰音

D. 白细胞数正常或稍高

E. 以上都不是

15. 关于哮喘性支气管炎的特点，下列哪项错误

A. 多见于 3 岁以下，常有湿疹等过敏病史

B. 有类似哮喘症状，听诊两肺满布哮鸣音，少量粗、湿啰音

C. 部分病例复发

D. 可有发热、白细胞增高等感染表现

E. 近期预后差，多数发展为哮喘

16. 毛细支气管炎的主要病原体为

A. 柯萨奇病毒　　　　　B. 流感病毒

C. 轮状病毒　　　　　　D. 呼吸道合胞病毒

E. 腺病毒

17. 毛细支气管炎的特点，以下错误的是

A. 婴儿期好发　　　　　B. 喘憋明显

C. 吸气性呼吸困难

D. 喘憋缓解期肺部可闻及中、细湿啰音

E. X 射线改变：肺气肿或肺不张

18. 下列哪种疾病在 X 射线胸片多见到梗阻性肺气肿改变

A. 支气管炎　　　　　　B. 大叶性肺炎

C. 支原体肺炎　　　　　D. 支气管肺炎

E. 毛细支气管炎

19. 肺炎按病因分类，下列错误的是

A. 病毒性肺炎　　　　　B. 大叶性肺炎

C. 支原体肺炎　　　　　D. 真菌性肺炎

E. 细菌性肺炎

20. 小儿急性肺炎的病程为

A. <1 周　　　　　　　B. <2 周

C. <3 周　　　　　　　D. <1 个月

E. <2 个月

21. 迁延性肺炎的病程为

A. <1 个月　　　　　　B. 1～3 个月

C. 2～3 个月　　　　　　D. >3 个月

E. >6 个月

22. 小儿慢性肺炎是指病程在

A. <1 个月　　　　　　B. 1～3 个月

C. 2～3 个月　　　　　　D. >3 个月

E. >6 个月

23. 小儿细菌性肺炎最常见的病原为

A. 葡萄球菌　　　　　　B. 大肠杆菌

C. 肺炎杆菌　　　　　　D. 流感杆菌

E. 肺炎链球菌

24. 支气管肺炎的主要病理生理改变是

A. 电解质紊乱　　　　　B. 低氧血症

C. 脑水肿　　　　　　　D. 混合性酸中毒

E. 心功能不全

25. 支气管肺炎最主要的诊断依据是

A. 发热　　　　　　　　B. 咳嗽

C. 气促　　　　　　　　D. 呼吸困难

E. 肺部有较固定的中、细湿啰音

26. 支气管炎与支气管肺炎的主要鉴别点是

A. 发热的高低　　　　　B. 咳嗽的轻重

C. 病原体

D. 肺部是否闻及固定的湿啰音

E. 血白细胞计数的高低

27. 下列各项中，哪项对支气管肺炎与婴幼儿活动性肺结核最有鉴别价值

A. 发热的高低　　　　　B. 咳嗽的轻重

C. 肺部有无啰音　　　　D. 有无气急

E. 有无发绀

28. 婴幼儿肺炎最常见的病理形态是

A. 间质性肺炎　　　　　B. 支气管肺炎

C. 大叶性肺炎　　　　　D. 毛细支气管炎

E. 支气管间质性肺炎

29. 小儿重症肺炎常存在

A. 代谢性酸中毒　　　　B. 呼吸性酸中毒

C. 混合性酸中毒　　　　D. 代谢性碱中毒

E. 呼吸性碱中毒

30. 婴幼儿支气管肺炎最常见的并发症是

A. 心力衰竭　　　　　　B. DIC

C. 中毒性脑病　　　　　D. 中毒性肠麻痹

E. 中毒性休克

31. 小儿肺炎合并心力衰竭的主要原因是

A. 缺氧　　　　　　　　B. 代谢性酸中毒

C. 肺动脉高压　　　　　D. 微循环障碍

E. DIC

32. 支气管肺炎抗生素治疗用药时间为

A. 体温正常后停药

B. 体温正常后 2～3d 停药

C. 体温正常后 7～10d

D. 症状、体征消失即可停药

E. 症状、体征消失后 3d 即可停药

33. 支气管肺炎治疗的适宜湿度为

A. 40%　　　　　　　　B. 50%

C. 60%　　　　　　　　D. 70%

E. 80%

34. 若小儿支气管肺炎的病原是肺炎链球菌，应首选下列何种抗生素

A. 克林霉素　　　　　　B. 阿奇霉素

C. 阿米卡星（丁胺卡那霉素）

D. 青霉素　　　　　　　E. 头孢菌素类

35. 重症肺炎应用糖皮质激素的适应证，不包括

A. 中毒症状明显　　　　B. 严重喘憋

C. 高热、咳嗽　　　　　D. 脑水肿

E. 感染中毒性休克

36. 小儿肺炎发生心力衰竭时应立即给

A. 酚妥拉明　　　　　　B. 甘露醇

C. 丙种球蛋白

D. 毛花苷 C（西地兰）

E. 地塞米松

37. 在肺炎并心衰的治疗中，关于洋地黄的应用错误的是

A. 安静时心率增快，婴儿超过 180 次/min，幼儿超过 160 次/min 时可考虑使用

B. 肝肋下迅速增大 2.0cm 以上时可考虑应用

C. 首剂给予 1/3 或 1/2 饱和量静注

D. 首剂给予口服 1/2 饱和量

E. 不与钙剂同时应用

38. 2 岁以下小儿肺炎并心衰应用毛花苷 C（西地兰）治疗，其饱和量为

A. 0.03～0.04mg/kg

B. 0.02～0.03mg/kg

C. 0.01～0.02mg/kg

D. 0.04～0.05mg/kg

E. 0.05～0.06mg/kg

39. 重症肺炎时易发生腹胀，大多是因为

A. 低钾血症　　　　　　B. 低钠血症

C. 消化不良

D. 坏死性小肠结肠炎

E. 中毒性肠麻痹

40. 小儿病毒性肺炎最常见的病毒是

A. 冠状病毒　　　　　　B. 柯萨奇病毒

C. 轮状病毒　　　　　　D. 流感病毒

E. 呼吸道合胞病毒

41. 病毒性肺炎主要病理改变部位是

A. 肺间质的充血水肿、炎性浸润

B. 支气管壁充血水肿、炎性浸润

C. 小支气管壁充血水肿、炎性浸润

D. 毛细支气管充血水肿、炎性浸润

E. 肺泡腔内的炎性浸润

42. 呼吸道合胞病毒是下列哪种疾病的主要病原

A. 上呼吸道感染　　　　B. 支气管肺炎

C. 急性喉-支气管炎　　　D. 毛细支气管炎

E. 大叶性肺炎

43. 呼吸道合胞病毒肺炎最突出的临床特点是

A. 肺部听诊无湿啰音

B. 无发热　　　　　　　C. 呼吸困难

D. 咳嗽为干咳　　　　　E. 严重的中毒症状

44. 腺病毒肺炎主要临床特点为

A. 全身中毒症状轻

B. 不易合并其他系统功能衰竭

C. 无发热　　　　　　　D. 无咳嗽

E. 肺部体征出现晚

45. 关于腺病毒肺炎错误的是

A. 多见于 6 个月～2 岁的小儿

B. 发热，热程长

C. 阵发性喘憋、咳嗽

D. 肺部啰音出现较早

E. 中毒症状重

46. 以下哪种肺炎易并发脓胸

A. 革兰阴性杆菌肺炎

B. 腺病毒肺炎

C. 金黄色葡萄球菌肺炎

D. 呼吸道合胞病毒肺炎

E. 肺炎支原体肺炎

47. 关于金黄色葡萄球菌肺炎错误的是

A. 起病急剧，中毒症状明显

B. 早产儿、体弱儿可不发热

C. 肺部体征出现较晚，以哮鸣音为主

D. 重症可有休克

E. 易并发肺脓肿、脓胸、脓气胸

48. 金黄色葡萄球菌肺炎患儿突然出现呼吸急促，应首先考虑下列哪种情况

A. 脓气胸　　　　　　　B. 颅内出血

C. 心力衰竭　　　　　　D. 肺出血

E. 心源性休克

49. 肺炎支原体肺炎最突出的临床症状是

A. 频繁、剧烈的咳嗽

B. 全身中毒症状不重

C. 高热　　　　　　　D. 肺部体征不明显

E. 年长儿多见

50. 支原体肺炎应选用下列哪种抗生素

A. 红霉素

B. 利巴韦林（病毒唑）

C. 庆大霉素　　　　　D. 青霉素

E. 头孢曲松钠

A2 型题

51. 10 个月，男孩，急起高热，流涎，厌食。查体：咽部充血，腭咽弓、腭垂、软腭等处有 2～4mm 大小的疱疹，心、肺未见异常。最可能的诊断是

A. 疱疹性口炎　　　　B. 鹅口疮

C. 疱疹性咽峡炎　　　D. 猩红热

E. 咽结合膜热

52. 女孩 5 岁，高热，咽痛，眼部刺痛。查体：咽部充血，一侧眼球结膜炎，可能的诊断为

A. 红眼病　　　　　　B. 川崎病

C. 疱疹性咽峡炎　　　D. 猩红热

E. 咽结合膜热

53. 患儿，1 岁，以发热、咳嗽 5d 伴气喘 2d 入院。查体：体温 38.5℃，双肺可闻及固定的中小水泡音。初步诊断为

A. 急性支气管肺炎　　B. 急性支气管炎

C. 急性上呼吸道感染

D. 毛细支气管炎　　　E. 支气管哮喘

54. 4 个月婴儿，低热，咳嗽，呼吸急促，呼气延长，双肺可闻及大量哮鸣音及少许中、细湿啰音，肝右肋下 2cm。应诊断为

A. 腺病毒肺炎　　　　B. 支气管肺炎

C. 毛细支气管炎

D. 金黄色葡萄球菌肺炎

E. 支气管肺炎并心衰

55. 男婴，8 个月，发病急，持续高热 4d，伴频咳、喘憋 3d。听诊右下肺呼吸音减弱，偶可闻及少许湿啰音。白细胞计数正常。胸片示右下肺小片状阴影。最可能的诊断是

A. 支原体肺炎

B. 金黄色葡萄球菌肺炎

C. 腺病毒肺炎　　　　D. 毛细支气管炎

E. 肺炎双球菌肺炎

56. 10 个月婴儿，因发热、咳嗽 5d，喘憋 2d 入院。体检：体温 39.5℃，呼吸急促，嗜睡状态，面色苍白，皮肤见较多的猩红热样皮疹，三凹征阳性，双肺听诊闻及较多的中、细湿啰音，腹胀明显，肠鸣音减弱。白细胞20×10⁹/L，中性粒细胞80％。胸部 X 射线浸润阴影，该病最可能的诊断是

A. 肺炎双球菌肺炎　　B. 支原体肺炎

C. 金黄色葡萄球菌肺炎

D. 呼吸道合胞病毒肺炎

E. 腺病毒肺炎

57. 16 个月男孩，发热伴咳嗽 5d，气促 2d，精神差，皮肤见较多的猩红热样皮疹，口周发绀，气管向左侧移位，右侧肺部呼吸运动减弱，叩诊实音，听诊呼吸音减弱，左侧可闻及中、细湿啰音。白细胞计数 26×10⁹/L，中性粒细胞85％。最可能的诊断为

A. 肺炎支原体肺炎合并胸腔积液

B. 金黄色葡萄球菌肺炎合并气胸

C. 腺病毒肺炎合并胸腔积液

D. 金黄色葡萄球菌肺炎合并胸腔积液

E. 肺结核合并胸腔积液

58. 1 岁小儿肺炎，半天来突然出现明显的呼吸困难、烦躁、青紫。查体：呼吸 60 次/min，双肺可闻及密集细湿啰音，心率 168 次/min，心音低钝，肝大肋下 3.5cm。心电图示 T 波低平，此患儿可能合并

A. 肺不张　　　　　　B. 气胸

C. 脓胸　　　　　　　D. 心力衰竭

E. 纵隔气肿

59. 8 个月婴儿，因肺炎并心力衰竭住院，半天来反复抽搐 5～6 次，刚注射过镇静剂及西地兰，血钙 1.7mmol/L，进一步应如何处理

A. 加大镇静剂用量，防止再抽搐

B. 静点甘露醇，降颅压

C. 立即静脉使用 10％葡萄糖酸钙

D. 4h 后静脉使用 10％葡萄糖酸钙

E. 8h 后静脉使用 10％葡萄糖酸钙

60. 3 个月婴儿，发热、咳嗽伴气喘 2d。查体：体温 38.5℃，呼吸 72 次/min，心率 145 次/min，喘憋状，双肺可闻及大量哮鸣音及少量细湿啰音，为缓解症状，应加用

A. 丙种球蛋白　　　　B. 肾上腺皮质激素

C. 毛花苷 C（西地兰）

D. 呋塞米（速尿）　　　E. 甘露醇

A3 型题

（61～63 共用题干）：小儿，1 岁，以犬吠样咳嗽、声嘶 1d 伴吸气性呼吸困难 6h 入院。查体：体温 38℃，烦躁不安，头面部出汗，口唇及口周发绀，咽充血，三凹征阳性，两肺呼吸音减低，闻及吸气性喉鸣音，心率 160 次/min，律齐，心音低钝，腹稍胀，肝右肋下 2.0cm，质软。

61. 最恰当的诊断是

A. 急性支气管炎

B. 急性上呼吸道感染

C. 急性感染性喉炎　　　D. 支气管肺炎

E. 婴幼儿哮喘

62. 以下治疗措施中，哪种最有效

A. 吸氧　　　　　　　　B. 镇静

C. 静点足量抗生素　　　D. 应用糖皮质激素

E. 应用静脉丙种球蛋白

63. 该患儿病情进展出现 IV 度吸气性呼吸困难时，应立即首选

A. 静注毛花苷 C　　　　B. 静注速尿

C. 气管切开　　　　　　D. 加大吸氧流量

E. 加大糖皮质激素用量

（64～66 共用题干）：小儿，9 个月，肺炎，半天来突然烦躁、气急加重伴青紫。查体：呼吸 60 次/min，双肺可闻及较多中小水泡音，心率 170 次/min，心音低钝，肝大肋下 3.5cm。心电图示：窦性心律，T 波低平。

64. 此患儿最可能合并

A. 气胸　　　　　　　　B. 肺气肿

C. 心力衰竭　　　　　　D. 脓胸

E. 纵隔气肿

65. 若合并心力衰竭，应该首选以下哪种治疗

A. 抗生素升级

B. 应用静脉丙种球蛋白

C. 吸氧、镇静、强心、利尿

D. 应用肾上腺皮质激素

E. 应用氨茶碱

66. 强心药若选用毛花苷 C，以下用法正确的是

A. 毛花苷 C 饱和量 0.03～0.04mg/kg，首剂给予 1/3 或 1/2 饱和量静注

B. 毛花苷 C 饱和量 0.03～0.04mg/kg，首剂给予 1/4 饱和量静注

C. 毛花苷 C 饱和量 0.02～0.03mg/kg，首剂给予 1/3 或 1/2 饱和量静注

D. 毛花苷 C 饱和量 0.02～0.03mg/kg，首剂给予 1/4 饱和量静注

E. 毛花苷 C 饱和量 0.03～0.04mg/kg，首剂给予 1/3 或 1/2 饱和量静注，并同时补充钙剂

（67～68 共用题干）：婴儿，10 个月发热、咳嗽 3d 伴抽搐 3 次入院。查体：体温 39.0℃，呼吸急促，前囟门饱满、偏紧，双肺可闻及干、湿性啰音，心率 156 次/min，律齐，心音有力，肝肋下 2.0cm，质软，四肢肌张力偏高。白细胞 18×10^9/L，中性粒细胞 82%。

67. 应该首先进行何种治疗

A. 静脉补充钙剂

B. 肌内注射维生素 D_3

C. 应用毛花苷 C

D. 应用镇静药止惊、甘露醇降颅压

E. 应用抗生素

68. 为明确诊断，应首先完善的辅助检查是

A. 急查电解质　　　　　B. 心电图

C. 脑脊液检查　　　　　D. 血培养

E. 胸片

二、多项选择题

1. 上呼吸道感染的治疗措施

A. 退热降温　　　　　　B. 多运动

C. 休息多饮水　　　　　D. 应用激素治疗

E. 应用抗病毒药物，继发细菌感染加用抗生素

2. 毛细支气管炎的临床表现为

A. 2 岁以下，尤其以 6 个月以下多见

B. 吸气性呼吸困难

C. 喘憋和肺部哮鸣音为突出表现

D. 全身中毒症状轻

E. 三凹征阳性

3. 对支气管肺炎与支气管异物鉴别有帮助的是

A. 胸片　　　　　　　　B. 咳嗽的性质

C. 病史　　　　　　　　D. 年龄

E. 肺部湿啰音的多少

4. 小儿肺炎诱发心力衰竭的主要原因

A. 肺动脉高压 B. 持续发热

C. 频繁咳嗽 D. 中毒性心肌炎

E. 喘憋

5. 支气管肺炎并发心力衰竭的诊断标准

A. 心率突然>180 次/min

B. 呼吸突然加快，>60 次/min

C. 突然极度烦躁不安，明显发绀，面色苍白发灰，指（趾）甲微血管充盈时间延长

D. 心音低钝，奔马律，颈静脉怒张

E. 肝迅速增大

6. 支气管肺炎的并发症包括

A. 脓胸 B. 脓气胸

C. 化脓性心包炎 D. 肺大泡

E. 以上都不是

7. 重症肺炎可出现以下哪些表现

A. 心力衰竭 B. 中毒性脑病

C. 中毒性肠麻痹和消化道出血

D. DIC E. 混合性酸中毒

8. 支气管肺炎引起中毒性脑病的原因有

A. 高碳酸血症 B. 脑水肿

C. 病原体毒素 D. 咳嗽

E. 发热

9. 抗生素治疗重症肺炎的原则是

A. 足量、足疗程

B. 早期、联合

C. 重症肺炎口服用药

D. 依据病原菌选择抗生素

E. 选用渗入下呼吸道浓度高的药物

10. 肾上腺皮质激素应用适应证

A. 感染性休克 B. 严重喘憋

C. 中毒症状明显 D. 脑水肿

E. 以上都不是

11. 小儿肺炎护理的主要措施

A. 注意隔离、预防交叉感染

B. 经常变换体位 C. 注意营养支持

D. 休息 E. 保持呼吸道通畅

12. 婴幼儿肺炎并发心力衰竭病人应用地高辛维持量的指征是

A. 心力衰竭严重者

B. 肺炎合并先天性心脏病

C. 肺炎合并中毒性脑病

D. 肺部听诊闻及密集中、小水泡音

E. 肺炎合并营养不良

三、名词解释

1. herpangina

2. 咽结合膜热

3. asthmatoid bronchitis

4. acute infectious laryngitis

5. pneumonia

6. 支原体肺炎

7. 重症肺炎

8. 三凹征

四、填空题

1. 小儿呼吸道疾病中以_____最常见。

2. 急性上呼吸道感染主要侵及_____、_____、_____。

3. 引起疱疹性咽峡炎的病原体是_____，引起咽结合膜热的病原体_____。

4. 咽结合膜热以_____、_____、_____为特征。

5. 部分患儿患急性上呼吸道感染时出现脐周阵痛，可能与合并_____有关，需与_____鉴别。

6. 急性感染性喉炎以_____、_____、_____为临床特征。

7. 对急性感染性喉炎，能及时减轻喉头水肿，缓解喉梗阻的药物是_____。

8. 小儿肺炎分类方法：_____、_____、_____、_____、_____。

9. 通气功能障碍，血气分析可表现为_____降低及_____增高；换气功能障碍，表现为_____。

10. 支气管肺炎是由于_____、_____炎症引起_____、_____障碍，导致_____、_____，从而造成一系列的病理生理改变。

11. 小儿肺炎合并心衰的主要诱发因素是_____、_____。

12. 支气管肺炎的主要临床表现：_____、_____、_____。

13. 细菌性肺炎以_____受累为主，而病毒性肺炎以_____受累为主。

14. 支气管肺炎的并发症：____、_____、_____；上述并发症多见于_____肺炎和某些_____肺炎。

15. 支气管肺炎应与_____、_____、

_____、_____鉴别。

16. 支原体肺炎用药至少_____周，以免复发。葡萄球菌肺炎比较顽固，疗程宜长，一般在体温正常后继续用药_____周，总疗程_____周。

17. 腺病毒肺炎多见于_____小儿，肺部啰音出现晚，多于高热_____d后出现。

18. 金黄色葡萄球菌肺炎易并发_____、_____、_____、_____、_____。

19. 急性肺炎病程_____；慢性肺炎病程_____。

五、简答题

1. 婴幼儿哮喘性支气管炎的特点是什么？
2. 肺炎合并心衰的临床表现有哪些？
3. 简述支气管肺炎的治疗原则。
4. 呼吸道合胞病毒肺炎的特点是什么？
5. 金黄色葡萄球菌肺炎的特点是什么？
6. 简述支原体肺炎的特点。
7. 支气管肺炎应用抗生素的治疗原则有哪些？
8. 支气管肺炎的并发症有哪些？
9. 支气管肺炎的鉴别诊断有哪些？
10. 重症肺炎应用糖皮质激素的指征是什么？
11. 简述支气管肺炎的X射线特点。
12. 简述重症肺炎的临床表现。

六、病例分析

1. 患儿，13个月，因发热、咳嗽1周，喘憋、烦躁5h入院。入院查体：体温39.5℃，呼吸60次/min，脉搏165次/min。查体：精神差，呼吸急促，喘憋貌，面色苍白，烦躁不安，皮肤有猩红热样皮疹，鼻扇，三凹征阳性，右侧胸廓饱满，右背上叩过清音，右背下叩浊音，听诊呼吸音减低，左侧可闻及密集细湿啰音，心率165次/min，心音低钝，律齐，腹软，肝脏肋下约1.5cm，质软。外周血白细胞25×10^9/L，中性粒细胞85%。X射线示纵隔向左侧移位。

请回答：（1）该患儿最可能的诊断是什么？
（2）诊断依据有哪些？
（3）紧急治疗措施是什么？
（4）治疗应选用什么抗生素？

2. 患儿，7个月，以咳嗽、喘憋2d入院，入院后给予抗感染、对症及支持治疗，咳嗽、喘憋无明显好转，半天来突然烦躁，喘憋加重伴发绀。查体：呼吸68次/min，心率200次/min，心音低钝，两肺呼吸音略低，可闻及较多中、细湿啰音，肝右肋下3.5cm，质软，双手及双足凉。神经系统检查无异常体征。血常规：白细胞总数15.2×10^9/L，中性粒细胞82%。胸部X射线片显示：肺纹理增强，两肺下野、中内带出现大小不等的点状或小片絮状影，部分融合成片状阴影。

请回答：（1）该病例临床诊断是什么？
（2）诊断依据是什么？
（3）治疗措施是什么？

【参考答案】

一、单项选择题

A1 型题

1. C　2. C　3. D　4. E　5. B　6. A　7. A
8. A　9. B　10. C　11. C　12. A　13. B
14. C　15. E　16. D　17. C　18. E　19. B
20. D　21. B　22. C　23. E　24. B　25. E
26. D　27. C　28. B　29. C　30. A　31. C
32. E　33. C　34. E　35. C　36. D　37. D
38. A　39. E　40. E　41. A　42. D　43. C
44. E　45. D　46. C　47. C　48. A　49. A
50. A

A2 型题

51. C　52. E　53. A　54. C　55. C　56. C
57. D　58. C　59. D　60. B

A3 型题

61. C　62. D　63. C　64. C　65. C　66. A
67. D　68. C

二、多项选择题

1. ACE 2. ACDE 3. ABC 4. AD
5. ABCDE 6. ABCD 7. ABCDE
8. ABC 9. ABDE 10. ABCD
11. ABCDE 12. AB

三、名词解释

1. herpangina：疱疹性咽峡炎，由柯萨奇A组病毒引起，好发于夏秋季，主要表现为急起高热、咽痛、流涎、厌食、呕吐等。咽部充血，腭咽弓、软腭、腭垂等处见2~4mm大小的疱疹，周围有红晕，破溃后形成小溃疡。

2. 咽结合膜热：由腺病毒3、7型引起，好发于春、夏季，主要表现为发热、咽炎、结膜炎，三者同时存在，并有颈部及耳后淋巴结肿大。

3. asthmatoid bronchitis：哮喘性支气管炎，婴幼儿发生的一种特殊类型的支气管炎，指一组有喘息表现的婴幼儿急性支气管炎。除一般急性支气管炎临床表现外，另有以下特点：①多见于3岁以下，常有湿疹或其他过敏史；②有类似哮喘的表现；③部分病例复发；④近期预后大多良好，少数可发展成为哮喘。

4. acute infectious laryngitis：急性感染性喉炎，喉部黏膜急性弥漫性炎症，以犬吠样咳嗽、声嘶、喉鸣、吸气性呼吸困难为临床特征。冬、春季多发，且多见于婴幼儿。

5. pneumonia：肺炎，不同病原体或其他因素等所引起的肺部炎症。以发热、咳嗽、气促、呼吸困难和肺部固定性中、细湿啰音为共同临床表现。

6. 支原体肺炎：是学龄儿童及青年常见的一种肺炎，由肺炎支原体引起。常有发热，但热型不定，刺激性咳嗽突出，肺部体征多不明显。肺部X射线改变包括：肺门阴影增浓，支气管肺炎的改变，间质性肺炎的改变，大叶性肺炎的均一实变影。

7. 重症肺炎：由于严重的缺氧及毒血症，除呼吸系统改变外，可发生循环系统、神经系统和消化系统功能障碍。

8. 三凹征：患儿呼吸困难时，出现胸骨上窝、肋间隙和剑突下吸气时凹陷。

四、填空题

1. 急性上呼吸道感染

2. 鼻　鼻咽　咽部

3. 柯萨奇A组病毒　腺病毒3、7型

4. 发热　咽炎　结膜炎

5. 肠系膜淋巴结炎　急性阑尾炎

6. 发热　犬吠样咳嗽　声嘶　吸气性喉鸣　三凹征阳性

7. 糖皮质激素

8. 病理分类　病因分类　病程分类　病情分类　临床表现典型与否分类　发生肺炎的地区分类

9. PaO_2　$PaCO_2$　低氧血症

10. 支气管　肺泡　通气　换气　缺氧　二氧化碳潴留

11. 肺动脉高压　中毒性心肌炎

12. 发热　咳嗽　气促　肺部固定的中、细湿啰音

13. 肺实质　肺间质

14. 脓胸　脓气胸　肺大泡　金黄色葡萄球菌性　革兰阴性杆菌

15. 急性支气管炎　支气管异物　支气管哮喘　肺结核

16. 2~3周　2~3周　≥6周

17. 6个月~2岁　3~7

18. 肺脓肿　脓胸　脓气胸　肺大泡　皮下气肿　纵隔气肿

19. <1个月　>3个月。

五、简答题

1. 婴幼儿哮喘性支气管炎的特点：①多见于3岁以下，常有湿疹或其他过敏史；②有类似哮喘的表现，如呼气性呼吸困难，肺部叩诊呈鼓音，听诊双肺满布哮鸣音及少量粗湿啰音；③部分病例复发，大多与感染有关；④近期预后大多良好，到了3~4岁发作次数减少，渐趋康复，但少数可发展成为哮喘。

2. 肺炎合并心衰的临床表现：①心率突然>180次/min；②呼吸突然加快，>60次/min；③突然极度烦躁不安，明显发绀，面色苍白发灰，指（趾）甲微血管充盈时间延长；④心音低钝，奔马律，颈静脉怒张；⑤肝迅速增大；⑥尿少或无尿，颜面眼睑或下肢水肿。若出现

前 5 项即可诊断为心力衰竭。

3. 支气管肺炎的治疗原则：采用综合治疗，原则为控制炎症、改善通气功能、对症治疗、防止和治疗并发症。

4. 呼吸道合胞病毒肺炎的特点：①RSV 对肺直接侵害导致间质性损伤。②多见于婴幼儿，1 岁以下小儿为主。③临床特点：发病急，发热，喘憋明显，呼气性呼吸困难。肺部可闻及中、细湿啰音。④X 射线点片状阴影，可有肺气肿。

5. 金黄色葡萄球菌肺炎的特点：①金黄色葡萄球菌感染，由呼吸道或血行入肺。②病理改变特点：肺组织广泛出血性坏死及多发小脓肿。③临床特点：发病急骤，病情进展快。有明显的中毒症状，呈弛张型或稽留型高热。肺部体征出现早。皮肤出现多种类型皮疹。病情发展可出现肺脓肿、肺大泡、胸腔积液、气胸、脓气胸。④血白细胞总数及中性粒细胞增高，伴核左移、中毒颗粒。

6. 支原体肺炎的特点：①支原体感染常见于 5 岁以上小儿。②飞沫传播，传染源为病人及恢复期带菌者。③发热，热型不定，全身中毒症状不重。④临床特点：咳嗽重，干咳或持续阵发性剧咳、百日咳样咳，1～4 周。体征不明显。常并发肺外多系统疾病。⑤X 射线改变包括肺门阴影增浓；支气管肺炎改变；间质性肺炎改变；大叶性肺炎改变。

7. 支气管肺炎应用抗生素的治疗原则：①依病原菌选用敏感药物；②选用在肺组织中浓度较高的药物；③重症患儿宜静脉给药。

8. 支气管肺炎的并发症：①脓胸；②脓气胸；③肺大泡。以上三种并发症多见于金黄色葡萄球菌肺炎和某些革兰阴性杆菌肺炎。

9. 支气管肺炎的鉴别诊断有：①急性支气管炎。一般不发热或低热，全身状况好，以咳嗽为主要症状，肺部啰音不固定。②支气管异物：有异物吸入史，突然呛咳。X 射线片、纤支镜检查可确明。③支气管哮喘：具有过敏体质，肺功能激发和舒张试验有助于鉴别。④肺结核：结核接触史，结核中毒症状，结核菌素试验阳性，X 射线片检查可资鉴别。

10. 重症肺炎应用糖皮质激素的指征：①严重喘憋或呼吸衰竭；②全身中毒症状明显；③合并感染中毒性休克；④脑水肿。

11. 支气管肺炎的 X 射线特点：早期肺纹理增强，透光度减低，以后两肺下野、中内带出现大小不等的点状或小片絮状影或融合成片状阴影。有肺气肿、肺不张。伴有脓胸、脓气胸或肺大泡者则有相应的 X 射线改变。

12. 重症肺炎的临床表现：重症肺炎除呼吸系统改变外，可发生循环系统、神经系统和消化系统功能障碍。①循环系统：心肌炎、心力衰竭；②神经系统：中毒性脑病、脑水肿；③消化系统：中毒性肠麻痹、消化道出血；④DIC：血压下降，四肢凉，脉速而弱，皮肤、黏膜及胃肠道出血；⑤抗利尿激素异常分泌综合征：全身凹陷性水肿，血钠≤130mmol/L，血渗透压＜270mOsm/L，尿钠≥20mmol/L，血清抗利尿激素分泌增加。

六、病例分析

1. （1）该患儿最可能的诊断：金黄色葡萄球菌肺炎并右侧脓气胸。

（2）诊断依据

① 发热、咳嗽时间长，入院前 5h 突然出现喘憋、烦躁伴面色苍白。

② 体征示精神差，喘憋貌，皮肤有猩红热样皮疹，右侧胸廓饱满，右背上叩过清音，右背下叩浊音，右侧呼吸音减低，左侧可闻及密集细湿啰音。

③ 外周血白细胞 $25×10^9$/L，中性分类 85%。

④ X 射线示纵隔向左侧移位。

（3）紧急治疗措施：胸腔闭式引流。

（4）治疗应选用的抗生素：甲氧西林敏感者首选苯唑西林钠或氯唑西林钠，耐药者选用万古霉素或联用利福平。

2. （1）该病例临床诊断：① 支气管肺炎；②心力衰竭。

（2）诊断依据

① 7 个月患儿；咳嗽、喘憋、发绀；肺部听诊有中、细湿啰音；血常规：白细胞总数 $15.2×10^9$/L，中性粒细胞 82%；胸片示：肺纹理增强，两肺下野、中内带出现大小不等的点状或小片絮状影，部分融合成片状阴影。

② 在肺炎基础上出现突然烦躁，喘憋加重伴发绀，呼吸 68 次/min，心率 200 次/min，心音低钝，肝右肋下 3.5cm，双手及双足凉。

（3）治疗措施

① 镇静。

② 吸氧，纠正缺氧。

③ 拍背吸痰，及时清除口鼻腔分泌物，保持气道通畅，保证室内温度、湿度在适宜范围内，保证热量的供给。

④ 使用洋地黄类药物，增强心肌收缩力，减慢心率，增加心搏出量，改善体、肺循环。可选用毛花苷 C 注射液，洋地黄化总量为 0.03～0.04mg/kg，分成 1/2、1/4、1/4，每隔 4～6h 给予，大多数心衰可纠正。

⑤ 使用利尿药，减少循环血量，减轻心脏负荷。多选用呋塞米（速尿），每次 1mg/kg，静脉注射，2～3 次/d。

⑥ 扩张血管药物，减轻心脏前后负荷，可选用硝普钠、酚妥拉明、卡托普利等。

⑦ 应用肾上腺皮质激素，减少炎症渗出，解除支气管痉挛，改善血管通透性，改善微循环，减轻中毒症状。常用地塞米松注射液。

⑧ 控制炎症，抗细菌、抗病毒治疗。

⑨ 加强支持治疗，常应用静脉丙种球蛋白及血浆。

第十二章　循环系统疾病

第一节　正常心血管解剖生理

一、胎儿血液循环及出生后的改变

1. 有两个回路

① 左路：胎盘→脐静脉→静脉导管、门静脉→下腔静脉→右心房→卵圆孔→左心房→左心室→升主动脉→冠状动脉及头臂血管。

② 右路：上腔静脉→右心房→右心室→肺动脉→动脉导管→降主动脉→脐动脉→胎盘。

2. 特点

① 肺循环呈关闭状态，无气体交换功能，氧合来自母亲。

② 卵圆孔未闭，左右心房相通，由右向左分流。

③ 动脉导管开放，肺动脉和主动脉相通，血液由肺动脉流向主动脉，肺循环血量少。

④ 肺小动脉中层肌肉发达，右心负荷大（压力高），占优势。

⑤ 胎儿血氧饱和度低，其中上肢、心、脑、肝脏供血含氧量高，而腹腔、下肢供血含氧量低。

3. 出生后血液循环改变

① 肺循环启动：断脐→胎儿循环终止；呼吸建立→肺泡扩张→肺循环启动。

② 卵圆孔、动脉导管相继关闭。

③ 左心负荷渐高于右心，形成"左心优势"。

④ 上下肢血氧含量相等。

二、小儿心脏、血管、心率及血压的特点

① 心脏的大小和位置。新生儿心脏重量为 20～25g，占体重的 0.8%，4 个心腔容积出生时为 20～22ml。小儿心脏位置随年龄而改变，新生儿和<2 岁的幼儿心多呈横位，以后逐渐转为斜位。

② 血管特点。小儿动脉相对成人粗，动静脉内径之比在新生儿为 1:1，成人为 1:2。

③ 心率。新生儿期 120～140 次/min，1 岁 110～130 次/min，2～3 岁 100～120 次/min，4～7 岁 80～100 次/min，8～14 岁 70～90 次/min。

④ 动脉血压。收缩压新生儿平均 70mmHg，1 岁时约 80mmHg。2 岁以后按以下公式计算：收缩压（mmHg）=（年龄×2）+80；舒张压（mmHg）=收缩压×2/3。

收缩压高于此标准 20mmHg 以上可考虑为高血压，低于此标准 20mmHg 以下可考虑为低血压。正常情况下，下肢比上肢血压高 20mmHg。

⑤ 静脉血压。学龄前儿童颈静脉压一般在 40mmHg，学龄儿约为 60mmHg。

第二节　先天性心脏病概述

一、先心病的病因

（1）内因　主要与遗传有关，如染色体异常与多基因突变等。

（2）外因　多见。

① 病毒感染：宫内感染（巨细胞病毒、

风疹、流感、腮腺炎、柯萨奇病毒等）。

②药物：抗癌药、抗癫痫药等。

③放射线与同位素：腹部 X 射线透视等。

④代谢性疾病：母亲患糖尿病、高钙血症等。

⑤造成宫内缺氧缺血疾病。

⑥缺乏叶酸。

二、先心病的分类

临床上常根据心脏左右两侧及大血管之间有无分流分为 3 类。

1. 左向右分流（潜伏青紫型）

此型心脏左右两侧血流循环途径之间有异常通道。早期由于心脏左半侧体循环的压力大于右半侧肺循环压力，所以平时血流从左向右分流而不出现青紫。当啼哭、屏气或任何病理情况，致使肺动脉或右心室压力增高，并超过左心压力时，则可使血液自右向左分流而出现暂时性青紫。如房间隔缺损、室间隔缺损、动脉导管未闭等。

2. 右向左分流型（青紫型）

此型心脏左右两侧血液循环途径之间有异常通道，使血流从右侧心腔向左侧分流，大量静脉血注入体循环，故可出现持续性青紫。如法洛四联症、大血管错位、永存主动脉干等。

3. 无分流型（无青紫型）

即心脏左右两侧或动静脉之间无异常通路和分流，不产生发绀。如右位心、肺动脉瓣狭窄，主动脉瓣狭窄，主动脉缩窄，单纯性肺动脉扩张，原发性肺动脉高压等。

第三节　常见先天性心脏病

一、房间隔缺损（atrial septal defect，ASD）

1. 血流动力学

新生儿早期右心房压力高于左心房，故出现青紫；以后左心房压力超过右心房，出现左向右分流，造成右心室舒张期负荷过重，右心房、右心室增大，肺循环血流量增加；如果缺损较大，进一步发展则出现肺动脉高压，当右心房压力高于左心房时，血流右向左分流，在晚期出现持续性青紫。

2. 临床表现

（1）症状

①缺损小者可无任何症状，体检发现胸骨左缘第 2、第 3 肋间收缩期杂音。

②缺损大时，可有：a. 体循环缺血。生长发育迟缓、消瘦乏力、多汗气急等。b. 肺循环充血：易患肺炎、呼吸道感染，严重时出现充血性心力衰竭。c. 青紫：暂时性青紫可见于新生儿早期、剧哭、肺炎、心衰；持续性青紫可见于提示艾森曼格（Eisenmenger）综合征。

（2）体格检查　可见心前区隆起，心尖搏动弥散，心浊音界扩大，于胸骨左缘第 2、第 3 肋间听到 2～3 级收缩期喷射性杂音（形成相对狭窄），肺动脉瓣区第二心音（P_2）增强并有有固定分裂。三尖瓣区有时听到舒张中期杂音。

3. 辅助检查

（1）X 射线检查　右心房、右心室增大，肺门血管影增粗，肺动脉段凸出，肺野充血，主动脉结缩小，透视下可见肺门舞蹈征，心影略呈梨形。

（2）心电图　典型表现为电轴右偏和不完全右束支阻滞。

（3）超声心动图　右房增大，右室流出道增宽，室间隔与左心室后壁呈矛盾运动（右心室容量负荷过重所致）。主动脉内径较小。

（4）心导管检查　右心导管可发现右心房血氧含量高于上、下腔静脉平均血氧含量；右心室及肺动脉压力接近正常或轻度增高；导管可通过缺损进入左心房。

4. 治疗

（1）内科治疗　主要并发症的处理，如治疗肺炎、心力衰竭等。

（2）外科治疗　宜在学龄前做选择性手术

修补，在体外循环下，做心内直视房缺修补术。

（3）介入性治疗　经导管放置微型折伞关闭房缺。

二、室间隔缺损（ventricular septal defect，VSD）

1. 血流动力学

室间隔缺损引起的分流从左到右，一般无青紫。分流增加了肺循环、左心房和左心室的工作。直径小于 0.5cm 的缺损可以无症状，大的缺损早期可发生动力型肺动脉高压，晚期形成梗阻型肺动脉高压，出现双向分流或反向分流而呈青紫。当肺动脉高压显著，产生右向左分流时即称为 Eisenmenger 综合征。

2. 临床表现

取决于缺损口大小和分流量的多少。

（1）小型 VSD　亦称 Roger 病。肌部小缺损（多＜0.5cm），症状不明显，仅活动后疲乏，生长发育无影响；体检发现胸骨左缘第 3、第 4 肋间见粗糙全收缩杂音；P_2 正常或稍亢进；多为 5 岁以内有自愈可能，自愈率20%。

（2）大型缺损

① 体循环缺血：生长发育迟缓、消瘦、乏力、多汗、气短等。

② 肺循环充血：易患肺炎、呼吸道感染，严重时出现充血性心力衰竭。

③ 声嘶：声音嘶哑，是由于扩大的肺动脉压迫喉返神经。

④ 心脏检查：心界扩大、心尖搏动弥散；胸骨左缘第 3、第 4 肋间Ⅲ～Ⅳ级全收缩期杂音，向四周传导，收缩期震颤；分流量大时在心尖区可闻及二尖瓣相对狭窄的舒张中期杂音。大型缺损有明显肺动脉高压时，杂音减弱，P_2 亢进。

3. 辅助检查

（1）X 射线检查　小型室缺可无明显改变；中大型缺损，心外形中度以上增大，肺动脉段凸出，肺门血管影增粗，搏动增强，左、右心室增大，左心房也增大，主动脉结缩小。

（2）心电图　小型缺损可显示正常；缺损大者，有左心室或右心室肥厚或双心室肥厚改变，有心力衰竭者，多伴心肌劳损改变。

（3）超声心动图　左、右心室内径增宽，主动脉内径缩小。

（4）心导管检查　右心导管可发现右心室血氧含量较右心房高，右心室及肺动脉有不同程度压力增高，导管有时可从右心室通过缺损达左心室上行至主动脉、颈动脉。晚期发生右向左分流时，动脉血氧饱和度降低，肺动脉阻力明显增高。

4. 治疗原则

（1）内科治疗　处理并发症，治疗肺炎、心力衰竭及细菌性心内膜炎。

（2）外科治疗　适宜在学龄前期择期手术，在体外循环心内直视下作修补术；若缺损大，反复肺炎、心力衰竭不能控制者，可于婴幼儿期提前手术。

（3）介入性治疗　经导管送入堵闭伞关闭缺损的方法尚在研究阶段。

三、动脉导管未闭（patent ductus arteriosus，PDA）

1. 血流动力学

动脉导管未闭的血流动力学改变取决于导管口径粗细、分流量大小及主、肺动脉之间的压差，一般主动脉压力高于肺动脉，故形成大动脉之间左向右分流，不出现青紫，但肺动脉除接受右心血外，尚接受主动脉分流而来的血，故肺循环血量增加，致左心房、左心室血量增加，使左心室舒张期负荷过重，其排血量常达正常的 2～4 倍，因而出现左心房、左心室增大。早期发生动力性肺动脉高压，晚期可发生梗阻性肺动脉高压，此时，右心室增大，而且出现持续性青紫，由于导管处发生右向左分流，下肢青紫比上肢严重，称为差异性青紫。

2. 临床表现

其症状轻重取决于导管粗细及主、肺动脉双侧压力阶差。

（1）导管细者　无症状，体检发现心脏杂音。

（2）导管粗者

① 体循环缺血：生长发育迟缓、消瘦乏力、多汗气急等。

② 肺循环充血：易患肺炎、呼吸道感染，严重时出现充血性心力衰竭。

③ 其他症状：差异性青紫。由于肺动脉压力超过主动脉压力时，产生右向左分流，出现下半身青紫。

④ 周围血管征：动脉舒张压下降、脉压差大，出现水冲脉、股动脉枪击音、毛细血管搏动征。

⑤ 心脏检查：胸阔前凸畸形；杂音：胸骨左缘第 2 肋间粗糙的双期杂音，呈连续性机器样，向左锁骨下、颈背部传导；最响处扪及震颤；有时仅闻及收缩期杂音（见于婴儿期肺动脉压力增高，主动脉、肺动脉压力差小，舒张期两者相近；或见于肺动脉高压、心衰时）。部分病人在心尖部可听见隆隆样舒张期杂音（二尖瓣相对狭窄）。P_2 亢进（但多被杂音淹没）。

3. 辅助检查

（1）X 射线检查　导管细小者，X 射线可显示正常。导管粗大，分流量多者显示左心房、左心室增大，肺动脉段凸出，肺门血管影增粗，透视下可见肺门搏动，肺野充血，主动脉结增大，分流后主动脉降部变小，形成漏斗征，此征年长儿明显。

（2）心电图　轻症心电图正常。分流量大者有不同程度的左心室增大，部分合并左心房增大，肺动脉高压明显者，可伴有右心室增大。

（3）超声心动图　左心房和左心室内径增宽，主动脉内径增宽，左心房内径/主动脉根部内径＞1.2。

（4）心导管检查　右心导管可发现肺动脉血氧含量较右心室为高，表明肺动脉部位有左向右分流。肺动脉和右心室压力正常，或不同程度的升高。

4. 治疗

（1）内科治疗。

（2）外科治疗　可选择手术结扎或切断导管，一般宜学龄前期施行，有肺动脉高压发展趋势者，可提前手术。

（3）导管介入性治疗。

四、法洛四联症（tetralogy of fallot，TOF）

1. 血流动力学

法洛四联症是青紫型先心病中最常见的类型，四联畸形包括肺动脉狭窄（漏斗部狭窄最多见）、高位室间隔缺损、主动脉骑跨、右心室肥厚（继发于肺动脉狭窄），其中肺动脉狭窄最为重要，是决定患儿病理生理改变及临床严重程度的主要因素。由于肺动脉狭窄，进入肺动脉的血流减少，引起右心室代偿性肥厚，右心室压力相应增高，轻症者右心室压力仍低于左心室。主动脉骑跨在双心室之上，故左、右心室的血液均射入主动脉，使混合血进入体循环，故青紫。进入肺动脉的血流减少，增粗的支气管动脉与肺血管之间形成侧支循环。在动脉导管关闭之前，肺动脉血流减少不明显，青紫较轻，动脉导管关闭之后，肺动脉血流明显减少，且漏斗部狭窄渐进性加重，青紫也日益明显。动脉血氧饱和度降低，红细胞代偿性增生。

2. 临床表现

（1）青紫　青紫程度与出现早晚与肺动脉狭窄程度有关。常见于毛细血管丰富的部位，如唇、指（趾）甲床及球结膜等。活动耐力下降，稍活动，如哭闹、情绪激动，体力活动及寒冷刺激等，均可出现气急和青紫加重。

（2）蹲踞　患儿每行走一段距离或游戏时，喜欢下蹲片刻。因为蹲踞时下肢屈曲，使静脉回心血量减少，减轻心脏负荷，同时因下肢动脉受压，体循环阻力增加，使右向左分流量减少，从而缺氧症状暂时性缓解。

（3）阵发性呼吸困难（或称缺氧发作）婴儿期易发生此症，常在用力吸奶或剧哭后出现昏厥或抽搐，这是由于肺动脉漏斗部肌肉痉挛，引起一时性肺动脉梗阻，脑缺氧加重所致。年长儿可诉头痛。

（4）杵状指（趾）　由于长期缺氧，导致指（趾）末端毛细血管增生扩张，形成杵状指（趾）。

体检常发现心前区隆起，胸骨左缘第 2～4 肋间（3 肋间最响）听到 Ⅱ～Ⅳ 级喷射性收缩期杂音，杂音响度取决于肺动脉狭窄程度，狭窄严重者，杂音反而轻，因入肺动脉血流减少，漏斗部痉挛时，杂音还可暂时性消失。肺动脉瓣第二心音减弱或消失。

常见并发症为脑血栓、脑脓肿、感染性心内膜炎。

3. 辅助检查

（1）X 射线检查　心脏外形正常或稍大；心尖圆钝上翘、肺动脉段凹陷，呈"靴形心"；肺缺血性改变：肺门血管影减少，肺纹理减少，透光度增强，肺外带出现网格状纹理。

（2）心电图　电轴右偏，右心室肥大，狭窄严重者常伴心肌劳损，亦可见右心房肥大改变。

（3）超声心动图　可见"骑跨征"，主动脉骑跨在室间隔之上，主动脉内径增宽，并见主动脉口下的高位室缺、右心室漏斗部（流出道）狭窄、左心内径较小。

（4）心导管检查　右心导管进入右心室腔后，容易从高位室缺进入骑跨的主动脉，亦可进入左心室腔。因为肺动脉狭窄，故导管很难进入肺动脉。

（5）心血管造影　造影剂注入右心室作选择性造影，可见肺动脉与主动脉同时显影。主动脉骑跨室间隔程度，以及肺动脉狭窄程度及其分支发育情况，对采取手术矫治有很大帮助。

4. 治疗原则

（1）内科治疗

① 阵发性呼吸困难（缺氧发作）。轻者取胸膝位即可缓解。重者可给予普萘洛尔（心得安）静脉注射，或新福林。必要时也可皮下注射吗啡、氧气吸入，并及时用 5％碳酸氢钠纠正酸中毒。若经常发生阵发性呼吸困难，则可口服普萘洛尔（心得安）预防，以减少发作。

② 预防脱水，以免发生脑血栓、脑脓肿。

③ 治疗感染性心内膜炎。

（2）外科治疗　手术根治，择期年龄现已选为 2～3 岁以上即可施行。

【试题精选】

一、肯定型单项选择题

1. 左向右分流型先心病最常见的并发症为
A. 细菌性心内膜炎　　　B. 脑血栓
C. 脑脓肿　　　　　　　D. 肺炎
E. 心力衰竭

2. 左向右分流型的先心病是
A. 动脉导管未闭　　　　B. 肺动脉狭窄
C. 主动脉缩窄　　　　　D. 右位心
E. 大血管错位

3. 法洛四联症患儿青紫的程度主要取决于
A. 肺动脉狭窄的程度
B. 室间隔缺损的大小
C. 室间隔缺损的部位
D. 主动脉骑跨的程度
E. 右心室肥厚的程度

4. 患儿，4 岁，胸骨左缘第 3～4 肋间Ⅲ级收缩期杂音，肺动脉第二心音亢进，胸片示左、右心室扩大应诊断为
A. 室间隔缺损　　　　　B. 房间隔缺损

C. 动脉导管未闭　　　　D. 肺动脉狭窄
E. 法洛四联症

5. 患儿，2 岁，多次患肺炎，胸片示：肺纹理增强，左心房、左心室大，主动脉影增宽，应诊断为
A. 房间隔缺损　　　　　B. 室间隔缺损
C. 动脉导管未闭　　　　D. 法洛四联症
E. 艾森曼格综合征

6. 患儿男性，12 岁，肺动脉瓣区听到 3/6 级喷射性收缩期杂音，同时听到不受呼吸影响的明显第二心音分裂。该患儿可能是
A. 正常人　　　　　　　B. 肺动脉瓣狭窄
C. 房间隔缺损　　　　　D. 二尖瓣狭窄
E. 肺动脉瓣关闭不全

7. 法洛四联症杂音响度主要取决于
A. 左、右心室之间压力差
B. 肺动脉瓣狭窄程度
C. 室间隔缺损大小
D. 主动脉骑跨程度
E. 右室肥厚程度

8. 8个月小儿体检时发现胸骨左缘第2～3肋间闻及Ⅲ级左右连续机器样杂音,向颈部、锁骨下传导,可触及震颤,胸部X射线示:左心房、左心室增大,肺血管影增多,肺动脉段凸出,主动脉弓增大。此患儿最可能的诊断是

A. 房间隔缺损　　　　B. 室间隔缺损

C. 肺动脉狭窄　　　　D. 法洛四联症

E. 动脉导管未闭

9. 法洛四联症最早且主要的表现是

A. 蹲踞　　　　　　　B. 青紫

C. 突然晕厥　　　　　D. 杵状指(趾)

E. 活动耐力下降

10. 患儿男,4岁,胸骨左缘第3～4肋间3/6级全收缩期杂音,肺动脉第二心音亢进,胸片示:左、右心室扩大,应诊断为

A. 室间隔缺损　　　　B. 房间隔缺损

C. 动脉导管未闭　　　D. 肺动脉狭窄

E. 法洛四联症

11. 患儿,8岁,胸骨左缘第3～4肋间听到响亮而粗糙的收缩期杂音,应考虑为

A. 室间隔缺损　　　　B. 主动脉瓣狭窄

C. 二尖瓣关闭不全　　D. 动脉导管未闭

E. 肺动脉瓣狭窄

12. 法洛四联症不应出现的症状是

A. 蹲踞　　　　　　　B. 贫血

C. 突然晕厥　　　　　D. 杵状指(趾)

E. 活动耐力下降

13. 2岁小儿,生后4个月出现发绀,哭吵甚时有抽搐史。查体:发育差,发绀明显,心前区可闻及Ⅲ级左右收缩期的喷射音,胸片示:肺血少,右心室增大,心腰凹陷,呈靴形心。此患儿的诊断应是

A. 法洛四联症　　　　B. 动脉导管未闭

C. 肺动脉狭窄　　　　D. 室间隔缺损

E. 房间隔缺损

14. 易发生先天性心血管畸形的胎龄主要在

A. 妊娠前2个月　　　B. 妊娠前5个月

C. 妊娠前6个月　　　D. 妊娠前7个月

E. 妊娠最后3个月

15. 胎儿期血氧含量最高的是

A. 心　　　　　　　　B. 脑

C. 肺　　　　　　　　D. 肝

E. 肾

16. 正常胎儿的血循环中下列哪一部位的血氧含量最高

A. 脐动脉　　　　　　B. 脐静脉

C. 右心房　　　　　　D. 右心室

E. 主动脉

17. 出生以后,随着小儿的成长,心室增长速度

A. 左心室大于右心室

B. 右心室大于左心室

C. 左心室等于右心室

D. 前期左心室大于右心室,后期右心室大于左心室

E. 以上都不是

18. 80%的婴儿动脉导管解剖上的关闭时间是

A. 3个月　　　　　　B. 6个月

C. 9个月　　　　　　D. 12个月

E. 18个月

19. 婴儿出生后,卵圆孔解剖上关闭的年龄大多是

A. 2～4个月　　　　B. 5～7个月

C. 8～10个月　　　　D. 1岁

E. 2岁

20. 正常10个月婴儿,其心率应是

A. >140次/min

B. 120～140次/min

C. 110～130次/min

D. 100～120次/min

E. 80～100次/min

21. 以下哪项是先心病最多见的并发症

A. 肺炎　　　　　　　B. 脑栓塞

C. 咯血

D. 亚急生细菌性心内膜炎

E. 喉返神经麻痹

22. 室间隔缺损,首先出现的血液动力学改变是哪项

A. 右心室增大　　　　B. 左心室增大

C. 左心房扩大　　　　D. 主动脉扩张

E. 肺动脉扩张

23. 房间隔缺损的血液动力学改变常引起

A. 右心房、右心室、左心室扩大

B. 左心房、左心室、右心室扩大

C. 左心房、左心室扩大

D. 右心房、右心室扩大

E. 左心房、右心房、右心室扩大

24. 室间隔缺损形成肺动脉高压后，以下列何者增大为主
A. 左心房   B. 右心房
C. 左心室   D. 右心室
E. 肺动脉

25. 左向右分流性先天性心脏病，下列哪项是绝对手术指征
A. 确诊先心病时
B. 发生动力性肺动脉高压前
C. 出现心力衰竭症状时
D. 发生梗阻性肺动脉高压时
E. 出现亚急性细菌性心内膜炎时

26. 左向右分流性先天性心脏病出现下列何种情况是手术禁忌
A. 发生动力性肺动脉高压前
B. 发生动力性肺动脉高压时
C. 出现心力衰竭症状时
D. 发生梗阻性肺动脉高压时
E. 发生亚急性细胞性心内膜炎时

27. 常见的左向右分流型和无分流型先天性心脏病大都能施行手术根治，一般最适合手术的年龄是
A. 新生儿期（出生至 28d）
B. 婴幼儿期（1 个月～3 岁）
C. 学龄前期（3～7 岁）
D. 学龄前（7～12 岁）
E. 青春期（12～18 岁）

28. 动脉导管未闭心脏听诊可闻及
A. 肺动脉瓣区轻柔喷射状收缩期杂音
B. 胸左第 2 肋间机器样连续性杂音
C. 胸左第 3～4 肋间粗糙响亮全收缩期杂音
D. 胸左第 2～4 肋间无杂音
E. 胸左第 2～3 肋间收缩期杂音伴肺动脉第二心音减弱

29. 房间隔缺损，心脏听诊可闻及
A. 肺动脉瓣区轻柔喷射状收缩期杂音
B. 胸左第 2～3 肋间机器样连续性杂音
C. 胸左第 3～4 肋间粗糙响亮全收缩期杂音
D. 胸左第 2～4 肋间无杂音
E. 胸左第 2～3 肋间收缩期杂音伴肺动脉第二心音减弱

30. 室间隔缺损，心脏听诊可闻及
A. 肺动脉瓣区轻柔喷射状收缩期杂音
B. 胸左第 2～3 肋间机器样连续性杂音

C. 胸左第 3～4 肋间粗糙响亮全收缩期杂音
D. 胸左第 2～4 肋间无杂音
E. 胸左第 2～3 肋间收缩期杂音伴肺动脉第二心音减弱

31. 法洛四联症，心脏听诊可闻及
A. 肺动脉瓣区轻柔喷射状收缩期杂音
B. 胸左第 2～3 肋间机器样连续性杂音
C. 胸左第 3～4 肋间粗糙响亮全收缩期杂音
D. 胸左第 2～4 肋间无杂音
E. 胸左第 2～3 肋间收缩期杂音伴肺动脉第二心音减弱

32. 房间隔缺损时
A. 肺动脉瓣第二心音亢进伴固定分裂
B. 肺动脉瓣第二心音减弱
C. 肺动脉瓣第二心音亢进
D. 肺动脉瓣第二心音单一
E. 肺动脉瓣第二心音不增强也不减弱

33. 室间隔缺损时
A. 肺动脉瓣第二心音亢进伴固定分裂
B. 肺动脉瓣第二心音减弱
C. 肺动脉瓣第二心音亢进
D. 肺动脉瓣第二心音单一
E. 肺动脉瓣第二心音不增强也不减弱

34. 法洛四联症时
A. 肺动脉瓣第二心音亢进伴固定分裂
B. 肺动脉瓣第二心音减弱
C. 肺动脉瓣第二心音亢进
D. 肺动脉瓣第二心音不亢进，减弱或单一
E. 肺动脉瓣第二心音不增强也不减弱

35. X 射线检查主动脉结节呈漏斗形见于
A. 房间隔缺损   B. 室间隔缺损
C. 动脉导管未闭   D. 法洛四联症
E. 以上都不是

36. 右心房心氧含量比上、下腔静脉高 1.9% 容积以上见于
A. 房间隔缺损   B. 室间隔缺损
C. 动脉导管未闭   D. 法洛四联症
E. 以上都不是

37. 主动脉逆行造影示主、肺动脉同时显影，见于
A. 房间隔缺损   B. 室间隔缺损
C. 动脉导管未闭   D. 法洛四联症
E. 主动脉狭窄

38. 超声心动图示主动脉前壁与室间隔的连续

性中断，而后壁与二尖瓣之间保持连续性，见于

A. 房间隔缺损　　　　B. 室间隔缺损

C. 动脉导管未闭　　　D. 法洛四联症

E. 主动脉狭窄

39. 体循环血量增多见于

A. 房间隔缺损　　　　B. 室间隔缺损

C. 动脉导管未闭　　　D. 法洛四联症

E. 主动脉狭窄

40. 股动脉枪击音见于

A. 房间隔缺损　　　　B. 室间隔缺损

C. 动脉导管未闭　　　D. 法洛四联症

E. 主动脉狭窄

41. 动脉导管未闭，分流量较大，但不伴有肺动脉高压时，X射线除显示肺部充血、肺动脉凸出外，最主要显示

A. 右心室增大

B. 右心房、右心室增大

C. 左心房增大

D. 左心室增大

E. 左心房、左心室增大

42. 轻压指甲床见毛细血管搏动并可触及水冲脉，最常发生于

A. 法洛四联症　　　　B. 房间隔缺损

C. 室间隔缺损　　　　D. 肺动脉狭窄

E. 动脉导管未闭

43. 患儿，女，11岁，肺动脉瓣区第二心音增强和固定分裂，胸骨左缘第2、第3肋间有Ⅲ级收缩期杂音，胸骨左缘下方有短促的舒张期杂音，心电图 V_1 呈 rsR 型。考虑其X射线检查结果最可能会是

A. 左室大，肺动脉段凸出

B. 右室大，肺动脉段凸出

C. 左右心室大，肺动脉段凸出

D. 右室大肺动脉段凹陷

E. 二尖瓣型心

44. 先天性心脏病患儿，右心室血氧含量正常，压力增高，肺动脉压力降低，应首先考虑是

A. 房间隔缺损　　　　B. 室间隔缺损

C. 动脉导管未闭　　　D. 法洛四联症

E. 肺动脉狭窄

45. 差异性发绀最多见于

A. 房间隔缺损＋肺动脉高压

B. 室间隔缺损＋肺动脉高压

C. 动脉导管未闭＋肺动脉高压

D. 法洛四联症

E. 完全性大动脉错位

46. 先天性心脏病出现下半身青紫，应考虑为

A. 房间隔缺损　　　　B. 室间隔缺损

C. 主动脉狭窄　　　　D. 法洛四联症

E. 以上都不是

47. X射线检查时肺动脉段凹陷的先天性心脏病是

A. 房间隔缺损　　　　B. 室间隔缺损

C. 法洛四联症　　　　D. 动脉导管未闭

E. 主动脉狭窄

48. 小儿，5个月，2个月前出现面部灰暗，哭闹及吃奶时出现发绀。查体：较瘦，口周发绀，心前区可闻及3/6级左右的收缩期喷射性杂音。X射线示：右心室肥大，肺动脉段凹陷，心脏呈靴形，肺野清晰。此患儿最可能的诊断是

A. 房间隔缺损　　　　B. 室间隔缺损

C. 肺动脉狭窄　　　　D. 动脉导管未闭

E. 法洛四联症

49. 有关室间隔缺损正确的说法是

A. X射线显示右心室、左心室甚至伴左心房的增大

B. X射线显示肺动脉段凸出，主动脉弓增大

C. X射线显示肺门影增浓，肺野清晰，无肺门舞蹈征

D. 肺动脉瓣第二心音亢进并伴有固定性分裂

E. 胸骨左缘有响亮粗糙的机器样杂音

50. 4岁女孩，自1岁起青紫，患肺炎8次，胸骨左缘第2肋间连续性机器样杂音，第3肋间Ⅲ级收缩期喷射性杂音，有杵状指。心电图示右心室大。诊断是

A. 动脉导管未闭　　　B. 法洛四联症

C. 艾森曼格综合征

D. 法洛四联症＋动脉导管未闭

E. 法洛四联症＋房间隔缺损

51. 室间隔缺损，超声心动图可见

A. 左心室、右心室内径增宽

B. 右心房、右心室内径增宽

C. 右心房、左心房内径增宽

D. 左心房、右心房、左心室内径增宽

E. 右心房、左心室内径增宽

52. 婴儿期最易出现心力衰竭的是
A. 房间隔缺损　　　　B. 室间隔缺损
C. 法洛四联症　　　　D. 风湿性心脏病
E. 急性肾炎

53. 婴儿期持续性青紫，提示
A. 房间隔缺损　　　　B. 室间隔缺损
C. 动脉导管未闭　　　D. 法洛四联症
E. 肺动脉狭窄

54. 小儿收缩压推算采用的公式是
A.（年龄×2）＋60mmHg
B.（年龄×2）＋70mmHg
C.（年龄×2）＋80mmHg
D.（年龄×2）＋90mmHg
E.（年龄×2）＋100mmHg

55. 1岁男孩，胸骨左缘有Ⅲ级收缩期杂音，应首先考虑
A. 功能性杂音　　　　B. 先天性心脏病
C. 风湿热
D. 心内膜弹力纤维增生症
E. 病毒性心肌炎

56. X射线检查示肺血少，提示
A. 右向左分流　　　　B. 差异性发绀
C. 主动脉骑跨　　　　D. 肺动脉狭窄
E. 动脉导管未闭

57. P_2减低，提示
A. 右向左分流型先心病
B. 左向右分流型先心病
C. 无分流型先心病
D. 肺动脉高压　　　　E. 肺动脉狭窄

58. 室间隔缺损肺动脉高压者，可见
A. 左向右分流增加
B. P_2减弱，分裂
C. 杂音增强
D. X射线检查示肺动脉段凹陷
E. 心电图示右室肥厚

59. 心导管检查发现肺动脉血氧含量较右心室高，提示
A. 右向左分流　　　　B. 肺动脉高压
C. 肺动脉狭窄　　　　D. 房间隔缺损
E. 以上都不是

60. 室间隔缺损，动脉血氧饱和度降低是
A. 室间隔缺损自然闭合
B. 干下型室间隔缺损合并主动脉瓣关闭不全
C. 大型室间隔缺损　　D. 室间隔多个缺损

E. 艾森曼格综合征

61. 脉压增宽，伴有毛细血管搏动，提示
A. 室间隔缺损　　　　B. 房间隔缺损
C. 动脉导管未闭　　　D. 法洛四联症
E. 肺动脉狭窄

62. 室间隔缺损患儿，杂音逐渐减弱，P_2亢进，可能是
A. 分流量大　　　　　B. 合并房间隔缺损
C. Roger病　　　　　D. 肺动脉高压
E. 以上都不是

63. 房间隔缺损者，胸骨左缘下方听到舒张期杂音，提示
A. 肺动脉高压　　　　B. 左向右分流量大
C. 合并室间隔缺损
D. 右室流出道相对狭窄
E. 以上都不是

64. 超声心动图示，右室大，室间隔与左室后壁呈矛盾运动，提示
A. 房间隔缺损
B. 左向右分流型先心病
C. 左向右分流量大　　D. 室间隔缺损
E. 动脉导管未闭

65. 促使早产儿动脉导管关闭的药物是
A. 硝苯地平　　　　　B. 卡托普利
C. 前列腺素　　　　　D. 吲哚美辛
E. 双嘧达莫

66. 法洛四联症常见并发症为
A. 肺炎　　　　　　　B. 心力衰竭
C. 脑栓塞　　　　　　D. 脑血栓
E. 急性肺水肿

67. P_2固定分裂、亢进，提示
A. 房间隔缺损　　　　B. 室间隔缺损
C. 动脉导管未闭
D. 法洛四联症　　　　E. 肺动脉狭窄

68. 心电图示左室肥厚，提示
A. 房间隔缺损　　　　B. 室间隔缺损
C. 法洛四联症
D. 肺动脉狭窄　　　　E. 艾森曼格综合征

69. 5岁女孩，外院诊断为先天性心脏病Roger病。此患儿首先出现的血液动力学变化是
A. 左心房、右心房扩大
B. 右心房扩大
C. 左心室、右心室扩大
D. 左心室扩大

E. 右心室扩大

70. 股动脉血氧饱和度降低，右桡动脉血氧饱和度正常，是

A. 房间隔缺损　　　　B. 室间隔缺损

C. 动脉导管未闭　　　D. 法洛四联症

E. 肺动脉瓣狭窄

71. 2 岁女孩，身体瘦弱，多次患肺炎。胸部 X 射线检查：肺血增多，左心房、左心室增大，主动脉影增宽，应诊断为

A. 房间隔缺损　　　　B. 室间隔缺损

C. 动脉导管未闭　　　D. 法洛四联症

E. 艾森曼格综合征

72. 3 岁女孩，青紫型先天性心脏病。发热伴腹泻 5d，1d 内头痛、惊厥 2 次，右侧肢体不能活动，最可能的诊断是

A. 脑血栓　　　　　　B. 脑出血

C. 结核性脑膜炎　　　D. 癫痫

E. 中毒性脑病

73. 6 岁患儿，查体发现胸骨左缘第 2、第 3 肋间闻及Ⅱ级收缩期杂音，P_2 固定分裂。如果此患儿作右心导管检查，诊断房间隔缺损的可靠依据是

A. 导管从右心房进入左心室

B. 右心房血氧含量增高

C. 右心室血氧含量增高

D. 右心房压力增高

E. 肺动脉压力增高

74. 3 岁男孩，自生后 6 个月开始出现发绀，有杵状指。胸部 X 射线检查示"靴形"心影，肺血流减少。最可能的诊断是

A. 肺动脉狭窄　　　　B. 室间隔缺损

C. 动脉导管未闭　　　D. 法洛四联症

E. 艾森曼格综合征

75. 自 10 岁起下肢青紫，逐渐加重。胸骨左缘第 2 肋间Ⅱ级收缩期杂音，P_2 亢进。血气分析提示：右桡动脉血氧饱和度 96%，股动脉血氧饱和度 80%。诊断是

A. 房间隔缺损　　　　B. 室间隔缺损

C. 动脉导管未闭　　　D. 法洛四联症

E. 肺动脉狭窄

二、否定型单项选择题

1. 小儿心率随年龄增长而逐渐减慢，下列哪一项不正确

A. 新生儿平均 120～140 次/min

B. <1 岁为 110～130 次/min

C. 1～3 岁为 100～120 次/min

D. 3～7 岁为 80～100 次/min

E. 7～14 岁 60～70 次/min

2. 胎儿血液循环，错误的是

A. 胎盘来的动脉血经脐动脉进入胎儿体内

B. 右心房血可经卵圆孔入左心房

C. 动脉导管开放

D. 胎儿肺处于压缩状态

E. 胎儿期供应上肢血氧量较下半身高

3. 婴幼儿出现以下症状可考虑先天性心脏病，除

A. 喂养困难　　　　　B. 易患肺炎

C. 持续性青紫　　　　D. 哭声嘶哑

E. 嗜睡

4. 哪一项不是左向右分流型先天性心脏病的共同特点

A. 差异性发绀　　　　B. 易患肺炎

C. 生长发育差　　　　D. 哭闹后出现青紫

E. 肺血流增多

5. 哪一项不是室间隔缺损的并发症

A. 肺炎　　　　　　　B. 缺氧发作

C. 心力衰竭　　　　　D. 细菌性心内膜炎

E. 肺水肿

6. 2 岁男孩，自幼喂养困难，曾患肺炎 5 次。查体：胸骨左缘第 3、第 4 肋间Ⅲ级全收缩期杂音，传导广泛，有震颤，P_2 亢进。以下病理生理改变哪项不符

A. 左向右分流　　　　B. 肺动脉高压

C. 体循环血量减少　　D. 左心室血量减少

E. 肺血流增多

三、病例串联题及最佳配伍题

(1～4 题共用题干)

男 4 岁，因怀疑先天性心脏病就诊。

1. 首先去检查

A. 血常规　　　　　　B. 脑电图

C. 心导管检查　　　　D. 心脏彩超

E. 心电图

2. 该患儿口唇黏膜青紫，轻度杵状指（趾），胸骨左缘第 2～4 肋间听到Ⅱ～Ⅲ级收缩期杂音，肺动脉第二心音减弱，为确诊应做的检查是

A. 脑电图　　　　　　B. 头部 CT

C. 心肌酶谱　　　　　D. 右心导管造影

E. 腹部 B 超

3. 2 个月后患儿出现发热伴咽痛，2 周后出现头痛。右侧巴氏征（＋），白细胞 $18×10^9/L$，中性粒细胞 0.86，淋巴细胞 0.14。考虑合并

A. 肺炎　　　　　　　B. 脑出血

C. 脑脓肿　　　　　　D. 心肌炎

E. 结核性脑膜炎

4. 合并症治愈后，进一步的治疗方法为

A. 预防外伤

B. 长期抗生素预防感染

C. 应用激素　　　　　D. 口服维生素

E. 施行心脏手术

（5～7 题共用题干）

患儿 3 岁，近 1 年多，哭甚时出现青紫。查体：心前区隆起，胸骨左缘第 3～4 肋间可闻及Ⅳ级收缩期杂音，可触及震颤。X 射线检查示：左、右心室及左心房增大，肺血管影增多，肺动脉段凸出。

5. 此患儿最可能的诊断是

A. 房间隔缺损　　　　B. 室间隔缺损

C. 肺动脉狭窄　　　　D. 动脉导管未闭

E. 法洛四联症

6. 此患儿如决定手术必须做的检查是

A. 心电图　　　　　　B. 磁共振成像

C. 心功能检查　　　　D. 心导管检查

E. 超声心动图

7. 此患儿如出现永久性青紫，说明

A. 动脉系统淤血

B. 形成艾森曼格综合征

C. 合并肺水肿　　　　D. 静脉系统淤血

E. 合并心力衰竭

（8～9 题共用题干）

男孩，5 岁，自幼唇、指（趾）甲床青紫，乏力，活动后气促，体格发育落后，胸骨左缘第 2～3 肋间可闻及Ⅲ级收缩期杂音，经超声心动图证实为先天性心脏病——法洛四联症。

8. 此患儿其心脏由哪 4 种畸形组成

A. 主动脉狭窄，室间隔缺损，肺动脉骑跨，右心室肥厚

B. 主动脉狭窄，房间隔缺损，主动脉骑跨，左心室肥厚

C. 肺动脉狭窄，室间隔缺损，主动脉骑跨，

右心室肥厚

D. 肺动脉狭窄，房间隔缺损，肺动脉骑跨，左心室肥厚

E. 肺动脉瓣狭窄，房间隔缺损，主动脉骑跨，右心室肥厚

9. 此患儿突然发生昏厥、抽搐最可能并发

A. 支气管肺炎　　　　B. 充血性心力衰竭

C. 低钙惊厥　　　　　D. 脑血栓、脑脓肿

E. 癫痫

（10～11 题共用题干）

女孩，5 岁，平素健康。查体发现胸缘第 2、第 3 肋间Ⅲ收缩期杂音伴第二心音明显分裂，不受呼吸影响。其余化验检查正常。

10. 患儿可能是

A. 功能性杂音　　　　B. 风湿性心脏病

C. 心肌病　　　　　　D. 先天性心脏病

E. 病毒性心肌炎

11. 行 X 射线胸片示轻度心脏扩大，肺血增多，心电图示右室肥大，可能诊断

A. 直背综合征　　　　B. 风湿性心肌炎

C. 肺动脉瓣狭窄　　　D. 房间隔缺损

E. 病毒性心肌炎

（12～15 题共用题干）

3 岁先天性心脏病患儿，平时无发绀，来院就诊。心导管检查：右心房血氧含量较上、下腔静脉平均血氧含量高 1.9％容积，胸部 X 射线检查：右心房、右心室增大，肺动脉段凸出。

12. 此患儿最可能出现的体征是

A. 胸骨左缘第 2、第 3 肋间收缩期喷射性杂音，P_2 减低

B. 胸骨左缘第 2、第 3 肋间收缩期喷射性杂音，P_2 亢进、分裂固定

C. 胸骨左缘第 2 肋间连续性机器样杂音，P_2 亢进

D. 胸骨左缘第 3、第 4 肋间全收缩期杂音，P_2 亢进

E. 心尖部舒张中期隆隆样杂音，P_2 亢进

13. 此患儿的诊断是

A. 房间隔缺损　　　　　B. 室间隔缺损

C. 动脉导管未闭　　　　D. 法洛四联症

E. 肺动脉瓣狭窄

14. 为明确诊断超声心动图最可靠的依据是

A. 右心房、右心室增大

B. 左心房、左心室增大

C. 多普勒彩色血流显像观察到心房间分流

D. 多普勒彩色血流显像观察到心室间分流

E. 肺动脉压力增高

15. 如果此患儿在胸骨左缘下方听到舒张期杂音，提示

A. 室间隔缺损

B. 相对性二尖瓣狭窄

C. 二尖瓣关闭不全

D. 相对性三尖瓣狭窄

E. 肺动脉狭窄

（16～19 题共用备选答案）

A. 室间隔缺损　　　　B. 房间隔缺损

C. 动脉导管未闭　　　D. 法洛四联症

E. Roger 病

16. 胸部 X 射线提示肺血减少的是

17. 胸部 X 射线示肺血多，主动脉弓增大的是

18. 胸部 X 射线示肺血多，右心房、右心室大的是

19. 胸部 X 射线示肺血多，左心房、左心室大的是

（20～23 题共用备选答案）

A. 房间隔缺损　　　　B. 室间隔缺损

C. 动脉导管未闭　　　D. 法洛四联症

E. 以上都不是

20. X 射线检查主动脉结呈漏斗征

21. 右心房血氧含量比上、下腔静脉高 1.9 容积％以上

22. 肺动脉压力降低

23. 肺动脉瓣区第二心音固定分裂

（24～26 题共用备选答案）

A. 室间隔缺损　　　　B. 房间隔缺损

C. 动脉导管未闭　　　D. 法洛四联症

E. 主动脉狭窄

24. 下半身青紫

25. 主动脉逆行造影示主、肺动脉同时显影

26. 超声心电图示主动脉前壁与室间隔的连续性中断，而后壁与二尖瓣之间保持连续性

（27～29 题共用备选答案）

A. 房间隔缺损　　　　B. 室间隔缺损

C. 动脉导管未闭　　　D. 法洛四联症

E. 主动脉狭窄

27. 体循环血量增多见于

28. 肺循环血量减少见于

29. 股动脉枪击音见于

（30～32 题共用题干）

2 岁男孩，曾多次患肺炎。查体：胸骨左缘第 3～4 肋间可闻及 III 级全收缩期杂音。X 射线检查：左心室增大，肺动脉段凸出，肺血管影增粗，主动脉影减小。

30. 应诊断为

A. 房间隔缺损　　　　B. 室间隔缺损

C. 动脉导管未闭　　　D. 法洛四联症

E. 肺动脉瓣狭窄

31. 右心导管检查可能的结果是

A. 右心房血氧含量高于上、下腔静脉平均血氧含量

B. 右心室血氧含量高于右心房

C. 肺动脉血氧含量高于右心室

D. 股动脉血氧含量低

E. 右桡动脉血氧含量低

32. 如果此患儿出现股动脉血氧含量低，则最大的可能是

A. Roger 病　　　　　B. 肺动脉狭窄

C. 左向右分流量大　　D. 肺动脉高压

E. 艾森曼格综合征

（33～35 题共用题干）

女孩，5 岁，自幼身体瘦弱，易患感冒。查体：心前区稍隆起，未触及震颤，胸骨左缘第 2 肋间可闻及 II 级收缩期杂音，P_2 亢进，固定分裂。

33. 考虑诊断为

A. 房间隔缺损　　　　B. 室间隔缺损

C. 动脉导管未闭　　　D. 法洛四联症

E. 病毒性心肌炎

34. 最可能出现的心电图改变是

A. T 波低平、倒置　　B. P-R 间期延长

C. 不完全性右束支传导阻滞

D. 左前分支阻滞　　　E. 左心室肥厚

35. 最可能出现的超声心动图改变是

A. 左心房增大，左心室流出道增宽

B. 右心房增大，右心室流出道增宽

C. 室间隔与左心室壁呈反向运动

D. 主动脉增宽　　　　E. 左心室内膜增厚

（36～38 题共用题干）

男孩，4 岁，自 1 岁起青紫，逐渐加重，哭后明显，有昏厥、抽搐史，喜欢蹲踞。查体：胸骨左缘第 3 肋间有 II 级收缩期喷射性杂音，P_2 减弱，有杵状指。

36. 最可能的诊断是

A. 房间隔缺损　　　　B. 室间隔缺损

C. 动脉导管未闭　　　D. 法洛四联症

E. 肺动脉狭窄

37. 昏厥的原因是

A. 肺动脉梗阻，缺氧发作

B. 脑血栓　　　　　　C. 心力衰竭

D. 中毒性脑病　　　　E. 低钙惊厥

38. 最可能出现的心电图改变是

A. P-R 间期延长

B. 不完全性右束支传导阻滞

C. 期前收缩　　　　　D. 低电压

E. 右心室肥厚

（39～44 题共用题干）

患儿，3 岁，曾多次患肺炎，平时无发绀。查体：心前区隆起，心尖搏动弥散，胸骨左缘第 2 肋间闻Ⅲ级粗糙的连续性机器样杂音，向颈部传导，有震颤，有水冲脉。

39. 此患儿特别应注意的体征是

A. 脉压减少　　　　　B. 脉压增宽

C. 下肢血压低　　　　D. 腹部血管杂音

E. 三凹征

40. 血流动力学改变是

A. 体循环血流量增加

B. 肺循环血流量增加

C. 肺循环血流量减少

D. 右向左分流

E. 左心室舒张期容量减少

41. 心电图检查的可能结果是

A. 右心室肥厚　　　　B. 右心房肥大

C. 左心室肥厚　　　　D. 不完全性右束支阻滞

E. 左束支阻滞

42. 右心导管检查结果是

A. 股动脉血氧含量低

B. 右桡动脉血氧含量低

C. 右心房血氧含量高于上、下腔静脉平均血氧含量

D. 右心室血氧含量高于右心房

E. 肺动脉血氧含量高于右心室

43. 如果此患儿心尖部出现舒张中期隆隆样杂音，提示

A. 肺动脉高压　　　　B. 肺动脉狭窄

C. 左向右分流量大　　D. 左向右分流量小

E. 心功能不全

44. 如果此患儿仅闻及收缩期杂音，提示合并

A. 细菌性心内膜炎　　B. 主动脉瓣关闭不全

C. 房间隔缺损　　　　D. 肺动脉高压

E. 相对性二尖瓣狭窄

四、多项选择题

1. 心室中隔的形成由哪些组成

A. 由原始心室底壁向上生长形成肌隔

B. 心内膜垫向下生长与肌隔相合，完成室内间隔

C. 动脉总干及心球分化成肺动脉和主动脉时中隔向下延伸的部分

D. 第一镰状隔组成

E. 房间隔向下延伸形成膜部

2. 出生时脐带结扎后新生儿的循环发生了哪些变化

A. 肺脏血流增多，使肺静脉回流左心房

B. 当左心房压力超过右心房压力时，卵圆孔关闭

C. 肺循环压力降低和体循环压力升高，流经动脉导管的血流逐渐减少，动脉导管由功能上关闭至解剖上关闭

D. 脐血管则在血流停止后 6～8 周完全闭锁

E. 肺静脉血氧含量增高于脐静脉

3. 小儿动脉血压的论述下列哪些是正确的

A. 收缩期血压＝[（年龄×2）＋80]×0.133kPa

B. 收缩压高于上述标准 2.67kPa(20mmHg)为高血压

C. 收缩期血压的 2/3 为舒张期血压

D. 低于收缩期血压 3.325kPa（25mmHg）为低血压

E. 上肢的血压略高于下肢

4. 室间隔缺损的杂音特点是

A. 杂音粗糙伴有震颤

B. 传导广

C. 为全收缩期杂音

D. 缺损越大，杂音越响

E. 伴肺动脉第二心音分裂

5. 室间隔缺损的手术适应证是

A. 反复发生肺炎　　　B. 大型分流

C. 反复发生心力衰竭

D. 梗阻性肺动脉高压

E. 杂音特别明显者

6. 肺循环血量增多见于

A. 房间隔缺损　　　　B. 室间隔缺损

C. 动脉导管未闭　　D. 法洛四联症
E. 主动脉缩窄

五、填空题

1. 胚胎第_____周心房间隔形成，如发育异常可产生一个无遮盖的孔道，即_____。
2. 正常情况下，心脏的起搏点是_____，当这一级起搏点功能发生障碍时，下一级起搏点是_____。
3. 房间隔缺损一般可分为_____型缺损和_____型缺损。
4. 举出先天性心血管畸形左向右分流型的三种畸形：_____、_____、_____。
5. 举出先天性心血管畸形右向左分流型的三种畸形：_____、_____、_____。
6. 法洛四联症的病理解剖改变是_____、_____、_____和_____。
7. 举出先天性心血管畸形无分流型的三种畸形：_____、_____、_____。

六、名词解释

1. 动力性肺动脉高压
2. 梗阻性肺动脉高压
3. Roger 病

七、问答题

1. 简述法洛四联症的心脏听诊特点。
2. 简述房间隔缺损的心脏听诊特点。
3. 简述动脉导管未闭的心脏听诊特点。
4. 试述胎儿血液循环出生后的主要改变。
5. 试述艾森曼格综合征与法洛四联症的鉴别要点。
6. 试述室间隔缺损 X 射线征象要点。
7. 试述法洛四联症 X 射线征象要点。
8. 试述动脉导管未闭 X 射线征象要点。

八、病例分析

1. 患儿，女，7 岁。生后 1 岁时，发现有心脏杂音，当地医生疑为"先天性心脏病"。5 岁以前经常感冒，多次患肺炎。平时活动受限。近半年出现持续性青紫。查体：心界稍大，于胸骨左肋缘第 3、第 4 肋间可闻及Ⅱ级全收缩期杂音，震颤（±），肺动脉第二心音明显亢进。心脏 X 射线片显示双室大，肺动脉段明显凸出，肺纹理减少。

（1）本例最可能的诊断是什么？写出诊断依据。
（2）对该患儿能否进行手术治疗？为什么？

2. 患儿，男，12 岁。自幼疑有先天性心脏病，活动受限，但照常上学。近 1 个月不规则发热，面色渐苍黄，乏力、多汗。查体：贫血貌，可见出血点。心界扩大，于胸骨左缘第 3、第 4 肋间可闻及Ⅲ～Ⅳ级粗糙的收缩期杂音，细震颤（+）。两肺无啰音。腹平软，脾左肋下 1cm，四肢不肿。化验：血红蛋白 95g/L，白细胞 24.0×10⁹/L，S 0.84。尿常规：蛋白（+），红细胞 6～8/HP，管型 O/HP。

（1）请写出本例的可能诊断及诊断依据。
（2）为明确诊断应进一步做哪些检查和化验？
（3）对本例应如何治疗？

3. 患儿，男性，3.5 岁。患儿在哭闹中突然意识丧失，呼叫不应，面色青紫，四肢瘫软，经过按压人中穴，约 3min 后清醒。无发热，无咳嗽，无呕吐、腹泻，无外伤史，尿便正常。患儿 5 个月左右时偶有轻度青紫，后进行性加重，但家长未注意。患儿喜静少动，每有活动时，即出现呼吸困难，主动蹲下片刻，可缓解。既往史：既往无其他疾病，母孕期健康，未服用过药物。第一胎第一产，生后母乳喂养。生长发育大致正常。家族史无特殊记载。体格检查：体温 36.5℃，脉搏 116 次/min，呼吸 38 次/min，血压 12/8kPa（90/60mmHg）。发育尚可，营养中等，自动体位，表情安详，面色发绀，神志清楚，查体合作。皮肤黏膜无黄染，无出血点。浅表淋巴结无肿大。双侧瞳孔等大正圆，直径 3mm，光反射敏感。双肺听诊无异常。心前区略隆起，心尖搏动弥散，心界无明显扩大，心率 116 次/min，心律规则，胸骨左缘第 2～4 肋间可听到（2～3）/6 级柔和的喷射性收缩期杂音，肺动脉瓣听诊区第二心音减弱。无周围血管征。腹部肝脏和脾脏未触及。四肢活动良好，四肢末端可见发绀及杵状指（趾）。双侧膝腱和跟腱反射存在，脑膜刺激征阴性，巴宾斯基征未引出。辅助检查：白细胞总数 9.6×10⁹/L，血红蛋白 155g/L，红细胞数 6.0×10¹²/L。脑电图无异常。

$$\text{血红蛋白 } 95\text{g/L}, \text{白细胞 } 24.0 \times 10^9/\text{L}$$

（1）请写出本例的可能诊断及诊断依据。

（2）使患儿出现晕厥原因是什么？

（3）患儿下蹲后呼吸困难缓解的原因是什么？

（4）患儿出生后一段时间并不青紫的原因是什么？

【参考答案】

一、肯定型单项选择题

1. D　2. A　3. A　4. A　5. C　6. C　7. B
8. E　9. B　10. A　11. A　12. B　13. A
14. A　15. D　16. B　17. A　18. A　19. B
20. C　21. A　22. E　23. D　24. D　25. B
26. D　27. C　28. B　29. A　30. C　31. E
32. A　33. C　34. D　35. C　36. A　37. C
38. D　39. D　40. C　41. E　42. E　43. B
44. E　45. C　46. C　47. C　48. E　49. A
50. D　51. A　52. S　53. C　54. C　55. B
56. D　57. E　58. E　59. E　60. E　61. C
62. D　63. D　64. A　65. D　66. D　67. A
68. B　69. D　70. C　71. C　72. A　73. B
74. D　75. C

二、否定型单项选择题

1. E　2. A　3. E　4. A　5. B　6. D

三、病例串联题及最佳配伍题

1. D　2. D　3. C　4. E　5. B　6. E　7. B
8. C　9. D　10. D　11. D　12. B　13. A
14. C　15. D　16. D　17. C　18. B　19. A
20. C　21. A　22. D　23. A　24. E　25. C
26. D　27. D　28. D　29. D　30. B　31. B
32. E　33. A　34. C　35. C　36. D　37. A
38. E　39. D　40. B　41. C　42. E　43. C
44. D

四、多项选择题

1. ABC　2. ABCDE　3. ABC　4. ABC
5. ABC　6. ABC

五、填空题

1. 五　房间隔缺损
2. 窦房结　房室结
3. 继发孔　原发孔
4. 房间隔缺损　室间隔缺损　动脉导管未闭

5. 法洛四联症　三尖瓣闭锁　肺动脉闭锁
6. 室间隔缺损　肺动脉狭窄　主动脉骑跨　右心室肥厚
7. 肺动脉瓣狭窄　　　主动脉狭窄　　先天性二尖瓣狭窄。

六、名词解释

1. 动力性肺动脉高压是指各种原因所致的肺循环血流量增多，而肺小动脉解剖上尚无病理改变，不致造成肺循环压力超过体循环压力因而导致血流的反向分流。

2. 梗阻性肺动脉高压是动力性肺动脉高压的进一步发展，引起肺小动脉中层增厚内膜增生，管腔狭窄，甚至完全闭塞，使肺循环压力超过体循环压力而导致血流反向分流。

3. Roger病：小型室间隔缺损，多发生于室间隔肌部，可无明显症状，仅活动后稍感疲乏，生长发育一般不受影响。体检于胸骨左缘第3、第4肋间听到响亮粗糙的全收缩期杂音，肺动脉第二心音稍增强。

七、问答题

1. 胸左第3~4肋间粗糙响亮的收缩期杂音Ⅲ~Ⅳ级并向心前区及背部传导，二尖瓣区可闻及舒张期杂音Ⅱ级左右。肺动脉瓣区第二心音减弱或单一的第二心音。

2. 肺动脉瓣区可闻轻柔的Ⅱ级收缩期喷射状杂音，较局限，分流量大，三尖瓣区可闻Ⅱ级左右舒张期杂音，肺动脉瓣区第二心音亢进伴固定分裂。

3. 胸左第2~3肋间可闻Ⅲ~Ⅳ级机器样连续性杂音，向颈部传导，分流量大，心尖区可闻Ⅱ级左右舒张期杂音，肺动脉瓣第二心音亢进。

4. 出生后呼吸建立，肺扩张，肺内阻力减低，脐带结扎后，体循环阻力升高。肺动脉血就能流入肺脏，左心房回心血量增多，左心房压力随之增加使卵圆孔瓣膜关闭。同时呼吸建立后，肺循环阻力小于体循环，使动脉导管血流方向逆转，动脉血氧含量升高，促使动脉导管收缩而闭合。动脉导管与卵圆孔在功能上即关闭。解剖上关闭：80％婴儿于生后3个月，95％婴儿于生后1年内形成动脉导管解剖上关闭；卵圆孔于生后5～7个月解剖上大多关闭。

5.①艾森曼格综合征青紫出现较晚，蹲踞不多见；法洛四联症青紫出现早而严重。

②艾森曼格综合征肺动脉瓣第二心音亢进，心界增大明显；法洛四联症则第二心音正常或减弱，心界扩大轻。

③X射线艾森曼格综合征见肺动脉段凸出，肺门血管影变粗；而法洛四联症则肺动脉段凹陷，肺野清晰，肺纹理稀少。

④心导管检查艾森曼格综合征肺动脉压显著增高，法洛四联症则肺动脉压减低。

6.①左心室、右心室扩大为主；②肺动脉段膨隆；③肺门阴影扩大，搏动增强，肺野充血；④主动脉结影缩小。

7.①肺动脉段凹陷平直；②右心室肥大，心尖圆钝上翘；③主动脉影增宽，可见右位主动脉弓；④肺缺血，肺野透亮，或呈网状（侧支循环）。

8.①右心室扩大为主；②肺动脉段膨隆；③肺门阴影增大，搏动增强，肺野充血；④主动脉结增宽。

八、病例分析

1.（1）本例最可能的诊断是：先天性心脏病（大型室间隔缺损）；合并艾森曼格综合征。

依据：①先心病（VSD）：1岁起发现心脏杂音，反复感冒，肺炎，活动受限。心脏听诊有杂音。左第3、第4肋间全收缩期杂音，震颤（±）。

②艾森曼格综合征：近半年持续性青紫，心杂音减弱，现为Ⅱ级，P_2明显亢进，胸部X射线片肺动脉段明显突出，肺纹理减少。

（2）本例不能手术治疗，因患儿已出现梗阻性肺动脉高压，术中有危险，术后肺血管器质性病变不能恢复，为不可逆性改变，最后将发生右心功能不全。

2.（1）本例可能的诊断是：先天性心脏病（室间隔缺损）；感染性心内膜炎。

诊断依据：先心病（VSD）：自幼有心脏病，活动受限，左第3、第4肋间有Ⅲ～Ⅳ级收缩期杂音，细震颤（＋）；感染性心内膜炎：不规则发热1个月，贫血貌，乏力、多汗，皮肤有出血点，脾大、肋下1cm，血红蛋白95g/L，白细胞24.0×10⁹/L，S 0.84，尿：蛋白（＋），红细胞6～8/HP。

（2）为明确诊断应进一步做心脏彩超（心内膜有无赘生物）、心电图、心脏X射线片、血培养及药物。

（3）治疗：选用敏感的抗生素，足量，长疗程，支持疗法，必要时手术治疗。

3.（1）入院诊断：先天性心脏病（法洛四联症）

诊断依据：①在该患儿的胸部X射线片上可见到两肺门影缩小，两肺纹理减少，透亮度增加。心脏大小正常，心尖圆钝上翘，肺动脉段凹陷，主动脉影增宽，构成"靴状"心影。

②超声心动图上可见到主动脉骑跨于室间隔之上，内径增宽。右心室内径增大，流出道狭窄。左心室内径缩小。多普勒彩色血流显像可见右心室直接将血液注入骑跨的主动脉。

（2）使患儿出现晕厥的原因：肺动脉狭窄使供血供氧不足，在此基础上有哭闹等氧耗增加的情况，就会出现呼吸困难，加重缺血缺氧，此时肺动脉肌肉部会因为缺氧而突然痉挛，引起一过性肺动脉阻塞，导致心脑缺血缺氧，出现突然晕厥。

（3）患儿下蹲后呼吸困难缓解的现象称为蹲踞。蹲踞时，下肢屈曲，动静脉血管受压，一方面使静脉回心血量减少，减轻了心脏负荷，降低了右心室射血力量；另一方面使体循环阻力增大，左心室射血力量增强。两者的改变使右向左的分流量减少，增加血液氧合，从而使缺血缺氧的症状缓解。

（4）患儿出生后一段时间并不青紫是由于尚未关闭的动脉导管的作用。正常情况下，动脉导管在生后3～12个月内关闭。在此期间开放的动脉导管可使血液由主动脉进入肺动脉，缓解肺动脉狭窄而使血流减少的情况，增加了肺动脉入肺的血液，所以在此段时间内，可无青紫或症状不明显。

第四节　病毒性心肌炎

病毒性心肌炎（viral myocarditis，VMC）是指病毒感染引起心肌细胞变性、坏死和间质性炎性细胞浸润及纤维渗出的过程。也可同时产生心内膜、心包及其他脏器炎性改变。

一、病因

常见病毒有柯萨奇病毒（B组和A组）、埃可病毒、脊髓灰质炎病毒、腺病毒、传染性肝炎病毒、流感和副流感病毒、麻疹病毒、单纯疱疹病毒以及流行性腮腺炎病毒等。

二、临床表现

1. 症状

表现轻重不一，预后大多良好，部分病人起病隐匿，有乏力、活动受限、心悸、胸痛症状，少数重症病人可发生心力衰竭并发严重心律失常、心源性休克，甚至猝死。部分病人呈慢性进程，演变为扩张性心肌病。新生儿患病时病情进展快，常见高热、反应低下、呼吸困难和发绀，常有神经、肝脏和肺的并发症。

2. 体征

心脏有轻度扩大，伴心动过速、心音低钝及奔马律，可导致心力衰竭及昏厥等。反复心衰者，心脏明显扩大，肺部出现湿啰音及肝、脾肿大，呼吸急促和发绀，重症病人可突然发生心源性休克，脉搏细弱，血压下降。

三、实验室检查

急性期白细胞计数升高或正常，血沉可增快，血清心肌酶活性升高，肌酸磷酸激酶及其同工酶（CK-MB）、乳酸脱氢酶及同工酶（LDH_1）升高，或心肌肌钙蛋白（cTnI或cTnT）阳性，该指标的变化对心肌炎诊断的特异性更强。恢复期血清病毒抗体滴度较急性期升高4倍以上。病程中血清抗心肌抗体增高。

病毒学诊断：疾病早期可从咽拭子、咽冲洗液、粪便、血液中分离出病毒，但需结合血清抗体测定才更有意义。

心肌活检仍被认为是本病诊断的金标准，但由于取材部位的局限性，其阳性率仍然不高。

四、辅助检查

1. 心电图

具有多变性、多样性及易变性特点，可表现为ST段偏移、T波低平、双向或倒置、低电压、QT间期延长、各种早搏、房室或束支传导阻滞、心动过缓或过速、异常Q波等。但是心电图缺乏特异性，强调动态观察的重要性。

2. X射线检查

轻者可正常，重者心脏不同程度扩大、搏动减弱，严重病例伴肺淤血或肺水肿。偶有心包、胸腔积液。

3. 超声心动图

轻者可正常，重者心脏不同程度增大，以左心室增大为主，搏动减弱。严重者有心功能不全，主要为左心室收缩功能不全表现。部分病人有心包炎改变。

五、诊断

病毒性心肌炎诊断标准（1999年修订草案，中国昆明）

1. 临床诊断依据

（1）心功能不全、心源性休克或心脑综合征。

（2）心脏扩大（X射线、超声心动图检查具有表现之一）。

（3）心电图改变　以R波为主的2个或2个以上主要导联（Ⅰ，Ⅱ，aVF，V_5）的ST-T段改变持续4d以上伴动态变化，窦房、房室传导阻滞，完全右枝或左束支传导阻滞，成联律、多型、多源、成对或并行早搏，非房室结及房室折返引起的异位性心动过速，低电压（新生儿除外）及异常Q波。

（4）CK-MB升高或心肌肌钙蛋白（cTnI或cTnT）阳性。

2. 病原学诊断依据

（1）确诊指标　自心内膜、心肌、心包

（活检、病理）或心包穿刺液检查发现以下之一者可确诊：①分离到病毒；②用病毒核酸探针查到病毒核酸；③特异性病毒抗体阳性。

（2）参考依据 有以下之一者结合临床表现可考虑心肌炎由病毒引起：①自粪便、咽拭子或血液中分离到病毒，且恢复期血清同型抗体滴度较第一份血清升高或降低4倍以上；②病程早期血中特异性IgM抗体阳性；③用病毒核酸探针自患儿血中查到病毒核酸。

（3）确诊依据 具备临床诊断依据两项可临床诊断。发病同时或发病前1～3周有病毒感染的证据支持诊断者。①同时具备病原学确诊依据之一者，可确诊为病毒性心肌炎，②具备病原学参考依据之一者，可临床诊断为病毒性心肌炎。③凡不具备确诊依据，应给予必要的治疗或随诊，根据病情变化确诊或除外心肌炎。④应除外风湿性心肌炎、中毒性心肌炎、先天性心脏病、由风湿性疾病及代谢性疾病（如甲状腺功能亢进症）引起的心肌损害、原发性心肌病、原发性心内膜弹力纤维增生症、先天性房室传导阻滞、心脏自主神经功能异常、β受体功能亢进及药物引起的心电图改变。

六、治疗

1. 休息

急性期需卧床休息，减轻心脏负荷。

2. 药物治疗

（1）对于仍处于毒血症阶段的早期病人 可选用抗病毒治疗。

（2）促进心肌细胞营养与代谢的药物 对心肌缺血病人用1,6-二磷酸果糖静脉滴注，100～200mg/（kg·d），或者ATP、辅酶A静脉滴注。

（3）大剂量丙种球蛋白 通过免疫调节作用减轻心肌细胞损害。

（4）糖皮质激素 通常不主张使用。对重型病人合并心源性休克、致死性心律失常、心肌活检证实慢性自身免疫性心肌炎症反应者应足量、早期应用。

（5）其他治疗 可根据病情联合应用利尿剂、洋地黄和血管活性药物，应特别注意用洋地黄时饱和量应较常规剂量减少，并注意补充氯化钾，以避免洋地黄中毒。

（6）纠正严重心律失常 在治疗病因和诱因基础上，采用相应抗心律失常药，对心功能有明显影响或威胁生命的心律失常，应及时纠正。

第五节　心内膜弹力纤维增生症

心内膜弹力纤维增生症（endocardial fibroelastosis），是一种心内膜病变的心肌病。多见于婴幼儿，早期发生心力衰竭，病死率极高。本症以弥漫性心内膜增厚、弹力纤维增生、心室肥厚为特征。若单独存在而不伴其他心脏异常时称为原发性心内膜弹力纤维增生症；若同时伴有心脏先天畸形（常为主动脉狭窄、主动脉瓣狭窄、室间隔缺损、左冠状动脉起源异常等）或继发于其他心脏疾病则称为继发性心内膜弹力纤维增生症。

本病主要病理改变为心内膜下弹力纤维及胶原纤维增生，病变以左心室为主。多数于1岁以内发病。原因尚未完全明确。

一、临床表现

主要表现为充血性心力衰竭，按症状的轻重缓急可分为以下三型。

（1）暴发型 起病急骤，突然出现呼吸困难、口唇发绀、面色苍白、烦躁不安、心动过速、心音减低，可听到奔马律，肺部常听到干、湿啰音，肝脏增大，少数出现心源性休克，甚至于数小时内猝死。此型多见于6个月内的婴儿。

（2）急性型 起病亦较快，但心力衰竭发展不如暴发型急剧。常并发支气管炎，肺部出现细湿啰音。部分病人因心腔内附壁血栓的脱落而发生脑栓塞。此型发病年龄同暴发型。如不及时治疗，多数死于心力衰竭。

（3）慢性型 症状与急性型相同，但进展缓慢。患儿生长发育多较落后。经适当治疗可获得缓解，存活至成年期，但仍可因反复发生心力衰竭而死亡。

二、诊断

本症诊断要点为：①1 岁以内，尤在生后前半年内出现心力衰竭而无其他心脏病证据；②心脏增大而以左心室为主；③无明显杂音；④心电图示左心室肥厚伴劳损；⑤心血管造影示左心室容量在心动周期中无明显变化。

三、治疗

主要应用洋地黄控制心力衰竭，一般反应较好，需长期服用，直到症状消失，X 射线、心电图恢复正常后 1～2 年方可停药。合并肺部感染时，应给予抗生素等治疗。

本病如不治疗，大多于 2 岁前死亡。对洋地黄治疗效果好而又能长期坚持治疗者，预后较好，且有痊愈可能。

第六节　感染性心内膜炎

感染性心内膜炎在过去常分为急性和亚急性两个类型，急性者多发生于原无心脏病的患儿，侵入细菌毒力较强，起病急骤，进展迅速，病程在 6 周以内。亚急性者多在原有心脏病的基础上感染毒力较弱的细菌，起病潜隐，进展相对缓慢，病程超过 6 周，由于抗生素的广泛应用，本病的病程已延长，临床上急性型和亚急性型难以截然划分。致病微生物除了最常见的细菌外，尚有霉菌、衣原体、立克次体及病毒等。

一、病因

1. 心脏的原发病变

大多数感染性心内膜炎病人有原发心脏病变，其中以先天性心脏病最为多见，室间隔缺损最易合并感染性心内膜炎，其他依次为法洛四联症、动脉导管未闭、肺动脉瓣狭窄等，后天性心脏病如风湿性瓣膜病、二尖瓣脱垂综合征等也可并发感染性心内膜炎。

2. 病原体

几乎所有细菌均可导致感染性心内膜炎，草绿色链球菌仍为最常见的致病菌，但所占比例已显著下降。近年，金黄色葡萄球菌、白色葡萄球菌，以及肠球菌、产气杆菌等革兰阴性杆菌引起的感染性心内膜炎显著增多。

3. 诱发因素

约 1/3 的患儿在病史中可找到诱发因素，常见的诱发因素为纠治牙病和扁桃体摘除术。近年心导管检查和介入性治疗、人工瓣膜置换、心内直视手术的广泛开展，也是感染性心内膜炎的重要诱发因素之一，其他诱发因素如长期使用抗生素、糖皮质激素和免疫抑制剂等。

二、病理

本病基本病理改变是心瓣膜、心内膜及大血管内膜附着疣状感染性赘生物。赘生物由血小板、白细胞、红细胞、纤维蛋白、胶原纤维和致病微生物等组成。

赘生物受高速血流冲击可有血栓脱落，随血流散布到全身血管导致器官栓塞。右心的栓子引起肺栓塞；左心的栓子引起肾、脑、脾、四肢、肠系膜等动脉栓塞。微小栓子栓塞毛细血管产生皮肤瘀点，即欧氏小结（Osier's node）。

三、临床表现

本病起病缓慢，症状多种多样。大多数病人有器质性心脏病，部分病人发病前有龋齿、扁桃体炎、静脉插管、介入治疗或心内手术史。

1. 感染症状

发热是最常见的症状，可有疲乏、盗汗、食欲减退、体重减轻、关节痛、皮肤苍白等表现，病情进展较慢。

2. 心脏方面的症状

原有的心脏杂音可因心脏瓣膜的赘生物而发生改变，出现粗糙、响亮、呈海鸥鸣样或音乐样的杂音。原无心脏杂音者可出现音乐样杂音，约一半患儿由于心瓣膜病变、中毒性心肌炎等导致充血性心力衰竭，出现心音低钝、奔马律等。

3. 栓塞症状

视栓塞部位的不同而出现不同的临床表现，一般发生于病程后期，但约 1/3 的病人为首发症状，如皮肤欧氏小结、脾栓塞、肺栓塞、脑动脉栓塞等。病程久者可见杵状指（趾），但无发绀。

2 岁以下婴儿往往以全身感染症状为主，仅少数患儿有栓塞症状和（或）心脏杂音。

四、实验室检查

1. 血培养

血细菌培养阳性是确诊感染性心内膜炎的重要依据，凡原因不明的发热、持续在 1 周以上，且原有心脏病者，均应反复多次进行血培养，以提高阳性率。若血培养阳性，尚应做药物敏感试验。

2. 超声心动图

超声心动图检查能够检出直径大于 2mm 以上的赘生物，因此对诊断感染性心内膜炎很有帮助。此外，在治疗过程中超声心动图还可动态观察赘生物大小、形态、活动和瓣膜功能状态，了解瓣膜损害程度，对决定是否做换瓣手术有参考价值。该检查还可发现原有的心脏病。

3. CT 检查

对怀疑有颅内病变者应及时做 CT，以了解病变部位和范围。

4. 其他

血常规可见进行性贫血，多为正细胞性贫血，白细胞数增高和中性粒细胞升高，血沉快，C 反应蛋白阳性，血清球蛋白常常增多，免疫球蛋白升高，循环免疫复合物及类风湿因子阳性，尿常规有红细胞，发热期可出现蛋白尿。

五、诊断（参照 2004 年新修订诊断标准）

1. 临床指标

（1）主要指标

① 血培养阳性。分别 2 次血培养有相同的感染性心内膜炎常见的微生物（如草绿色链球菌、金黄色葡萄球菌、肠球菌等）。

② 心内膜受累证据。应用超声心动图检查心内膜受累证据，有以下超声心动图征象之一：a. 附着于瓣膜或瓣膜装置，或心脏、大血管内膜或置植人工材料上的赘生物；b. 心内脓肿；c. 瓣膜穿孔、人工瓣膜或缺损补片有新的部分裂开。

③ 血管征象。如重要动脉栓塞、脓毒性肺梗死或感染性动脉瘤。

（2）次要指标

① 易感染条件。如基础心脏疾病、心脏手术、心导管术或中心静脉内插管。

② 较长时间的发热（≥38℃），伴贫血。

③ 原有心脏杂音加重，出现新的反流杂音，或心功能不全。

④ 血管征象。如瘀斑，脾肿大，颅内出血，结膜出血，镜下血尿，或 Janeway 斑。

⑤ 免疫学征象。如肾小球肾炎，欧氏小结，Roth 斑，或类风湿因子阳性。

⑥ 微生物学证据。血培养阳性，但未符合主要指标中的要求。

2. 病理学指标

（1）赘生物（包括已形成的栓塞）或心内脓肿经培养或镜检发现微生物。

（2）存在赘生物或心内脓肿，并经病理检查证实伴活动性心内膜炎。

3. 诊断依据

（1）具备以下①～⑤项任何之一者可诊断为感染性心内膜炎：①临床主要指标 2 项；②临床主要指标 1 项和次要指标 3 项；③心内膜受累证据和临床次要指标 2 项；④临床次要指标 5 项；⑤病理学指标 1 项。

（2）有以下情况时可排除感染性心内膜炎诊断 有明确的其他诊断解释临床表现；经抗生素治疗≤4d 临床表现消除；抗生素治疗≤4d 手术或尸检无感染性心内膜的病理证据。

（3）临床考虑感染性心内膜炎，但不具备确诊依据时仍应进行治疗，根据临床观察及进一步的检查结果确诊或排除感染性心内膜炎。

六、治疗

总的原则是积极抗感染、加强支持疗法，但在应用抗生素之前必须先做几次血培养和药物敏感试验。

1. 抗生素

应用原则是早期、联合应用，剂量足，选用敏感的杀菌药，疗程要长。在具体应用时，对不同的病原菌感染选用不同的抗生素。

抗感染药物应连用 4～8 周，用至体温正常，栓塞现象消失，血象、血沉恢复正常，血培养阴性后逐渐停药。

2. 一般治疗

包括细心护理，保证病人充足的热量供应，可少量多次输新鲜血液或血浆，也可输注丙种球蛋白。

3. 手术治疗

近年早期外科治疗感染性心内膜炎取得了良好效果。其手术指征为：①瓣膜功能不全引起的中、重度心力衰竭；②赘生物阻塞瓣；③反复发生栓塞；④真菌感染；⑤经最佳抗生素治疗无效；⑥新发生的心脏传导阻滞。

七、预防

有先天性或风湿性心脏病患儿平时应注意口腔卫生，防止牙龈炎、龋齿；预防感染；若施行口腔手术、扁桃体摘除术、心导管和心脏手术时，可于术前及术后肌注青霉素或长效青霉素。青霉素过敏者，可选用头孢菌素类或万古霉素。

【试题精选】

一、单项选择题

1. 目前认为对心肌炎早期诊断有提示意义的是
A. 乳酸脱氢酶（LDH）增高
B. 肌酸激酶（CK）增高
C. 天冬氨酸氨基转移酶（AST）增高
D. CK-MB 增高

2. 能确诊病毒性心肌炎的检查是
A. 超声心动图检查　　B. 血清检查
C. 心电图检查　　　　D. 以上都不是

3. 关于病毒性心肌炎的预后下列哪项是错误的
A. 多数可以治愈
B. 可在短时间内急剧恶化或死亡
C. 可出现心功能不全
D. 新生儿急性心肌炎预后好

4. 病毒性心肌炎在下列哪种情况下可应用糖皮质激素
A. ST-T 改变　　　　B. 室性早搏
C. Ⅲ度房室传导阻滞
D. 高热

5. 下列哪项不是心肌炎的临床诊断依据
A. 心功能不全　　　　B. 心脏扩大
C. 胸闷心慌　　　　　D. CK-MB 增高

6. 患儿，男，7 岁，发热 5d，感胸闷不适 2d，心率 143 次/min，心律失常，心电图示频发室性早搏伴二联律，测 CK-MB 增高，血清肌钙蛋白 T 增高。可初步诊断为
A. 风湿性心肌炎　　　B. 病毒性心肌炎
C. 中毒性心肌炎
D. 甲状腺功能亢进症

7. 患儿，女，8 个月，发热 4d，气促，烦躁1d。查体：面色苍白，心率 56 次/min，心律略不齐，心音低钝，闻及心包摩擦音。心电图示Ⅲ度房室传导阻滞。最可能的诊断为
A. 化脓性心包炎　　　B. 先天性心脏病
C. 病毒性心肌炎
D. 心内膜弹力纤维增生症

8. 下列检查中对诊断病毒性心肌炎有帮助的实验室检查是
A. 大便病毒分离　　　B. 血清 CK-MB
C. 心肌组织中分离到病毒
D. 血液病毒分离

9. 对心内膜弹力纤维增生症描述错误的是
A. 病变以左心室为主
B. 多有先天性心脏病　C. 病因尚不完全明确
D. 发病年龄多在 1 岁以内

10. 目前心内膜弹力纤维增生症最主要的治疗是
A. 利尿药　　　　　　B. 应用洋地黄类制剂
C. 卡托普利　　　　　D. 糖皮质激素

11. 感染性心内膜炎最常见的致病菌是

A. 白色念珠菌 　　 B. 白色葡萄球菌

C. 草绿色链球菌

D. 甲族乙型溶血性链球菌

12. 感染性心内膜炎最常发生于

A. 先天性心血管病 　 B. 风湿性心瓣膜病

C. 心脏手术后 　　 D. 正常心脏

13. 感染性心内膜炎具有决定诊断意义的依据是

A. 血培养 　　　 B. 血沉

C. 血象 　　　 D. 血清免疫学检查

14. 下列细菌性心内膜炎的抗生素治疗中，错误的是

A. 早期应用

B. 剂量足，疗程 8~12 周

C. 选择敏感的杀菌药物

D. 应联合用药

15. 欧氏小结见于

A. 急性风湿热 　　　 B. 系统性红斑狼疮

C. 急性病毒性心肌炎

D. 亚急性细菌性心内膜炎

16. 下列哪项不是诊断小儿感染性心内膜炎临床指标中的主要指标

A. 分别 2 次血培养有相同的感染性心内膜炎常见的微生物

B. 有心内膜受累证据

C. 重要动脉栓塞 　　 D. 较长时间发热

17. 小儿病毒性心肌炎最常见的后遗症是

A. 心电图显示 ST-T 段改变

B. Ⅰ~Ⅱ度房室传导阻滞

C. 束支传导阻滞 　　 D. 过早搏动

二、多项选择题

1. 引起病毒性心肌炎常见的病毒为

A. 埃可病毒 　　　 B. 脊髓灰质炎病毒

C. 腺病毒

D. 柯萨奇病毒 A、B 组

2. 急性轻型病毒性心肌炎的治疗是

A. 休息 　　　　 B. 糖皮质激素

C. 大剂量维生素 C 　 D. 小剂量地高辛

3. 新生儿病毒性心肌炎的特点是

A. 起病突然，进展快

B. 常见呼吸困难、发绀

C. 常合并其他脏器炎症

D. 预后好

4. 病毒性心肌炎下列治疗措施哪些合适

A. 吸氧 　　　　 B. 镇静

C. 糖皮质激素 　　 D. 大剂量维生素 C

5. 病毒性心肌炎应用肾上腺皮质激素的适应证

A. 全身中毒症状严重，有心衰或心源性休克

B. 血中查到病毒原体者

C. 病程长，反复发作，一般治疗效不佳

D. 病初早期，AST、CPK 酶升高时

E. 严重心律失常

6. 病毒性心肌炎并发心衰应用洋地黄制剂应注意

A. 选用作用快、排泄快的制剂

B. 饱和量较常用量减少

C. 洋地黄化时间延长

D. 与利尿剂合用，可减少洋地黄用量

7. 对感染性心内膜炎赘生物描述正确的是

A. 可附着在心瓣膜、心内膜及大血管内膜上

B. 由血小板、白细胞、红细胞、纤维蛋白、胶原纤维和致病微生物等组成

C. 可致急性循环障碍

D. 可使瓣膜溃疡、穿孔

8. 以下哪些描述不符合暴发型心内膜弹力纤维增生症

A. 起病急骤，可猝死

B. 肝脏肿大

C. 多有先天性心脏病病史

D. 肺部听诊多正常

三、问答题

1. 病毒性心肌炎诊断标准是什么？

2. 简述病毒性心肌炎的治疗。

3. 简述感染性心内膜炎的临床表现。

【参考答案】

一、单项选择题

1. D 2. D 3. D 4. C 5. C 6. B 7. C

8. C 9. B 10. B 11. C 12. A 13. A

14. B 15. D 16. D 17. D

二、多项选择题

1. ABCD 2. AC 3. ABC 4. ABCD 5. AE

6. ABCD　7. ABCD　8. CD

三、问答题

1.（1）临床诊断依据

① 心功能不全、心源性休克或心脑综合征。

② 心脏扩大（X 射线、超声心动图检查具有其表现之一）。

③ 心电图改变：以 R 波为主的 2 个或 2 个以上主要导联（Ⅰ，Ⅱ，aVF，V_5）的 ST-T 段改变持续 4d 以上伴动态变化，窦房、房室传导阻滞，完全右束支或左束支传导阻滞，成联律、多型、多源、成对或并行早搏，非房室结及房室折返引起的异位性心动过速，低电压（新生儿除外）及异常 Q 波。

④ CK-MB 升高或心肌肌钙蛋白（cTnI 或 cT-nT）阳性。

（2）病原学诊断依据

① 确诊指标：自心内膜、心肌、心包（活检、病理）或心包穿刺液检查发现以下之一者可确诊。a. 分离到病毒；b. 用病毒核酸探针查到病毒核酸；c. 特异性病毒抗体阳性。

② 参考依据：有以下之一者结合临床表现可考虑心肌炎由病毒引起：a. 自粪便、咽拭子或血液中分离到病毒，且恢复期血清同型抗体滴度较第一份血清升高或降低 4 倍以上；b. 病程早期血中特异性 IgM 抗体阳性；c. 用病毒核酸探针自患儿血中查到病毒核酸。

（3）确诊依据　具备临床诊断依据两项可临床诊断。发病同时或发病前 1～3 周有病毒感染的证据支持诊断者。①同时具备病原学确诊依据之一者，可确诊为病毒性心肌炎；②具备病原学参考依据之一者，可临床诊断为病毒性心肌炎；③凡不具备确诊依据，应给予必要的治疗或随诊，根据病情变化确诊或除外心肌炎；④应除外风湿性心肌炎、中毒性心肌炎、先天性心脏病、由风湿性疾病及代谢性疾病（如甲状腺功能亢进症）引起的心肌损害、原发性心肌病、原发性心内膜弹力纤维增生症、先天性房室传导阻滞、心脏自主神经功能异常、β 受体功能亢进及药物引起的心电图改变。

2. 病毒性心肌炎的治疗

（1）休息　急性期需卧床休息，减轻心脏负荷。

（2）药物治疗

① 对于仍处于毒血症阶段的早期病人可选用抗病毒治疗。

② 促进心肌细胞营养与代谢的药物：对有心肌缺血病人用 1,6-二磷酸果糖静脉滴注，100～200mg/(kg・d)，或者 ATP、辅酶 A 静脉滴注。

③ 大剂量丙种球蛋白：通过免疫调节作用减轻心肌细胞损害。

④ 糖皮质激素：通常不主张使用。对重型病人合并心源性休克、致死性心律失常、心肌活检证实慢性自身免疫性心肌炎症反应者应足量、早期应用。

⑤ 其他治疗：可根据病情联合应用利尿剂、洋地黄和血管活性药物，应特别注意用洋地黄时饱和量应较常规剂量减少，并注意补充氯化钾，以避免洋地黄中毒。

⑥ 纠正严重心律失常：在治疗病因和诱因基础上，采用相应抗心律失常药，对心功能有明显影响或威胁生命的心律失常，应及时纠正。

3. 感染性心内膜炎的临床表现：起病缓慢，症状多种多样。大多数病人有器质性心脏病，部分病人发病前有龋齿、扁桃体炎、静脉插管、介入治疗或心内手术史。

（1）感染症状　发热是最常见的症状，可有疲乏、盗汗、食欲减退、体重减轻、关节痛、皮肤苍白等表现，病情进展较慢。

（2）心脏方面的症状　原有的心脏杂音可因心脏瓣膜赘生物而发生改变，出现粗糙、响亮、呈海鸥鸣样或音乐样的杂音。原无心脏杂音者可出现音乐样杂音，约一半患儿由于心瓣膜病变、中毒性心肌炎等导致充血性心力衰竭，出现心音低钝、奔马律等。

（3）栓塞症状　视栓塞部位的不同而出现不同的临床表现，一般发生于病程后期，但约 1/3 的病人为首发症状，如皮肤欧氏小结、脾栓塞、肺栓塞、脑动脉栓塞等。病程久者可见杵状指（趾），但无发绀。

2 岁以下婴儿往往以全身感染症状为主，仅少数患儿有栓塞症状和（或）心脏杂音。

第十三章 泌尿系统疾病

第一节 急性肾小球肾炎

一、病因

绝大多数的病例属 A 组 β 溶血性链球菌急性感染后引起的免疫复合物性肾小球肾炎。

二、急性链球菌感染后肾炎的发病机制

见图 13-1。

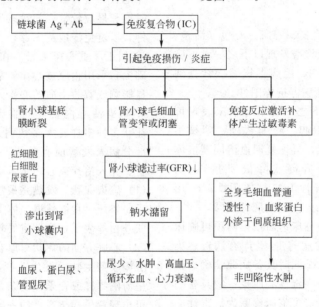

图 13-1 急性链球菌感染后肾炎的发病机制

三、临床表现

1. 典型表现

（1）水肿 70％的病人有水肿，一般仅累及眼睑及颜面部，重者 2～3d 遍及全身，呈非凹陷性。

（2）血尿 50％～70％病人有肉眼血尿，持续 1～2 周即转镜下血尿。

（3）蛋白尿 程度不等，有 20％可达肾病水平。

（4）高血压 30％～80％病人有血压增高。

（5）尿量减少。

2. 严重表现

少数患儿在疾病早期（2 周之内）可出现下列严重症状：

（1）严重循环充血 由于水、钠潴留，血浆容量增加所致。严重者可出现呼吸困难、端坐呼吸、频咳、吐粉红色泡沫痰、两肺满布湿啰音、心脏扩大、甚至出现奔马律、颈静脉怒

张、肝大而硬、水肿加剧。

（2）高血压脑病　指血压（尤其舒张压）急剧增高，出现中枢神经系统症状。年长儿会主诉剧烈头痛、呕吐、复视或一过性失明，严重者突然出现惊厥、昏迷。少数暂时偏瘫、失语，严重时发生脑疝。

诊断：血压＞140/90mmHg，并伴视力障碍、惊厥及昏迷三项之一。

（3）急性肾功能不全　常发生于疾病初期，出现尿少、尿闭等症状，引起暂时性氮质血症、电解质紊乱和代谢性酸中毒，一般持续3～5d，不超过10d。

四、诊断

（1）往往有前期链球菌感染史。

（2）急性起病。

（3）具备血尿、蛋白尿和管型尿、水肿及高血压等特点。

（4）急性期血清 ASO 滴度升高，C_3 浓度降低，均可临床诊断急性肾炎。

五、治疗

（1）休息。

（2）饮食　对有水肿高血压者应限盐及水。

（3）抗感染　有感染灶时用青霉素10～14d。

（4）对症治疗　利尿、降压。

（5）严重循环充血的治疗

① 矫正水钠潴留，恢复正常血容量，可使用呋塞米注射。

② 肺水肿：除吸氧等一般对症治疗外，加用硝普钠（亚硝基铁氰化物），用药时严密监测血压，随时调节药液滴速，以防发生低血压。针筒、输液管等须用黑纸覆盖，以免药物遇光分解。

③ 难治病例：腹膜透析或血液滤过。

（6）高血压脑病的治疗　选用降压效力强而迅速的药物，首选硝普钠。有惊厥者应及时止痉。

（7）急性肾衰竭的治疗

① 利尿。

② 限水。

③ 纠正电解质、酸碱平衡紊乱：高钾、低钠。

④ 透析。

第二节　肾病综合征

一、肾病综合征病理生理的四大特征

1. 大量蛋白尿

多种原因引起的肾小球基膜通透性增加，导致血浆内大量蛋白质从尿中丢失。

2. 低白蛋白血症

血浆蛋白由尿中大量丢失和从肾小球滤出后被肾小管吸收分解是造成肾病综合征（NS）低蛋白血症的主要原因，尚与肝脏合成蛋白的速度和胃肠道少量蛋白丢失有关。

3. 高脂血症

低蛋白血症促进肝脏合成脂蛋白增加，其中的大分子脂蛋白难以从肾脏排出而蓄积于体内。

4. 水肿

① 低蛋白血症降低血浆胶体渗透压，当血浆白蛋白低于 25g/L 时，液体将在间质区潴留；低于 15g/L 则可有腹水或胸水形成。

② 血浆胶体渗透压降低使血容量减少，刺激渗透压和容量感受器，促使抗利尿激素（ADH）和肾素-血管紧张素-醛固酮分泌、心钠素减少，最终使远端肾小管钠、水吸收增加，导致钠、水潴留。

③ 低血容量使交感神经兴奋性增高，近端肾小管 Na^+ 吸收增加。

④ 某些肾内因子改变了肾小管管周体液平衡机制，使近曲小管 Na^+ 吸收增加。

二、临床表现

① 水肿最常见，始见于眼睑，后渐遍及

全身，呈凹陷性。可有腹水或胸腔积液。

② 常伴有尿量减少、颜色变深，无并发症的病人无肉眼血尿，而短暂的镜下血尿可见于大约 15％的病人。

③ 大多数血压正常。

④ 约 30％病人因血容量减少而出现短暂肌酐清除率下降，一般肾功能正常，急性肾衰竭少见。部分病人晚期可有肾小管功能障碍，出现低血磷性佝偻病、肾性糖尿、氨基酸尿和酸中毒等。

三、并发症

① 感染。

② 电解质紊乱和低血容量：低钠、低钾、低钙血症。

③ 血栓形成。

④ 急性肾衰竭。

⑤ 肾小管功能障碍。

四、诊断

1. 肾病综合征诊断标准

① 大量蛋白尿〔尿蛋白（＋＋＋～＋＋＋）；1 周内 3 次，24h 尿蛋白定量≥50mg/kg〕。

② 血浆白蛋白低于 30g/L。

③ 血浆胆固醇高于 5.7mmol/L。

④ 不同程度的水肿。

以上四项中以大量蛋白尿和低白蛋白血症为必要条件。

2. 凡具有以下四项之一或多项者属于肾炎型肾病

① 血尿：2 周内分别 3 次以上离心尿检查红细胞≥10 个/HP，并证实为肾小球源性血尿者。

② 高血压：反复或持续高血压，学龄儿童≥130/90mmHg，学龄前儿童≥120/80mmHg。并除外糖皮质激素等原因所致。

③ 氮质血症：肾功能不全，并排除由于血容量不足等所致。

④ 持续低补体血症。

五、治疗

1. 一般治疗

① 休息。

② 饮食：显著水肿和严重高血压时应短期限制水钠摄入。蛋白质摄入 1.5～2g/(kg·d)，以高生物价的动物蛋白（乳、鱼、蛋、禽、牛肉等）为宜。在应用糖皮质激素过程中每日应给予维生素 D 400U 及适量钙剂。

③ 防治感染。

④ 利尿：对糖皮质激素耐药或未使用糖皮质激素，而水肿较重伴尿少者可配合使用利尿剂。

注意：增加血容量，如使用白蛋白（不提倡）、右旋糖酐 40、多巴胺。

2. 糖皮质激素

初治病例诊断确定后应尽早选用泼尼松治疗。

① 短程疗法：泼尼松 2mg/(kg·d)（按身高标准体重，以下同），最大量 60mg/d，分次服用，共 4 周。4 周后不管效应如何，均改为泼尼松 1.5mg/kg 隔日晨顿服，共 4 周，全疗程共 8 周，然后骤然停药。短程疗法易于复发。

② 中、长期疗法：先以泼尼松 2mg/(kg·d)，最大量 60mg/d，分次服用。若 4 周内尿蛋白转阴，则自转阴后至少巩固 2 周方始减量，以后改为隔日 2mg/kg 早餐后顿服，继用 4 周，以后每 2～4 周减总量 2.5～5mg，直至停药。疗程必须达 6 个月（中程疗法）。开始治疗后 4 周尿蛋白未转阴者可继服至尿蛋白阴转后 2 周，一般不超过 8 周。以后再改为隔日 2mg/kg 早餐后顿服，继用 4 周，以后每 2～4 周减量一次，直至停药，疗程 9 个月（长程疗法）。

第三节　泌尿道感染

一、临床表现

1. 急性泌尿道感染（UTI）的临床症状

随患儿年龄组的不同存在着较大差异。

（1）新生儿

① 临床症状极不典型，多以全身症状为主，如发热或体温不升、面色苍白、吃奶差、呕吐、腹泻等。

② 许多患儿有生长发育停滞，体重增长缓慢或不增，伴有黄疸者较多见。

③ 部分患儿可有嗜睡、烦躁、甚至惊厥等神经系统症状。

④ 常伴有败血症，但其局部排尿刺激症状多不明显，30%的患儿血培养与尿培养的致病菌一致。

（2）婴幼儿

① 临床症状也不典型，常以发热最突出。

② 拒食、呕吐、腹泻等全身症状也较明显。

③ 局部排尿刺激症状可不明显，可有排尿时哭闹不安，尿布有臭味和顽固性尿布疹等。

（3）年长儿 下尿路感染多，仅表现尿频、尿急、尿痛、尿液浑浊，偶见肉眼血尿，全身症状多不明显。上尿路感染时发热、寒战、腹痛等全身症状突出，常伴有腰痛和肾区叩击痛、肋脊角压痛等，可同时伴有尿路刺激症状。

2. 慢性泌尿道感染的临床症状

慢性泌尿道感染的临床症状指病程迁延或反复发作伴有贫血、消瘦、生长迟缓、高血压或肾功能不全。

3. 无症状性菌尿

有意义的菌尿，但无任何尿路感染症状。病原体多是大肠杆菌。

二、确诊泌尿道感染的实验室检查

① 清洁中段尿定量培养菌落数$\geq 10^5$/ml或球菌$\geq 10^3$/ml。

② 耻骨上膀胱穿刺尿定性培养有细菌生长，即可确立诊断。

③ 尿液直接涂片：油镜下每个视野都能找到1个细菌。

④ 尿沉渣找闪光细胞2万～4万个/h。

【试题精选】

一、单项选择题

1. 在生后前几周的婴儿肾的最大浓缩能力为成人的
A. 1/2　　B. 1/3
C. 1/4　　D. 1/6
E. 1/7

2. 小儿多大时肾小球滤过率达成人水平
A. 2周　　B. 6个月
C. 1～2岁　　D. 3岁
E. 6岁

3. 女婴比男婴易发生尿路感染，其主要原因是
A. 女婴尿道更长
B. 女婴更易有膀胱输尿管反流
C. 女婴尿道口短，外口暴露
D. 男婴包茎可保护尿道口
E. 女婴更易遗尿

4. 新鲜尿离心沉渣中每高倍视野红细胞＞5个，可称为
A. 镜下血尿　　B. 肉眼血尿
C. 肾小球性血尿　　D. 非肾小球性血尿
E. 脓尿

5. 肾脏分泌肾素的主要部位是
A. 致密斑　　B. 肾小管细胞
C. 肾小球毛细血管内皮细胞
D. 球旁细胞　　E. 间质细胞

6. 肾病综合征大量蛋白尿一般是指尿蛋白
A. ＞0.5g/(kg·d)　　B. ＞0.4g/(kg·d)
C. ＞0.2g/(kg·d)　　D. ＞0.1g/(kg·d)
E. ＞0.05g/(kg·d)

7. 急性肾小球肾炎的高发年龄
A. 2岁以下　　B. 3～5岁
C. 5～14岁　　D. 14岁以上
E. 以上均不对

8. 急性肾炎病例临床表现，不包括
A. 水肿　　B. 少尿
C. 血尿　　D. 高血压
E. 高脂血症

9. 急性肾炎严重循环充血，不包括
A. 心搏出量下降　　B. 静脉压增高
C. 心脏扩大　　D. 肝增大
E. 心率增快

10. 急性肾炎病人在病程早期突然发生惊厥，

哪项可能性最大

A. 低镁血症   B. 低钙惊厥

C. 脑性低钠   D. 高血压脑病

E. 低血糖症

11. 急性肾炎发生急性肾衰的治疗不包括

A. 限盐、限水   B. 利尿

C. 纠正酸中毒   D. 透析治疗

E. 纠正低钾血症

12. 急性肾炎的诊断依据中，错误的是

A. 病前 1~3 周有前驱感染史

B. 起病 8 周后血清补体下降

C. 有水肿、高血压、血尿、少尿

D. 尿常规检查有蛋白、红细胞及管型

E. ASO 升高

13. 急性肾炎患儿饮食中盐分必须限制到

A. 氮质血症消失

B. 水肿消退，蛋白尿消失

C. 水肿消退，血压正常

D. 水肿消退，镜下血尿消失

E. 蛋白尿消失，血沉正常

14. 急性链球菌感染后肾小球肾炎，补体 C_3 恢复时间为

A. 2 周以内   B. 4 周以内

C. 8 周以内   D. 3 个月以内

E. 6 个月以内

15. 急性肾炎的高血压治疗，错误的是

A. 血压轻度增高，限制水、盐及利尿治疗

B. 中重度高血压首选降压药物：硝苯地平

C. 经治疗后血压不降出现高血压脑病，应立即用硝普钠

D. 必要时可用激素

E. 必要时可用镇静剂

16. 急性肾小球肾炎急性肾衰出现少尿的主要原因是

A. 急性循环充血   B. 低白蛋白血症

C. 心肌收缩力下降

D. 肾小球滤过率下降

E. 肾小管稀释功能降低

17. 急性肾炎的水肿多为非凹陷型，其主要机制是

A. 肾小球滤过率减少

B. 毛细血管通透性增加，血浆蛋白渗入组织

C. 肾小球基膜断裂，产生蛋白尿、低蛋白血症

D. 循环血量增加，心功能衰竭所致

E. 水钠潴留

18. 急性链球菌感染后肾小球肾炎，最后消失的症状是

A. 水肿   B. 高血压

C. 血尿   D. 蛋白尿

E. 少尿

19. 急性肾炎用青霉素是为了

A. 控制肾脏炎症

B. 清除肾脏内病原菌

C. 清除体内感染灶

D. 防止合并症

E. 以上均不是

20. 有血尿，无水肿，无高血压，多见于下列哪种疾病

A. 急性肾炎   B. 单纯性肾病

C. 急性肾盂肾炎   D. 急进性肾炎

E. 病毒性肾炎

21. 肾病综合征的病理生理特征中，以哪项最主要

A. 低白蛋白血症   B. 高胆固醇血症

C. 全身水肿   D. 大量蛋白尿

E. 电解质紊乱

22. 哪项不符合单纯性肾病

A. 大量蛋白尿   B. 尿中少量红细胞

C. 暂时性氮质血症   D. 胆固醇明显增高

E. 持续低补体血症

23. 肾炎性肾病不同于单纯性肾病的为

A. 水肿明显   B. 大量蛋白尿

C. 有血尿、高血压   D. 胆固醇增高

E. 血浆蛋白降低更明显

24. 肾病综合征患儿易患各种感染，最多见的是

A. 原发性腹膜炎   B. 上呼吸道感染

C. 下呼吸道感染   D. 皮肤感染

E. 泌尿道感染

25. 治疗肾病综合征的首选药物是

A. 泼尼松   B. 地塞米松

C. 甲泼尼龙   D. 环磷酰胺

E. 卡托普利

26. 治疗肾病综合征激素中长程疗法，疗程为

A. 3~4 个月   B. 6~9 个月

C. 1 年~1 年半   D. 1 年半~2 年

E. 8 周以上

27. 肾病频繁复发是指病程中

A. 1 年内复发≥2 次

B. 半年内复发≥2 次；或 1 年内复发≥3 次

C. 半年内复发≥3 次；或 1 年内复发≥4 次

D. 半年内复发≥3 次；或 1 年内复发≥5 次

E. 以上都不对

28. 肾病综合征病人应用泼尼松治疗 4 周后，尿蛋白定性由（＋＋＋＋）减少至（＋＋），但仍有双下肢水肿，应当进行下述治疗

A. 继续泼尼松治疗　　　B. 换用地塞米松

C. 将泼尼松减量，加强利尿

D. 加用中药　　　　E. 加用环磷酰胺

29. 肾病综合征加用免疫抑制剂的指征是

A. 激素治疗 4 周，尿蛋白未消失

B. 激素治疗 8 周，尿蛋白未消失

C. 重症病例

D. 激素治疗缓解后首次复发

E. 激素治疗治疗 4 周，尿蛋白转阴

30. 肾病综合征患儿应用肾上腺皮质激素治疗 6 周后，尿蛋白完全消失，其疗效属

A. 激素敏感　　　　B. 激素部分敏感

C. 激素耐药　　　　D. 激素依赖

E. 以上都不是

31. 肾病综合征易形成血栓，以下哪条不是其原因

A. 肝合成凝血因子增加

B. 血液黏稠，血液浓缩

C. 感染或血管内皮损伤

D. 激素的使用　　　E. 高血压

32. 与单纯性肾病相鉴别，哪项是肾炎性肾病的特点

A. 水肿显著

B. 尿蛋白多为（＋＋＋～＋＋＋＋）

C. 血尿，高血压，氮质血症

D. 血清胆固醇增加不显著

E. 血清蛋白降低不显著

33. 急性链球菌感染后肾小球肾炎急性期最主要的治疗措施是

A. 血液透析　　　　B. 加强营养

C. 休息与控制感染

D. 激素　　　　E. 免疫抑制剂

34. 泌尿道感染最常见的致病菌是

A. 屎肠球菌　　　　B. 变形杆菌

C. 假单胞菌　　　　D. 大肠杆菌

E. 克雷白杆菌

35. 以下哪个病例可确诊为泌尿道感染

A. 清洁中段尿定量培养菌落数≥10^3/ml

B. 离心尿沉渣涂片找到细菌

C. 耻骨上膀胱穿刺尿培养有细菌生长

D. 尿沉渣找到闪光细胞

E. 离心尿沉渣白细胞＞3 个/HP

36. 关于复发与慢性尿路感染的治疗，下列哪项不正确

A. 找出和去除诱因

B. 抗生素足量、足疗程

C. 联合应用抗生素

D. 诱因不能去除，应给予预防性抗生素

E. 一种抗生素治疗疗效好

37. 泌尿道感染最主要的途径是

A. 血源性感染　　　B. 上行性感染

C. 淋巴感染　　　　D. 直接蔓延

E. 肾小球肾炎发展演变

38. 哪种肾脏疾病易引起高钾血症

A. 急性肾功能衰竭（少尿型）

B. 肾病综合征

C. Ⅰ型肾小管酸中毒

D. Ⅱ型肾小管酸中毒

E. 以上都不对

39. 3 岁男孩，水肿、尿少半月。查体：全身凹陷性水肿，血压 12/6.65kPa（90/50mmHg）。尿常规（离心尿）：尿蛋白（＋＋＋），每高倍镜视野红细胞 3～5 个，血胆固醇 10.7mmol/L，血浆总蛋白 40g/L（4g/dl），白蛋白 18g/L，尿素氮 12.38mmol/L，最可能的诊断是

A. 急性肾炎　　　　B. 慢性肾炎

C. 肾炎性肾病　　　D. 单纯性肾病

E. 继发性肾病

40. 8 岁男孩，2 周前有过化脓性扁桃体炎，现食欲稍差，晨起有眼睑水肿，无肉眼血尿，血压正常，疑为急性肾炎，首选的检查是

A. 肾活检　　　　　B. 尿常规检查

C. 尿培养　　　　　D. 肾功能

E. 肾脏 B 超

41. 女孩，7 岁，尿少、水肿 3d，尿色如浓茶，伴头痛，一过性失明。血压 160/110mmHg，尿常规：蛋白（＋），红细胞 20～30 个/HP，颗粒管型 0～1 个/HP，最可能是

A. 急性肾炎

B. 急性肾炎合并高血压

C. 急性肾炎合并高血压脑病

D. 急进性肾炎

E. 急性肾炎合并心衰

42. 患儿女，9 岁，3 年前"上感"后曾有眼睑及面部水肿，数天后水肿消退；此后有时晨起眼睑水肿。近 2 年来，夜尿增多，查血尿素氮 12.8mmol/L，血红蛋白 81g/L，最可能的诊断是

A. 急性肾炎　　　　B. 单纯性肾病

C. 慢性肾炎急性发作　D. 肾炎性肾病

43. 男孩，3 岁，水肿 10d。查体：面部及四肢明显凹陷性水肿，呼吸 24 次/min，脉搏 100 次/min，血压 11/8kPa，腹膨隆，移动性浊音（＋），肝肋下 2cm，肾区无叩击痛，血红蛋白 125g/L，红细胞 4.2×10^{12}/L，胆固醇 7.2mmol/L，血浆蛋白 42g/L，白蛋白 18g/L，球蛋白 24g/L，血沉 80mm/h，血尿素氮 6.2mmol/L，尿蛋白（＋＋＋＋），红细胞偶见/HP，最可能的诊断

A. 急性肾炎　　　　B. 单纯性肾病

C. 慢性肾炎急性发作

D. 肾炎性肾病　　　E. 肾盂肾炎

44. 患儿，8 岁，水肿 2 个月，在外院诊断为原发性肾病综合征，用泼尼松治疗 8 周，现尿蛋白仍（＋＋＋）。患儿一直为低盐饮食，间断用速尿，2d 前出现呕吐、腹泻，1d 前患儿开始厌食、乏力、嗜睡、血压下降，无发热，此患儿最可能的并发症是

A. 原发性腹膜炎　　　B. 急性腹泻病

C. 血栓形成

D. 电解质紊乱、低血容量休克

E. 急性肾衰

45. 男孩，4 岁，水肿 1 周入院。化验检查：尿蛋白（＋＋＋），尿蛋白定量 60mg/(kg·d)，血浆白蛋白 20g/L，胆固醇 9.7mmol/L，血尿素氮 3.5mmol/L，口服泼尼松 30mg/d 后 2 周，尿蛋白（－），可能的病理类型是

A. 微小病变　　　　B. 膜性肾病

C. 系膜增生性肾炎

D. 膜增生性肾炎　　E. 新月体性肾炎

46. 男孩，7 岁，眼睑水肿 4d，伴头痛、眼花，尿呈深茶色 2d 就诊。发病前 2 周曾患扁桃体炎，诊为急性肾炎。入院后患儿病情急剧恶化，2～3 周后出现进行性肾功能减退、尿毒症，则考虑诊断为

A. 急性链球菌感染后肾小球肾炎

B. IgA 肾病　　　　C. 薄基底膜病

D. 肾炎性肾病综合征

E. 急进性肾小球肾炎

47. 男孩，9 岁，近 1 年反复水肿，曾用泼尼松治疗 4 个月，效果不明显。查体：发育营养差，面部及四肢明显凹陷性水肿，血压 135/90mmHg，腹膨隆，肝在右肋下 2cm。血红蛋白 110g/L，血浆白蛋白 18g/L，球蛋白 24g/L，胆固醇 10.6mmol/L，尿素氮 9mmol/L。尿常规：蛋白（＋＋＋），红细胞 5～10 个 HP，最可能诊断为

A. 急性肾炎　　　　B. 单纯性肾病

C. 慢性肾炎　　　　D. 肾炎性肾病

E. 急进性肾炎

48. 男孩，8 岁，患儿呼吸道感染 3d 后发生血尿。无尿频、尿痛，无水肿，血压 90/60mmHg，CH50、C_3 均正常，抗溶血性链球菌素"O" 200U，肾功能正常。尿常规：蛋白（＋＋），红细胞满视野，管型 0～1 个/HP。最可能诊断为

A. 急性肾炎（链球菌感染后）

B. 病毒性肾炎　　　C. 泌尿道感染

D. 急进性肾炎　　　E. 肾病综合征

49. 男孩，14 岁，体重 40kg，诊断为肾病综合征，泼尼松的用量应为

A. 80mg/d　　　　B. 60mg/d

C. 40mg/d　　　　D. 20mg/d

E. 10mg/d

50. 男孩，8 岁，因水肿、肉眼血尿 3d 入院，发病前 2 周患"化脓性扁桃体炎"。尿常规：蛋白（＋＋＋），红细胞满视野，给青霉素、低盐饮食 2 周后，水肿消退，肉眼血尿减轻，尿蛋白（＋～＋＋），血胆固醇 8.5mmol/L，总蛋白 55g/L，白蛋白 26g/L，ASO 600U/L，C_3 低，最可能的诊断是

A. 肾炎性肾病　　　　B. IgA 肾病

C. 具有肾病表现的急性肾炎

D. 狼疮性肾炎　　　E. 急进性肾炎

51. 女孩，10 岁，反复出现双下肢对称性出血性皮疹 4 周，镜下血尿、蛋白尿 1 周，伴双侧

踝关节肿痛，肾脏病理显示 IgA 颗粒样弥漫性肾小球沉积，最可能的诊断是

A. IgA 肾病　　　　　B. 急性肾小球肾炎

C. 过敏性紫癜性肾炎

D. 肾炎性肾病　　　　E. 狼疮性肾炎

（52~54 题共用题干）

男孩，7 岁，水肿 3d，气促 1d，伴尿少、茶色尿。查体：心率 110 次/min，心音增强，两肺底部有少许湿性啰音，肝肋下 2cm，血压 20/12kPa（150/90mmHg），白蛋白 28g/L。

52. 首先考虑诊断为

A. 肾病综合征，肺血栓形成

B. 急性肾炎伴支气管肺炎

C. 急性肾小球肾炎，高血压

D. 急性肾小球肾炎，循环充血

E. 急性肾小球肾炎，肾功能衰竭

53. 首要的治疗措施应为

A. 静滴硝普钠　　　　B. 静滴青霉素

C. 静注二氮嗪　　　　D. 静注呋塞米

E. 静注地高辛

54. 如果此患儿实验室检查 ASO 升高，补体 C_3 降低，可能的诊断是

A. IgA 肾病　　　　　B. 慢性肾小球肾炎

C. 急性链球菌感染后肾炎

D. 急进性肾炎　　　　E. 狼疮性肾炎

（55~57 题共用题干）

男孩，6 岁，水肿 1 个月，体检有全身凹陷性水肿、腹水，血压 16/10kPa（120/75mmHg），尿蛋白（＋＋＋），尿沉渣红细胞 5~8 个/HP，尿素氮 5.3mmol/L，血清白蛋白 15g/L，血沉 60mm/h。

55. 最可能的诊断是

A. 急性肾炎　　　　　B. 慢性肾炎

C. 单纯性肾病　　　　D. 肾炎性肾病

E. 迁延性肾病

56. 治疗首选

A. 泼尼松 40mg，1 日 1 次，口服

B. 泼尼松 20mg，1 日 2 次，口服

C. 泼尼松 10mg，1 日 2 次，口服，加用环磷酰胺

D. 泼尼松 10mg，1 日 2 次，口服，加用呋塞米

E. 地塞米松 5mg，1 日 2 次，口服，并用双嘧达莫、左旋咪唑

57. 患儿突然出现肉眼血尿伴腰痛，最可能是

A. 并发泌尿系感染　　B. 肾功能衰竭

C. 肾炎性肾病　　　　D. 并发肾静脉血栓

E. 并发尿路结石

（58~61 题共用题干）

女孩，7 岁，主因眼睑及下肢水肿 2d、肉眼血尿 1d 就诊，3 周前有"脓皮病"病史。

58. 体格检查最可能发现的是

A. 腹部可闻及杂音　　B. 血压升高

C. 心音低钝　　　　　D. 股动脉搏动减弱

E. 肢端发绀

59. 首选的实验室检查是

A. 血常规　　　　　　B. 尿常规

C. 尿培养　　　　　　D. 心电图

E. 血生化检查

60. 此患儿抗生素应选用

A. 青霉素　　　　　　B. 红霉素

C. 头孢唑啉　　　　　D. 头孢曲松

E. 万古霉素

61. 如该患儿发生视觉障碍、剧烈头痛，则应

A. 甲泼尼龙冲击　　　B. 口服泼尼松

C. 静点头孢曲松　　　D. 静滴多巴胺

E. 静滴硝普钠

（62~63 题共用题干）

患儿，5 岁，明显水肿，血压 12/8kPa（90/60mmHg），化验检查：尿蛋白（＋＋＋＋），尿红细胞 3~5 个/HP，血浆白蛋白 20g/L。

62. 此患儿首选的治疗是

A. 激素短程疗法

B. 激素中、长程疗法

C. 环磷酰胺冲击疗法

D. 环孢素口服　　　　E. 口服中药

63. 如果此患儿化验检查有持续性氮质血症，可能的诊断是

A. 慢性肾炎　　　　　B. IgA 肾病

C. 单纯性肾病　　　　D. 肾炎性肾病

E. 膜性肾病

（64~65 题共用题干）

患儿，10 岁，因高度水肿，大量蛋白尿，于外院诊断为原发性肾病综合征，经用泼尼松 60mg/d，治疗 8 周，现尿蛋白仍（＋＋），尿红细胞 50 个/HP，血清补体 C_3 正常，肾功能正常。

64. 可能的诊断是

A. 先天性肾病综合征

B. 单纯性肾病综合征

C. 肾炎性肾病综合征

D. 慢性肾炎　　　　E. IgA 肾病

65. 对激素的治疗反应

A. 激素敏感　　　　B. 激素耐药

C. 激素依赖　　　　D. 激素低度敏感

E. 激素高度敏感

二、多项选择题

1. 关于小儿尿量，下列哪些是正确的

A. 正常新生儿生后 48h，正常尿量为 24～72ml/(kg·d)

B. 少尿：婴幼儿＜200ml/d，学龄前儿童＜300ml/d，学龄儿童＜400ml/d

C. 新生儿尿量＜0.5ml/(kg·h) 或婴幼儿＜50ml/d 称为无尿

D. 新生儿尿量 3～5ml/(kg·h) 称为少尿

E. 少尿多考虑为肾功能不良

2. 新生儿肾小球滤过率低的原因包括

A. 皮质表层肾小球发育不成熟

B. 入球与出球小动脉阻力高，肾小球毛细血管内压低

C. 肾小球毛细血管通透性低

D. 滤过膜面积较成人小

E. 心搏出量低，肾血流量少

3. 关于急性肾炎下列哪些是对的

A. 2 岁以下儿童常见

B. 多见于 A 组 β 溶血性链球菌感染后

C. 多有抗 "O" 升高

D. 多见于呼吸道或皮肤感染后

E. 占小儿泌尿系统疾病的第一位

4. 急性链球菌感染后肾小球肾炎的病理变化包括

A. 上皮细胞增生　　　B. 内皮细胞增生

C. 系膜细胞增生　　　D. 白细胞浸润

E. 肾小球毛细血管腔变窄

5. 急性肾炎合并急性肾功能不全时的临床表现

A. 严重少尿或无尿　　B. 氮质血症

C. 高钾血症　　　　　D. 低钾血症

E. 代谢性酸中毒

6. 小儿急性肾炎严重病例出现肺水肿时的治疗措施包括

A. 严格限制水钠入量　　B. 使用强利尿药

C. 积极应用强心药　　　D. 应用硝普钠

E. 必要时透析治疗

7. 急性肾小球肾炎的休息措施，下列哪些是正确的

A. 起病 2～3 周内均应卧床休息

B. 当肉眼血尿消失、水肿消退、血压正常方可下床活动

C. 肉眼血尿消失即可上学

D. 血沉正常时可恢复上学

E. 尿液 Addis 计数正常才能正常活动

8. 急进性肾炎的主要临床特点

A. 起病似急性肾炎，但病情呈进行性恶化

B. 持续性少尿或无尿

C. 水肿，高血压持续，并出现进行性肾功能不全

D. 很快出现尿毒症，预后极差

E. 贫血较严重

9. 病毒性肾炎的临床特点有

A. 病毒感染后 3～5d 出现尿改变

B. 血尿显著，高血压、水肿、少尿轻

C. C_3 不降低　　　　D. ASO 滴度不升高

E. 血沉多增快

10. 慢性肾炎的主要临床特点

A. 肾炎症状反复，病程在 1 年以上

B. 伴有不同程度的肾功能不全

C. 伴有持续性高血压

D. 伴有血清总补体或 C_3 持续性降低

E. 多有贫血

11. 下面符合 IgA 肾病的有

A. 表现为反复发作的肉眼血尿

B. 多在上呼吸道感染后 24～48h 出现血尿

C. 血清补体 C_3 降低

D. 常伴有耳聋

E. 依靠肾活检免疫病理诊断确诊

12. 支持肾炎性肾病的化验指标有

A. 大量蛋白尿　　　　B. 低白蛋白血症

C. 高胆固醇血症　　　D. 持续氮质血症

E. 血清补体 C_3 下降

13. 肾病综合征的治疗应

A. 注意皮肤护理，防止感染

B. 卧床休息 2 周

C. 一旦发生感染及时治疗

D. 可以进行预防接种

E. 接触水痘者给予丙种球蛋白注射

14. 预后较差的肾病综合征为

A. 单纯性肾病 　　　　B. 频繁复发的病例

C. 肾炎性肾病 　　　　D. 激素依赖者

E. 先天性肾病

15. 急性肾小球肾炎水肿时，利尿治疗可选用

A. 呋塞米 　　　　　　B. 氨苯蝶啶

C. 甘露醇 　　　　　　D. 氢氯噻嗪

E. 白蛋白＋呋塞米

16. 急性肾炎的治疗，正确的是

A. 卧床休息 8 周以上

B. 无盐饮食至尿蛋白消失

C. 低蛋白饮食 3 周以上

D. 首用青霉素10～14d，以肃清残存感染

E. 血沉正常后，可恢复正常上学及活动

17. 肾病综合征易发生感染，其原因有哪些

A. 免疫功能低下 　　　B. 蛋白质营养不良

C. 水肿导致局部血循环不良

D. 皮质激素等免疫抑制药的使用

E. 电解质紊乱

18. 肾病综合征水肿与哪些因素有关

A. 钠、水潴留 　　　　B. 大量蛋白尿

C. 血尿 　　　　　　　D. 醛固酮分泌增加

E. 肾小球滤过减少

19. 肾炎性肾病可伴有下列哪些表现

A. 离心尿在高倍显微镜下红细胞≥10 个

B. 高血压持续或反复出现

C. 血清尿素氮＞10.7mmol/L

D. 高血钾和低钙血症

E. 血补体 C_3 降低

20. 肾病综合征常见的电解质紊乱，包括

A. 低钾血症 　　　　　B. 低钠血症

C. 低钙血症 　　　　　D. 低镁血症

E. 低磷血症

21. 肾病综合征的并发症

A. 感染

B. 电解质紊乱和低血容量

C. 血栓形成 　　　　　D. 急性肾衰竭

E. 肾小管功能障碍

22. 环磷酰胺治疗肾病综合征的副作用有哪些

A. 白细胞下降 　　　　B. 脱发

C. 恶心、呕吐 　　　　D. 出血性膀胱炎

E. 性腺抑制

23. 肾病综合征应用肾上腺皮质激素治疗的副

作用有哪些

A. 生长发育受阻 　　　B. 血压升高

C. 骨质疏松

D. 免疫功能低下易感染

E. 氮质血症

24. 肾病综合征必备的条件是

A. 大量蛋白尿 　　　　B. 低白蛋白血症

C. 高胆固醇血症 　　　D. 明显水肿

E. 血清补体 C_3 下降

25. 泌尿道感染途径包括

A. 血源性感染 　　　　B. 上行性感染

C. 淋巴感染 　　　　　D. 直接蔓延

E. 肾小球肾炎发展演变

26. 急性尿路感染的抗生素疗程一般包括下列几项

A. 急性感染一般用药 10～14d

B. 用至尿中细菌转阴

C. 上尿路感染首选广谱抗生素静脉给药

D. 尿常规正常 3～5d

E. 用药至尿路刺激症状消失

27. 关于泌尿道感染的抗生素治疗正确的是

A. 上行性感染首选磺胺类药物

B. 在抗生素治疗前进行尿培养

C. 应用抗生素后不必做尿培养

D. 对上尿路感染或有尿路畸形患儿，一般选用 2 种抗菌药

E. 再发性泌尿道感染选用 2 种抗菌药治疗 10～14d，然后小剂量维持

28. 容易造成婴幼儿泌尿道感染的原因包括

A. 输尿管长而弯曲

B. 肾脏位置较低

C. 皮质肾单位发育不成熟

D. 女婴尿道短，外口接近肛门

E. 男婴包皮长，易有包皮垢积聚

三、名词解释

1. addis count

2. asymptomatic bacteriuria

3. 急性尿道综合征

4. IgA 肾病

四、简答题

1. 简述典型、严重和非典型病例的急性肾小球肾炎患儿的临床表现。

2. 什么是肾病综合征激素敏感、耐药、依赖？

3. 原发性肾病综合征"肾炎性肾病"的诊断依据有哪些？

4. 简述肾病综合征病理生理特点的四大特征。

5. 简述肾病综合征激素治疗的中长程疗法。

五、病例分析

1. 男孩，8 岁，咽炎 10d 后出现血尿、水肿，初步诊断为"急性肾炎"。

(1) 该患儿消除水肿常选用哪些利尿剂？

(2) 患儿水肿严重，下肢呈凹陷性水肿。分析此种情况时，应考虑几种可能，如何解释？

(3) 如化验尿蛋白（＋＋＋），下一步还应做哪些基本的化验检查？

2. 患儿，女，6 岁，体重 22kg，水肿 2 周入院。体格检查见全身水肿，精神不振，腹水征阳性，血压 100/65mmHg。尿检示尿蛋白（＋＋＋），血浆白蛋白 20g/L，血胆固醇 6mmol/L，尿素氮 5.0mmol/L。诊断：肾病综合征，服用泼尼松 40mg/d，2 周后水肿消退，尿蛋白转阴，现已服 4 周。

(1) 该病例对激素疗效反应属于哪一种？

(2) 第 5 周起泼尼松，应如何服用？

3. 患儿，男，10 岁，因水肿 1 个月入院，诊断为肾病综合征，给予泼尼松足量并间断应用呋塞米治疗，病情好转。2d 前突然出现腰痛伴肉眼血尿，水肿加重，血压 120/80mmHg，BUN 11.2mmol/L，血胆固醇 9.8mmol/L，白蛋白 19g/L，尿蛋白（＋＋＋），潜血（＋＋＋）。

(1) 该患儿最可能的并发症是什么？

(2) 为进一步确诊应进行哪些检查？

(3) 下一步的治疗措施是什么？

【参考答案】

一、单项选择题

1. A 2. C 3. C 4. A 5. D 6. E 7. C
8. E 9. A 10. D 11. E 12. B 13. C
14. C 15. D 16. D 17. B 18. C 19. C
20. E 21. D 22. E 23. C 24. B 25. A
26. B 27. B 28. A 29. B 30. A 31. E
32. C 33. C 34. D 35. C 36. E 37. B
38. A 39. D 40. B 41. C 42. C 43. B
44. D 45. A 46. E 47. C 48. B 49. B
50. C 51. C 52. D 53. D 54. C 55. C
56. B 57. D 58. B 59. B 60. D 61. E
62. B 63. D 64. C 65. B

二、多项选择题

1. ABC 2. ABCDE 3. BCDE 4. BCDE
5. ABCE 6. ABDE 7. ABDE 8. ABCD
9. ABCD 10. ABCE 11. ABE 12. DE
13. ACE 14. BCDE 15. AD 16. DE
17. ABCD 18. ABD 19. ABCE 20. ABC
21. ABCDE 22. ABCDE 23. ABCD
24. AB 25. ABCD 26. AC 27. ABDE
28. ADE

三、名词解释

1. addis count：12h 尿细胞计数，指病人 12h（夜间）尿沉渣中有机物的数量，是定量检查尿沉渣有机物的方法之一。红细胞＜50 万、白细胞＜100 万、管型＜5000 个为正常。

2. asymptomatic bacteriuria：无症状性菌尿，指健康儿童存在有意义的菌尿，但无任何尿路感染症状。在儿童中以学龄女孩常见。常同时伴有尿路畸形和尿路感染史。

3. 急性尿道综合征：临床表现为尿频、尿急、尿痛、排尿困难等尿路刺激症状，但清洁中段尿培养无细菌生长或为无意义性菌尿。

4. IgA 肾病：肾组织免疫病理检查在系膜区以 IgA 为主，也可伴有 IgG 及 C_3 沉积；临床以血尿为主要症状，表现为反复发作性肉眼血尿，多在上呼吸道感染后 24～48h 出现血尿，多无水肿、高血压，血 C_3 正常。

四、简答题

1. (1) 典型表现

① 水肿：70% 的病例有水肿，一般仅累及眼睑及颜面部，重者 2～3d 遍及全身，呈非凹陷性。

② 血尿：50％～70％病人有肉眼血尿，持续1～2周即转镜下血尿。

③ 蛋白尿：程度不等，有20％可达肾病水平。

④ 高血压：30％～80％病例有血压增高。

⑤ 尿量减少。

（2）严重表现　少数患儿在疾病早期（2周之内）可出现下列严重症状。

① 严重循环充血。由于水、钠潴留，血浆容量增加所致。严重者可出现呼吸困难、端坐呼吸、频咳、吐粉红色泡沫痰、两肺满布湿啰音、心脏扩大、甚至出现奔马律、颈静脉怒张、肝大而硬、水肿加剧。

② 高血压脑病　指血压（尤其舒张压）急剧增高，出现中枢神经系统症状而言。年长儿会主诉剧烈头痛、呕吐、复视或一过性失明，严重者突然出现惊厥、昏迷。少数暂时偏瘫、失语，严重时发生脑疝。

　　诊断：如血压＞140/90mmHg，并伴视力障碍、惊厥及昏迷三项之一。

③ 急性肾功能不全　常发生于疾病初期，出现尿少、尿闭等症状，引起暂时性氮质血症、电解质紊乱和代谢性酸中毒，一般持续3～5d，不超过10d。

（3）非典型表现

① 无症状性急性肾炎。为亚临床病例，患儿仅有镜下血尿或仅有血C_3降低而无其他临床表现。

② 肾外症状性急性肾炎。有的患儿水肿、高血压明显，甚至有严重循环充血及高血压脑病，此时尿改变轻微或尿常规检查正常，但有链球菌前驱感染和血C_3水平明显降低。

③ 以肾病综合征表现的急性肾炎。少数病儿以急性肾炎起病，但水肿和蛋白尿突出，伴轻度高胆固醇血症和低白蛋白血症，临床表现似肾病综合征。

2.（1）激素敏感：以泼尼松足量治疗≤8周尿蛋白转阴者。

（2）激素耐药：以泼尼松足量治疗8周尿蛋白仍阳性者。

（3）激素依赖：对激素敏感，减量或停药1个月内复发，重复2次以上者。

3.（1）原发性肾病综合征

① 大量蛋白尿〔尿蛋白（＋＋＋～＋＋＋＋）；1周内3次，24h尿蛋白定量≥50mg/kg〕。

② 血浆白蛋白低于30g/L。

③ 血浆胆固醇高于5.7mmol/L。

④ 不同程度的水肿。

以上四项中以大量蛋白尿和低白蛋白血症为必要条件。

（2）凡具有以下四项之一或多项者属于肾炎性肾病

① 2周内分别3次以上离心尿检查红细胞≥10个/HPF，并证实为肾小球源性血尿者。

② 反复或持续高血压，学龄儿童≥130/90mmHg，学龄前儿童≥120/80mmHg。并除外糖皮质激素等原因。

③ 肾功能不全，并排除血容量不足等原因。

④ 持续低补体血症。

4.（1）大量蛋白尿　多种原因引起的肾小球基膜通透性增加，导致血浆内大量蛋白质从尿中丢失。

（2）低白蛋白血症　血浆蛋白由尿中大量丢失和从肾小球滤出后被肾小管吸收分解是造成NS低蛋白血症的主要原因，尚与肝脏合成蛋白的速度和胃肠道少量蛋白丢失有关。

（3）高脂血症　低蛋白血症促进肝脏合成脂蛋白增加，其中的大分子脂蛋白难以从肾脏排出而蓄积于体内。

（4）水肿

① 低蛋白血症降低血浆胶体渗透压，当血浆白蛋白低于25g/L时，液体将在间质区潴留；低于15g/L则可有腹水或胸水形成。

② 血浆胶体渗透压降低使血容量减少，刺激渗透压和容量感受器，促使ADH和肾素-血管紧张素-醛固酮分泌、心钠素减少，最终使远端肾小管钠、水吸收增加，导致钠、水潴留。

③ 低血容量使交感神经兴奋性增高，近端肾小管Na^+吸收增加。

④ 某些肾内因子改变了肾小管管周体液平衡机制，使近曲小管Na^+吸收增加。

5. 先以泼尼松2mg/（kg·d），最大量60mg/d，分次服用。若4周内尿蛋白转阴，则自转阴后至少巩固2周方始减量，以后改为隔日2mg/kg，早餐后顿服，继用4周，以后每2～4周减总量2.5～5mg，直至停药。疗程必须达6个月（中程疗法）。开始治疗后4周尿蛋白未转阴者可继服至尿蛋白阴转后2周，一般不超过 8 周，以后再改为隔日 2mg/kg，早餐后顿服，继用 4 周，以后每 2～4 周减量一次，直至停药，疗程 9 个月（长程疗法）。

五、病例分析

1.（1）急性肾炎常选用的利尿剂有氢氯噻嗪、呋塞米。

（2）当急性肾炎患儿水肿严重时，应考虑两种可能：①已合并严重循环充血、充血性心力衰竭时，水肿产生与心源性因素有关。②注意是否为非典型病例：具有肾病综合征表现的肾小球肾炎，因存在低蛋白血症，故水肿明显。

（3）如化验血尿减轻，尿蛋白（＋＋＋），应考虑肾病综合征，此时需进一步化验血浆蛋白、胆固醇。

2.（1）该患儿口服泼尼松 4 周，蛋白转阴，水肿消退，属激素敏感型。

（2）第 5 周起泼尼松应按 2mg/kg，隔日顿服，4 周后减量，每 2～4 周减量 1 次，每次减 2.5～5mg，疗程 6～9 个月。

3.（1）肾病综合征患儿突然出现腰痛、血尿加重，水肿加重，最可能的并发症是肾静脉血栓形成。

（2）为进一步确诊应进行血凝分析检查：测定血浆纤维蛋白原及凝血酶原时间；并行肾脏血管彩色多普勒 B 型超声检查，有条件者可行数字减影血管造影检查。

（3）下一步的治疗措施主要是抗凝及溶栓治疗，可选用尿激酶、肝素及口服抗凝药物（双嘧达莫）。

第十四章 造血系统疾病

第一节 小儿造血和血象特点

一、造血特点

1. 儿造血分期

胚胎期造血 ｛ 中胚叶造血期
　　　　　　肝脾造血期
　　　　　　骨髓造血期

生后造血 ｛ 骨髓造血
　　　　　　骨髓外造血

2. 概念

骨髓外造血 （extramedullary hemopoiesis）：出生后，尤其在婴儿期，当发生感染性贫血或溶血性贫血等需要增加造血时，肝、脾和淋巴结恢复到胎儿时的造血状态，出现肝、脾、淋巴结肿大。同时外周血中可出现有核红细胞或（和）幼稚中性粒细胞。感染、贫血纠正后即恢复正常。

二、血象特点

1. 各年龄小儿血象特点

① 红细胞计数和血红蛋白量：出生时红细胞计数和血红蛋白量较高，出生后 2～3 个月可出现生理性贫血。

② 白细胞数与分类：出生时白细胞计数较高，8 岁以后接近成人水平。白细胞分类主要是中性粒细胞和淋巴细胞比例的变化。

③ 血小板数：与成人相似。

④ 血红蛋白：正常情况下有 6 种不同的血红蛋白分子。出生时血红蛋白 F 占 70%，血红蛋白 A 占 30%，血红蛋白 $A_2 < 1\%$；1 岁时血红蛋白 $F \leqslant 5\%$；2 岁时血红蛋白 $F \leqslant 2\%$；成人血红蛋白 $F \leqslant 2\%$，血红蛋白 A 占 95%，血红蛋白 A_2 2%～3%。

⑤ 血容量：新生儿血容量约占体重的 10%，平均 300ml；儿童血容量占体重的 8%～10%；成人血容量占体重的 6%～8%。

2. 概念

① 生理性贫血：生后随着自主呼吸的建立，血氧含量增加，红细胞生成素减少，骨髓造血功能暂时性降低，网织红细胞减少；胎儿红细胞数和血红蛋白量逐渐降低，至 2～3 个月时红细胞数降至 $3.0 \times 10^{12}/L$、血红蛋白降至 100g/L 左右，出现轻度贫血，呈自限性。

② 白细胞分类两个交叉：出生时中性粒细胞占 0.65，淋巴细胞约占 0.30。随着白细胞总数的下降，中性粒细胞比例也相应下降，生后 4～6d 时两者比例约相等；之后淋巴细胞约占 0.60，中性粒细胞约占 0.35，至 4～6 岁时两者比例又相等，此后白细胞分类与成人相似。

第二节 小儿贫血概述

一、贫血的定义和诊断标准

1. 定义

贫血（anemia）是指外周血中单位容积内的红细胞数、血红蛋白量或红细胞压积低于正常。

2. 诊断标准

我国贫血诊断标准见表14-1。海拔每升高 1000m，血红蛋白上升 4%。

二、贫血的分类

1. 程度分类

贫血程度分类见表 14-2。

2. 病因分类

(1) 红细胞和血红蛋白生成不足

① 造血物质缺乏：如营养性缺铁性贫血、巨幼细胞贫血。

② 骨髓造血功能障碍：如再生障碍性贫血、单纯红细胞再生障碍性贫血。

③ 其他：感染性及炎症性贫血、慢性肾病所致贫血、铅中毒、癌症性贫血等。

表 14-1 我国贫血诊断标准

年龄	血红蛋白的低限值/(g/L)
新生儿期	145
1~4 个月	90
4~6 个月	100
6 个月~6 岁	110
6~14 岁	120

表 14-2 贫血程度分类

贫血程度	血红蛋白(新生儿)	红细胞
轻度	~90g/L(120~144g/L)	~3×10¹²/L
中度	~60g/L(~90g/L)	~2×10¹²/L
重度	~30g/L(~60g/L)	~1×10¹²/L
极重度	<30g/L(<60g/L)	<1×10¹²/L

(2) 溶血性贫血

① 红细胞内在异常
- 红细胞膜结构缺陷，如遗传性球形红细胞增多症
- 红细胞酶的缺乏，如葡萄糖-6-磷酸脱氢酶缺乏症、丙酮酸激酶缺乏症等
- 血红蛋白合成或结构异常，如珠蛋白生成障碍性贫血（地中海贫血）

② 红细胞外在因素
- 免疫因素，如新生儿溶血病、自身免疫性溶血性贫血
- 非免疫因素，如感染、理化因素、DIC

(3) 失血性贫血：急性失血；慢性失血。

3. 形态分类

贫血的细胞形态分类见表 14-3。

表 14-3 贫血的细胞形态分类

	MCV/fl	MCH/pg	MCHC/%
正常值	80~94	28~32	32~38
大细胞性贫血	>94	>32	32~38
正细胞性贫血	80~94	28~32	32~38
单纯小细胞性贫血	<80	<28	32~38
小细胞低色素性贫血	<80	<28	<32

第三节 营养性贫血

一、营养性缺铁性贫血

1. 定义

由于体内铁缺乏导致血红蛋白合成减少所致，临床上以小细胞低色素性贫血、血清铁蛋白减少和铁剂治疗有效为特点。

2. 铁的代谢 (见图 14-1)

(1) 分布 65%~75%用于合成血红蛋白，32%为储存铁（铁蛋白及含铁血黄素），1%存在于含铁酶内。

(2) 来源 食物摄取和衰老红细胞释放铁再利用。

(3) 吸收和转运

① 食物中的铁主要以 Fe^{2+} 形式在十二指肠和空肠上段吸收。

② 一部分形成铁蛋白，另一部分与转铁蛋白结合。转铁蛋白 1/3 与铁结合称为血清铁，其余 2/3 仍具有与铁结合的能力，称为未饱和铁结合力。

③ 肠黏膜细胞对铁的吸收有调节作用。贮存铁充足或造血功能减退时，转铁蛋白受体(TfR)

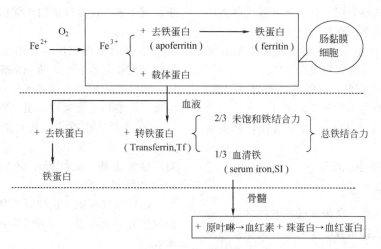

图 14-1 铁的代谢

合成减少，铁蛋白合成增加，贮存于肠黏膜细胞中随其脱落而排出体外；体内缺铁或造血功能增强时，TfR 合成增加，铁蛋白合成减少，铁大部分进入血流。

④ 影响因素

a. 利于吸收：维生素 C、稀盐酸、果糖、氨基酸。

b. 难于吸收：磷酸、草酸。

c. 抑制吸收：植物纤维、茶、咖啡、蛋、牛奶、抗酸药物。

（4）利用与储存　合成血红蛋白、肌红蛋白和某些含铁酶。以铁蛋白及含铁血黄素的形式储存。

（5）排泄　极少量排出体外，主要随肠黏膜细胞、红细胞、胆汁排出。

（6）铁的需要量　小儿需要量较成人多。4 个月～3 岁每天约需 1mg/kg，早产儿约为 2mg/kg，各年龄小儿每天摄入总量不宜超过 15mg。

（7）胎儿和儿童期铁代谢特点

① 胎儿期铁代谢特点：以孕后期 3 个月获铁量最多。

② 婴幼儿期铁代谢的特点：婴儿早期不易发生缺铁；6 个月～2 岁的小儿缺铁性贫血发生率高。

③ 儿童期和青春期铁代谢特点：儿童期一般较少缺铁；青春期生长迅速易缺铁。

3. 病因

① 先天储铁不足：早产、双胎或多胎、胎儿失血、孕母严重缺铁。

② 铁摄入量不足：为贫血的主要原因。

③ 生长发育因素：婴儿期生长发育较快，血容量增加快。

④ 铁的吸收障碍：食物搭配不合理、慢性腹泻等影响铁的吸收。

⑤ 铁的丢失过多：长期慢性失血，如肠息肉、梅克尔憩室、膈疝、钩虫病。

4. 发病机制

（1）对血液系统影响　缺铁可致血红蛋白含量不足，细胞浆减少，细胞变小，而对细胞的分裂、增殖影响较小，从而形成小细胞低色素性贫血。

贫血病理生理的三个阶段如下。

① 铁减少期（iron depletion，ID）：储存铁减少，供红细胞合成血红蛋白的铁未减少。

② 红细胞生成缺铁期（iron deficient erythropoiesis，IDE）：储存铁进一步耗竭，红细胞生成所需的铁亦不足，血红蛋白量未减少。

③ 缺铁性贫血期（iron deficiency anemia，IDA）：小细胞低色素性贫血。

（2）对其他系统的影响　影响肌红蛋白合成；降低一系列生物活性酶的活性。

5. 临床表现

以 6 个月至 2 岁最多见。

（1）一般表现　皮肤黏膜逐渐苍白。易疲乏，不爱活动。年长儿可诉头晕、眼前发黑、耳鸣等。

（2）髓外造血表现　肝、脾可轻度肿大。

（3）非造血系统症状

① 消化系统症状：食欲减退，少数有异食癖；口腔炎、舌炎、胃炎。

② 神经系统症状：烦躁不安或委靡不振；记忆力减退，智力多数低于同龄儿。

③ 心血管系统症状：心率增快，严重者心衰。

④ 其他：感染、反甲。

6. 实验室检查

（1）外周血象　小细胞低色素性贫血；血红蛋白降低比红细胞数减少明显；网织红细胞正常或轻度减少；白细胞、血小板一般无改变；红细胞大小不等，以小细胞为多，中央淡染区扩大。

（2）骨髓象　呈活跃增生，以中、晚幼红细胞为主。各期红细胞均较小，胞浆少，染色偏蓝。粒细胞和巨核细胞一般无明显异常。

（3）有关铁代谢的检查

① 铁蛋白（SF）：灵敏指标，ID 期已降低，$<12\mu g/L$，提示缺铁。

② 红细胞游离原卟啉（FEP）：当 FEP$>0.9\mu mol/L$（$500\mu g/dl$）提示细胞内缺铁。如 SF 值降低、FEP 升高、无贫血是 IDE 期典型表现。

③ 血清铁（SI）、总铁结合力（TIBC）和转铁蛋白饱和度（TS）：IDA 期 SI 和转铁蛋白饱和度（TS）降低，TIBC 升高。

（4）骨髓可染铁　细胞外铁减少，红细胞内铁粒细胞数减少。

7. 诊断

根据病史、发病年龄、喂养史、临床表现、实验室检查、铁剂治疗有效可诊断。

8. 治疗

主要原则为去除病因和补充铁剂。

（1）一般治疗　休息、避免感染、合理饮食。

（2）去除病因。

（3）铁剂治疗

① 首选口服铁剂：选用二价铁，剂量为元素铁 $4\sim6mg/(kg \cdot d)$，分 3 次服，$<1.5\sim2mg/$（$kg \cdot$ 次）；以两餐之间口服为宜；同时服用维生素 C；血红蛋白正常后再继续服用铁剂 $6\sim8$ 周。

② 注射铁剂慎用。常用注射铁剂有山梨醇枸橼酸铁复合物、右旋糖酐铁复合物。适应证：诊断肯定但口服铁剂无效；口服后胃肠反应重；不能口服或吸收不良（胃肠手术后）。

③ 铁剂治疗效应：铁剂治疗后网织红细胞于 $2\sim3d$ 后开始上升，$5\sim7d$ 达高峰，$2\sim3$ 周后恢复正常。血红蛋白于 $1\sim2$ 周后上升，$3\sim4$ 周恢复正常。

（4）输红细胞　适应证：贫血严重，尤其是发生心力衰竭者；合并感染者；急需外科手术者。

贫血愈严重，每次输注量应愈少；血红蛋白 $<30g/L$，立即输血；血红蛋白为 $30\sim60g/L$，每次可输注浓缩红细胞 $4\sim6ml/kg$；血红蛋白 $>60g/L$，不必输血。

9. 预防

① 提倡母乳喂养，铁的吸收利用率较高。

② 做好喂养指导，及时添加含铁丰富的辅食。

③ 婴幼儿食品应加入适量铁剂加以强化。

④ 对早产儿，宜自 2 个月左右给予铁剂以预防贫血。

二、营养性巨幼细胞贫血

1. 定义

营养性巨幼细胞贫血指由于维生素 B_{12} 和（或）叶酸缺乏所致的一种大细胞性贫血。临床主要特点是贫血、精神神经症状、红细胞体变大、骨髓中出现巨幼细胞、用维生素 B_{12} 和（或）叶酸治疗有效。

2. 病因

（1）维生素 B_{12} 缺乏的原因

① 摄入量不足；

② 吸收和运输障碍；

③ 需要量增加。

（2）叶酸缺乏的原因

① 摄入量不足；

② 药物作用；

③ 吸收不良；

④ 需要增加；

⑤ 代谢障碍。

3. 发病机制

① 幼稚红细胞内的 DNA 合成减少，形成巨幼红细胞。

② 粒细胞核成熟障碍，巨大幼稚粒细胞和中性粒细胞分叶过多。

③ 巨核细胞的核发育障碍而致核分叶过多。

④ 维生素 B_{12} 缺乏导致脂肪代谢过程障碍，使中枢和外周神经髓鞘受损，出现神经精神症状；叶酸缺乏主要引起情感改变。

4. 临床表现

以 6 个月～2 岁多见。

（1）一般表现 虚胖、颜面轻度水肿、毛发稀疏。

（2）贫血表现 皮肤蜡黄色，睑结膜等处苍白，常伴有肝、脾肿大。

（3）精神神经症状 可出现烦躁不安、易怒等症状。维生素 B_{12} 缺乏：表情呆滞，目光发直，对周围反应迟钝，嗜睡，智力、动作发育落后甚至退步。重症病例可出现不规则性震颤。叶酸缺乏：不发生神经系统症状，但可导致精神神经异常。

（4）消化系统症状 常出现较早。

5. 实验室检查

（1）外周血象 呈大细胞性贫血，红细胞数量下降大于血红蛋白的下降；网织红细胞减少，白细胞、血小板减少；血涂片：红细胞大小不等，以大细胞为多，易见嗜多色性和嗜碱点彩红细胞。

（2）骨髓象 增生明显活跃，以红细胞系增生为主；粒细胞、红细胞系统均出现巨幼变；中性粒细胞巨核细胞的核有过度分叶现象。

（3）血清维生素 B_{12} 和叶酸测定：维生素 B_{12}<100ng/L 叶酸<3μg/L 为缺乏。

（4）其他 血清乳酸脱氢酶（LDH）升高。

6. 诊断

根据临床表现、血象、骨髓象可诊断为巨幼红细胞贫血。测定血清维生素 B_{12} 和叶酸可进一步协助诊断。

7. 治疗

① 一般治疗。

② 去除病因。

③ 维生素 B_{12} 和叶酸治疗：有精神神经症状者，应以维生素 B_{12} 治疗为主，肌注至临床症状好转，血象恢复正常为止；口服叶酸剂量为 5mg，至临床症状好转，血象恢复正常为止。因使用抗叶酸代谢药物而致病者，可用亚叶酸钙治疗。

【试题精选】

一、单项选择题

A1题型

1. 小儿生理性贫血常发生在

A. 2～3 个月　　　　B. 2～3 岁

C. 4～6 个月　　　　D. 4～6 岁

E. 11～13 岁

2. 小儿末梢血白细胞分类变化过程中，中性粒细胞和淋巴细胞比例的两个交叉发生时间是

A. 4～6d 和 4～6 个月

B. 4～6d 和 4～6 岁

C. 4～6 周和 4～6 个月

D. 4～6 周和 4～6 岁

E. 4～6 个月和 4～6 岁

3. 小儿营养性缺铁性贫血的主要原因是

A. 生长发育快　　　　B. 铁吸收障碍

C. 铁丢失过多　　　　D. 先天储铁不足

E. 铁摄入量不足

4. 骨髓外造血的主要表现之一是

A. 肝、肾肿大　　　　B. 肝、脾肿大

C. 肝、胸腺肿大　　　D. 脾、胸腺肿大

E. 肾、胸腺肿大

5. 营养性缺铁性贫血铁缺少期，下列哪一指标已出现异常

A. 血红蛋白　　　　B. 血清铁蛋白

C. 红细胞游离原卟啉

D. 血清铁　　　　　E. 骨髓可染铁

6. 男婴，1岁，已确诊为"营养性缺铁性贫血"，遂用铁剂正规治疗，下列哪项最符合铁剂治疗的一般规律

A. 服铁剂后，网织红细胞数1~2d升高、3~4d达高峰、7~10d下降至正常；血红蛋白10d增加

B. 服铁剂后，网织红细胞数2~3d升高、5~7d达高峰、2~3周后下降至正常；血红蛋白1~2周增加

C. 服铁剂后，网织红细胞数7~10d升高、2~3周达高峰、1~2个月下降至正常；血红蛋白1~2个月增加

D. 服铁剂后，网织红细胞数4~7d升高、10~14d达高峰、1~2个月下降至正常；血红蛋白2~3周增加

E. 服铁剂后，网织红细胞数2~3周升高、1~2个月达高峰、2~3个月下降至正常；血红蛋白3~4个月增加

7. 下列临床表现中哪一项不符合营养性缺铁性贫血

A. 皮肤、黏膜苍白　　B. 肝、脾轻度肿大

C. 头晕、眼花、耳鸣

D. 肢体震颤　　　　　E. 食欲减退

8. 维生素 B_{12} 缺乏所致营养性贫血中，下列哪项表现应除外

A. 为大细胞性贫血

B. 末梢血中中性粒细胞分叶过少

C. 骨髓检查可见巨幼红细胞

D. 可伴有精神神经系统症状

E. 常有肝、脾肿大

9. 早产儿、低出生体重儿给予铁剂预防缺铁性贫血的合适时机是

A. 2个月　　　　　　B. 3~4个月

C. 5~6个月　　　　　D. 7~8个月

E. 9~10个月

10. 有明显精神神经系统症状的营养性巨幼细胞贫血，首选的治疗是

A. 叶酸　　　　　　　B. 铁剂

C. 维生素 B_{12}　　　　D. 铁剂加维生素 C

E. 叶酸加维生素 B_{12}

11. 男婴，10个月，一直母乳喂养，未添加辅食。近1个月来出现面色苍白，查外周血象示小细胞低色素性贫血，白细胞和血小板正常。该患儿首先考虑诊断

A. 生理性贫血

B. 营养性缺铁性贫血

C. 营养性巨幼细胞贫血

D. 再生障碍性贫血

E. 珠蛋白生成障碍性贫血

12. 女婴，1岁，诊断为营养性缺铁性贫血，给予铁剂治疗，其疗程为用药

A. 至临床症状完全消失

B. 至血红蛋白含量恢复正常

C. 至血红蛋白含量恢复正常后再用药4周

D. 至血红蛋白含量恢复正常后再用药6~8周

E. 至血红蛋白含量恢复正常后再用药8~12周

13. 2岁幼儿，诊断为营养性巨幼细胞贫血，下列哪项符合其外周血象的特点

A. MCV (fl) 100；MCH (pg) 36

B. MCV (fl) 100；MCH (pg) 31

C. MCV (fl) 100；MCH (pg) 30

D. MCV (fl) 90；MCH (pg) 31

E. MCV (fl) 90；MCH (pg) 36

14. 男婴，10个月，进行性面色苍白2个月，近3d出现嗜睡、头部震颤、不能独坐。查体：反应迟钝，肢体轻微震颤，踝阵挛阳性。外周血红蛋白 55g/L，MCV 105fl，MCH 38pg，MCHC 32%，血清维生素 B_{12} 为 89ng/L。该患儿治疗首选

A. 铁剂　　　　　　　B. 铁剂＋维生素 C

C. 维生素 B_{12}　　　　D. 叶酸

E. 叶酸＋维生素 B_{12}

15. 婴儿，4个月，足月产，出生体重2000g，单纯母乳喂养，未添加辅食。查体：皮肤巩膜无黄染，前囟平软，唇较苍白，心肺无异常，肝右肋下3cm，脾左肋下2cm，血红蛋白80g/L，白细胞 $8.5×10^9/L$，N 0.38，L 0.65，M 0.02，RC 0.05，MCV 70fl，MCH 25pg，MCHC 26%，HbF 7%，此儿最可能的诊断是

A. 生理性贫血

B. 珠蛋白生成障碍性质贫血（地中海贫血）

C. 再生障碍性贫血

D. 营养性缺铁性贫血

E. 营养性巨幼细胞贫血

16. 婴儿，8个月，单纯母乳喂养，面色苍白，

对外界反应差，双上肢有震颤。血红蛋白80g/L，白细胞 $3.5×10^9$/L，中性粒细胞0.65，淋巴细胞0.37，单核细胞0.02，网织红细胞0.02，MCV 99fl，MCH 36pg，MCHC 34％，血红蛋白F 2％，此儿贫血最可能的原因是

A. 铁缺乏　　　　B. 碘缺乏
C. 叶酸缺乏　　　D. 维生素C缺乏
E. 维生素 B_{12} 缺乏

17. 小儿，1岁，7个月时会翻身和独坐，现坐不稳，脸色渐苍白。外周血象见红细胞体积大，中性粒细胞呈分叶过多现象，此小儿最可能的诊断是

A. 呆小病　　　　B. 大脑发育不全
C. 缺氧缺血性脑病后遗症
D. 营养性巨幼细胞贫血
E. 维生素D缺乏性佝偻病

18. 男孩，2岁，消瘦，食欲差，脸色苍白，1岁半时会行走和说短语，目前不能走，不会叫爸爸和妈妈，对外界反应迟钝，肝右肋下4cm，脾左肋下3cm，血常规示大细胞性贫血，此小儿最可能的诊断是

A. 呆小病　　　　B. 缺铁性贫血
C. 唐氏综合征
D. 叶酸缺乏所致营养性贫血
E. 维生素 B_{12} 缺乏所致营养性贫血

19. 女婴，10个月，虚胖，肝右肋下4cm，脾左肋下3cm，血红蛋白62g/L，白细胞 $3.5×10^9$/L，中性粒细胞0.35，淋巴细胞0.67，单核细胞0.02，网织红细胞0.02，血小板 $70×10^9$/L，血清铁蛋白 $18μg$/L，血清叶酸 $5μg$/L，血清维生素 B_{12} 60ng/L，最合适的治疗是

A. 铁剂　　　　　B. 叶酸
C. 维生素 B_{12}　　D. 铁剂加维生素C
E. 维生素 B_{12} 加叶酸

20. 男婴，9个月，因长期腹泻导致缺铁性贫血，今日开始用硫酸亚铁治疗，为在3～5d后判断治疗效果，最合适的指标是

A. 红细胞计数　　B. 血红蛋白量
C. 网织红细胞　　D. 血清铁蛋白
E. 红细胞游离原卟啉

A3 题型

（21～23题共用题干）

男婴，10个月，至今以母乳喂养为主，辅食添加少，近日出现面色苍白，易感冒、腹泻。查体：发育尚可，皮肤、黏膜苍白，心、肺正常，肝肋下3cm，脾肋下1cm。血常规：血红蛋白75g/L，红细胞 $2.9×10^{12}$/L，白细胞、淋巴细胞及网织红细胞均正常。血涂片：红细胞大小不等，以小细胞为主，中央淡染区扩大。

21. 该患儿最可能的诊断是

A. 生理性贫血　　B. 溶血性贫血
C. 再生障碍性贫血　D. 巨幼细胞贫血
E. 营养性缺铁性贫血

22. 最有助于确立该诊断的检查是

A. 血清铁测定　　B. 骨髓铁染色
C. 红细胞游离原卟啉检测
D. 血清铁蛋白　　E. 血清总铁结合力

23. 最适宜的治疗是

A. 输血　　　　　B. 肌注铁剂
C. 输血＋铁剂口服＋维生素C口服
D. 铁剂口服
E. 铁剂及维生素C口服

（24～26题共用题干）

男婴，11个月，纯母乳喂养，未添加辅食，3个月出现进行性面色苍黄，智力及运动发育倒退。查体：表情呆滞，逗引不笑，舌颤，肺未见异常，肝肋下2cm，脾肋下1cm。血红蛋白70g/L，MCV 98.5fl，MCH 34pg，MCHC 32％，网织红细胞0.5％，血清维生素 B_{12} 86ng/L。

24. 诊断考虑

A. 营养性缺铁性贫血
B. 维生素 B_{12} 缺乏所致巨幼细胞贫血
C. 叶酸缺乏所致巨幼细胞贫血
D. 溶血性贫血　　E. 再生障碍性贫血

25. 如行骨髓穿刺检查，则骨髓象改变不符合的是

A. 骨髓增生减低
B. 粒细胞/红细胞比值倒置
C. 各期幼红细胞均出现巨幼变
D. 细胞核发育落后于胞浆
E. 巨核细胞有核过度分叶现象

26. 治疗疗程为

A. 至临床症状好转为止
B. 至血象恢复正常再继续使用1个月
C. 至血象恢复正常再继续使用2个月
D. 至血象恢复正常再继续使用3个月
E. 至临床症状明显好转、血象恢复正常为止

二、填空题

1. 骨髓外造血时外周血中可出现＿＿＿＿或（和）＿＿＿＿。

2. 小儿血容量相对较成人多，新生儿血容量约占体重的＿＿＿＿，平均300ml；儿童约占体重的＿＿＿＿。

3. 贫血是指外周血中单位容积内的＿＿＿＿、＿＿＿＿或＿＿＿＿低于正常。

4. 贫血的病因分类包括＿＿＿＿、＿＿＿＿、＿＿＿＿。

5. 营养性缺铁性贫血的原因：＿＿＿＿、＿＿＿＿、＿＿＿＿、＿＿＿＿。

6. 营养性缺铁性贫血时缺铁的病理生理包括以下三个阶段：＿＿＿＿、＿＿＿＿、＿＿＿＿。

7. 判断缺铁性贫血铁剂治疗有效的最快速的指标是＿＿＿＿。

8. 营养性缺铁性贫血的典型血象改变是＿＿＿＿。

9. 营养性巨幼细胞贫血是由于缺乏＿＿＿＿或＿＿＿＿或同时缺乏所引起的一种＿＿＿＿性贫血。

10. 人体需要的铁来源有二：＿＿＿＿、＿＿＿＿，在食物中＿＿＿＿类含铁量较少。

11. 胚胎期造血分＿＿＿＿期、＿＿＿＿期、＿＿＿＿期。

三、名词解释

1. extramedullary hemopoiesis
2. 生理性贫血
3. nutritional iron deficiency anemia
4. nutritional megaloblastic anemia

四、简答题

1. 在婴儿期为什么会出现骨髓外造血？哪些情况下出现骨髓外造血？

2. "生理性贫血"的好发年龄及诊断标准是什么？

3. 对于未诊的贫血患儿，在病史采集中应重点了解哪些内容？

4. 为什么铁缺乏时红细胞游离原卟啉值增多？

5. 在缺铁性贫血第一阶段——铁减少期（ID）实验室检查有什么特点？

6. 婴儿期导致缺铁性贫血的主要原因是什么？为什么？

7. 缺铁性贫血是可以预防的疾病，其预防措施包括哪些？

8. 简述叶酸缺乏的原因。

五、病例分析

1. 患儿16个月，发现面色苍白1个月，食欲差，喜食手纸、煤渣。查体：面色、口唇、睑结膜苍白，肝、脾淋巴结轻度肿大。血常规：红细胞 $3.0×10^{12}/L$，血红蛋白65g/L，MCV 79fl，MCH 27.5pg，MCHC 0.28。血涂片中红细胞变小，中间淡染，网织红细胞正常，白细胞和血小板正常，骨髓象示有核红细胞增高，血红蛋白含量少，铁粒幼细胞减少。追问病史，未按时添加辅食。

(1) 该患儿应诊断为什么疾病？诊断依据是什么？

(2) 有助于确诊的检查应首选什么方法？

(3) 本病如何治疗？

2. 患儿9个月，因面色苍白1个月住院。食欲差，伴腹泻。纯母乳喂养，尚未添加辅食。查体：表情呆滞，目光发直，皮肤黏膜苍白，头发稀黄，颜面稍显水肿，肝、脾轻度肿大。血常规：红细胞 $2.3×10^{12}/L$，血红蛋白76g/L，MCV 104fl，MCH 36pg，网织红细胞减少，骨髓象出现巨细红细胞，胞核发育落后于胞浆。

(1) 该患儿应诊断为什么疾病？诊断依据是什么？

(2) 该患儿致病的主要原因是什么？

(3) 本病治疗应首选何种药物？

【参考答案】

一、单项选择题

1. A　2. B　3. E　4. B　5. B　6. B　7. D
8. B　9. A　10. C　11. B　12. D　13. A
14. C　15. D　16. E　17. D　18. E　19. C
20. C　21. E　22. B　23. E　24. B　25. A

26．E

二、填空题

1．有核红细胞　幼稚中性粒细胞
2．10%；8%～10%
3．红细胞计数　血红蛋白　红细胞压积
4．红细胞和血红蛋白生成不足　溶血性贫血　失血性贫血
5．先天储铁不足　铁摄入量不足　生长发育因素　铁的吸收障碍　铁丢失过多
6．铁减少期　红细胞生成缺铁期　缺铁性贫血期
7．网织红细胞计数
8．小细胞低色素性贫血
9．叶酸　维生素 B_{12}　大细胞
10．食物中摄取铁　红细胞释放的铁　植物
11．中胚叶造血　肝脾造血　骨髓造血

三、名词解释

1．extramedullary hemopoiesis：骨髓外造血。人出生后，尤其在婴儿期，当发生感染性贫血或溶血性贫血等需要增加造血时，肝、脾和淋巴结恢复到胎儿时的造血状态，出现肝、脾、淋巴结肿大。同时外周血中可出现有核红细胞或（和）幼稚中性粒细胞。感染、贫血纠正后即恢复正常。

2．生理性贫血：人出生后随着自主呼吸的建立，血氧含量增加，红细胞生成素减少，骨髓造血功能暂时性降低，网织红细胞减少；胎儿红细胞数和血红蛋白量逐渐降低，至2～3个月时红细胞数降至$3.0×10^{12}$/L、血红蛋白降至 100g/L 左右，出现轻度贫血，呈自限性。

3．nutritional iron deficiency anemia：营养性缺铁性贫血，由于体内铁缺乏导致血红蛋白合成减少所致，临床上以小细胞低色素性贫血、血清铁蛋白减少和铁剂治疗有效为特点。

4．nutritional megaloblastic anemia：营养性巨幼细胞贫血，由于维生素 B_{12} 和（或）叶酸缺乏所致的一种大细胞性贫血。临床主要特点是贫血、精神神经症状、红细胞胞体变大、骨髓中出现巨幼细胞、用维生素 B_{12} 和（或）叶酸治疗有效。

四、简答题

1．婴儿期所有骨髓均为红骨髓，缺乏黄骨髓，造血代偿潜力小，如果造血需要增加时，就会出现骨髓外造血。

　　当发生感染性贫血或溶血性贫血等需要增加造血时，出现骨髓外造血。

2．生理性贫血好发年龄为2～3个月。其诊断标准：出生后2～3个月，红细胞数降至$3.0×10^{12}$/L、血红蛋白降至 100g/L 左右，出现轻度贫血，呈自限性。

3．发病年龄、病程经过和伴随症状、喂养史、过去史、家族史。

4．红细胞内缺铁时，红细胞游离原卟啉（FEP）不能完全与铁结合成血红素，血红素减少又反馈性地使 FEP 合成增多，未被利用的 FEP 在红细胞内堆积，导致 FEP 值增高。

5．骨髓铁减少，血清铁蛋白减少，红细胞游离原卟啉（FEP）、血清铁（SI）、总铁结合力（TIBC）和转铁蛋白饱和度（TS）均正常，无贫血。

6．婴儿期导致缺铁性贫血的主要原因是：铁摄入量不足。

　　婴儿早期体内铁主要来源于母体，以孕后期3个月获铁量多，一般能维持出生后4～5个月。约4月龄后，从母体获得的铁逐渐耗尽，对膳食铁的需要量增加，而人乳和牛乳的铁含量均低，不能满足机体之需，如不及时添加含铁较多的辅食，容易发生缺铁性贫血。

7．主要预防措施：提倡母乳喂养；做好喂养指导，及时添加含铁丰富的辅食；婴幼儿食品应加入适量铁剂加以强化；对早产儿，宜自2个月左右给予铁剂预防。

8．（1）摄入量不足，如羊乳含叶酸量低，牛乳中叶酸经加热遭破坏，若单纯喂养羊奶，不及时添加辅食可致叶酸缺乏。

（2）药物作用，如长期应用广谱抗生素、抗叶酸代谢药物（甲氨蝶呤、巯嘌呤等）、抗癫痫药物等。

（3）吸收不良，如患慢性腹泻、小肠病变、小肠切除等疾病。

（4）需要增加叶酸，如早产儿、慢性溶血。

（5）代谢障碍，如遗传性叶酸代谢障碍。

五、病例分析

1. （1）诊断　营养性缺铁性贫血。

诊断依据：①年龄 16 个月。②面色苍白，食欲差，喜食手纸、煤渣。③未按时添加辅食。④体格检查：面色、口唇、睑结膜苍白，肝、脾淋巴结轻度肿大。⑤辅助检查：血常规示红细胞 $3.0 \times 10^{12}/L$，血红蛋白 65g/L，MCV 79fl，MCH 27.5pg，MCHC 0.28；血涂片中红细胞变小、中间淡染，网织红细胞正常，白细胞和血小板正常；骨髓象示有核红细胞增高，血红蛋白含量少，铁粒幼细胞减少。

（2）血清铁的测定。

（3）治疗　口服铁剂、维生素 C。

2. （1）诊断　营养性巨幼细胞贫血。

诊断依据：①年龄 9 个月。②面色苍白 1 个月。食欲差，伴腹泻。③纯母乳喂养，尚未添加辅食。④查体：表情呆滞，目光发直，皮肤黏膜苍白，头发稀黄，颜面稍显水肿，肝、脾轻度肿大。⑤血常规：红细胞 $2.3 \times 10^{12}/L$，血红蛋白 76g/L，MCV 104fl，MCH 36pg，网织红细胞减少，骨髓象出现巨幼红细胞，胞核发育落后于胞浆。

（2）纯母乳喂养，未添加辅食。

（3）补充维生素 B_{12}、叶酸。

第四节　特发性血小板减少性紫癜

特发性血小板减少性紫癜（idiopathic thrombocytopenic purpura，ITP）是小儿最常见的出血性疾病。其主要临床特点是：皮肤、黏膜自发性出血和束臂试验阳性、血小板减少、出血时间延长和血块收缩不良。

1. 病因与发病机制

① 病毒感染使机体产生相应的血小板相关抗体——PAIgG 等，使血小板被破坏，巨核细胞成熟障碍，导致血小板减少。

② 形成免疫复合物通过单核-巨噬细胞系统使血小板被破坏。

③ PAIgG 的含量与血小板数呈负相关关系。

2. 临床表现

① 多见于 1～5 岁小儿，男、女发病数无差异。

② 于发病前常有急性病毒感染史。

③ 自发性皮肤和黏膜出血为突出表现。

④ 肝、脾偶见轻度肿大，淋巴结不肿大。

⑤ 主要致死原因为颅内出血。

3. 实验室检查

（1）外周血象

① 血小板减少，$< 50 \times 10^9/L$ 可自发出血。

② 出血时间延长，凝血时间正常，血块收缩不良，血清凝血酶原消耗不良。

（2）骨髓象　骨髓巨核细胞数增多或正常；幼稚巨核细胞增多。

（3）血小板抗体测定。

（4）血小板寿命测定　明显缩短。

（5）束臂试验　阳性。

4. 诊断与鉴别诊断

（1）根据病史、临床表现和实验室检查，即可作出诊断。

（2）临床上分为两型：≤6 个月为急性型；>6 个月为慢性型。

（3）鉴别

① 急性白血病。

② 再生障碍性贫血。

③ 过敏性紫癜。

④ 继发性血小板减少性紫癜。

5. 治疗

（1）一般治疗　避免外伤，预防及控制感染，避免服用影响血小板功能的药物。

（2）糖皮质激素

① 主要药理作用：降低毛细血管通透性；抑制血小板抗体产生；抑制单核-巨噬细胞系统破坏血小板。

② 常用泼尼松 1.5～2mg/（kg·d），分次口服。

③ 出血严重者可用冲击疗法：地塞米松每日 0.5～2mg/kg，或甲泼尼龙每日 20～30mg/kg，静脉滴注，连用 3d，症状缓解后改

服泼尼松。

④ 用药至血小板数回升至接近正常水平即可逐渐减量，疗程一般不超过 4 周。

（3）大剂量静脉丙种球蛋白 主要作用：①封闭巨噬细胞受体，抑制巨噬细胞对血小板的结合与吞噬；②形成保护膜抑制 IgG 或免疫复合物与血小板结合；③抑制自身免疫反应，使抗血小板抗体减少。

（4）血小板输注 不主张输血小板，只有危及生命时才输注，并需同时予以大剂量肾上腺皮质激素，以减少输入血小板被破坏。

（5）抗-D 免疫球蛋白（anti-D immuno-globulin） 主要作用是封闭网状内皮细胞的 Fc 受体。

（6）脾切除 手术宜在 6 岁以后进行，10 岁以内尽可能不作脾切除。

（7）部分性脾栓塞术 适应于儿童期激素治疗无效的 ITP。

（8）免疫抑制药。

（9）其他 达那唑、干扰素-α2b。

6. 预后

80％～90％患儿 1～6 个月自愈；10％～20％患儿转为慢性；病死率 0.5％～1％。

【试题精选】

一、单项选择题

1. 小儿最常见的出血疾病是
A. 血友病
B. 弥散性血管内凝血
C. 原发性血小板减少性紫癜
D. 急性白血病　　E. 再生障碍性贫血

2. 原发性血小板减少性紫癜患儿血小板抗体升高，其中最常见的是
A. 抗 GPⅡb/Ⅲa　　B. PAIgA
C. PAIgG　　D. PAIgM
E. PAC₃

3. 原发性血小板减少性紫癜的主要致死原因是
A. 继发感染　　B. 肺出血
C. 弥散性血管内凝血　　D. 颅内出血
E. 消化道大出血

4. 下列原发性血小板减少性紫癜的临床特点不正确的是
A. 皮肤、黏膜自发性出血
B. 束臂试验阳性
C. 骨髓巨核细胞数减少
D. 出血时间延长，血块收缩不良
E. 血小板减少

5. 下列原发性血小板减少性紫癜的病因与发病机制不正确的是
A. 病毒感染
B. 抗血小板膜蛋白成分抗体
C. 免疫因素

D. 脾脏、肝脏破坏血小板
E. 骨髓中产板型巨核细胞代偿性增多

6. 下列哪项不支持 ITP 的诊断
A. 血小板减少　　B. 出血时间延长
C. 凝血时间延长
D. 骨髓中巨核细胞增多
E. 血块收缩不良

7. 男孩，4 岁，平素体健。因"流涕、咳嗽 10d，皮肤瘀点、瘀斑 3d"就诊。体检：一般情况良好，全身分布散在出血点，浅表淋巴结不大，咽部充血明显，心、肺未见异常，肝肋下刚及，脾肋下未及。血常规：血红蛋白 115g/L，红细胞 3.5×10¹²/L，白细胞 7.0×10⁹/L，中性粒细胞 35％，淋巴细胞 65％，血小板 25×10⁹/L。目前的诊断及首选处理是
A. 急性原发性血小板减少性紫癜；骨髓穿刺明确诊断
B. 过敏性紫癜；抗过敏治疗
C. 急性原发性血小板减少性紫癜；输注血小板
D. 急性原发性血小板减少性紫癜；大剂量静脉丙种球蛋白治疗
E. 急性原发性血小板减少性紫癜；激素治疗

8. 女孩，4 岁，感冒 2d 后全身出现散布瘀斑，无发热。查体：心、肺正常，肝、脾不大。门诊查血红蛋白 120g/L，白细胞 8.0×10⁹/L，淋巴细胞 30％，中性粒细胞 65％，血小板 50×10⁹/L，该病最可能的诊断为
A. 过敏性紫癜　　B. 血友病

C. 再生障碍性贫血

D. 特发性血小板减少性紫癜

E. DIC

（9～11 题共用题干）

女孩，5 岁。发现皮肤出血点 2d 来院。病前 10d 有上呼吸道感染史。平素体健。查体：一般情况好，皮肤可见散在瘀点，无鼻衄及齿龈出血，肝、脾肋下未及。血常规：血红蛋白 105g/L，红细胞 3.60×10^{12}/L，白细胞 4.0×10^9/L，中性粒细胞 50%，淋巴细胞 45%，血小板 20×10^9/L。经骨髓细胞学检查和血小板红细胞相关抗体检测等实验室检查考虑为"急性原发性血小板减少性紫癜"。

9. 该病首选治疗是

A. 大剂量静脉丙种球蛋白

B. 糖皮质激素

C. 输单采血小板

D. 病程自限，只需避免外伤，无需治疗

E. 免疫抑制剂（除糖皮质激素外）

10. 该病可出现下列哪些实验室检查表现，除

A. 血块收缩不良　　B. 出血时间延长

C. PT 延长　　　　 D. 束臂试验阳性

E. 骨髓巨核细胞增多

11. 该病诊断的主要依据

A. 外周血象＋血小板相关抗体检测

B. 临床表现＋外周血象

C. 病史＋临床表现＋外周血象＋骨髓细胞学检查

D. 临床表现＋外周血象＋出、凝血试验

E. 外周血象＋出、凝血试验＋骨髓细胞学检查

（12～14 题共用题干）

患儿，女，3 岁。上呼吸道感染 9d 后出现全身散在出血点及瘀斑，无发热。查体：全身散在出血点和瘀斑，心、肺未见异常，肝、脾不大。血常规：血红蛋白 100g/L，白细胞 7.5×10^9/L，中性粒细胞 25%，淋巴细胞 75%，血小板 16×10^9/L。

12. 该病最可能的诊断为

A. DIC　　　　　　 B. ITP

C. 急性白血病　　　 D. 再生障碍性贫血

E. 败血症

13. 下列哪项处理不正确

A. 住院治疗

B. 肾上腺皮质激素

C. 卧床休息，忌用抑制血小板功能药物

D. 大剂量静脉丙种球蛋白

E. 血小板输注

14. 关于该病的预后不正确的是

A. 可自行缓解

B. 85%～90% 急性患儿发病后 1～6 个月自愈

C. 约 10% 转为慢性型

D. 病死率 2%，主要死因为颅内出血

E. 约 30% 慢性患儿于发病数年后可自然缓解

二、多项选择题

1. 大剂量静脉丙种球蛋白治疗原发性血小板减少性紫癜的机制是

A. 封闭巨噬细胞受体，抑制巨噬细胞对血小板的结合与吞噬

B. 降低毛细血管通透性

C. 在血小板形成保护膜，抑制血浆中的 IgG 或免疫复合物与血小板结合

D. 抑制自身免疫反应，减少血小板抗体产生

E. 促进血小板的生成

2. 肾上腺皮质激素用于治疗 ITP 的原理是

A. 降低毛细血管通透性

B. 抑制血小板抗体产生

C. 抑制单核-巨噬细胞系统破坏有抗体吸附的血小板

D. 迅速提高血小板数量

E. 在血小板上形成保护膜

三、名词解释

idiopathic thrombocytopenic purpura

四、填空题

1. 特发性血小板减少性紫癜血清中血小板相关抗体有_____、_____、_____等。

2. 慢性 ITP 病程为_____。

3. ITP 主要致死原因为_____。

4. ITP 病人出血时间_____，凝血时间_____，血块_____，凝血酶原_____。

五、简答题

1. 试述 ITP 的诊断标准。

2. ITP 治疗中大剂量静脉丙种球蛋白的作用

及用法。

六、病例分析

5岁男孩，全身皮肤出血点2h入院。4d前曾有上呼吸道感染病史。既往无出血病史。查体：一般情况良好，全身分布散在针尖大小出血点，浅表淋巴结未扪及肿大，咽充血，心、肺未见异常，肝肋下2cm、质软，脾肋下未及。血常规：血红蛋白124g/L，红细胞4.2×10^{12}/L，白细胞7.0×10^{9}/L，中性粒细胞40%，淋巴细胞60%，血小板25×10^{9}/L。

1. 该患儿目前的诊断及诊断依据是什么？
2. 该患儿尚需做哪些检查？
3. 该病需要与哪些疾病鉴别，如何鉴别？

【参考答案】

一、单项选择题

1. C 2. C 3. D 4. C 5. E 6. C 7. A 8. D 9. B 10. C 11. C 12. B 13. E 14. D

二、多项选择题

1. ACD 2. ABC

三、名词解释

idiopathic thrombocytopenic purpura：特发性血小板减少性紫癜，又称自身免疫性血小板减少性紫癜，是小儿最常见的出血性疾病。其主要临床特点是：皮肤、黏膜自发性出血和束臂试验阳性，血小板减少、出血时间延长和血块收缩不良。骨髓象：巨核细胞数增多或正常；幼稚巨核细胞增多。

四、填空题

1. PAIgG PAIgM PAIgA
2. 6个月以上
3. 颅内出血
4. 延长 正常 收缩不良 消耗不良

五、简答题

1. （1）多次化验检查血小板减少，脾脏不增大或仅轻度增大。

（2）骨髓检查巨核细胞增多或正常，有成熟障碍。

（3）以下5项具备任何1项：①泼尼松治疗有效；②切脾治疗有效；③血小板相关抗体，如PAIgG、PAIgM、PAIgA均可增高，其中以PAIgG增高最为常见；④相关补体（PAC3）增多；⑤血小板寿命缩短。

2. （1）作用

①封闭巨噬细胞受体，抑制巨噬细胞对血小板的结合与吞噬，从而干扰单核-巨噬细胞吞噬血小板的作用。

②在血小板上形成保护膜抑制血浆中的IgG或免疫复合物与血小板结合，从而使血小板避免被吞噬细胞所破坏。

③抑制自身免疫反应，使抗血小板抗体减少。

（2）用法 常用剂量为每日0.4g/kg，连续5d静脉滴注；或每次1g/kg静脉滴注，必要时次日可再用1次；以后每3～4周1次。

六、病例分析

1. 诊断：急性特发性血小板减少性紫癜。

依据：全身皮肤出血点2h；4d前曾有上呼吸道感染病史；既往无出血病史；全身分布散在针尖大小的出血点；血常规：血红蛋白124g/L，红细胞4.2×10^{12}/L，白细胞7.0×10^{9}/L，血小板25×10^{9}/L。

2. 骨髓检查、血小板抗体测定、血凝分析、血小板寿命测定。

3. 该病需要与下列疾病鉴别。

（1）急性白血病 通过血涂片和骨髓检查见到白血病细胞即可确诊。

（2）再生障碍性贫血 再生障碍性贫血病情较重，外周血白细胞数和中性粒细胞数减少，骨髓造血功能减低，巨核细胞减少有助于诊断。

（3）过敏性紫癜 为出血性斑丘疹，对称分布，成批出现，多见于下肢和臀部，血小板数正常，一般易于鉴别。

（4）继发性血小板减少性紫癜 严重细菌感染和病毒血症均可引起血小板减少，化学药物、脾功能亢进、部分自身免疫性疾病（如系统性红斑狼疮等）、恶性肿瘤侵犯骨髓和某些溶血性贫血等均可导致血小板减少，应注意鉴别。

（5）其他出血性疾病 如血友病、血管性假血友病、DIC 等。

第五节 血 友 病

1. 定义

血友病是一组遗传性凝血功能障碍的出血性疾病，其共同特点为终生在轻微损伤后发生长时间出血。包括：①血友病甲，即因子Ⅷ缺乏症；②血友病乙，即因子Ⅸ缺乏症；③血友病丙，即因子Ⅺ缺乏症。其发病率为（5～10）/10 万，以血友病甲较为常见。

2. 病因和发病机制

① 血友病甲和乙为 X-连锁隐性遗传，女性传递、男性发病。血友病丙为常染色体不完全性隐性遗传，男女均可发病或传递疾病。

② 因子Ⅷ、Ⅸ、Ⅺ缺乏均可使凝血过程第一阶段中的凝血活酶生成减少，引起凝血障碍。

3. 临床表现

① 皮肤、黏膜出血，为出血好发部位。
② 关节积血。
③ 肌肉出血和血肿：见于重型血友病甲。
④ 创伤或手术后出血。
⑤ 其他部位的出血，颅内出血为主要死因之一。
⑥ 血肿压迫症状。

4. 实验室检查

（1）共同特点
① 凝血时间延长；
② 凝血酶原消耗不良；
③ 活化部分凝血活酶时间延长；
④ 凝血活酶生成试验异常。出血时间、凝血酶原时间和血小板正常。

（2）凝血因子测定
① 纠正试验（见表 14-4）。
② 测定因子Ⅷ：C。因子Ⅸ：C 的活性对血友病甲或血友病乙有确诊意义。
（3）基因诊断。

5. 诊断和鉴别诊断

需与血管性血友病鉴别。

表 14-4 血友病甲、乙和丙凝血纠正试验

病人血浆加入	血友病甲	血友病乙	血友病丙
正常血浆	纠正	纠正	纠正
正常血清	不能纠正	纠正	纠正
经硫酸钡吸附的正常人血浆	纠正	不能纠正	纠正

6. 治疗

本组疾病尚无根治疗法。
（1）预防出血。
（2）局部止血。
（3）替代疗法。
① 因子Ⅷ和因子Ⅸ制剂。
② 冷沉淀物。用于血友病甲和血管性血友病等的治疗，要求与受血者 ABO 血型相同或相容。
③ 凝血酶原复合物。可用于血友病乙的治疗。
④ 输血浆或新鲜全血只能维持 2d 左右，仅适用于轻症。
（4）药物治疗。
（5）基因治疗。

【试题精选】

一、单项选择题

1. 血友病患儿发生出血倾向的机制是
A. 血浆凝血活酶生成减少
B. 组织凝血活酶生成减少

C. 凝血酶原复合物生成减少
D. 激肽释放酶生成减少
E. 蛋白水解酶生成减少

2. 重型和中型血友病甲的Ⅷ：C 活性分别为
A. ＜1%，1%～5% B. ＜2%，2%～7%

C. <1%，1%~8%　　D. <4%，4%~7%

E. <5%，5%~20%

3. 重型血友病乙的因子Ⅸ：C活性为

A. 0~1%　　　　　B. 0~2%

C. 0~3%　　　　　D. 0~7%

E. 0~10%

4. 一患儿拟诊为血友病，查血示凝血酶原消耗不良，为了进一步鉴别是哪一型血友病，可

A. 测Ⅷ：C活性

B. 查白陶土部分凝血活酶时间

C. 做纠正试验

D. 查出、凝血时间

E. 追问家族史

5. 约15%血友病甲病人经反复因子Ⅷ替代治疗后，血浆中出现抗因子Ⅷ的抗体，对此类病人治疗方法不正确的是

A. 增加因子Ⅷ剂量达原剂量1倍以上

B. 活化因子Ⅷ或活化凝血酶原复合物

C. 大剂量静脉丙种球蛋白输注

D. 免疫抑制药

E. 用链球菌蛋白A吸附抗体

6. 男孩，3岁，反复关节腔出血2年。经各项检查证实为"血友病（甲），重型"。下列哪项检查作为该病的初筛试验最合适

A. 血小板计数减少

B. 凝血酶原时间（PT）延长

C. 白陶土部分凝血活酶时间（KPTT）延长

D. 出血时间延长

E. 纤维蛋白含量降低

（7~9题共用题干）

8岁男孩，牙龈出血5d。体检：皮肤苍白，肝、脾、淋巴结不大，双下肢瘀斑。血常规：血红蛋白80g/L，白细胞4.5×10⁹/L，血小板200×10⁹/L。其两位舅父因不明原因颅内出血死亡。

7. 最可能的诊断是

A. 急性淋巴细胞白血病

B. 血友病丙　　　　C. 血友病甲

D. 特发性血小板减少性紫癜

E. DIC

8. 确诊本病下列哪种检查不合适

A. 凝血酶原时间　　B. 出血时间

C. 凝血酶原生成及纠正试验

D. 凝血时间　　　　E. 骨髓穿刺

9. 本病的治疗方法，哪种不恰当

A. 替代疗法（Ⅷ因子输注）

B. 预防出血

C. DDAVP（加压素）的应用

D. 局部止血

E. 凝血酶原复合物的应用

（10~13题共用题干）

男孩，5岁，反复皮肤瘀斑、鼻衄2年余。查体：皮肤、黏膜散在瘀斑，心、肺未见异常，肝、脾、淋巴结不大。查Ⅷ：C活性4%。患儿父母体健，其舅父因不明原因出血死亡。

10. 该患儿最可能的诊断为

A. 血友病甲（重型）　B. 血友病甲（中型）

C. 血友病乙（中型）　D. 血管性血友病

E. 血友病乙（重型）

11. 下列替代疗法中哪一项无效

A. 因子Ⅷ浓缩制剂　　B. 冷沉淀物

C. 凝血酶原复合物　　D. 冰冻新鲜血浆

E. 新鲜全血

12. 该患儿每输注1U/kg因子Ⅷ可提高因子Ⅷ活性

A. 1%　　　　　　　B. 2%

C. 4%　　　　　　　D. 10%

E. 3%

13. 若患儿经反复因子Ⅷ替代治疗3年后，发现再次输注因子Ⅷ治疗无效，提示

A. 因子Ⅷ制剂失效

B. 有因子Ⅷ抗体存在

C. 诊断有误

D. 病情可能发生转变

E. 因子Ⅷ吸收率下降

（14~16题共用备选答案）

A. Ⅷ因子缺乏　　　　B. Ⅸ因子缺乏

C. Ⅹ因子缺乏　　　　D. vWF因子缺乏

E. Ⅺ因子缺乏

14. 血友病甲

15. 血友病乙

16. 血友病丙

（17~20题共用备选答案）

A. Ⅷ和Ⅺ因子　　　　B. Ⅷ和Ⅸ因子

C. Ⅸ和Ⅺ因子　　　　D. Ⅷ因子

E. Ⅸ因子

17. 正常血浆经硫酸钡吸附后尚含有

18. 正常血浆经硫酸钡吸附后不含有

19. 正常血清含有
20. 正常血清不含有

二、多项选择题

1. 血友病甲、乙、丙实验室检查的共同特点是
A. 凝血时间延长
B. 凝血酶原消耗不良
C. 白陶土部分凝血活酶时间延长
D. 凝血活酶生成试验异常
E. 血小板减少

2. 对血友病甲的出血治疗中，下列哪些方法是正确的
A. 输鲜血或血浆，提供Ⅷ因子
B. 输Ⅷ因子浓缩制剂，输入 1U/kg 约可提高Ⅷ因子浓度 2%
C. 肾上腺皮质激素可使关节炎症状减轻，减少肾出血
D. 出血的急性期宜冷敷、加压、固定于功能位
E. 避免外伤

3. 下列哪项支持血友病的诊断
A. 凝血时间延长 　　B. 出血时间延长
C. 凝血活酶生成异常
D. 凝血酶原消耗不良 　　E. KPTT 延长

三、名词解释

血友病

四、填空题

1. 血友病可分为 _____、_____、_____ 三型，其分别缺乏的凝血因子是 _____、_____、_____，其中 _____ 男女均可发病。

2. 血友病的共同实验室检查特点凝血时间 _____、凝血酶原 _____、活化部分凝血活酶时间 _____、凝血活酶生成试验异常；出血时间 _____、凝血酶原时间 _____、血小板 _____。

3. 血友病的主要表现是 _____。

五、简答题

1. 何谓血友病纠正试验？
2. 血友病的替代疗法有哪些？

六、病例分析

男孩，5 岁，反复鼻衄、皮肤瘀斑 4 年。查体：皮肤散在瘀斑，心、肺未见异常，肝、脾、淋巴结不大。查Ⅷ：C 活性 2%。患儿父母体健，其哥哥幼时因不明原因出血死亡。
1. 该患儿最可能的诊断是什么？诊断依据是什么？是否还需病史采集？
2. 该患儿还需做哪些检查？
3. 简述该患儿如何治疗？

【参考答案】

一、单项选择题

1. A　2. A　3. A　4. C　5. B　6. C　7. C　8. E　9. E　10. B　11. C　12. B　13. B　14. A　15. B　16. E　17. A　18. E　19. C　20. D

二、多项选择题

1. ABCD　2. ABCDE　3. ACDE

三、名词解释

血友病是一组遗传性凝血功能障碍的出血性疾病，其共同特点为终生在轻微损伤后发生长时间出血。包括：①血友病甲，即因子Ⅷ缺乏症；②血友病乙，即因子Ⅸ缺乏症；③血友病丙，即因子Ⅺ缺乏症。其发病率为（5～10）/10 万，以血友病甲较为常见。

四、填空题

1. 血友病甲　血友病乙　血友病丙　Ⅷ因子　Ⅸ因子　Ⅺ因子　血友病丙
2. 延长　消耗不良　延长　正常　正常　正常
3. 出血症状

五、简答题

1. 凝血酶原消耗试验和凝血活酶生成试验异常时，为了进一步鉴别血友病甲、乙、丙，可作纠正试验，其原理为：正常血浆经硫酸钡吸附后尚含有因子Ⅷ和Ⅺ，不含因子Ⅸ，正常血清含有因子Ⅸ和Ⅺ，不含因子Ⅷ；因此，如病人凝血酶原消耗时间和凝血活酶生成时间被硫酸钡吸附后的正常血浆所纠正，而不被正常血清纠正，则为血友病甲；如以上两试验被正常血清所纠正而不被经硫酸钡吸附的正常血浆纠正，则为血友病乙；若以上两试验可被正常血清和硫酸钡吸附正常血浆所纠正，则为血友病丙。

2.（1）因子Ⅷ和因子Ⅸ制剂 传统上多用人血浆冻干浓缩制剂，近年国外临床上已广泛应用基因重组人因子Ⅷ和因子Ⅸ制剂，用于血友病甲、乙。

（2）冷沉淀物 用于血友病甲和血管性血友病（vWD）等的治疗，要求与受血者 ABO 血型相同或相容。

（3）凝血酶原复合物 含有因子Ⅱ、Ⅶ、Ⅸ、Ⅹ，可用于血友病乙的治疗。

（4）输血浆或新鲜全血 血友病甲病人需输给新鲜血浆或冰冻新鲜血浆；血友病乙病人可输储存 5d 以内的血浆，一次输入量不宜过多。输血的疗效只能维持 2d 左右，仅适用于轻症。

六、病例分析

1. 诊断：血友病甲。

依据：（1）5 岁男孩；

（2）反复鼻衄、皮肤瘀斑 4 年；

（3）皮肤散在瘀斑；

（4）Ⅷ：C 活性 2%；

（5）其哥哥幼时因不明原因出血死亡。

病史采集：家族史、疾病发展变化情况、治疗情况等。

2. 血浆凝血因子检测（Ⅸ：C 活性）、血凝分析、纠正试验、血常规、基因诊断。

3. 目前尚无根治疗法，主要有以下几种。

（1）预防出血 养成良好习惯，避免外伤。

（2）局部止血 可局部压迫止血，或用止血药物敷于伤口处。早期关节出血者，宜卧床休息，并用夹板固定肢体，放于功能位置。

（3）替代疗法

① 因子Ⅷ和因子Ⅸ制剂。传统上多用人血浆冻干浓缩制剂，近年国外临床上已广泛应用基因重组人因子Ⅷ和因子Ⅸ制剂，用于血友病甲、乙。

② 冷沉淀物。用于血友病甲和血管性血友病（vWD）等的治疗，要求与受血者 ABO 血型相同或相容。

③ 凝血酶原复合物。含有因子Ⅱ、Ⅶ、Ⅸ、Ⅹ，可用于血友病乙的治疗。

④ 输血浆或新鲜全血、血友病甲病人需输给新鲜血浆或冰冻新鲜血浆；血友病乙病人可输储存 5d 以内的血浆。输血的疗效只能维持 2d 左右，仅适用于轻症。

（4）药物治疗

① DDAVP：常用于治疗轻型血友病甲病人，可减轻其出血症状。需与 6-氨基己酸或止血环酸联用。

② 性激素：有减少血友病甲病人的出血作用，但其疗效均逊于替代疗法。

（5）基因治疗 尚在进行动物试验及临床前验证。

第十五章　神经肌肉系统疾病

第一节　病毒性脑炎

病毒性脑炎 (viral encephalitis) 指多种病毒引起的颅内急性炎症。由于病原体致病性能和宿主反应过程的差异，形成不同类型疾病。若病变主要在脑膜，临床重点表现为病毒性脑膜炎。主要累及大脑实质时，则以病毒性脑炎为临床特征。大多数病人具有病程自限性。

一、病因

目前仅能在 1/3～1/4 的中枢神经病毒感染病例中确定其致病病毒，其中 80% 为肠道病毒，其次为虫媒病毒、腺病毒、单纯疱疹病毒、腮腺炎病毒和其他病毒等。

二、病理

脑膜和（或）脑实质广泛性充血、水肿，伴淋巴细胞和浆细胞浸润。

三、发病机制

颅内急性病毒感染的病理改变主要是大量病毒对脑组织的直接入侵和破坏，若宿主对病毒抗原发生强烈免疫反应，将进一步导致脱髓鞘、血管与血管周围脑组织损害。

四、临床表现

病情轻重差异很大，取决于病变主要是在脑膜还是在脑实质。一般说来，病毒性脑炎的临床经过较脑膜炎严重，重症脑炎更易发生急性期死亡或后遗症。

1. 病毒性脑膜炎

急性起病，或先有上呼吸道感染或前驱传染性疾病。主要表现为发热、恶心、呕吐、软弱、嗜睡。年长儿会诉头痛，婴儿则烦躁不安，易激惹。一般很少有严重意识障碍和惊厥。可有颈项强直等脑膜刺激征，但无局限性神经系统体征。病程大多在 1～2 周内。

2. 病毒性脑炎

起病急，但其临床表现因主要病理改变在脑实质的部位、范围和严重程度不同而有不同。

（1）大多数患儿因弥漫性大脑病变而主要表现为发热、反复惊厥发作、不同程度的意识障碍和颅压增高症状。惊厥大多呈全身性，严重者呈惊厥持续状态。患儿可有嗜睡、昏睡、昏迷、深度昏迷，甚至去皮质状态等不同程度的意识改变。部分患儿尚伴偏瘫或肢体瘫痪表现。

（2）有的患儿病变主要累及额叶皮质运动区，临床则以反复惊厥发作为主要表现，伴或不伴发热。多数为全部性或局灶性强直-阵挛或阵挛性发作，少数表现为肌阵挛或强直性发作。皆可出现癫痫持续状态。

（3）若脑部病变主要累及额叶底部、颞叶边缘系统，病人则主要表现为精神情绪异常，如躁狂、幻觉、失语，以及定向力、计算力与记忆力障碍等。伴发热或无热。由单纯疱疹病毒引起者最严重，被称为急性包涵体脑炎，常合并惊厥与昏迷，病死率高。

病程大多 2～3 周。多数完全恢复，少数遗留癫痫、肢体瘫痪、智能倒退等后遗症。

五、辅助检查

（1）脑电图　以弥漫性或局限性异常慢波

背景活动为特征，少数伴有棘波、棘慢综合波。慢波背景活动只能提示异常脑功能。

（2）脑脊液检查 外观清亮，压力正常或增加。白细胞数正常或轻度增多，分类计数以淋巴细胞为主，蛋白质大多正常或轻度增高，糖含量正常。涂片和培养无细菌发现。

（3）病毒学检查 部分患儿脑脊液病毒培养及特异性抗体测试阳性。恢复期血清特异性抗体滴度高于急性期 4 倍以上有诊断价值。

六、诊断和鉴别诊断

（1）颅内其他病原感染 主要根据脑脊液外观、常规、生化和病原学检查，与化脓性脑膜炎、结核性脑膜炎、隐球菌脑膜炎鉴别。

（2）Reye 综合征 因急性脑病表现和脑脊液无明显异常使两病易相混淆，但依据 Reye 综合征无黄疸而肝功明显异常、起病后 3～5d 病情不再进展、有的病人血糖降低等特点，可与病毒性脑炎鉴别。

七、治疗

本病缺乏特异性治疗。但由于本病呈自限性，急性期正确的支持与对症治疗，是保证病情顺利恢复、降低病死率和致残率的关键。主要治疗原则包括以下几方面。

（1）维持水、电解质平衡与合理营养供给。

（2）控制脑水肿和颅内高压

① 严格限制液体入量；

② 过度通气；

③ 静脉注射脱水药。

（3）控制惊厥发作。

（4）呼吸道和心血管功能的监护与支持。

（5）抗病毒药物 阿昔洛韦（Aciclovir），每次 5～10mg/kg，每 8h 1 次。或其衍生物更昔洛韦（Ganciclovir），每次 5mg/kg，每 12h 1 次。两种药物均需连用 10～14d，静脉滴注给药。

第二节 化脓性脑膜炎

化脓性脑膜炎（简称化脑）是小儿尤其是婴幼儿时期常见的中枢神经系统化脓性细菌的感染性疾病。临床以急性发热、惊厥、意识障碍、颅内压增高和脑膜刺激征，以及脑脊液脓性改变为特征。

一、致病菌和入侵途径

2/3 以上患儿是由脑膜炎球菌、肺炎链球菌和流感嗜血杆菌三种细菌引起。2 个月以下幼婴和新生儿，以及原发或继发性免疫缺陷病者，易发生肠道革兰阴性杆菌和金黄色葡萄球菌脑膜炎，前者以大肠杆菌最多见，其次为变形杆菌、铜绿假单胞菌或产气杆菌等。

致病菌可通过多种途径侵入脑膜。

① 最常见的途径是通过血流，即菌血症抵达脑膜微血管。

② 邻近组织器官感染。

③ 与颅腔存在直接通道，细菌可因此直接进入蛛网膜下腔。

二、病理

各种致病菌引起的化脓性脑膜炎病理变化相似，早期软膜充血，少量浆液性渗出，后期有大量纤维蛋白。随着炎症扩展，蛛网膜下腔、浅表软脑膜和室管膜均因纤维蛋白渗出物覆盖引起的脑膜粘连而致脑脊液吸收和循环障碍，导致脑积水，镜检可见脑膜早期以中性粒细胞为主，后期则以淋巴细胞和浆细胞为主，脑实质偶见小脓肿存在。

三、临床表现

1 岁以下是患病高峰，流感杆菌化脓性脑膜炎较集中在 3 个月～3 岁小儿。一年四季均有化脓性脑膜炎发生，但肺炎链球菌脑膜炎冬春季多见，而脑膜炎球菌和流感杆菌脑膜炎分别以春、秋季发病多。大多急性起病。

典型临床表现可简单概括为以下三个方面。

（1）感染中毒及急性脑功能障碍症状 包

括发热、烦躁不安和进行性加重的意识障碍。30%以上患儿有反复惊厥发作。脑膜炎双球菌感染易有瘀斑、瘀点和休克。

（2）颅内压增高表现 包括头痛、呕吐，婴儿则有前囟饱满与张力增高、头围增大等。合并脑疝时，则有呼吸不规则、突然意识障碍加重或瞳孔不等大等征兆。

（3）脑膜刺激征 以颈强直最常见，其他如 Kernig 征和 Brudzinski 征阳性。

年龄小于 3 个月的幼婴和新生儿化脓性脑膜炎表现：①体温可高可低，或不发热，甚至体温不升；②颅压增高表现可不明显；③惊厥可不典型；④脑膜刺激征不明显。

年龄小于 3 个月的幼婴和新生儿化脓性脑膜炎表现多不典型。

四、实验室检查

（1）脑脊液检查 是确诊本病的重要依据（见表 15-1）。

（2）其他

① 血培养。

② 皮肤瘀点、瘀斑涂片。

③ 外周血象：白细胞总数大多明显增高，以中性粒细胞为主。

五、并发症和后遗症

（1）硬脑膜下积液 本症主要发生在 1 岁以下婴儿。凡经化脓性脑膜炎有效治疗 48～72h 后，体温不退或下降后再升高，意识障碍、惊厥或颅压增高等脑部症状无好转，甚至进行性加重者，首先应怀疑本病可能性。

（2）脑室管膜炎 主要发生在治疗被延误的婴儿。患儿在强力抗生素治疗下发热不退，惊厥，意识障碍不改善，进行性加重的颈项强直甚至角弓反张，脑脊液始终无法正常化，以及 CT 见脑室扩大。

（3）抗利尿激素异常分泌综合征 引起低钠血症。

（4）脑积水 引起非交通性脑积水或交通性脑积水。患儿出现烦躁不安，嗜睡，呕吐、惊厥发作，头颅进行性增大，颅缝分离，前囟扩大饱满，头颅破壶音和头皮静脉扩张。

（5）各种神经功能障碍 患儿可并发神经

性耳聋、智力低下、癫痫、视力障碍和行为异常等。

六、诊断

早期诊断是保证患儿获得早期治疗的前提。

七、鉴别诊断

脑脊液检查，尤其病原学检查是鉴别诊断的关键（见表 15-1）。

（1）结核性脑膜炎 需与不规则治疗的化脓性脑膜炎鉴别。结核呈亚急性起病，不规则发热 1～2 周才出现脑膜刺激征、惊厥或意识障碍等表现，或于昏迷前先有颅神经或肢体麻痹。具有结核接触史、PPD 阳转或肺部等其他部位结核病灶者支持结核诊断。脑脊液外观呈毛玻璃样，白细胞数多＜500×10⁶/L，分类单核细胞为主，薄膜涂片抗酸染色和结核菌培养可帮助诊断确立。

（2）病毒性脑膜炎 临床表现与化脓性脑膜炎相似，感染中毒及神经系统症状均比化脓性脑膜炎轻，病程自限，大多不超过 2 周。脑脊液清亮，白细胞数 0 至数百×10⁶/L，淋巴细胞为主，糖含量正常。脑脊液中特异性抗体和病毒分离有助诊断。

（3）隐球菌性脑膜炎 临床和脑脊液改变与结核性脑膜炎相似，但病情进展可能更缓慢，头痛等颅压增高表现持续和严重。诊断依赖脑脊液涂片墨汁染色和培养找到致病真菌。

八、治疗

1. 抗生素治疗

（1）用药原则 力求用药 24h 内杀灭脑脊液中的致病菌，故应选择对病原菌敏感且能较高浓度透过血脑屏障的药物。急性期宜用药早、剂量足和疗程够。

（2）病原菌明确前的抗生素选择 致病菌尚未明确，或院外不规则治疗者，应选用对三种常见致病菌皆有效的抗生素。目前主要选择第三代头孢菌素，包括头孢噻肟 200mg/(kg·d)，或头孢曲松 100mg/(kg·d)，疗效不理想时可联合使用万古霉素 40mg/(kg·d)。对 β-内酰胺类药物过敏的患儿，可改用氯霉素 100mg/(kg·d)。

表 15-1　颅内常见感染性疾病的脑脊液改变特点

项　目	压力 /kPa	外观	常规分析 Pandy 试验	白细胞 /(×10⁶/L)	蛋白 /(g/L)	生化分析 糖 /(mmol/L)	氯化物 /(mmol/L)	其他
正常	正常 0.69~1.96 新生儿 0.29~0.78	清亮透明	—	正常 0~10 婴儿:0~20	正常 0.2~0.4 新生儿: 0.2~1.2	正常 2.8~4.5 婴儿: 3.9~5.0	正常 117~127 婴儿: 110~122	—
化脓性脑膜炎	不同程度增高	米汤样浑浊	+~+++	数百至数千,多核为主	增高或明显增高	明显降低	多数降低	涂片 Gram 染色和培养可发现致病菌
结核性脑膜炎	不同程度增高	微浑,毛玻璃样	+~+++	数十至数百,淋巴为主	增高或明显增高	明显降低	多数降低	薄膜涂片抗酸染色及培养可发现抗酸杆菌
病毒性脑膜炎	不同程度增高	清亮,个别微浑	−~+	正常至数百,淋巴细胞为主	正常或轻度增高	正常	正常	特异性抗体阳性,病毒培养可能阳性
隐球菌性脑膜炎	高或很高	微浑,毛玻璃样	+~+++	数十至数百,淋巴细胞为主	增高或明显增高	明显降低	多数降低	涂片墨汁染色和培养可发现致病菌

（3）病原菌明确后的抗生素选择　选择对该病原菌敏感的抗生素。

（4）抗生素疗程　肺炎链球菌脑膜炎、流感嗜血杆菌脑膜炎 10~14d，脑膜炎球菌 7d，金黄色葡萄球菌、革兰阴性杆菌脑膜炎 21d 以上。

2. 肾上腺皮质激素的应用

可抑制多种炎症因子的产生，还可降低血管通透性，减轻脑水肿和颅内高压。常用地塞米松 0.6mg/(kg·d)，分 4 次静脉注射。一般连续用 2~3d。

3. 并发症的治疗

（1）硬膜下积液　少量积液无需处理。如积液量较大引起颅压增高症状时，应作硬膜下穿刺放出积液，放液量每次每侧不超过 15ml。个别迁延不愈者，需外科手术引流。

（2）脑室管膜炎　进行侧脑室穿刺引流，同时选择适宜抗生素脑室内注入。

（3）脑积水　主要依赖手术治疗，包括正中孔粘连松解、导水管扩张和脑脊液分流术。

4. 对症和支持治疗

（1）急性期严密监测生命体征，并及时处理颅内高压，预防脑疝发生。

（2）及时控制惊厥发作，并防止复发。

（3）监测并维持体内水、电解质、血浆渗透压和酸碱平衡。对有抗利尿激素异常分泌综合征表现者，适当限制液体入量，对低钠症状严重者补充钠盐。

【试题精选】

一、单项选择题

1. 3 岁，男，3~4d 来有轻咳，流涕。今日出现高热，咳加重，头痛，呕吐，精神委靡，时而烦躁、惊厥。来院时，体温 39.5℃，嗜睡状态，血象白细胞 18×10⁹/L，中性粒细胞 0.85，脑脊液压力 240mmH₂O，细胞数 1400×10⁶/L，中性粒细胞 0.75。根据以上特点，应首先考虑为

A. 病毒性脑炎　　　　　B. 高热惊厥

C. 结核性脑膜炎　　　　D. 细菌性脑膜炎

E. 重症肺炎合并中毒性脑病

2. 化脓性脑膜炎最常见的并发症为

A. 脑积水　　　　　　　B. 脑性低钠血症

C. 硬膜下积液　　　　　D. 脑室积液

E. 失明

3. 化脓性脑膜炎最可靠的诊断依据是

A. 急起高热、惊厥、昏迷

B. 剧烈头痛、喷射状呕吐

C. 脑膜刺激征阳性

D. 脑脊液细胞数明显增高

E. 脑脊液中检出化脓性细菌

4. 患儿，8个月，女性，发热，咳嗽15d，呕吐、抽搐7d，嗜睡，前囟张力高，双肺散在细湿啰音，脑脊液结果支持"化脓性脑膜炎"，给予大剂量青霉素静滴，疗效不佳。最好加用下列何种抗生素以提高疗效

A. 庆大霉素　　　　　　B. 卡那霉素

C. 氯青霉素　　　　　　D. 头孢曲松钠

E. 红霉素

5. 患儿，9个月，因发热、呕吐3d，惊厥2次入院，脑脊液结果支持"化脓性脑膜炎"，患儿入院后频繁抽搐，高热不退，神志不清，并出现一侧瞳孔扩大，四肢肌张力增高，患儿出现了下列哪种情况

A. 蛛网膜下腔出血　　　B. 脑积水

C. 小脑幕切迹疝　　　　D. 硬脑膜下积液

E. 枕骨大孔疝

6. 女婴，2个月，拒食、吐奶、嗜睡3d，面色青灰，前囟张力高，脐部脓性分泌物。该患儿最关键的检查应为

A. 脐分泌物培养　　　　B. 血常规

C. 脑脊液检查　　　　　D. 血气分析

E. 头颅CT

7. 化脓性脑膜炎患儿有急性颅高压、脑疝症状时，最好首先选用

A. 20%甘露醇静推　　　B. 5%葡萄糖静推

C. 呋塞米肌注　　　　　D. 50%甘油三酯

E. 地塞米松肌注

8. 脑脊液乳酸脱氢酶增高支持下列哪种颅内感染性疾病的诊断

A. 结核性脑膜炎　　　　B. 化脓性脑膜炎

C. 病毒性脑膜炎　　　　D. 隐球菌性脑膜炎

E. 脑脓肿

9. 婴儿患化脓性脑膜炎时脑膜刺激征不明显是由于

A. 脑膜炎症反应轻

B. 神经系统发育不够完善

C. 机体反应差

D. 囟门及颅缝未闭，对颅高压可起缓冲作用

E. 颈部肌肉不发达

10. 化脓性脑膜炎患儿，经治疗高热不退已2d，今日反复惊厥不止，呼吸节律不整，前囟隆起，张力明显增高。此时应立即给予下述处理，除外

A. 物理降温

B. 立即腰穿放脑脊液以降低颅内压

C. 地西泮缓慢静注止惊

D. 地塞米松静注降脑水肿

E. 甘露醇静推

11. 化脓性脑膜炎预后的决定因素应除外

A. 患儿发病年龄大小

B. 诊断治疗时间的早晚

C. 致病菌种类

D. 机体的免疫力　　　　E. 发热的程度

12. 关于硬脑下积液的治疗，下列哪项是错误的

A. 不管积液多少，均应反复穿刺

B. 一侧每次穿刺放液不超过30ml

C. 双侧穿刺放液总量不超过50ml

D. 多次穿刺后积液减少不明显可考虑手术摘除囊膜

E. 硬膜下积脓可间断局部冲洗，并注入适量抗生素

13. 化脓性脑膜炎合并硬膜下积液的诊断依据应除外

A. 长期发热，脑脊液检查好转而体温持续不退或退而复发

B. 前囟持续隆起，或前囟正常后复又隆起者

C. 症状好转后，又重复出现惊厥等症状

D. 颅骨透照试验阳性

E. 头部叩诊有破壶音

14. 大肠杆菌脑膜炎正确的治疗是

A. 首选药物为庆大霉素

B. 氨苄西林＋庆大霉素

C. 不必用药物鞘内注射

D. 临床症状消失和体温正常后停药

E. 首选大剂量青霉素＋庆大霉素

15. 关于化脓性脑膜炎的治疗，下列哪项是错误的
A. 选用毒性小、疗效高、对病原菌敏感的杀菌性抗生素
B. 用至体温正常可停药
C. 选用易透过血脑屏障的抗生素
D. 急性期宜静脉途径给药
E. 致病菌未明确前，宜选用针对常见致病菌的抗生素

16. 6 个月化脓性脑膜炎患儿，疑有硬膜下积液，应首先选择下列哪项检查
A. 腰穿
B. 硬膜下穿刺
C. 拍颅骨 X 射线片
D. 脑电图检查
E. 头颅 CT

17. 确诊化脓性脑膜炎的依据是
A. 高热、头痛、呕吐
B. 惊厥
C. 婴儿前囟饱满、隆起
D. 脑膜刺激征阳性
E. 脑脊液中找到致病菌

18. 新生儿化脓性脑膜炎最常见的致病菌是
A. 脑膜炎双球菌
B. 肺炎双球菌
C. 流感杆菌
D. 大肠杆菌
E. 李斯特菌

19. 新生儿易患大肠杆菌脑膜炎的主要原因是
A. 生产时通过母亲产道感染
B. 细胞免疫功能发育不完善
C. 血脑屏障发育未完善
D. 体内缺乏 IgM
E. 体内缺乏 IgG

20. 肺炎双球菌脑膜炎的治疗，以下哪项是不正确的
A. 首选大剂量青霉素
B. 单用青霉素无效者可加用氯霉素
C. 青霉素剂量为每日 40 万～60 万单位/kg
D. 氯霉素剂量为每日 50～100mg/kg
E. 总疗程为 7～10d

21. 病毒性脑炎的确诊主要依据是
A. 脑脊液常规和生化典型改变
B. 发热、头痛、呕吐、惊厥、意识障碍等症状
C. 脑电图呈弥漫性或局限性慢波
D. 脑液分离出病毒
E. 恢复期抗体滴度较急性期高出 4 倍以上

22. 化脓性脑膜炎与结核性脑膜炎、脑脊液检查最具有鉴别意义的是
A. 白细胞数增高的程度
B. 蛋白增高的程度
C. 糖减低的程度
D. 乳酸脱氢酶的测定
E. 病原学检查

23. 典型急性化脓性脑膜炎脑脊液改变为
A. 细胞数增高，蛋白增高，糖正常
B. 细胞数增高，蛋白增高，糖减少
C. 细胞数增高，蛋白正常，糖减少
D. 细胞数正常，蛋白增高，糖正常
E. 细胞数增高，蛋白正常，糖正常

24. 最易透过血脑屏障的药物是
A. 青霉素
B. 庆大霉素
C. 氯霉素
D. 红霉素
E. 先锋霉素

25. 对于脑水肿，下列哪种药物治疗最佳
A. 可的松
B. 氢化可的松
C. 泼尼松
D. 促肾上腺皮质激素
E. 地塞米松

26. 下列哪种细菌所致的脑膜炎易并发硬膜下积液
A. 脑膜炎双球菌
B. 大肠杆菌
C. 肺炎双球菌
D. 金黄色葡萄球菌
E. 李斯特菌

27. 化脓性脑膜炎中，易有出血性皮疹和休克的是
A. 流感杆菌脑膜炎
B. 脑膜炎双球菌脑膜炎
C. 肺炎双球菌脑膜炎
D. 金黄色葡萄球菌脑膜炎
E. 链球菌脑膜炎

28. 见于脓毒败血症过程中的脑膜炎的病原体是
A. 脑膜炎双球菌
B. 流感杆菌
C. 大肠杆菌
D. 葡萄球菌
E. 肺炎双球菌

29. 化脓性脑膜炎合并硬膜下积液时，治疗应首选
A. 加大抗生素剂量
B. 硬膜下穿刺排液
C. 鞘内注射抗生素
D. 手术摘除囊膜
E. 用脱水剂

30. 化脓性脑膜炎患儿突然全身抽搐，持续 10min，应首选下列哪种止惊药

A. 苯巴比妥 5～8mg/(kg·次)，立即肌注

B. 地西泮 0.3～0.5mg/(kg·次)，缓慢静推

C. 10%水合氯醛 50mg/(kg·次)，灌肠

D. 氯丙嗪 1mg/(kg·次)，静注

E. 异戊巴比妥 5mg/(kg·次)，静注

31. 病毒性脑炎最主要的病变是

A. 脑膜充血、水肿，炎性细胞浸润

B. 脑实质水肿、软化和坏死

C. 神经细胞脱髓鞘病变

D. 脊髓神经根部炎症

E. 脊髓前角灰质炎

32. 我国病毒性脑炎最常见的病原是

A. 麻疹病毒 　　　　B. 狂犬病病毒

C. 肠道病毒 　　　　D. 疱疹病毒

E. EB病毒

33. 患儿 8 个月，于 1 个月前开始出现抽搐，诊断为化脓性脑膜炎，治疗后 1 周，热退，即停药。体检：头围 46cm，前囟隆起，头颅叩诊可闻硬壶声，前额大，面小，两眼球向下呈落日状，心、肺无异常，应考虑为

A. 硬膜下积液 　　　B. 慢性脑膜炎

C. 颅内肿瘤 　　　　D. 脑脓肿

E. 脑积水

34. 治疗肺炎双球菌性脑膜炎，如用青霉素治疗，一般剂量为

A. 每天 2 万～4 万单位/kg

B. 每天 5 万～10 万单位/kg

C. 每天 10 万～20 万单位/kg

D. 每天 20 万～40 万单位/kg

E. 每天 40 万～80 万单位/kg

(35～36 题共用备选答案)

A. 淋巴细胞 (0～10)×10^6/L

B. 每 700 个红细胞可有 1 个白细胞

C. 白细胞 (100～数千)×10^6/L

D. 白细胞 (0～数百)×10^6/L

E. 白细胞 (200～500)×10^6/L

35. 典型细菌性脑膜炎脑脊液改变中

36. 典型病毒性脑膜炎脑脊液改变中

(37～38 题共用备选答案)

A. <400mg/L

B. 每 800 个红细胞有 1mg

C. >5000mg/L 　　　D. 200～1250mg/L

E. 多在 1000mg/L 以上

37. 典型的结核性膜脑炎脑脊液蛋白质含量

38. 典型的化脓性脑膜炎脑脊液蛋白质含量

二、多项选择题

1. 6 个月化脓性脑膜炎患儿，怀疑合并硬膜下积液，下列哪项检查可明确诊断

A. 做腰穿，观察脑脊液蛋白是否增高

B. 做腰穿，观察脑脊液细胞数是否增高

C. 拍摄颅骨 X 射线平片

D. 头颅 B 超或 CT

E. 颅骨透照检查

2. 化脓性脑膜炎并发脑室管膜炎的确诊主要依靠

A. 腰椎穿刺检查脑脊液

B. 头颅 B 超示脑室扩大及脑室管膜粗糙

C. CT 显示脑室扩大及室管膜一圈密度增强影像

D. 侧脑室穿刺查脑脊液常规和细菌培养

E. 颅骨透照阳性

3. 8 岁儿童细菌性脑膜炎的病原菌主要有

A. 金黄色葡萄球菌 　　B. 脑膜炎双球菌

C. B 族溶血性链球菌 　D. 肺炎双球菌

E. 大肠杆菌

4. 关于细菌性脑膜炎的临床表现，下列哪些项目正确

A. 病前可有上呼吸道感染等先驱症状

B. 随即出现高热、头痛、呕吐和意识障碍

C. 有脑膜刺激症状

D. 各种病原菌所致者，临床表现大致相似

E. 可出现颅神经受累或肢体瘫痪症状

5. 脑脊液检查对于细菌性脑膜炎的诊断，下列哪些正确

A. 对发热及具有任何神经系统症状和体征的病人都应及早进行

B. 疾病早期，细菌培养已经阳性

C. 颅内高压明显的病人，应先脱水减压，再行腰椎穿刺

D. 脑脊液涂片找菌是明确脑膜炎病因的主要方法

E. 早期可疑病人，需在 6h 左右再行复查

6. 对于细菌性脑膜炎并发脑室管膜炎，下列哪些项目正确

A. 多见于婴儿

B. 多见于革兰阴性杆菌所致

C. 侧脑室穿刺，脑室内脑脊液异常

D. 常规治疗效果较佳

E. 头部 CT 检查可见脑室扩大

7. 硬脑膜下积液穿刺放液治疗，下列哪些项目正确

A. 应反复放液

B. 每侧每次不超过 50～60ml

C. 多次穿刺，积液不减少，应手术治疗

D. 如积脓，可局部冲洗，并注入抗生素

E. 作常规检查及涂片找菌

8. 婴儿患化脓性脑膜炎，细菌可通过下列何种途径进入脑膜

A. 呼吸道或邻近器官

B. 血液播散　　　　　C. 皮肤

D. 上呼吸道　　　　　E. 穿透性脑外伤

9. 3 个月以下的小儿患化脓性脑膜炎，常见的症状为

A. 拒食　　　　　　　B. 嗜睡

C. 凝视　　　　　　　D. 尖叫

E. 惊厥

10. 婴儿患化脓性脑膜炎，早期脑膜刺激症状及颅高压症状不明显，主要是由于

A. 婴儿机体反应差　　B. 头颅骨缝未闭合

C. 炎症主要在大脑两半球

D. 前囟未闭合　　　　E. 致病菌毒性低

11. 我国小儿化脓性脑膜炎的病原菌最多见的有

A. 流行性脑膜炎双球菌

B. 铜绿假单胞菌　　　C. 肺炎链球菌

D. 流感嗜血杆菌　　　E. B 组链球菌

12. 化脓性脑膜炎临床上有下列哪种情况时应考虑硬膜下积液之可能

A. 经特效治疗 4～6d 后，脑脊液好转，但体温持续不退者

B. 一般情况好转后，又发生不明原因呕吐者

C. 脑脊液正常，但前囟明显隆起者

D. 持续嗜睡或昏迷，抽搐者

E. 颅骨透光检查阳性者

13. 在下列哪些情况下应考虑婴幼儿化脓性脑膜炎的可能

A. 发热、嗜睡、凝视、尖叫、惊厥者

B. 急性感染伴前囟隆起、紧张

C. 婴儿有感染症状伴拒食、吐乳、面色青灰、嗜睡或易激惹

D. 新生儿败血症伴两眼凝视及惊厥发作者

E. 发热伴颈抵抗，布氏征及克氏征阳性者

三、填空题

1. 当细菌性脑膜炎出现心率减慢，血压升高，瞳孔两侧不等大，呼吸不规则时，可能已发生_____。

2. 正常情况下，硬膜下积液_____ ml，蛋白质定量_____ mg/dl。

四、简答题

1. 试述细菌性脑膜炎的脑脊液典型改变。

2. 简述新生儿和幼婴细菌性脑膜炎的临床表现及其特点。

3. 简述细菌性脑膜炎行硬脑膜下穿刺的指征。

五、病例分析

患儿，男，11 个月，因发热、呕吐 2d 伴惊厥 3 次来院就诊。入院查体：体温 39.2℃，昏睡状，前囟 1cm×1cm，略膨隆，紧张，颈抵抗，咽红，肺呼吸音粗，心、腹未见异常。克氏征、布氏征阳性，末梢血白细胞 17.2×10^9/L，中性粒细胞 72%，淋巴细胞 28%。

(1) 首先应做何检查？

(2) 此患儿最可能的诊断是什么？

(3) 确诊后首选抗生素应为哪种？

【参考答案】

一、单项选择题

1. D　2. C　3. E　4. D　5. C　6. C　7. A
8. B　9. D　10. B　11. E　12. E　13. E
14. B　15. B　16. E　17. E　18. D　19. A
20. E　21. D　22. E　23. B　24. B　25. E
26. D　27. B　28. D　29. B　30. B　31. B
32. C　33. E　34. D　35. C　36. D　37. C
38. E

二、多项选择题

1. ADE　2. ABCD　3. BD　4. ABCDE

5. ACDE　6. ABCE　7. ACDE　8. ABCDE
9. ABCDE　10. BD　11. ACD　12. ABCDE
13. ABCDE

三、填空题

1. 脑疝
2. <2；<40

四、简答题

1. 脑脊液压力增高；外观浑浊甚至脓样；白细胞多在 $1000\times10^6/L$ 以上，以中性粒细胞为主；糖含量降低，氯化物含量可减少，蛋白含量多显著增高；涂片可找到细菌，培养阳性。

2. 新生儿和幼婴由于颅骨骨缝未闭而易于分离，因而颅内高压症状可不明显，又因机体反应性差，表现为体温不升、神委、面色灰白。并发败血症时，常有黄疸存在。

3. 长期发热，脑脊液好转，而体温持续不退或体温下降后再升高者；前囟持续隆起，或前囟转为正常后又复隆起；症状好转后，又重复出现惊厥症状。

五、病例分析

(1) 首先应做腰椎穿刺。

(2) 此患儿最可能的诊断是化脓性脑膜炎。

(3) 确诊后首选抗生素应为第三代头孢菌素，包括头孢噻肟、头孢曲松。

第十六章　先天性甲状腺功能减退症

甲状腺功能减退症（hypothyroidism）简称甲减，是由于各种不同的疾病累及下丘脑-垂体-甲状腺轴功能，以致甲状腺素缺乏；或是甲状腺素受体缺陷所造成的临床综合征。

按病变涉及的位置可分为：①原发性甲减；②继发性甲减，又称为中枢性甲减。

根据其发病机制和起病年龄又可分为：①先天性甲减；②获得性甲减。

先天性甲状腺功能减退症（congenital hypothyroidism）是由于甲状腺激素合成不足所造成的一种疾病。

根据病因分为两类：①散发性甲减；②地方性甲减。

一、病因

1. 散发性先天性甲减

① 甲状腺不发育、发育不全或异位是最主要的原因，约占90%，亦称原发性甲减。多见于女孩。

② 甲状腺激素合成障碍是第二位常见原因，亦称家族性甲状腺激素生成障碍，多为常染色体隐性遗传病。

③ TSH、TRH缺乏，亦称下丘脑-垂体性甲减或中枢性甲减。

④ 甲状腺或靶器官反应低下，均为罕见病。

⑤ 母亲因素。母亲服用抗甲状腺药物或母亲患自身免疫性疾病，亦称暂时性甲减，通常3个月内消失。

2. 地方性先天性甲减

多因孕妇饮食缺碘所致。

二、临床表现

症状出现的早晚及轻重程度与残留甲状腺组织的多少及甲状腺功能减退的程度有关。

1. 新生儿期

① 常为过期产，出生体重大，身长和头围可正常，前、后囟大。

② 胎便排出延迟，腹胀，便秘，脐疝，生理性黄疸期延长（＞2周）。

③ 常处于睡眠状态，对外界反应低下，肌张力低，吮奶差，呼吸慢，哭声低且少，体温低（常＜35℃），四肢冷，末梢循环差，皮肤出现斑纹或有硬肿现象等。

2. 典型症状

多数常在出生半年后出现典型症状。

（1）特殊面容和体态　头大，颈短，皮肤粗糙，面色苍黄，毛发稀疏、无光泽，面部黏液水肿，眼睑水肿，眼距宽，鼻梁低平，唇厚，舌大而宽厚、常伸出口外。身材矮小，躯干长而四肢短小，上部量/下部量＞1.5，腹部膨隆，常有脐疝。

（2）神经系统症状　智能发育低下，表情呆板、淡漠，神经反射迟钝，运动发育障碍。

（3）生理功能低下　精神差，安静少动，对周围事物反应少，嗜睡，纳差，声音低哑，体温低而怕冷，脉搏、呼吸缓慢，心音低钝，肌张力低，肠蠕动慢，腹胀，便秘。可伴心包积液，心电图呈低电压、P-R间期延长、T波平坦等改变。

3. 地方性甲状腺功能减低症

（1）"神经性"综合征　共济失调，痉挛性瘫痪，聋哑，智能发育低下，身材正常，甲状腺功能正常或轻度减低。

（2）"黏液水肿性"综合征　有显著的生长发育和性发育落后、智力低下、黏液性水肿等。血清 T_4 降低、TSH增高。

4. TSH 和 TRH 分泌不足

临床症状较轻，常有其他垂体激素缺乏的症状。

三、实验室检查

早期诊断、早期治疗

（1）新生儿筛查　出生后 2～3d 的新生儿干血滴纸片检测 TSH 浓度，结果大于 15～20mU/L 时，再检测血清 T_4、TSH 以确诊。

（2）血清 T_4、T_3、TSH 测定　T_4 降低、TSH 升高即可确诊。

（3）TRH 刺激试验　疑有 TRH、TSH 分泌不足。若未出现高峰，应考虑垂体病变；若 TSH 峰值出现时间延长，则提示下丘脑病变。

（4）X 射线检查　骨龄常明显落后。

（5）核素检查。

四、诊断和鉴别诊断

根据典型的临床症状和甲状腺功能测定可确诊。年长儿应与下列疾病鉴别。

（1）先天性巨结肠　出生后即开始便秘、腹胀，并常有脐疝，其面容、精神反应及哭声等均正常，钡灌肠可见结肠痉挛段与扩张段。

（2）21-三体综合征　智能及动作发育落后，有特殊面容，无黏液性水肿，常伴有其他先天畸形。染色体核型分析可鉴别。

（3）佝偻病　有动作发育迟缓、生长落后等表现。智能正常，皮肤正常，有佝偻病的体征，血生化和 X 射线片可鉴别。

（4）骨骼发育障碍疾病　有生长迟缓症状，骨骼 X 射线片和尿中代谢物检查可资鉴别。

五、治疗

早确诊，早治疗，终身服用甲状腺制剂。

（1）L-甲状腺素钠　$100\mu g$/片或 $50\mu g$/片，起始剂量为每日 $8～9\mu g/kg$，大剂量为每日 $10～15\mu g/kg$。

（2）甲状腺片　$40mg$/片。

注：① 开始量应从小至大，间隔 1～2 周加量一次，直至临床症状改善，血清 T_4、TSH 正常，即作为维持量使用。

② 用药量可根据甲状腺功能及临床表现进行适当调整，应使：a. TSH 浓度正常，血 T_4 正常或偏高值；b. 临床表现，大便次数及性状正常，食欲好转，腹胀消失，心率维持在正常范围，智能及体格发育改善。药物过量可出现烦躁、多汗、消瘦、腹痛、腹泻、发热等。

③ 在治疗过程中应注意随访，治疗开始时，每 2 周随访 1 次；血清 TSH 和 T_4 正常后，每 3 个月 1 次；服药 1～2 年后，每 6 个月 1 次。

【试题精选】

一、单项选择题

1. 地方性先天性甲减的主要原因是
A. 促甲状腺激素缺乏
B. 母孕期饮食中缺碘
C. 甲状腺激素合成障碍
D. 母亲妊娠期应用抗甲状腺药物

2. 散发性先天性甲状腺功能减退症新生儿最早出现的症状是
A. 出生体重低
B. 喂养困难，对外界反应迟钝
C. 生理性黄疸时间延长
D. 贫血、面色苍黄

3. 目前用于先天性甲状腺功能减退的初筛检查方法，大都采用出生后 2～3d 的新生儿干血滴纸片以检测
A. T_3 浓度　　　　　　B. T_4 浓度
C. TRH 浓度　　　　　D. TSH 浓度

4. 治疗先天性甲状腺功能减退症最有效的措施
A. 合理调节饮食　　　B. 服用生长激素
C. 甲状腺素替代治疗　D. 服用碘制剂

5. 治疗先天性甲状腺功能减退症的最佳开始时间是
A. 生后 3 个月内　　　B. 生后 6 个月以后
C. 1 岁左右　　　　　D. 青春期

6. 口服甲状腺素治疗先天性甲状腺功能减低的疗程

A. 6 个月　　　　　　B. 1 年

C. 10 年　　　　　　D. 终身服药

7. 先天性甲状腺功能减退症在服甲状腺制剂过程中，用量过大的表现为

A. 表情呆板、淡漠

B. 体温低而怕冷

C. 烦躁、多汗、消瘦、腹泻

D. 食欲减退、体重下降

8. 男孩，3 岁，因发育迟缓来诊。现仍不能独走，不会叫爸、妈。查体：皮肤粗糙，有特殊面容，眼距宽，鼻梁平，舌厚肥大，常伸出口外。最为可能的诊断

A. 黏多糖病　　　　B. 先天愚型

C. 先天性甲状腺功能减退症

D. 苯丙酮尿症

9. 患儿，女，2 岁，因发育迟缓就诊。患儿平日安静少动，腹胀，经常便秘，至今仍不会说话，不会独立走路。查体：身长 70cm，表情呆滞，皮肤粗糙，眼睑水肿，眼距宽，鼻梁低平，舌大而厚，伸出口外，腹膨隆，有脐疝。为明确诊断，应首选下列哪项检查

A. 染色体核型分析

B. 血清 T_4、TSH 测定

C. 尿三氯化铁试验　　D. 血钙、磷测定

10. 女孩，10 个月，因患先天性甲状腺功能减退症一直服用甲状腺干粉片治疗。近日患儿出现烦躁、多汗、消瘦、腹泻等症状，此时应采取的措施为

A. 减少甲状腺干粉片剂量

B. 增加甲状腺干粉片剂量

C. 立即停药　　　　D. 改用甲状腺素钠

11. 先天性甲状腺功能减退症确诊的依据

A. T_3 降低，T_4 正常

B. T_4 降低，TSH 明显升高

C. T_4 升高，TSH 降低

D. T_3 降低，TSH 降低

12. 下列哪一项符合先天性甲状腺功能减退症患儿骨骼 X 射线检查

A. 骨龄正常　　　　B. 骨龄落后

C. 骨龄提前

D. 干骺端呈毛刷样、杯口状改变

13. 男性，2 岁，身长 60cm，平日安静少动，经常腹胀、便秘。查体：皮肤粗糙，智力低下，舌厚而大，伸出口外，腕部骨化中心 0 个，血 T_4 下降，TSH 上升，首选治疗

A. 甲状腺素片，服至青春期

B. 甲状腺素片，终生服药

C. 维生素 D　　　　D. 生长激素

14. 男孩，8 个月，现不会独坐，平日少哭、少笑，经常便秘，皮肤粗糙，鼻梁低平，初步诊断为甲状腺功能减退症，下列哪项检查不妥

A. 膝部摄片了解骨龄

B. 腕部摄片了解骨龄

C. 血清 TSH 测定　　D. 血清 T_3、T_4 测定

15. 3 岁女孩，身长 70cm，平日安静、少哭，易便秘。查体：皮肤粗糙，智力低下，面色苍黄，鼻梁低平，舌厚常伸出口外，腕部骨化中心 1 个，最可能的诊断是

A. 唐氏综合征　　　　B. 垂体性侏儒症

C. 甲状腺功能减退症

D. 佝偻病

16. 患儿，女，3 岁，因身材矮小就诊，平时少哭多睡，食欲差，常便秘，1 岁会坐，2 岁会走。查体：反应较迟钝，皮肤粗糙，喜伸舌，腹胀，有脐疝。对该病例首先应做的检查是

A. T_3、T_4、TSH 测定　　B. 染色体检查

C. 血钙、磷测定　　　　D. 脑 CT

二、多项选择题

1. 以下哪些是先天性甲状腺功能减退症的典型症状

A. 动作发育迟缓，智能发育低下

B. 头大，颈短，眼睑水肿，眼距宽，鼻梁低平

C. 身材矮小，上部量小于下部量

D. 生理功能低下

2. 下列哪项是先天性甲状腺功能减退症新生儿期的症状

A. 反应低下，喂养困难

B. 出生体重低

C. 生后有腹胀、便秘

D. 生理性黄疸期延长

3. 下列哪项符合先天性甲状腺功能减退症的特殊面容

A. 毛发稀少而干枯

B. 唇厚，舌大而厚，常伸出口外

C. 眼裂小，两眼外侧上斜

D. 皮肤粗糙、苍黄

4. 先天性甲状腺功能减退症治疗的应注意

A. 早期确诊，尽早治疗

B. 甲状腺制剂终生治疗

C. 甲状腺制剂的开始量从小至大

D. 根据甲状腺功能及临床表现，随时调整剂量

三、填空题

1. 甲状腺功能减退症按病变涉及的位置可分为_____、_____。

2. 先天性甲状腺功能减退症根据病因不同可分为_____、_____。

3. 散发性先天性甲状腺功能减退症的病因包括_____、_____、_____、_____和母亲因素。

4. 先天性甲状腺功能减退症的主要临床特点_____、_____、_____。

5. 先天性甲状腺功能减退症新生儿筛查多检测_____浓度作为初筛。

6. 先天性甲状腺功能减退症一旦确诊，应终身服用_____。

7. 先天性甲状腺功能减退症的确诊依据为_____。

四、简答题

1. 散发性先天性甲减的病因有哪些？

2. 先天性甲状腺功能减退症的典型症状有哪些？

五、病例分析

患儿，男，45d，因皮肤黄染40余天入院。患儿系第一胎第一产，胎龄约40周，经阴产，出生体重4500g，生后3d出现皮肤黄染，至今未退，平日少哭、多睡、少动。查体：反应迟钝，哭声弱，皮肤黏膜粗糙、轻度黄染，前囟平软，眼睑水肿，眼距宽，鼻梁低平，心率98次/min，心音低钝，腹胀，有脐疝。

1. 为明确诊断，需行哪些检查？

2. 本病新生儿期可有哪些临床表现？

3. 本病应与哪些疾病相鉴别？

4. 简述本病的治疗。

【参考答案】

一、单项选择题

1. B 2. C 3. D 4. C 5. A 6. D 7. C
8. C 9. B 10. A 11. B 12. B 13. B
14. B 15. C 16. A

二、多项选择题

1. ABD 2. ACD 3. ABD 4. ABCD

三、填空题

1. 原发性甲减 继发性甲减
2. 散发性 地方性
3. 甲状腺不发育、发育不全或异位 甲状腺激素合成障碍 促甲状腺激素缺乏 甲状腺或靶器官反应低下
4. 智能落后 生长发育迟缓 生理功能减退
5. TSH
6. 甲状腺制剂
7. T_4降低、TSH升高

四、简答题

1.（1）甲状腺不发育、发育不全或异位 它是造成先天性甲减最主要的原因。

（2）甲状腺激素合成障碍 这是导致甲状腺功能减退的第二位常见原因，亦称家族性甲状腺激素生成障碍。

（3）促甲状腺激素缺乏 亦称下丘脑-垂体性甲减或中枢性甲减。

（4）甲状腺或靶器官反应低下 均为罕见病。

（5）母亲因素 母亲服用抗甲状腺药物或母亲患自身免疫性疾病，存在抗甲状腺抗体，均可通过胎盘，影响胎儿，造成甲减，亦称暂时性甲减，通常3个月内消失。

2.（1）特殊面容和体态 头大，颈短，皮肤粗糙，面色苍黄，毛发稀疏、无光泽，面部黏液水肿，眼睑水肿，眼距宽，鼻梁低平，唇厚，舌大而宽厚，常伸出口外。患儿身材矮小，躯干长而四肢短小，上部量/下部量＞

1.5，腹部膨隆，常有脐疝。

（2）神经系统症状 智能发育低下，表情呆板、淡漠，神经反射迟钝；运动发育障碍，如会翻身、坐、立、走的时间都延迟。

（3）生理功能低下 精神差，安静少动，对周围事物反应少，嗜睡，纳差，声音低哑，体温低而怕冷，脉搏、呼吸缓慢，心音低钝，肌张力低，肠蠕动慢，腹胀，便秘。可伴心包积液，心电图呈低电压、P-R 间期延长、T 波平坦等改变。

五、病例分析

1. 血清 T_4、TSH 检查。

2. ① 常为过期产，出生体重大，身长和头围可正常，前、后囟大；

②胎便排出延迟，腹胀，便秘，脐疝，生理性黄疸期延长（＞2 周）；

③ 常处于睡眠状态，对外界反应低下，肌张力低，吮奶差，呼吸慢，哭声低且少，体温低（常＜35℃），四肢冷，末梢循环差，皮肤出现斑纹或有硬肿现象等。

3. （1）先天性巨结肠 患儿出生后即开始便秘、腹胀，并常有脐疝，但其面容、精神反应及哭声等均正常，钡灌肠可见结肠痉挛段与扩张段。

（2）21-三体综合征 患儿智能及动作发育落后，但有特殊面容：眼距宽、外眼角上斜、鼻

梁低、舌伸出口外，皮肤及毛发正常，无黏液性水肿，常伴有其他先天畸形。染色体核型分析可鉴别。

（3）佝偻病 患儿有动作发育迟缓、生长落后等表现。但智能正常，皮肤正常，有佝偻病的体征，血生化和 X 射线片可鉴别。

（4）骨骼发育障碍疾病 如骨软骨发育不良、黏多糖病等都有生长迟缓症状，骨骼 X 线片和尿中代谢物检查可资鉴别。

4. （1）本病应早期确诊，尽早治疗，一旦诊断确立，应终身服用甲状腺制剂。

（2）服用 L-甲状腺素钠 100μg/片或 50μg/片，起始剂量为每日 8～9μg/kg，大剂量为每日 10～15μg/kg。现已较少应用甲状腺片：40mg/片。

注：①开始量应从小至大，间隔 1～2 周加量一次，直至临床症状改善，血清 T_4、TSH 正常，即作为维持量使用。

②用药量可根据甲状腺功能及临床表现进行适当调整，应使：a. TSH 浓度正常，血 T_4 正常或偏高值；b. 临床表现，大便次数及性状正常，食欲好转，腹胀消失，心率维持在正常范围，智能及体格发育改善。药物过量可出现烦躁、多汗、消瘦、腹痛、腹泻、发热等。

③ 在治疗过程中应注意随访，治疗开始时，每 2 周随访 1 次；血清 TSH 和 T_4 正常后，每 3 个月 1 次；服药 1～2 年后，每 6 个月 1 次。